Sascha Blum

Spiegelgasse

Das geheime Wissen von Scripton

Sascha Blum

Spiegelgasse

Das geheime Wissen von Scripton

Arena

FSC
www.fsc.org
MIX
Papier aus verantwortungsvollen Quellen
FSC® C110508

1. Auflage 2017

Einbandillustrationen und Vignetten: Natalie Dombois
Einbandgestaltung: Max Meinzold
Gesamtherstellung: Westermann Druck, Zwickau GmbH
ISBN 978-3-401-60353-7

Besuche uns unter:
www.arena-verlag.de
www.twitter.com/arenaverlag
www.facebook.com/arenaverlagfans

Wissensdiebe

Da ist eine Tür!

Eine Tür mitten im Wald!

Elek kniff die Augen zusammen und spähte angestrengt in die Finsternis auf der anderen Seite der Lichtung. Wo eine Tür war, war notwendigerweise auch ein Haus. Oder zumindest eine Hütte. Doch alles, was er im silbernen Schein des Mondes erkennen konnte, war eine Wand aus finsteren Zweigen.

Langsam ging er weiter, direkt auf die Stelle zu, an der er das Licht gesehen hatte. Es war nur ein schmaler Streifen gewesen und er war buchstäblich aus dem Nichts gekommen. Als ob irgendwer die Dunkelheit an dieser Stelle einfach auseinandergerissen hätte. Aus dem Spalt war warmes, heimeliges Licht auf den Waldboden getropft. Doch nur Sekunden später hatte ein Schatten das helle Viereck verdunkelt und das Licht war verschwunden.

Elek reckte den Hals. Oder hatte er sich am Ende doch getäuscht?

Hatte ihm seine Fantasie einen Streich gespielt?

Immerhin durfte er streng genommen gar nicht hier sein. Seine Eltern sahen es gar nicht gern, wenn er sich während der Vorstellung vom Zirkus entfernte. Schon gar nicht nach Einbruch der Dunkelheit. Andererseits war seine Seilboard-Nummer immer schon im ersten Teil des Programms dran, sodass er bis zum Schlussapplaus eine längere Pause hatte. Zwar musste er dann noch die Marrakhener aus dem Stallzelt holen und anschließend die Messer für die Illusionsnummer seines Vaters zurechtlegen.

Aber sobald diese Pflichten erledigt waren, konnte er losziehen und die Gegend erkunden. Und genau das tat er auch.

Die windschiefe Kleinstadt, in der sie nun seit drei Tagen gastierten, hieß Trogg. Am ersten Abend war Elek durch die engen Gassen gestreift, am zweiten hatte er die Kirche, den Friedhof und den kleinen Park neben der Schule erkundet. Und heute ... Tja, heute hatte er aus irgendeinem unerfindlichen Grund beschlossen, in den Wald zu gehen.

Elek fühlte, wie sich die feinen Härchen an seinen Unterarmen aufrichteten. Obwohl er sich ganz bewusst im Schatten der Bäume hielt, hatte er das Gefühl, dass ihn jemand beobachtete. Er blieb abermals stehen und lauschte, doch außer der vertrauten Melodie des Waldes, dem Zirpen der Grillen und dem Rascheln der Nachtjäger im nahen Unterholz war nichts Verdächtiges zu hören.

Er wollte gerade weitergehen, als sich aus der Finsternis vor ihm urplötzlich ein mächtiger Schatten löste.

Elek erstarrte, während sich der Schatten mit erstaunlicher Leichtigkeit in den tintenblauen Nachthimmel erhob und dabei so dicht an seinem Kopf vorbeiglitt, dass Elek fast das Gefühl hatte, danach greifen zu können. Von den Schwingen rieselte eine feine, staubartige Substanz herab, die in allen nur erdenklichen Grüntönen schimmerte. Sie erinnerte Elek an den Glitzerpuder, mit dem sich die Assistentinnen seines Vaters vor ihren Auftritten die Augen anmalten, und ein bisschen davon blieb auch an seinem Ärmel haften. Doch kaum, dass er den Stoff mit dem Finger berührte, verglommen die winzigen Kristalle, ohne eine Spur zu hinterlassen.

Elek fuhr erschrocken zusammen, als sich just in diesem Moment die Dunkelheit vor ihm erneut auftat. Und dieses Mal stand er so dicht, dass er den Türrahmen erkennen konnte. Den Türrahmen und eine Veranda mit Stufen.

»Hab ich mich doch nicht getäuscht«, rief die kleine gebückte Gestalt auf der Schwelle. Der Stimme nach ein Mann und sehr alt.

Doch wirklich erkennen konnte Elek ihn nicht. Dazu blendete ihn das Licht zu sehr, das sich aus dem Spalt der Tür in die Nacht ergoss. »Da ist ein Fremder in meinem Garten!«

Garten? Irritiert sah Elek sich um. Zwar konnte man in der Dunkelheit unter den Bäumen kaum die Hand vor Augen erkennen, aber dass das hier kein Garten war, hatte er sehr wohl mitbekommen! Er runzelte die Stirn. Vielleicht war der Alte ja verrückt oder so …

»Ich wollte Sie nicht stören«, erklärte er hastig. »Ich habe nur das Licht gesehen und da dachte ich …«

Der Mann im Türrahmen machte einen Schritt auf ihn zu. »Du hast … was?«

»Das Licht«, wiederholte Elek hilflos. Normalerweise war er ganz und gar nicht auf den Mund gefallen, aber das hier war echt bizarr! »Ich habe Ihre Tür gesehen. Und ich …« Er blickte sich nach dem mysteriösen Schatten um, doch der war längst hinter den gezackten Baumkronen verschwunden. »Na ja, ich dachte, dass Sie vielleicht Hilfe brauchen.«

In die brüchige Stimme mischte sich ein Hauch von Misstrauen. »Was hat ein Junge wie du nach Einbruch der Dunkelheit überhaupt hier draußen zu suchen?«

»Ich bin spazieren gegangen.«

»Spazieren?«, wiederholte der Alte ungläubig. »Um diese Uhrzeit?«

»Na und?« Allmählich legte sich der Schrecken und Eleks Selbstbewusstsein kehrte zurück. »Das mache ich oft.«

»Soso«, brummte der Mann. »Na, was soll's! … Ich kriege nur selten Besuch hier draußen, also komm gefälligst rein und erzähl mir was, das mich ablenkt. Aber beeil dich!« Er warf einen bangen Blick über Eleks Schulter. »Ich lasse die Tür nur ungern so lange offen.«

Elek zögerte. Seine Eltern hatten ihn Vorsicht gelehrt, vor allem, wenn es darum ging, sich mit Fremden einzulassen. Andererseits war er nach der Begegnung mit dem Schatten mehr als neugierig, was sich hinter dieser Tür verbarg. Und der Alte sah nun wirklich nicht gefährlich aus. Er war kaum größer als Elek selbst und dabei so dünn, dass man seine Knochen noch durch die Kleidung hindurch zählen konnte. Dazu hielt er sich extrem krumm und stützte sich beim Gehen mühevoll auf einen Stock.

»Nun mach schon«, drängte der Alte. »Oder willst du, dass sie uns finden?«

»Wer?«, fragte Elek.

Doch er erhielt keine Antwort.

Stattdessen führte ihn sein Gastgeber in eine geräumige Stube und forderte ihn auf, in einem der beiden grasgrünen Ledersessel vor dem Kamin Platz zu nehmen. »Ich wollte gerade essen«, erklärte er mit Blick auf den gusseisernen Kessel über dem Feuer. »Möchtest du mir nicht Gesellschaft leisten?«

»Nein, danke.«

»Sicher nicht?« Die Augen des Alten waren von einem sehr außergewöhnlichen Blau. Als habe irgendwer die Farbe eigens für ihn erfunden. »Ein Teller Suppe tut immer gut.«

Elek schüttelte dankend den Kopf.

»Wie du meinst.« Er griff nach einer Kelle und füllte einen Blechnapf mit Suppe, während sich Elek unauffällig in der karg möblierten Hütte umsah. Außer den Sesseln gab es nur ein Bett, ein Regal mit Kochgeschirr und Vorräten und eine winzige Kommode. Keine Bilder, keine Fotos, keine Bücher.

»Warum wollen Sie nicht, dass man das Licht sieht?«

Der Alte gab ein unverständliches Knurren von sich. »Ist besser so.«

Elek sah ihn an. »Besser für wen?«

»Nicht wichtig.« Die Hände seines Gastgebers waren schneeweiß und von einem Geflecht bläulicher Adern durchzogen wie Marmor.

»Sind Sie Jäger?«

»Jäger?« Der Alte gluckste. Offenbar fand er die Frage urkomisch. »Um Himmels willen, nein! Ich könnte niemals einem Tier etwas zuleide tun. Im Gegenteil. Ich bin … Nein, ich *war* Biologe.« Von einem Augenblick auf den anderen wurde seine Miene todernst. »Mein Spezialgebiet waren die Heilpflanzen der nördlichen Appagoden. Zwischen den Eiswüsten von Gnoor und dem äquatorialen Gürtel wirst du niemanden finden, der sich besser mit Berella und Tausendwurz auskennt als ich.«

Ein Wissenschaftler? Elek sah wieder die Hände des Mannes an. Das passte! »Treiben Sie Studien hier draußen im Wald?«

In die blauen Augen stahl sich ein Anflug von Traurigkeit. »Nein, Junge, ich treibe keine Studien. Und ich habe auch keine Studenten mehr.«

»Weil Sie im Ruhestand sind?«

Die Frage schien den Alten zu ärgern, denn er kniff die Lippen zusammen und ließ seine Augen eine Weile ziellos durch den Raum wandern. Dann stellte er plötzlich seinen Napf zur Seite und stand auf. »Du musst jetzt gehen. Die Vorstellung ist gleich zu Ende.«

»Ich weiß«, entgegnete Elek mechanisch und erst mit Verzögerung fiel ihm auf, dass er überhaupt nicht erwähnt hatte, beim Zirkus zu sein.

Ob der Alte das aufgrund seines Kostüms geschlossen hatte?

Elek blickte prüfend an sich hinunter. Wann immer er das Zirkusgelände verließ, zog er seine graue Strickjacke über, damit seine Knochen warm blieben und er sich keine Zerrung holte. Die Jacke war recht lang, aber dort, wo sie zu Ende war, blitzte ein Stück silberbestickter Samt hervor. Außerdem hatte der Alte wahrscheinlich in der Zeitung gelesen, dass der Zirkus in der Stadt gastierte, und …

Ein leises Knirschen vor dem Fenster ließ Elek aufhorchen.

»Was war das?«, fragte er, als er sah, dass die Züge des Alten vor Schreck buchstäblich zu Eis gefroren.

Doch anstelle einer Antwort legte sein Gastgeber nur warnend den Finger an die Lippen.

Das Geräusch allerdings wiederholte sich nicht.

Irgendwann stieß der Alte einen erleichterten Seufzer aus. »Falscher Alarm.«

Er stand auf und humpelte zu seiner kleinen Kommode. Die fünf Schubladen hatten kunstvoll geschnitzte Griffe, von denen jeder ein anderes Blumenmotiv darstellte.

Der Alte öffnete das zweite Fach von unten und zog ein abgegriffenes, in schwarzes Leder gebundenes Büchlein heraus. Er wog es eine ganze Weile nachdenklich in den Händen hin und her. Dann schien er eine Entscheidung zu treffen. »Ich weiß, wir beide kennen uns kaum«, begann er. »Aber würdest du mir vielleicht trotzdem einen Gefallen tun?«

»Klar«, erwiderte Elek, völlig perplex. Dieser komische alte Kauz steckte wirklich voller Überraschungen! »Welchen denn?«

»Könntest du das hier für mich aufbewahren, bis jemand kommt, um es abzuholen?« Die weißen Marmorhände strichen über den abgenutzten Einband. »Ansonsten müsste ich es hier und jetzt vernichten, damit es nicht in die falschen Hände fällt. Aber das …« Er schenkte Elek ein entschuldigendes Lächeln, »bringe ich nicht übers Herz.«

Elek hatte das Gefühl, als ob sich eine eisige Hand um seine Kehle lege. Und automatisch sah er wieder zum Fenster. »Was meinen Sie damit, es könnte in die falschen Hände fallen?«, fragte er.

»Was soll's«, brummte der Alte. »Du wirst sowieso keine Gelegenheit mehr haben, mich zu verraten. Da kann ich's dir genauso gut erzählen.«

Elek sprang auf. »Wollen Sie mich töten?«

»Dich töten?« Sein Gastgeber kicherte. »Natürlich nicht! Was für ein gequirlter Blödsinn! Sehe ich aus wie jemand, der Leute umbringt?«

Man kann nie wissen, dachte Elek. »Aber Sie haben doch gesagt …«

»Ich habe gesagt, dass du keine Gelegenheit mehr haben wirst, mich zu verraten«, fiel der Alte ihm ins Wort. »Das ist ja wohl ein gewaltiger Unterschied. Und überhaupt: Was kannst du schon groß ausplaudern? Du kennst nichts als einen Ort. Und an dem wird man mich schon bald nicht mehr finden.«

»Sie wollen fort von hier?« Elek war entsetzt. »Aber warum denn?«

Sein Gastgeber warf ihm einen undefinierbaren Blick zu. »Weil du mich gefunden hast.«

»Aber ich tue Ihnen doch gar nichts!« Die Empörung färbte Eleks Wangen tiefrot. »Ich werde niemandem erzählen, dass Sie hier leben, wenn Sie das nicht wollen. Das verspreche ich. Sie brauchen meinetwegen nicht fortzugehen.«

Über das runzlige Gesicht huschte ein Lächeln. »Mach dir keine Gedanken, es war sowieso höchste Zeit. Es ist nicht gut für unsereins, allzu lange am selben Ort zu bleiben. Und in dieser Hütte bin ich nun schon fast zwei Monate. Es …« Der Schein des Feuers ließ sein weißes Haar wie Kupfer leuchten. »Es hat mir hier gefallen. Aber jetzt ist es an der Zeit für mich zu gehen.«

Eleks Augen streiften das spärliche Vorratsregal. Viel zu packen gab es hier wahrhaftig nicht.

Der Alte schien seine Gedanken zu erraten und lachte. »Ja«, nickte er, »ich reise mit kleinem Gepäck. Aber es gibt zwei Arten von Heimat. Die eine ist die, nach der du manchmal Sehnsucht hast. Du weißt schon, die mit der Veranda und dem Garten und dem weißen Zaun drum herum …«

Elek senkte ertappt den Blick. Tatsächlich blickte er manchmal spätabends in die Fenster fremder Leute und sah zu, wie sie aßen, lachten und stritten. Und sosehr er das Zirkusleben liebte, so neidisch war er in solchen Momenten auf seine Altersgenossen, die eine richtige Schule besuchten. Ein eigenes Zimmer hatten. Und Freunde …

»Und was ist die andere Art von Heimat?«, fragte er.

Der Alte tippte sich bedeutungsvoll an die Stirn. »Die ist hier drin. Es ist die Art von Heimat, die du immer bei dir trägst und die …« Er unterbrach sich mitten im Satz und spitzte abermals die Ohren.

»Was ist?«, flüsterte Elek. »Wovor haben Sie solche Angst?«

Doch auch dieses Mal blieb sein Gastgeber ihm die Antwort schuldig. »Geh jetzt«, sagte er unmissverständlich endgültig. »Sonst kriegst du am Ende noch Ärger und ich bin schuld.«

Elek wollte widersprechen. Doch er überlegte es sich anders und ging kopfschüttelnd zur Tür.

»Warte!«, rief der Alte ihm nach.

»Was denn noch?«

»Das Chronal.« So schnell es seine alten Knochen erlaubten, kam er hinter Elek hergehumpelt und drückte ihm das schwarze Büchlein in die Hand. »Tut mir wirklich leid, dass ich dich da hineinziehen muss«, bekannte er und es klang sehr aufrichtig. »Aber ich fürchte, hier bei mir ist es nicht länger sicher.«

»Und woher wissen Sie, dass Sie mir vertrauen können?« Elek konnte nicht anders. Er musste den Alten provozieren. »Sie haben doch selbst gesagt, dass wir uns kaum kennen.«

Sein Gastgeber zuckte die Achseln. »Wenn man so alt ist wie ich, lernt man die Menschen einzuschätzen.«

»Sie könnten sich täuschen«, gab Elek zurück.

»Stimmt«, räumte der Alte ein. »Das könnte ich. Auch wenn mir dergleichen bislang nur ein einziges Mal passiert ist.« Für einen flüchtigen Augenblick umwölkte sich seine Stirn. Dann trat er einen Schritt zurück. »Einer deiner Eltern gehört zum Volk der Twah, nicht wahr?«

Die unerwartete Frage hebelte Elek völlig aus. »Meine Mutter«, nickte er. »Aber …«

»Weißt du, was mich an den Twah immer am meisten fasziniert

hat?«, unterbrach ihn der Alte. »Abgesehen von ihrer Reitkunst natürlich?«

»Nein. Was?«

Jetzt lächelte er plötzlich wieder. »Am meisten hat mich fasziniert, dass man dieses Volk zu nichts zwingen kann. Weder Strafe noch Belohnung vermögen einen Twah dazu zu bewegen, etwas zu tun, das er nicht tun will.« Die strahlblauen Augen nahmen einen beschwörenden Ausdruck an. »Man kann ihn nur überzeugen …«

Elek seufzte. »Na schön«, stöhnte er. »Angenommen, ich nehme Ihr Buch mit … Woher weiß ich, dass derjenige, der es abholt, auch der Richtige ist?«

»Er wird dir ein bestimmtes Codewort nennen«, antwortete der Alte, als handele es sich um die selbstverständlichste Sache der Welt.

Ein Codewort? Ja, na klar! Elek verzog mitleidig das Gesicht. Dieser Typ war ja wohl wirklich nicht ganz bei Trost!

Sein Gastgeber trat vor und mit einem Mal war jede Freundlichkeit aus seinem Blick gewichen. »Du solltest das wirklich ernst nehmen«, mahnte er. »Mit den Leuten von PARDESSA ist nicht zu spaßen.«

»PARDESSA?«, fragte Elek. »Was ist das?«

Doch der Alte hob abwehrend die Hände. »Besser, du weißt nicht zu viel darüber«, flüsterte er. »Zu viel Wissen kann gefährlich sein.« Seine Marmorfinger krallten sich in Eleks Ärmel. »Dieses unscheinbare kleine Büchlein hier enthält alles, was ich weiß. Und falls mir etwas passiert …«

Elek wandte erschrocken den Kopf.

»Falls mir etwas passiert«, wiederholte der Alte mit Nachdruck, »ist dieses Buch die einzige Kopie, die es gibt auf der Welt. Darum hör jetzt gut zu.« Er kam noch näher und beugte sich so dicht an Eleks Ohr, dass Elek seinen Atem fühlen konnte. »Das Codewort, das der Empfänger des Buches dir nennen wird, lautet …«

Der Rest ging unter im Knistern des Feuers.

»Aber ich kenne ja noch nicht einmal Ihren Namen«, beschwerte sich Elek, als sie kurz darauf wieder unter dem Türrahmen standen.

»Du willst wissen, wie ich heiße?« Der Alte kicherte wieder sein heiseres Kichern. »Mein Name ist Artur. Artur Parrhesius. Aber du kannst mich Art nennen. Immerhin teilen wir beide ab sofort ein Geheimnis, nicht wahr?«

Elek war keineswegs sicher, ob er sich über das Vertrauen des Alten freuen sollte. Aber es blieb ihm auch keine Zeit, um noch mehr Fragen zu stellen, denn sein Gastgeber hatte ihn bereits über die Schwelle geschoben.

»Und komm auf gar keinen Fall hierher zurück, hast du mich verstanden?«, zischte er. »Was auch immer passiert: Du darfst unter keinen Umständen zurückkommen.«

Dann krachte die Tür hinter ihm ins Schloss und auf der Lichtung war es wieder finster.

Unschlüssig sah Elek sich um. Sollte er wirklich einfach verschwinden? Immerhin schien der Mann, der sich Art nannte, vor irgendetwas entsetzliche Angst zu haben. War es da nicht unverantwortlich, ihn hier allein zu lassen? Mitten in der Nacht? Im tiefsten Wald?

Aber er will ja keine Hilfe, dachte Elek mit einem Anflug von Trotz. Alles, was er wollte, war, dass ich dieses komische kleine Büchlein hier mitnehme.

Seine Finger schlossen sich fester um den ledernen Einband und von einer Sekunde auf die andere klang der Wald bedrohlich. Das heißt, genau genommen klang er gar nicht mehr. Im Gegenteil: Es war urplötzlich totenstill. Als hielten selbst noch die Blätter an den Zweigen den Atem an.

Instinktiv ging Elek hinter einem umgestürzten Baumstamm in Deckung.

Nur einen Wimpernschlag später tauchte am Waldrand gegenüber der Lichtkegel einer Taschenlampe auf. Huschend und zuckend bahnte er sich seinen Weg durch das Unterholz und verdichtete die verzweigten Äste ringsum zu einem Muster wirrer Schatten.

Als das Licht näher kam, sah Elek, dass es zwei Personen waren: ein Mann und eine Frau. Beide waren nahezu identisch angezogen und wirkten seltsam offiziell, fast uniformiert, in ihren knielangen grauen Mänteln. Die Frau trug einen eng geschnittenen blauen Rock, der nur wenige Zentimeter unter ihrem Mantel hervorlugte, ihr Begleiter hatte eine Hose in derselben Farbe an.

»Also, ich kann hier rein gar nichts erkennen«, hörte Elek ihn schimpfen, als sie etwa auf seiner Höhe waren. »Vielleicht ist es ja doch bloß ein Irrtum gewesen. Wäre schließlich nicht das erste Mal, dass sie uns zum Narren halten.«

»Nein«, antwortete seine Begleiterin leise, aber bestimmt. »Er ist da. Ich kann ihn fühlen. Es war kein Irrtum.«

Ihre Stimme hatte eine eigenartige Farbe, sehr dunkel für eine Frau und dabei rau wie ein Reibeisen. Wie zum Ausgleich sprach der Mann hell und melodiös.

Eleks Blick folgte dem seltsamen Gespann über die Lichtung.

Der Mann stolperte und fluchte, als sich eine Brombeerranke in seinem Hosenbein verfing. Seine Begleiterin kommentierte das Missgeschick mit einem spöttischen Lachen. Sie trug Pumps mit hohen Absätzen, doch die hielten sie nicht davon ab, durch das hohe Gras zu pflügen wie eine Dampframme.

Elek ließ den beiden einen kleinen Vorsprung. Dann schlich er ihnen nach.

Seine Mutter hatte ihn gelehrt, wie man mit seiner Umgebung verschmolz und das eigene Körpergewicht so kontrollierte, dass die Schritte kein Geräusch machten.

Das hohe Gras kitzelte seine Waden, während das unstete Licht vor ihm geradewegs auf die Hütte zusteuerte. Unmittelbar vor der Stelle, an der die Tür sein musste, stoppte es.

Gleich darauf hörte Elek ein Klopfen. Dann rief der Mann: »Professor Parrhesius?«

Doch im Inneren der Hütte blieb alles still.

Der Mann im grauen Mantel klopfte erneut. Und als auch das nichts half, hämmerte er mit beiden Fäusten gegen die Tür. »Wir wissen, dass Sie dadrin sind! Also öffnen Sie! Auf der Stelle!«

Nein, flehte Elek stumm, tu's nicht! Bitte! Öffne auf gar keinen Fall diese Tür! Vielleicht gehen sie wieder, wenn sie denken, dass niemand zu Hause ist. Vielleicht ist es …

Ein lauter Knall, gefolgt von dem unverkennbaren Geräusch splitternden Holzes bereitete seinen lautlosen Beschwörungen ein jähes Ende.

Dann riss die Dunkelheit über der Lichtung erneut und der Eingang zur Hütte erschien wie eine lichtklaffende Wunde mitten im Wald …

Nur knapp zwei Kilometer Luftlinie entfernt, unter der leuchtend blau-gelben Kuppel des Zirkuszeltes, beendete Stradivarius Alba just in diesem Augenblick seine letzte Zugabe. Eigentlich hatte der berühmte Musikclown dem Zirkus bereits vor Jahren den Rücken gekehrt, um mehr Zeit für seine Familie zu haben. Doch einmal pro Saison zog es ihn zurück in die Manege und er ging für ein paar Wochen mit seinen alten Kollegen auf Tournee.

Die heutige Vorstellung war seine vorletzte und Stradivarius genoss die Ovationen des Publikums in vollen Zügen.

In seinem Rücken versammelten sich unterdessen noch einmal die übrigen Artisten des Abends, um sich mit einem gemeinsamen Zug durch die Manege von ihren Zuschauern zu verabschieden.

»Wo ist Elek?«, raunte Elda Thinoa ihrem Mann zu, der ein Stück weiter links stand und strahlend in die Menge winkte. Sie war mit ihrer Marrakhener-Dressur traditionell die Vorletzte im Programm und Elda saß noch immer auf dem Rücken von Warffy, ihrer Lieblingsstute. »Er müsste längst hier sein.«

»Weiß der Teufel, wo der sich wieder rumtreibt«, gab der hühnenhafte Bazon zurück. »Aber wenn er zurückkommt, kann er was erleben. Das glaube mir!«

Seine Frau glitt schwerelos von ihrer Stute und gab dem riesigen schwarzen Wildpferd den stummen Befehl, hinter ihr zurückzubleiben. »Wieso? Was war denn los?«

»Sag nur, du hast nicht mitbekommen, dass Irve sich an der Hand verletzt hat?« Bazon bückte sich nach einem Blumenstrauß, den eine begeisterte kleine Zuschauerin in seine Richtung geschleudert hatte. »Und das alles nur, weil der junge Herr die Messer für die Flugnummer nicht sortiert hatte.«

Elda schielte unauffällig zur Seite, wo Irve Selicon, ein aufwendig geschminktes junges Mädchen im Feenkostüm, mit ihren beiden Schwestern herumalberte. Das Trio assistierte Bazon bei dessen Illusions-Nummer. Und tatsächlich steckte Irves linke Hand in einem dicken Verband.

»Ich konnte das arme Ding für den kompletten Rest der Nummer nur noch außerhalb der Käfige einsetzen«, schimpfte Bazon, wobei er penibel darauf achtete, dass das Publikum nichts von seinem Unmut mitbekam. »Und du weißt doch selbst, wie empfindlich diese Mädchen heute sind. Wenn sie das einem Arzt zeigt, schreibt er sie unter Garantie krank. Aber ich schwöre dir: Wenn Irve ausfällt, wird Elek ihren Part übernehmen. Und dann ist erst mal Schluss mit Seilboarden und Hochseil-Tricks!«

Elda antwortete nicht. Ihre Miene spiegelte tiefe Sorge. Und auch Warffy in ihrem Rücken stieß ein beunruhigtes Schnauben aus.

Natürlich war Elek ein Junge, der seine Freiheiten brauchte. Und es war auch schon vorgekommen, dass er erst auf den allerletzten Drücker erschien, weil er bei seinen Streifzügen durch die Umgebung schlicht und einfach die Zeit vergessen hatte. Aber eine solche Nachlässigkeit – noch dazu auf Kosten anderer – passte einfach nicht zu ihm …

Elda zuckte erschrocken zusammen, als sich plötzlich eine Hand unter ihren Arm schob.

»Alles klar?«, fragte Jillian, die Schlangentänzerin.

»Ich bin nicht sicher«, antwortete Elda.

»Machst du dir Sorgen wegen Elek?«

Sie nickte. »Was immer er sich auch geleistet hat, es ist noch nie vorgekommen, dass er beim Schlussapplaus nicht da war.«

»Ach was, der taucht schon wieder auf!« In Jillians Augen lag Zuversicht. »Bestimmt will er nach der Sache mit Irve bloß vermeiden, seinem Vater in die Arme zu laufen. Was ich, nebenbei bemerkt, ziemlich gut nachvollziehen kann.«

Elda lächelte tapfer, doch als die letzten Gäste das Zelt verlassen hatten, war Elek noch immer nicht zurück. Und allmählich schwante nun auch Bazon, dass sich etwas wirklich Schlimmes zugetragen haben musste.

»Wir bringen ihn zurück«, versprach er, bevor er sich gemeinsam mit den anderen Männern auf den Weg machte, um seinen Sohn zu suchen.

Mit Fackeln und Taschenlampen durchkämmten die Zirkusleute die ganze Gegend, aber alles, was sie fanden, war eine ausgebrannte Hütte im Wald. Und Eleks Stirnband, das ein paar Meter weiter im Unterholz lag …

Der letzte Schultag

Am letzten Schultag vor den Sommerferien erwachte Blue mit einem unguten Gefühl. Es hatte sich in ihre Träume geschlichen, lautlos wie die Morgensonne, und wenn Blue geahnt hätte, dass es lediglich der Vorbote von etwas noch viel Bedrohlicherem war, wäre sie wahrscheinlich gleich im Bett geblieben.

So jedoch stellte sie lediglich fest, dass sie ein ungutes Gefühl hatte und obendrein verdammt spät dran war!

Sie richtete sich auf und blinzelte in das helle Sonnenlicht, das von allen Seiten ins Zimmer fiel. Das Haus in der Spiegelgasse, in dem sie seit ihrem dritten Lebensjahr wohnte, war alt und verwinkelt. Das hohe, halbrunde Dach verfügte über eine Vielzahl von Luken, die sich in alle Himmelsrichtungen öffnen ließen, was sehr praktisch war, wenn man gutes Licht zum Malen brauchte oder einfach nur ungehindert in die Sterne gucken wollte. Darunter verteilten sich neun Zimmer auf fünf Halbgeschosse, die über Mini-Treppchen miteinander verbunden waren. Gäste des Hauses verliefen sich regelmäßig, doch Blue liebte das Haus. Und ganz besonders liebte sie ihren knallroten Schaukelsessel. Ihr Vater hatte ihn an einem der hohen Dachbalken befestigt, und wenn man richtig Schwung nahm, konnte man von einer Wand des geräumigen Zimmers bis zur anderen schaukeln. Als ob man an Bord eines Schiffes über die Wellen eines mächtigen Ozeans gleite …

Aber warum hatte ihr Wecker heute früh nicht geklingelt? Blues Augen suchten wieder den Nachtschrank neben dem Bett. Sie überhörte das verdammte Ding eigentlich nie, denn es hatte den mit Abstand unangenehmsten Klingelton, den man sich denken konnte. Doch ausgerechnet heute schien der Wecker den Geist aufgegeben zu haben!

Auf dem Flur vor ihrem Zimmer wurden Schritte laut. »Blue? Bist du wach?«

Zum Glück kam ihre Mutter nie einfach herein, sondern klopfte oder rief. Gleichwohl würde sie vermutlich explodieren, wenn sie entdeckte, dass ihre Tochter um kurz nach sieben noch immer im Pyjama herumrannte.

»Ja, klar! … Alles bestens, Mama«, rief Blue und stürzte zum Schreibtisch, wo ihre Schuluniform nachlässig hingeworfen über dem Stuhl hing. »Ich bin so gut wie fertig.«

»Beeil dich!« Ihre Mutter klang gehetzt. Vermutlich hatte sie bereits eine Runde Ringkampf mit Ellie und Miranda hinter sich. Blues jüngere Schwestern machten gerade eine Trotzphase durch und stritten um alles und jedes. »Ich habe Nutaveras gemacht. Die schmecken nur, wenn sie frisch sind.«

Nutaveras? Blue hob schnuppernd die Nase. Die aus dem Fürstentum Nutana stammende Pfannkuchenspezialität gehörte von klein auf zu ihren absoluten Lieblingsspeisen. Und tatsächlich: Aus dem Erdgeschoss duftete es bereits herrlich nach Wiehl-Nugat und gerösteten Wattemandeln.

»Gib mir zwei Minuten«, rief sie, während sie in aller Eile ein bisschen getrocknete Erde aus der blaugrauen Weste rieb, die zu ihrer Schuluniform gehörte. Sie war schon unter normalen Umständen nicht gerade eine Kandidatin für die Ordentlichkeitsmedaille. Und gestern hatte sie obendrein die Wildkräuter für ihr Bio-Projekt umgetopft …

Sie ließ sich auf den kleinen Hocker vor dem Spiegel fallen und griff nach ihrer Haarbürste. Die prächtig verzierte Frisierkommode war ein Erbstück ihrer verstorbenen Großmutter und die hatte ganz zweifellos eine Vorliebe für seltsame Dinge besessen!

»Was ist denn das für ein komisches Teil?«, fragten ausnahmslos alle, die zum ersten Mal in Blues Zimmer zu Besuch waren.

»Na, was schon?«, pflegte Blue in solchen Fällen mit Unschuldsmiene zu antworten. »Ein Spiegel.«

»Aber ich kann mich gar nicht darin sehen ...«

»Doch, klar. Du musst nur genauer hinschauen!«

Und das taten ihre Besucher dann auch. Meist jedoch ohne jedes Ergebnis: »Also, ich sehe da nichts als eine türkisblaue Fläche.«

»Na, das ist doch immerhin schon mal ein Anfang.«

»Ein Anfang von was?«

»Setz dich davor!«

Spätestens jetzt kamen die Cleveren unter ihren Freunden ins Grübeln. Doch am Ende siegte bei allen die Neugier und sie nahmen auf dem kleinen Hocker Platz, der in derselben undefinierbaren Farbe gestrichen war wie der Spiegel selbst. »Wow, cool! Ist das etwa Wasser?«

»Nein, Glas.«

»Es sieht aber aus wie Wasser.«

Die besonders Mutigen streckten an dieser Stelle die Hand aus und zuckten erschrocken zurück, wenn die spiegelnde Oberfläche unter ihrer Berührung in Bewegung geriet. Und hier begann der definitiv lustigste Teil der Sache!

»Ach, du Schande! Was ist das denn?«, rief der eine oder andere Hartgesottene noch, während es der Mehrzahl bereits die Sprache verschlagen hatte. Denn je nach Intensität der Berührung setzten sich die Wellen bis zu den Rändern der beiden Seitenteile fort, wurden wieder zurückgeworfen und vereinigten sich in der Spiegelmitte zu einem wilden Strudel, der alles um sich herum zu verschlingen drohte.

Erfahrungsgemäß konnte es eine ganze Weile dauern, bis das Wasser endlich seinen Fluss verlangsamte und mit einem satten Gurgeln verebbte. Doch zu diesem Zeitpunkt lagen ihre Besucher längst auf den Eichendielen vor dem Spiegel und versuchten zitternd und fluchend, wieder Herr ihrer Sinne zu werden.

Blue kicherte. Sie selbst hatte Jahre gebraucht, um den Spiegel gefahrlos benutzen zu können, und sie erinnerte sich noch gut daran, wie schwindlig ihr bei den ersten Malen geworden war.

Doch den Schminktisch hergeben – wie ihr Vater es wiederholt vorgeschlagen hatte – kam für Blue nicht infrage. Schließlich war dieser Spiegel das einzige Erinnerungsstück, das sie von ihrer verstorbenen Großmutter besaß. Wobei »Erinnerungsstück« eigentlich das falsche Wort war, denn Blue war ihrer Großmutter nie persönlich begegnet. Alles, was sie wusste, war, dass sie eine berühmte Schauspielerin gewesen und bei einem Bootsunfall ums Leben gekommen war.

In einer Schublade im Wohnzimmer gab es ein paar vergilbte Fotos, die eine rotblonde Frau mit hellem Teint und leidenschaftlichen Augen zeigten. Doch davon einmal abgesehen, war Josy van Eynsburg für ihre Enkelin fast so etwas wie ein Phantom. Blue hatte ihre Eltern oft nach ihr gefragt, doch insbesondere ihr Vater reagierte seltsam verschlossen, wann immer sie das Thema auf den Tisch brachte.

Unwillig raffte Blue ihre Locken im Nacken zusammen und steckte sie zu einem Knoten. Wie alle Meleuten hatte sie neben ihrem normalen Haar ein buntes Büschel sogenannter Pilare auf dem Kopf. Die filigranen Gebilde bestanden aus einer fein glänzenden, haarartigen Substanz und hatten die Form von Blättern, wobei sich Größe und Farbstellung individuell stark unterscheiden konnten. Stella zum Beispiel, Blues beste Freundin, besaß einen besonders schönen Logipilaren in tiefstem Dunkelblau, auf dem je nach Lichteinfall winzige silberne Mathematikformeln schimmerten. Da sie nicht eitel war, trug Stella ihn meist streng nach hinten frisiert, doch traditionell legten insbesondere die meleutischen Frauen großen Wert darauf, ihre Pilare in kunstvollen Frisuren zur Geltung zu bringen.

Die Legende von der Entstehung dieses typisch meleutischen Kopfschmucks reichte zurück bis in die Kaiserzeit. Den Erzählungen zufolge hatte die Frau des damaligen Regenten, Kaiserin Verita, eine meleutische Hofdame namens Sebani gehabt. Die Kaiserin hatte dem Mädchen blind vertraut. Doch eines Tages war sie dahintergekommen, dass Sebani wichtige Handelspläne an ihre Feinde verriet, und sie hatte das Mädchen in seine Heimat zurückgeschickt. Kurz darauf waren allen Meleuten, unabhängig von Geschlecht und Alter, Pilare gewachsen, in denen sich die wichtigsten Charakterzüge und Talente ihrer Träger spiegelten.

»Falls das stimmt, habe ich zweifellos ein gewisses Talent zum Unsichtbar-Sein«, murmelte Blue, während sie eine letzte Haarnadel in ihren Knoten schob.

Zu ihrem größten Leidwesen waren ihre Pilare nicht besonders farbintensiv, sondern erinnerten eher an Aquarelle. Und als ob das nicht schon ärgerlich genug wäre, wechselten einige von ihnen auch noch die Farbe, wenn sie aufgeregt war! Blue warf ihrem Spiegelbild ein ironisches Lächeln zu. Ihre Mutter lachte darüber und nannte sie zärtlich »mein kleines Chamäleon«. Aber sie selbst wäre am liebsten im Erdboden versunken, wenn wieder mal irgendwer hinter ihr herrief: »He, Blue, ist dir kalt? Dein Senseo-Pilar sieht ja ganz verfroren aus!«

Sie stand auf und zerrte ihre Schultasche unter dem Schreibtisch hervor. Viel mitzunehmen brauchte sie zum Glück nicht, immerhin war heute der letzte Tag vor den Sommerferien. Aber wo, zur Hölle, war eigentlich diese blöde Zeugnismappe?

Blue wühlte sich hektisch durch ihre Schubladen. Leider verstand Miss Carmichael in diesen Dingen so gar keinen Spaß und …

»Blue!«

Oh, oh!

»Was, um Himmels willen, treibst du denn da oben noch so lange?« Die Stimme ihrer Mutter überwand die drei Treppen bis zum Erdgeschoss ohne Probleme. »Hast du mal auf die Uhr gesehen?«

In Ermangelung einer Zeugnismappe riss Blue einen leeren, wenn auch reichlich lädierten Ordner aus dem Regal. Dann stürmte sie die Treppen hinunter in die Küche.

Drei Nutaveras später war sie auf dem Weg in die Schule. Sie besuchte die siebte Klasse von St. Andrews, des ältesten und ehrwürdigsten Gymnasiums des Fürstentums. Doch als sie durch das hohe schmiedeeiserne Tor rannte, war der Schulhof bereits wie leer gefegt. Einzig der alte Hince war auf den Stufen vor der Aula mit einem Besen zugange.

Als er Blue entdeckte, winkte er sie zu sich.

»Tut mir leid, Mr Hince«, rief sie atemlos. »Aber ich hab keine Zeit.«

»Nein, nein, Sie verstehen nicht ...« Die knorrigen Hände des Hausmeisters fuchtelten durch die milde Morgenluft. »Sie sind hier!«

»Wer?«

»Alle.«

Blue stutzte. »Sie meinen in der Aula?«

Hince nickte. »Miss Sanchez hat eine Vollversammlung einberufen. Na, los! Kommen Sie! Sie haben schon vor fünf Minuten angefangen.«

Eine Vollversammlung?

Blue runzelte die Stirn. »Heute?«

»Jawohl, Miss Blue.« Hince humpelte ein paar Schritte auf sie zu. In nunmehr dreiundfünfzig Dienstjahren als Hausmeister von St. Andrews hatte er viel gesehen. Er war Zeuge großer Erfolge der Schule gewesen und hatte die Reformjahre mitgemacht, im Zuge derer sogar die Zusammenlegung von Jungen- und Mädchenklassen diskutiert worden war (in Hince' Augen die absurdeste Idee seit Einführung der Katzensteuer!). Doch so unerschütterlich ihn der jahrzehntelange Umgang mit Schülern und Lehrern auch gemacht hatte, so beunruhigt schien er an diesem Morgen zu sein. Und automatisch musste Blue wieder an das merkwürdige Gefühl denken, mit dem sie erwacht war.

Das Gefühl von Bedrohung …

Sie musterte den alten Hausmeister prüfend. »Ich dachte eigentlich, dass wir ganz normal unsere Zeugnisse bekommen. In unseren Klassenräumen.«

Zu ihrer Überraschung fing Hince an zu husten. »Dazu … ähm … kann ich nichts sagen, Miss Blue. Die Entscheidung kam … Nun ja, sie kam ziemlich plötzlich.«

»Ist …« Blue wagte es kaum, die Frage zu stellen. »Ist etwas passiert?«

Das wettergegerbte Gesicht des Hausmeisters färbte sich rosa. »Nicht direkt. Es ist …« Er unterbrach sich und fing offenbar aus purer Verlegenheit wieder an zu fegen. »Ach, ich weiß auch nicht. Am besten, Sie gehen rein und hören selbst.«

Blue zögerte, doch Hince ließ sich kein weiteres Wort entlocken. Stattdessen fegte er, was das Zeug hielt, und als sie sich selbst dann noch immer nicht vom Fleck rührte, murmelte er eine Entschuldigung und ging davon.

Mit wild pochendem Herzen stieg Blue die ausgetretenen Steinstufen hinauf. Aus dem Inneren des altehrwürdigen Gebäudes drang kein Laut. Aber das musste nichts bedeuten. Die Wände waren dick und bei den hohen, mit bunten Glasmosaiken verzierten Fenstern handelte es sich noch um echte Qualitätsarbeit.

Nun mach schon!

Blue atmete tief durch. Dann stieß sie die schwere Eichentür auf.

Böses Erwachen

Das Erste, was Elek sah, waren Blätter. Kleine hellgrüne Blätter, die sich leise im Wind bewegten. Das Bild war gestochen scharf, fast so, als ob ihm jemand eine riesige Lupe vors Gesicht halte, und einen Augenblick lang war er nicht sicher, ob er nicht noch immer bewusstlos war. Doch dann fühlte er den sanften Wind auf seiner Haut.

Und auch etwas wie Schmerz.

Er versuchte, sich aufzurichten und war überrascht, als es ihm auf Anhieb gelang. Wo, zum Teufel, war er hier? Noch immer im Wald?

Über das Moos, das seinen Sturz gebremst hatte, tanzten bunte Lichtflecken.

Elek rieb sich die Stirn, die feucht war vom Tau. Ein Stück weiter rechts führte eine Böschung zu einer nahe gelegenen Straße hinauf. Und ganz allmählich kehrten auch seine Erinnerungen zurück: die Hütte. Der schmale Lichtstreifen vor der Finsternis des Waldes. Und Stimmen, die über das silbrige Gras hinweg an sein Ohr drangen.

»Es ist Ihnen ja wohl klar, dass Sie uns begleiten werden.«

»Ich soll Sie begleiten?« Artur Parrhesius hatte gelacht. »Wohin denn?«

»Sie wissen ganz genau, wohin«, hatte die Frau mit der düsteren Stimme geantwortet. »Und keine Zicken, klar? Sie haben uns lange genug zum Narren gehalten, mein Freund.«

Nach dieser wenig freundlichen Begrüßung waren alle drei in

der Hütte verschwunden und auf der Lichtung war es wieder still gewesen.

Elek hatte sich einen herumliegenden Ast geschnappt und war, so leise er konnte, zurückgeschlichen. Doch noch bevor er das Haus erreicht hatte, waren plötzlich Flammen aus dem dunklen Holz geschlagen. Riesige Flammen, die wie rot glühende Zungen in den düsteren Nachthimmel loderten.

Instinktiv schloss Elek die Augen, doch die unangenehmen Erinnerungen ließen sich nicht so einfach ausblenden. Im Gegenteil: Fast war ihm, als könne er wieder den Rauch riechen. Und das Knirschen des alten Gebälks hören, das unter der Wucht eines gigantischen Funkensturms ächzte.

Er war um die Hütte herumgerannt, um vielleicht doch noch eine Möglichkeit zu finden, ins Haus zu gelangen. Und dann hatte er sie entdeckt: Am anderen Ende der Lichtung waren sie aus dem Schatten der Bäume getreten, zwei Gestalten in grauen Mänteln. Und zwischen ihnen … Elek schluckte. Zwischen ihnen Artur Parrhesius mit auf den Rücken gefesselten Händen!

Das Pärchen war nicht gerade zimperlich mit dem alten Mann umgegangen, und als Parrhesius in der Finsternis des Waldes gestolpert war, hatte ihn die Frau unsanft wieder auf die Beine gezerrt.

»Sie wissen doch, wie das läuft, Professor«, hatte Elek sie sagen hören, obwohl sie eigentlich viel zu weit entfernt gewesen waren. »Wer sich weigert, mit uns zusammenzuarbeiten, kommt nach Amnesia. Und glauben Sie mir, unsere Spezialisten dort wissen ganz genau, wie sie mit Ihresgleichen umzugehen haben.«

Der Vorsprung des Trios war uneinholbar gewesen. Doch Elek hatte sich noch nie darum geschert, wie seine Chancen standen. Das war einer der Gründe, warum er bereits jetzt, mit zwölf, zu den besten Seilboardern der Welt gehörte. Also war er losgerannt. Wie der Teufel war er über die mondhelle Lichtung gesprintet, ohne Deckung und ohne Rücksicht auf Verluste. Und doch hatte er zunächst geglaubt, zu spät zu kommen, als er aus dem Wald auf einen nahen Feldweg gestolpert war.

Aus der Ferne hatten ihm höhnisch die Lichter von Trogg entgegengelacht, als ob sie ihm zurufen wollten: *Gib endlich auf, Junge! Du hast es vermasselt!*

Doch dann waren in der Dunkelheit vor ihm urplötzlich die Rücklichter eines Autos aufgeblitzt. Ein uralter Kastenwagen, schwarz mit dunkelgrauen Streifen auf den Türen.

Elek hatte das Knirschen des Getriebes gehört, als der Mann das Fahrzeug umständlich gewendet und anschließend auf die holprige Schotterstraße gelenkt hatte, die von der Stadt wegführte. Und ein letztes Mal hatte er all seine Kräfte zusammengenommen. Seine Füße hatten kaum mehr den Boden berührt und mit einem letzten kühnen Sprung war er auf dem Trittbrett vor der Hecktür gelandet.

Der Wagen war schneller und schneller geworden und Elek hatte sich an der rostigen Tür festgekrallt, bis der Wald hinter ihnen zurückgeblieben war. Hier und da hatte er in der Finsternis über den Feldern ein fernes Gehöft erahnen können. Kleine Siedlungen mit Obstbäumen und Weiden. Und dann hatte ein Instinkt ihn den Kopf heben lassen, hinauf zu dem kleinen, mit Maschendraht verschlossenen Heckfenster …

Professor Parrhesius!

Das bleiche Gesicht war in der Dunkelheit geschwebt wie ein Geist.

»Verschwinde«, hatte Elek von den schmalen Lippen abgelesen. »Du kannst nichts mehr für mich tun! Also lass gefälligst los und bring dich in Sicherheit!«

»Ich denke gar nicht dran«, hatte er gegen den unbarmherzigen Fahrtwind angebrüllt. »Ich lasse Sie nicht im Stich!«

In den strahlblauen Augen hatte ein Lächeln geblitzt, als Parrhesius seine Marmorfinger von innen um das Gitter geschlungen hatte. »Komm näher!«

Elek hatte die Füße noch fester gegen das rostige Trittbrett gestemmt und sich hochgezogen, bis sie fast auf Augenhöhe waren.

»Das Chronal ...«

»Ja. Was ist damit?«

»Du musst es nach Scripton bringen.« Die brüchige Stimme des Alten hatte sich verloren im Lärmen des Motors. »Hörst du? S-C-R-I-P-T-O-N.«

Elek hatte gerade fragen wollen, ob er die alte Ruinenstadt in der Wüste von Solon meine, als der Wagen in rasendem Tempo durch ein Schlagloch geholpert war. Der unerwartete Ruck hatte ihn nach hinten gerissen und von einer Sekunde zur anderen hatte er mitten im Nichts geschwebt. Gehalten allein von der Kraft seiner Finger, die sich in den dünnen Draht des Gitterfensters krallten ...

Seltsamerweise hatte er ausgerechnet in diesem Moment wieder an das Hochseil denken müssen. An jenen Tag vor vier Jahren, als er zum ersten und bislang einzigen Mal im Leben den Halt verloren hatte: Damals ist er acht und verzichtet bereits seit einem Jahr auf das sichernde Fangnetz. Eine einzige unbedachte Bewegung, ein winziger Augenblick der Unaufmerksamkeit – und sein Körper sackt wie ein Stein in die Tiefe. Er hört den erstickten Schrei seiner Mutter. Das heiße Licht der Scheinwerfer blendet ihn und instinktiv greift er ins Dunkel, während neun Meter unter ihm sein Board mit einem dumpfen Knall auf dem Boden der Manege aufschlägt. Bis heute konnte Elek nicht sagen, wie es ihm gelungen war, das rettende Seil zu erwischen und sich daran festzuhalten, bis sein Vater ihn aus seiner misslichen Lage befreit hatte.

Doch gestern Nacht hatte er keine Chance gehabt. Der dünne Draht des Gitterfensters hatte sich in seine Finger geschnitten, bis sie geblutet hatten. Und irgendwann hatte er nur noch loslassen können. Elek rieb sich stöhnend die Hände. An mehr konnte er sich beim besten Willen nicht erinnern.

Verdammt! Das Chronal!

Mit zittrigen Fingern tastete er nach seiner Jacke. Was, wenn er es verloren hatte? Wenn es ihm auf der rasenden Fahrt durch die Nacht aus der Tasche gerutscht war? Wenn es … Nein! Da war es!

Mit einem Seufzer der Erleichterung zog Elek das abgegriffene Büchlein heraus. Gestern Abend, auf der Lichtung, hatte er keine Gelegenheit mehr gehabt, es sich anzuschauen. Ganz abgesehen davon, dass seine Eltern ihm beigebracht hatten, seine Nase nicht so ohne Weiteres in die Angelegenheiten anderer Leute zu stecken.

Aber in diesem Fall lagen die Dinge anders.

Immerhin hatte Parrhesius ihm das Buch ausdrücklich anvertraut …

Er rieb sich die Hände trocken und blätterte vorsichtig die ersten Seiten auf. Das gesamte Buch war von Hand geschrieben. Eine stolze, schnörkellose Schrift, die einen lebendigen Geist erkennen ließ. Doch sehr zu Eleks Leidwesen war es in einer Sprache geschrieben, die er noch nie gesehen hatte. Zwischen den dicht gedrängten Zeilen fanden sich unzählige Zeichnungen von Blüten, Samenkapseln und Wurzeln – alle fein säuberlich beschriftet und mit größter Akkuratesse gezeichnet. Aber … Ratlos ließ Elek das Buch sinken. Was machte er jetzt damit? Sollte er wirklich warten, bis diese ominöse Kontaktperson auftauchte und ihm das vereinbarte Codewort nannte? Oder hielt er sich an die Anweisung, die der Alte ihm zuletzt gegeben hatte?

Du musst es nach Scripton bringen …

»Scripton«, wiederholte Elek nachdenklich. Ob Parrhesius tatsächlich die alte Kaiserstadt am Fuße der Weißen Berge gemeint hatte? Aber dort lebte doch schon seit Jahrhunderten niemand mehr. Genau wie im Rest des Fürstentums Lox. Elek schüttelte den Kopf. Er selbst war nie dort gewesen, aber er wusste, dass manche Leute es das »Verbotene Land« nannten. Dabei war das Gebiet rund um die Wüste Solon gar nicht wirklich verboten. Im

Gegenteil: Jeder, der wollte, konnte es problemlos bereisen. Die Frage war nur: Wer wollte das? Es gab dort nichts, was eine Reise gelohnt hätte. Nur Sand und Steine und uralte Ruinen ... Eleks Augen folgten einem Schmetterling, der zwischen den tiefblauen Blüten des Waldmohns hin und her flatterte. Warum, in aller Welt, hatte Parrhesius ihn ausgerechnet dorthin geschickt?

Er schob das Buch in seine Jackentasche zurück und stand auf. Jede Faser seines Körpers tat weh. Vermutlich würde er in ein paar Tagen überall blaue Flecken haben. Und doch konnte er von Glück sagen, dass er überhaupt noch lebte!

Sein Blick suchte die Böschung, die er hinuntergestürzt war. Er konnte nicht sagen, wie weit sie gefahren waren. Aber angesichts des Tempos mochten es gut und gern zehn oder zwölf Meilen gewesen sein.

Elek seufzte und legte den Kopf in den Nacken. Die Sommersonne stand schräg über den Baumkronen, was bedeutete, dass Trogg – und damit der Zirkus – irgendwo nordöstlich von ihm liegen musste. Und vermutlich war es das Beste, wenn er erst mal dorthin zurückkehrte. Vielleicht wussten seine Eltern ja irgendetwas, das ihm weiterhalf ...

Er nickte und klopfte sich ein paar verirrte Blätter von der Jacke. Dann kämpfte er sich die steile Böschung zur Straße hinauf.

Schlechte Neuigkeiten

Die Schüler in den hinteren Reihen wandten neugierig die Köpfe, als Blue aus dem Schatten der Empore trat. Und auch Miss Carmichael, ihre Klassenlehrerin, warf ihr von einer der Seitenlogen aus einen flüchtigen Blick zu. Doch anstelle des erwarteten Tadels las Blue etwas anderes in ihren Augen. Sie stutzte. War das etwa Angst?

Irritiert blieb sie stehen. In der Aula war es so still, dass man eine Stecknadel hätte fallen hören können, und den Gesichtern ihrer Mitschüler nach hatte Mr Knox gerade den Weltuntergang verkündet.

»Es tut uns wirklich außerordentlich leid«, setzte der stellvertretende Direktor mit einem reichlich gequälten Lächeln hinzu, »aber unter den gegebenen Umständen halten wir die genannte Maßnahme für absolut unumgänglich. Bitte begeben Sie sich jetzt wieder in Ihre Klassenräume. Dort werden Sie, wie gewohnt, Ihre Jahreszeugnisse erhalten. Und darüber hinaus einen Brief der Schulleitung, den Sie bitte unverzüglich an Ihre Eltern weiterleiten. Alles Weitere teilen wir Ihnen dann zu Beginn des neuen Schuljahres mit.«

Der letzte Satz war noch nicht verklungen, als bereits an allen Ecken und Enden des Saales Gemurmel laut wurde. Unzählige Finger schnellten in die Luft und alles sprach wild durcheinander.

»Nein! Keine Fragen!« Mr Knox hob abwehrend die Hände, doch zumindest die älteren Schüler ließen sich nicht so einfach den Mund verbieten.

»Das können Sie nicht machen!«, schrie ein hellblonder Primaner und sprang wütend von seinem Stuhl auf. »Haben Sie auch nur die geringste Ahnung, was das für uns bedeutet?«

Und sein Sitznachbar fügte mit hochrotem Kopf hinzu: »Ich habe die Zusage für meinen Studienplatz schon seit Wochen in der Tasche. Soll ich die jetzt zerreißen oder was?«

Miss Sanchez hatte sich bislang im Hintergrund gehalten. Doch nun schob sie ihren völlig überforderten Stellvertreter beiseite und trat selbst ans Mikrofon. »Seien Sie versichert, dass wir uns diese Entscheidung ganz und gar nicht leicht gemacht haben«, erklärte sie mit ungewohnt dünner Stimme. »Aber leider gibt es in der Sache selbst nichts zu diskutieren. Der Beschluss ist gefasst und …«

»Wer hat das beschlossen?«, fiel der Hellblonde ihr ins Wort.

Die Direktorin tauschte einen Blick mit Mr Knox. »Das Ministerium.«

»Sie meinen Tiberius Bogrin?« Der Primaner lachte höhnisch auf. »Ach, kommen Sie! Das ist ja wohl nicht Ihr Ernst!«

Miss Sanchez machte ein Gesicht, als habe sie in eine unreife Zitrone gebissen. Doch sie schien entschlossen, sich nicht provozieren zu lassen.

»Sie wissen doch selbst, dass dieser alte Schwachkopf nichts mehr zu melden hat«, legte der Hellblonde eilig nach. »An dem ist der Fortschritt der letzten Jahre doch komplett vorbeigegangen!«

»Wo auch immer Sie da einen Fortschritt erkennen wollen«, bemerkte Miss Sanchez spitz. Und mit warnendem Blick fügte sie hinzu: »Aber wie auch immer man zu den jüngsten Entwicklungen stehen mag: Ich werde nicht zulassen, dass ein hochverdientes Mitglied des Senats und amtierender Minister an meiner Schule persönlich beleidigt wird. Haben wir uns verstanden?«

Der Primaner schnappte wütend nach Luft. »Das ist doch alles nur noch eine Frage von Monaten!«, rief er trotzig. »Und wenn Tom Healy erst mal …«

»Noch hat Mr Healy die Wahl nicht gewonnen«, unterbrach ihn die Direktorin ruhig, aber bestimmt. »Und bis es so weit ist, gilt an dieser Schule das, was Tiberius Bogrin entscheidet. Ende der Diskussion.« Ihre Worte entfachten einen neuerlichen Sturm der Entrüstung, doch Miss Sanchez ignorierte sämtliche Zwischenrufe. »Ich wünsche Ihnen trotz allem schöne Ferien«, setzte sie mit unbewegter Miene hinzu. »Auf ein gesundes Wiedersehen im neuen Schuljahr.«

Dann drehte sie sich auf dem Absatz um und verschwand durch die Tür neben der Bühne, während in der riesigen Aula buchstäblich die Hölle losbrach.

Blue wich eilig einen Schritt zurück, als ihr aus dem breiten Mittelgang Dutzende empörter Mitschüler entgegenquollen. Manche blickten starr geradeaus, andere schimpften wüst vor sich hin oder hatten Tränen in den Augen.

Im Gewimmel auf der anderen Seite entdeckte Blue ihre Freundin Stella, die mit finsterer Miene neben Melissa Gangbart herstapfte.

Die war erst in der vergangenen Woche zum zweiten Mal in Folge zur beliebtesten Schülerin ihrer Klassenstufe gewählt worden – eine Auszeichnung, die Blue ungefähr so überflüssig fand wie eine Warze am Hintern. Doch die schöne Melissa leitete aus ihrem Titel eine Reihe von Sonderrechten ab, die damit begannen, dass sie ihre Hausaufgaben grundsätzlich von anderen abschrieb. Und wer ihr diesen Freundschaftsdienst verweigerte, bekam ziemlich schnell ihre weniger schönen Seiten zu spüren. Im Augenblick allerdings schien sie – genau wie alle anderen – einfach nur fassungslos zu sein.

Blue bahnte sich einen Weg durch das dichte Gedränge, als sich unvermittelt eine Hand auf ihre Schulter legte. Sie drehte sich um und blickte geradewegs in die vertrauten braunen Augen von Spencer Rhyme, mit dem sie seit dem Kindergarten befreundet war.

»Und?«, fragte er. »Was sagst du dazu?«

Blue schüttelte ratlos den Kopf. »Wozu denn, um Himmels willen?«

Über das sommersprossige Gesicht ihres Freundes glitt ein Schatten. »Sag bloß, du hast es noch gar nicht mitbekommen?«

»Nein. Ich war ein bisschen zu spät und …« Weiter kam sie nicht, denn Stella hatte sie ebenfalls entdeckt.

»Blue, verdammt! Wo, zum Teufel, hast du gesteckt?«

»Ich hab verschlafen«, antwortete Blue kleinlaut.

»Was denn?« Ihre Freundin sah sie an, als habe sie den Verstand verloren. »Ausgerechnet heute?«

»Sicher doch.« Blue bedachte die verwaiste Bühne mit einem ironischen Lächeln. »Ich habe mir absichtlich den ungünstigsten aller Tage ausgesucht, um mal so richtig schön auszuschlafen. Kann mir jetzt vielleicht trotzdem mal jemand verraten, was hier eigentlich los ist?«

»Och, nichts weiter …« Stellas tiefschwarze Augen sprühten Funken. »Außer dass das Ministerium uns die Schulzeit verlängert hat. Um ein komplettes Jahr!«

»Wie bitte?« Blue hatte das Gefühl, gerade einen kräftigen Schlag in die Magengrube kassiert zu haben. »Einfach so?«

»Ja, einfach so«, schimpfte Stella. »Ganz egal, wie gut unsere Noten sind, wir müssen dieses sogenannte zusätzliche Jahr machen.«

Blue sah sich nach den Primanern um, die in Grüppchen zusammenstanden und aufgeregt diskutierten. »Auch die Abiturienten?«

»Hallo? Hast du's noch nicht gerafft?« Stella war schon von Haus aus nicht gerade geduldig. Und im Moment war sie auf hundertachtzig. »Es gibt keine Abiturienten dieses Jahr.«

»Und natürlich gibt es dann auch keinen Abschlussball«, jammerte Melissa, die ihr gefolgt war. »Dabei sollte *ich* unsere Stufe bei der feierlichen Eröffnung vertreten.« Ihr Marzipanteint war rot vor Zorn. »Ich meine, wer garantiert mir denn, dass ich nächstes Jahr überhaupt noch mal gewählt werde? Oh, Mann! Das ist alles so unfair!«

»Glaub mir«, fuhr Stella sie an, »ein bescheuerter Ball ist im Augenblick unser kleinstes Problem.«

Melissa schob angriffslustig die Unterlippe vor. »Völlig klar, dass *du* das so siehst, McGinny«, fauchte sie. »Immerhin hast du bislang ja nicht mal einen Begleiter.«

Stella verzog keine Miene. »Wenn ich einen Jungen will, der mir auf den Füßen rumtrampelt, gehe ich zum Fußball.«

»Ha, ha!« Melissa kräuselte ihr Stupsnäschen. »Aber was erwarte ich? Eine wie du hat eben keinen Sinn für die schönen Dinge des Lebens.«

»Du meinst Kombinatorik und Astrophysik?« Stella grinste. »Oh, doch. Glaub mir. Da hab ich jede Menge Sinn für.«

Melissa spürte, dass sie im Begriff war, den Kürzeren zu ziehen, und wechselte eilig das Thema: »Wie auch immer, ICH werde das jedenfalls nicht so einfach hinnehmen.« Sie warf sich in die Brust. »Ich erzähle es meinem Dad und der ruft unseren Anwalt an. Und dann werden wir ja sehen, wer am Ende am längeren Hebel sitzt!«

Sprach's und stakste auf ihren sündhaft teuren Krono-Stiefeletten davon.

»Ich glaube, jetzt ist sie beleidigt«, lachte Blue.

»Ach was.« Stellas Grinsen verbreiterte sich. »Sie war nur überfordert, weil sie mehr als drei Sätze geradeaus denken musste.«

Stella und Melissa waren so etwas wie Lieblingsfeindinnen, seit Melissa beschlossen hatte, Stella sei entschieden zu hübsch für eine mathematisch versierte Hochbegabte (oder entschieden zu begabt für eine hübsche Schwarzhaarige). Und während ihre eigenen Leistungen trotz unermüdlicher Bestechungsversuche ihrer Eltern eher im unteren Mittelfeld dümpelten, zählte Stella schon jetzt zu den besten Schülerinnen der Schule. Erst im vergangenen Jahr hatte sie beim internationalen Kombinatorik-Wettbewerb den zweiten Platz belegt – hinter einem neunzehnjährigen Doktoranden. Und statt wie Melissa jede freie Minute mit Styling zu verbringen, beschäftigte sie sich lieber mit Zahlenrätseln und naturwissenschaftlichen Experimenten. Außerdem spielte sie Lyresse, ein seltenes Streichinstrument, das vom Aussehen her einer Geige ähnelte, aber den Klang von Silberglöckchen hatte.

»Aber wozu soll dieses Verlängerungsjahr denn gut sein?«, fragte Blue. »Ich meine, eine so unpopuläre Entscheidung trifft man doch nicht ohne Grund, oder?«

»Angeblich gibt es neue Studien, die belegen, dass zwölf Schuljahre zu kurz sind«, antwortete Stella. »Aber wenn du mich fragst, steckt da noch etwas ganz anderes dahinter.«

Spencer sah sie an. »Was denn?«

»Keine Ahnung, aber ich habe da gestern zufällig etwas aufgeschnappt, was dazu passen würde.« Sie zog ihre Freunde in eine ruhige Ecke. »Ich war in der Klinik, um meine Mutter abzuholen.« Erica McGinny arbeitete als Kinderärztin im städtischen Krankenhaus. »Und da habe ich zufällig gehört, wie sie sich mit Dr. Morton unterhalten hat.«

Blue horchte auf. »Du meinst die Schulärztin?«

Ihre Freundin nickte. »Es ging um die Ergebnisse der jährlichen Reihenuntersuchung und Dr. Morton klang ziemlich besorgt. Sie haben eine Menge Fachwörter benutzt, aber nach allem, was ich mitbekommen habe, ging es um Anaskienten.«

Automatisch griff Blue sich an den Kopf. Der Anaskient war der einzige Pilar, der bei allen Meleuten gleich aussah: reinweiß mit dem feinen Glanz von frisch gefallenem Schnee. Er stand für die Weisheit und Bildung seines Trägers – allerdings entwickelte er sich, ähnlich wie die bleibenden Zähne, normalerweise erst zwischen dem siebten und neunten Lebensjahr. Nur bei ganz wenigen Kindern war er, wie bei Blue, in winziger Ausprägung bereits bei der Geburt vorhanden.

»Anscheinend diagnostizieren sie in jüngster Zeit immer häufiger Probleme in diesem Bereich«, fuhr Stella mit gedämpfter

Stimme fort. »Dr. Morton sagte, dass bei achtundneunzig Prozent der Schulabgänger der Anaskient viel zu kurz und überdies verfärbt ist. Sie dachten zuerst, es liegt am Essen. Aber in den Blutuntersuchungen konnte kein entsprechender Mangel nachgewiesen werden.«

Blue starrte sie an. »Willst du damit sagen, Miss Sanchez lässt uns ein Jahr länger zur Schule gehen, weil unsere Anaskienten nicht mehr richtig wachsen und sie daher befürchten, dass wir verdummen?«

Ihre Freundin hob abwehrend die Hände. »Ich wiederhole nur, was ich gehört habe.«

»Aber …« Spencer strubbelte sich nachdenklich durch die Pilare. »Wie lang müsste so ein Anaskient denn sein, wenn man mit der Schule fertig ist? Also normalerweise?«

»Keine Ahnung«, räumte Stella ein. »Ich habe mir, ehrlich gesagt, noch nie Gedanken darüber gemacht.«

»Na, dann sehen wir uns doch mal die alten Jahrgangsfotos an«, schlug Blue vor und zog ihre Freunde zu der hohen Wand neben dem Portal. Dort waren sämtliche Abschlussklassen der letzten hundert Jahre verewigt und mittlerweile erreichte die imposante Galerie die Höhe eines Zweifamilienhauses. Traditionell befanden sich die jeweils aktuellsten Fotos auf Augenhöhe, von wo aus sie Jahr für Jahr eine Etage höher wanderten.

Spencer legte den Kopf in den Nacken. »Die alten Aufnahmen sind viel zu weit weg«, beschwerte er sich.

»Probier's hiermit.« Stella zog ein Teleskop von der Größe eines Bleistifts aus der Tasche. Sie benutzte es, um die Sterne zu beobachten, wenn sie unterwegs war (zu Hause in ihrem Zimmer hatte sie noch ein anderes, aber das füllte locker ein komplettes Dachfenster aus).

»Ach, du Schande«, entfuhr es Spence, nachdem er die passende Sehschärfe eingestellt hatte. »Das ist echt krass!«

Blue trat neugierig hinter ihn. »Lass mich mal!«

Ihr Freund reichte das Teleskop an sie weiter und grinste, als er sah, wie ihre Augenbrauen in die Höhe schossen. »Wahnsinn, oder?«

»Und ich dachte immer, der Anaskient würde sich erst im Laufe des Studiums so richtig ausbilden.« Kopfschüttelnd ließ Blue das Teleskop sinken. »Aber auf den Bildern da oben hat praktisch jeder Schulabgänger einen voll entwickelten Anaskienten und …«

»Darf ich erfahren, was Sie da tun?«, fragte eine schneidende Stimme hinter ihnen.

Blue zuckte erschrocken zusammen.

Miss Carmichael!

»Nichts. Wir wollten nur …« Sie drehte sich um und ließ das Teleskop dabei unauffällig in ihrer Tasche verschwinden. »Wir sind auf der Suche nach meinem Schlüssel.«

Miss Carmichaels Eulenaugen zogen sich misstrauisch zusammen. »Ihrem Schlüssel?«

»Ja, zu meinem Spind.« Blue schenkte ihr ein entwaffnendes Lächeln. »Auf den Zetteln, die Sie verteilt haben, stand doch, dass wir heute all unsere Sachen mit nach Hause nehmen sollen. Aber ich kann meinen Schlüssel nicht finden und …«

»Und da vermuten Sie ihn ausgerechnet dort oben?« Miss Carmichaels zum Dutt geschlungene Pilare wippten herausfordernd. »In acht Metern Höhe?«

»Ich dachte, jemand hätte mir einen Streich gespielt.«

»Soso …« Die dunklen Wolken auf Miss Carmichaels Stirn wurden noch eine Spur dunkler. »Nun, in diesem Fall sollten Sie vielleicht Mr Hince Bescheid geben. Damit er das Schloss austauscht.«

»Ja, natürlich«, nickte Blue, finster entschlossen, diese unerwartete Gelegenheit zur Flucht zu nutzen. »Ich gehe gleich rüber in sein Büro und …«

»Nein«, unterbrach Miss Carmichael sie erneut. »JETZT gehen Sie erst mal in Ihren Klassenraum und nehmen Ihr Jahreszeugnis in Empfang. Und zwar sofort, haben Sie mich verstanden? Sie sind hier sowieso schon die Letzten.«

Blue sah sich um und stellte überrascht fest, dass sich die Aula inzwischen fast völlig geleert hatte. Lediglich die Benson-Brüder, die dem alten Hince hin und wieder beim Aufräumen zur Hand gingen, wieselten noch zwischen den Stuhlreihen umher, fegten Krümel zusammen und entsorgten liegen gebliebene Taschentücher.

»Na, los! Worauf warten Sie noch?« Miss Carmichaels Geduld war am Ende. »Machen Sie, dass Sie in Ihre Klasse kommen! Und keine Umwege, klar?« Sie wandte den Kopf. »Das gilt auch für Sie, Mr Rhyme!«

»Ja, M'am. Natürlich, M'am.« Spence tippte sich flüchtig an das dunkelblaue Barett, das zu seiner Schuluniform gehörte, und rannte dann wie von tausend Teufeln gehetzt aus der Aula.

Die beiden Mädchen folgten ihm.

An der Tür drehten sie sich noch einmal zu Miss Carmichael um, doch die schien ihre Existenz völlig vergessen zu haben. Sie stand wie versteinert vor der Wand mit den Jahrgangsbildern, und wenn sie keine Lehrerin gewesen wäre, hätte Blue geschworen, dass sie weinte.

Ein mysteriöser Unfall

Stella warf ihre Zeugnismappe auf die Holzbank vor den Spinden und streckte die Beine von sich. »Hast du den Menschenauflauf vor Miss Sanchez' Büro gesehen? Das sah nach jeder Menge Ärger aus …«

»Was hast du erwartet?«, fragte Blue. »War doch klar, dass jetzt alle auf die Barrikaden gehen.«

»Glaubst du wirklich, dass Mr Gangbart seinen Anwalt einschalten wird?«

»Zuzutrauen wäre es ihm.« Blue zuckte die Achseln. »Und falls nicht, wird Melissa ihn unter Garantie die ganzen Ferien deswegen nerven.«

Sie stopfte einen Tennisschläger und zwei Paar Hallen-Sportschuhe in ihre bereits jetzt völlig überfüllte Schultasche und knallte die Tür ihres Spindes zu. Durch die Wucht öffnete sich die unverschlossene Tür des Schrankfachs, das unmittelbar neben ihrem lag.

»Apropos Gangbart … Melissa hat vergessen, ihre Sachen auszuräumen.«

»Das wundert mich nicht«, knurrte Stella. »Immerhin war sie voll und ganz mit Heulen beschäftigt. Weil sie nicht Ballkönigin wird.«

»Guck mal.« Blue zog einen nachlässig bepflanzten Glaskasten aus dem völlig zugemüllten Schrankfach. »Ist das hier nicht ihr Bio-Projekt?«

»Kann sein.«

»Aber das verwelkt doch über die Ferien.«

»Ist das mein Problem?«

»Komm schon, Stell' …« Blue zupfte ein paar vertrocknete Blättchen aus dem schmutzigen Pflanzkies. »Für ihre Verhältnisse hat Melissa sich dieses Mal echt Mühe gegeben.«

Stella musterte die handgeschriebene Tabelle, die ihre Lieblingsfeindin mit Klebestreifen an der Rückwand des Gefäßes angebracht hatte. In den drei Spalten waren gewissenhaft tägliche Gießmenge, Wuchshöhe und Blattdichte vermerkt. Doch wenn man sich die kümmerlichen Pflänzchen hinter dem beschlagenen Glas so ansah, stand zu befürchten, dass die Angaben einzig und allein Melissas Fantasie entstammten.

»Wetten, dass die alle pink blühen, *falls* sie jemals blühen sollten?«

Blue lachte. »Trotzdem können wir diese armen Pflänzchen doch nicht einfach eingehen lassen.«

»Wieso nicht? Es ist ein jämmerlicher Haufen Grünzeug, Blue.«

»Mag sein. Aber es lebt …«

In Stellas Augen schimmerte blanke Verständnislosigkeit. »Willst *du* dich etwa darum kümmern?«

»Das würde ich«, versicherte Blue todernst. »Aber, wie du weißt, fahren wir nächste Woche in Urlaub.«

»Na also.« Stella verstaute ihr Zeugnis in der Vordertasche ihres Rucksacks und stand auf. Für sie war die Sache erledigt.

»Könnten wir nicht vielleicht …«

Ihre Freundin fuhr herum. »Was?«

»Was würdest du davon halten, wenn wir auf dem Heimweg bei Melissa vorbeigehen und sie ihr bringen?«, schlug Blue mit einem flehentlichen Augenaufschlag vor. »Wir kommen doch sowieso praktisch an ihrem Haus vorbei. Und wenn das jämmerliche Grünzeug dann trotzdem eingeht, sind wir wenigstens nicht schuld daran.«

»Oh nein, bitte!« Stella stöhnte. »So weit kommt's noch!«

»Aber …«

»Kein Aber. Sehe ich etwa aus wie einer von diesen Weltverbesserern?«

Blue antwortete nicht.

»Guck nicht so!« Ihre Freundin verdrehte die Augen. »Also schön, von mir aus. Dieser Tag ist sowieso im Eimer. Da kommt es auf eine Katastrophe mehr oder weniger auch nicht mehr an.«

»Danke«, strahlte Blue. »Du bist 'ne echte Freundin.«

»Jaja …« Stella strich sich eine verirrte schwarze Haarsträhne aus der Stirn und klemmte sie unter ihren Logipilaren. »Aber zuerst muss ich Gisela füttern. Sie hat seit gestern Abend nichts bekommen.«

»Sicher, tu dir keinen Zwang an.« Blue setzte sich neben sie auf die Bank und beobachtete, wie ihre Freundin ein kleines Fläschchen und einen winzigen Futternapf aus der Tasche zog.

Dann öffnete sie vorsichtig das Glas ihrer Armbanduhr. »Gisela!«, rief sie lockend. »Komm raus, es gibt Essen!«

Gleich darauf surrte eine ziemlich stattliche Mücke aus dem Gehäuse unter dem Glas und ließ sich zutraulich auf Stellas Knie nieder.

Die Uhr war eine Spezialanfertigung, die Stella selbst entworfen hatte. Gebaut hatte sie der nickende Tom, der älteste und schwerhörigste Uhrmacher der Stadt, und man konnte mit Fug und Recht behaupten, dass ihm mit dieser Uhr ein kleines Meisterstück gelungen war: Die stark gewölbte Kuppel über dem Zifferblatt bestand aus bruchsicherem Spezialglas, das zudem über eine eigene, von innen zu steuernde Verdunklung verfügte. Dazu gab es zwei Öffnungen, die ins Innere des Gehäuses führten – eine auf der Zwölf und eine weitere bei halb drei – und einen komfortablen Ausflug an der Krone, über die sich die Uhr erstaunlicherweise trotzdem noch problemlos aufziehen ließ.

»Na, ist das gut?« Liebevoll ließ Stella einen weiteren Tropfen Glukoselösung in den Futternapf gleiten. Sie mixte das Zeug selbst und Giselas zufriedenem Schmatzen nach zu urteilen schmeckte es ausgezeichnet.

»Sie ist ziemlich groß geworden«, stellte Blue anerkennend fest.

»Hm, sieht ganz gut aus.« Ihre Freundin sah nicht hoch, doch Blue hätte schwören können, dass sie rot geworden war.

Sie hätte es nie zugegeben, aber in Wahrheit war Stella wahnsinnig stolz auf ihre Mücke. Was Blue verstehen konnte. Immerhin war Giselas Art in ihrer ursprünglichen Heimat, den moskitotrophischen Wäldern, fast ausgerottet. Die Mücken übertrugen eine tückische Fieberkrankheit, weshalb sie von den Bauern dort mit aller Macht bekämpft wurden. Doch mithilfe der Nährlösung und einer speziellen Anti-Aggressionstherapie hatte Stella es tatsächlich fertiggebracht, dass Gisela überhaupt nicht mehr stach.

»Wenn ich erst genügend Material zusammenhabe, lasse ich mir die Methode patentieren«, verkündete sie, nachdem sich Gisela grunzend und satt wieder in ihre Behausung unter dem Zifferblatt zurückgezogen hatte. »Und vielleicht erreichen wir ja auf diese Weise, dass auch die Jagd auf ihre Artgenossen endlich aufhört.«

Blue lächelte. »So viel zum Thema Weltverbesserer.«

»Das kannst du nicht vergleichen.«

»Natürlich nicht.«

»Ich mein's ernst.«

»Klar«, nickte Blue. »Ich auch.«

Die Mädchen verließen die Schule, doch statt wie sonst durch den Park zu gehen, wählten sie den Weg über die Brücke. Auf der anderen Seite des Flusses wohnten seit jeher die wohlhabenderen Bürger des Fürstentums: Kaufleute, Politiker und Unternehmer.

Das Haus der Gangbarts lag am Ende einer Sackgasse und war den goldverzierten Intrischen Palästen des 9. Jahrhunderts nachempfunden.

Eine breite Auffahrt führte zu der zweiflügligen Eingangstür hinauf.

Blue zog an einem seidenen Glockenstrang und trat dann eilig einen Schritt zurück, während der melodiöse Dreiklang der Klingel in der sommerlichen Hitze verhallte.

Gleich darauf öffnete ihnen ein Dienstmädchen mit einem steifen Spitzenhäubchen auf dem Kopf. »Sie wünschen?«

»Wir würden gern kurz mit Melissa sprechen«, antwortete Blue. »Es dauert auch nicht lange.«

»Ich bedaure«, entgegnete die Angestellte hochnäsig. »Aber Miss Gangbart ist gegenwärtig nicht zu Hause. Sie wollte mit ihren Freundinnen in die Stadt.«

»Na, das wird dauern«, bemerkte Stella wenig diplomatisch.

Das Dienstmädchen verzog den Mund. »Wie meinen, Miss?«

»Nichts weiter«, beeilte sich Blue, der Antwort ihrer Freundin zuvorzukommen. »Aber vielleicht könnten wir das hier dann einfach hier bei Ihnen lassen?« Sie hielt der Angestellten das gläserne Pflanzgefäß hin. »Und vielleicht … Na ja, vielleicht könnten Sie es auch kurz gießen?«

Die Angestellte zog die Stirn kraus. »Was soll das sein?«

»Miss Gangbarts Biologie-Projekt.«

»So?«

»Ja. Bedauerlicherweise hat Miss Gangbart ihr Projekt in der Schule vergessen, und da ja jetzt Ferien sind …« Blue ließ den Satz offen und sah sie an.

»Das … hm … könnte alles Mögliche sein«, bemerkte das Dienstmädchen mit angewidertem Blick. »Bitte warten Sie einen Augenblick. Ich werde nachfragen.«

Sie drehte sich um und verschwand in der weitläufigen Halle.

»Ist dir eigentlich schon mal aufgefallen, dass du alle Leute, die du nicht leiden kannst, automatisch nachmachst?« Stella grinste. »Und, glaub mir, eines Tages kriegst du richtig Ärger deswegen.«

»Ernsthaft?«, fragte Blue, die sich keiner Schuld bewusst war.

»Bedauerlicherweise hat Miss Gangbart ihr Projekt in der Schule vergessen«, zitierte Stella anstelle einer Antwort. »Und da jetzt Ferien sind …«

»Hör bloß auf!«, rief Blue, halb lachend, halb erschrocken. »Das ist ja furchtbar. Und was noch viel schlimmer ist: Ich merke das nicht mal.«

»Ja«, lachte Stella. »Ich weiß. Aber mach dir nichts draus. Diese hochnäsige Kuh war viel zu sehr mit sich beschäftigt, um etwas davon mitzubekommen.«

Blue lugte durch den Türspalt. »Denkst du, sie kommt überhaupt noch mal zurück?«

»Keine Ahnung. Aber ... Oh, Mann! Jetzt guck dir das an!« Sie schob sich an ihrer Freundin vorbei in die riesige Empfangshalle. »Hast du schon mal so viel rosa Marmor auf einem Haufen gesehen?«

»Was, um Himmels willen, hast du vor?«, flüsterte Blue.

»Nichts. Ich sehe mich nur um.«

Linker Hand führte eine wuchtige Treppe zur Galerie im ersten Stock. Und überall an den Wänden hingen riesige Ölgemälde. Finster dreinblickende Gestalten in prachtvollen Roben, deren Pilare von glitzernden Edelstein-Spangen zusammengehalten wurden.

»Das sind bestimmt Melissas Vorfahren«, flüsterte Stella. »Siehst du die dahinten?« Sie zeigte auf ein Gemälde, das eine ziemlich fette Frau im pinkfarbenen Brokatkleid zeigte. »Ich wette, Melissa sieht genauso aus, wenn sie ...« Weiter kam sie nicht, denn just in diesem Moment ertönte aus dem Obergeschoss ein markerschütternder Schrei. »Was war das?«

»Ich weiß nicht.« Blue reckte den Kopf. »Aber es klang definitiv, als ob jemand in Not ist.«

Ohne lange nachzudenken, stürzten die beiden Mädchen die Treppe hinauf.

Aus welchem Zimmer war der Schrei gekommen?

Blue blieb stehen und lauschte. War das nicht ein leises Wimmern?

Es kam aus einer Tür am Ende des Ganges.

»Hallo?« Sie klopfte vorsichtig an das weiß lackierte Holz. »Alles in Ordnung dadrin?«

Anstelle einer Antwort verstärkte sich das Wimmern. Es hörte sich an, als sei ein verwundetes Tier hinter dieser Tür gefangen.

»Mrs Gangbart? Sind Sie dadrin?«

Keine Antwort.

Blue gab Stella ein Zeichen und drückte beherzt auf die Klinke. Doch zunächst einmal sahen sie gar nichts. Stattdessen quollen ihnen aus dem völlig überhitzten Bad dicke, unangenehm riechende Nebelschwaden entgegen.

»Hallo? Mrs Gangbart? … Ist alles okay?«

Als sie auch dieses Mal keine Antwort erhielt, entschloss sich Blue zu handeln. Sie zog ein Taschentuch heraus und hielt es sich schützend vor Mund und Nase. Dann bahnte sie sich einen Weg durch die scharfen Dämpfe und riss das Fenster auf. Durch den Durchzug lichtete sich der Nebel und endlich konnten sie nun auch Melissas Mutter sehen. Sie kauerte zusammengekrümmt und schluchzend neben einer riesigen rosafarbenen Badewanne und ihre Pilare standen in geradezu aberwitziger Weise von ihrem Kopf ab. Obendrein sahen sie aus, als ob sie dampften, obwohl die Fliesen ringsum vor Nässe nur so schwammen. Offenbar hatte Melissas Mutter bereits erfolglos versucht, die Pilare zu kühlen.

»Um Himmels willen«, rief Blue entsetzt. »Was ist denn hier passiert?«

»Passiert?« Die roten Flecken in ihrem Gesicht deuteten darauf hin, dass Mrs Gangbart starke Schmerzen hatte. Doch sie rang sich trotz allem ein Lächeln ab. »Was soll denn passiert sein?«

»Ihre Pilare«, stotterte Blue. »Sie …«

»Oh, das ist gar nichts.« Mrs Gangbarts sorgfältig manikürte Hand wedelte durch die feuchtwarme Luft. »Es ist alles in bester Ordnung. Ich habe mich nur erschreckt, weil das Wasser plötzlich so heiß war.«

Das Wasser war plötzlich so heiß?

Blue schüttelte fassungslos den Kopf.

Das hier hat nie und nimmer etwas mit heißem Wasser zu tun, las sie von den Lippen ihrer Freundin.

Aber womit sonst? Blue sah sich um. Was, in aller Welt, hatte Mrs Gangbart angestellt, dass ihre Pilare aussahen, als ob der Blitz hineingefahren wäre?

Auf der Treppe wurden unterdessen die Schritte des Dienstmädchens laut. »Um Himmels willen, M'am!«, kreischte sie, kaum dass sie zur Tür herein war. »Was haben diese unmöglichen Mädchen mit Ih…« Der Anblick ihrer völlig zerfransten Chefin ließ sie mitten im Satz innehalten. Doch schon im nächsten Moment hatte sie Stella am Arm gepackt und schüttelte sie wütend durch. »Was habt ihr mit ihr angestellt, ihr Mistgören?«, keifte sie. »Na los, raus mit der Sprache! Oder ich rufe auf der Stelle den Sicherheitsdienst!«

»Oh ja, tun Sie das.« Stella wehrte sich nach Leibeskräften. »Dann wird sich ja klären, was passiert ist. Und wenn Sie mich nicht sofort loslassen, schwöre ich Ihnen …«

»Aber Florence! Bitte!« Mrs Gangbart hatte sich hochgerappelt und machte einen triefenden Schritt auf ihre Angestellte zu. »Lassen Sie das arme Mädchen los! Das alles ist doch nur ein dummes, kleines Missverständnis.«

»Ein Missverständnis?«, schnappte das Dienstmädchen. »Sie sehen aus, als ob man Sie skalpiert hätte!«

»Wirklich?« Mrs Gangbarts Gesicht färbte sich eine Nuance dunkler, als sie einen vorsichtigen Blick in den noch immer beschlagenen Spiegel warf. »Oh? Oh! Nun, das … Das ist nicht weiter schlimm.«

Blue glaubte, ihren Ohren nicht zu trauen. Eine Gangbart, die aussah wie ein explodiertes Sahnebonbon? Und das sollte nicht weiter schlimm sein?

»Das ist überhaupt kein Problem«, sprudelte Melissas Mutter unterdessen völlig blödsinnig weiter und allmählich schien sich auch die Angestellte zu fragen, ob ihre Chefin noch bei Verstand war. »Ich föhne das gleich kurz über und dann sehen sie wieder aus wie neu.« Sie brach in ein geradezu irres Kichern aus. »Es ist wirklich GAR NICHTS passiert. Also lassen Sie bitte das arme Mädchen los, ja?«

»Vielen Dank auch. Sehr nett!« Stella rieb sich vorwurfsvoll den Oberarm, während das Dienstmädchen mit betont unbeteiligter Miene zur Seite trat.

Blue dagegen starrte noch immer Mrs Gangbarts Pilare an. Teile davon sahen aus wie verschmolzen und die Spitzen rauchten vor sich hin wie Kerzen an einem komplett skelettierten Tannenbaum.

Melissas Mutter bemerkte ihren Blick und schlang sich eilig ein frisches Handtuch um den Kopf, um die Rötungen auf ihrer Stirn zu kaschieren. »Florence, meine Liebe, Sie müssen unbedingt den Klempner anrufen«, wies sie ihre Angestellte mit zitternder Stimme an. »Da stimmt etwas nicht mit dem Heißwasser. Sagen Sie ihm, dass ich mich beinahe verbrüht habe, als ich duschen wollte.«

Beinahe ist gut, dachte Blue.

Und auch Florence schien nicht zu wissen, was sie von dem wirren Gestammel ihrer Chefin halten sollte.

»Ach ja, und Florence?«

»Ja, M'am?«

»Seien Sie doch bitte so nett und geben den Mädchen einen Zehner für ihre Hilfe, ja?« Mrs Gangbart bedachte Blue mit einem säuerlichen Lächeln. »Und schließen Sie die Tür hinter sich!«

Bevor sie auch nur Gelegenheit zum Luftholen hatten, fanden sich Blue und Stella in der Halle wieder.

»Hier!« Mit arroganter Miene hielt Florence ihnen zwei Scheine entgegen, doch Blue winkte lächelnd ab.

»Vielen Dank, aber wir wollen kein Geld.«

»Wie du meinst«, fauchte die Angestellte und ließ die beiden

Scheine unter ihrer Schürze verschwinden. »Und jetzt macht, dass ihr wegkommt! Ihr seid in diesem Haus nicht länger erwünscht.«

»Was, um Himmels willen, war das denn?«, flüsterte Stella, als die Tür hinter dem Dienstmädchen ins Schloss gefallen war.

»Gute Frage«, sagte Blue. »Aber ich fresse einen Besen, wenn Mrs Gangbart sich an heißem Wasser verbrannt hat.«

»Hast du das Fläschchen gesehen, das auf dem Rand des Waschbeckens stand?«

Blue schüttelte den Kopf.

»Laut Etikett war es hochkonzentriertes Wasserstoffperoxid …«

»Benutzt man so was nicht für Blondierungen?«

Stella nickte. »Es hat eine stark bleichende Wirkung. Nur leider …« Sie zog bedeutungsvoll die Augenbrauen hoch. »… ist Mrs Gangbart dunkelhaarig.«

»Stimmt.« Blue runzelte die Stirn. »Aber wozu sollte sie das Zeug sonst gebraucht haben? Zum Putzen?«

»Nein.«

»Sondern?«

Stella lächelte. »Ich würde mal annehmen, dass sie versucht hat, ihren Anaskienten von gewissen Verfärbungen zu befreien …«

Blindes Verstehen

Elda Thinoa blieb am Eingang des Stallzeltes stehen und atmete den beruhigenden Duft des frischen Heus ein. Erst dann öffnete sie das Gatter und ließ die Marrakhener in donnerndem Galopp an sich vorbeiziehen.

Der Anblick ihrer geliebten Pferde erfüllte sie an diesem Morgen mit tiefer Traurigkeit, denn an den Abreisetagen gehörte es normalerweise zu Eleks Aufgaben, die Tiere zu versorgen, während die Erwachsenen mit dem Abbau der Zelte beschäftigt waren. Doch von ihrem Sohn fehlte nach wie vor jede Spur und Elda fragte sich, ob sie jemals wieder unbeschwert durch eine Manege galoppieren würde.

Mit den ersten Strahlen der Morgendämmerung waren die Männer wieder losgezogen. Und je länger sie fortblieben, desto mehr schwand Eldas Hoffnung, dass ihre Suche vielleicht doch noch Erfolg haben würde.

Sie spähte den Hügel hinunter nach Trogg, von wo aus ihr in gemächlichem Tempo ein Auto entgegenkam.

Noch in der Nacht hatten sie die örtliche Polizei eingeschaltet, doch die schien die Sache nicht besonders ernst zu nehmen. Ein junger Ausreißer, der die harte Arbeit im Zirkus satthatte und sich ein paar tolle Tage machte, während seine Eltern vor Sorge vergingen. So oder so ähnlich ordneten die Beamten Eleks Verschwinden offenbar ein. Zugleich fanden die ersten Gerüchte den Weg zu den Zirkusleuten: Oh ja, es habe mal eine alte Hütte dort im Wald gegeben. Doch der Besitzer – ein Jäger – sei lange tot. Und nein, da wohne definitiv seit Ewigkeiten niemand mehr …

»Aber sie war da«, murmelte Elda trotzig. »Und sie ist bis auf die Grundmauern niedergebrannt. Ausgerechnet in der Nacht, in der mein Sohn verschwindet.«

Sie hob den Kopf, als das Auto auf dem Parkplatz neben dem Kassenzelt hielt. Es war ein alter Kastenwagen und am Steuer saß ein Mann. Die Frontscheibe spiegelte so stark, dass Elda nicht viel von ihm erkennen konnte. Und doch stellten sich beim Anblick des Autos augenblicklich die feinen Härchen in ihrem Nacken auf. Bei ihr ein untrügliches Zeichen drohender Gefahr.

Mit wachsender Sorge beobachtete sie, wie der Mann und seine Begleiterin ausstiegen.

»Frau Thinoa?«

Elda nickte.

»Wir beteiligen uns an der Suche nach Ihrem Sohn«, kam die Frau zur Sache, ohne Zeit auf eine Begrüßung zu verschwenden, »und wollten nur mal nachhören, ob Sie inzwischen schon irgendwelche Neuigkeiten haben?«

Elda fiel auf, dass die Fremde sich sehr aufmerksam umschaute, auch wenn sie versuchte, ihr Interesse hinter einer Maske von Gleichgültigkeit zu verbergen. Diese beiden sind auf gar keinen Fall von der Polizei, dachte sie. Aber wer oder was waren sie dann? Das streng geschnittene Kostüm der Fremden erinnerte jedenfalls verdächtig an eine Uniform. Und auch der Anzug ihres Begleiters machte einen ziemlich offiziellen Eindruck.

Die Frau bemerkte ihren Blick. »Gaine Havelock von der staatlichen Untersuchungsbehörde«, ließ sie sich herab zu erklären. »Und das hier ist mein Kollege, Jason Garrick.«

Staatliche Untersuchungsbehörde für was?, dachte Elda stirnrunzelnd.

Doch bevor sie fragen konnte, bemerkte sie, wie ihre Pferde, die am nahen Waldrand grasten, urplötzlich unruhig wurden.

Eine Windbö trug Warffys aufgeregtes Schnauben an ihr Ohr. Zugleich spürte Elda etwas wie eine Berührung in ihrem Rücken. Als ob ihr jemand von hinten die Hand auf die Schulter lege …

Mama!

Ihr Herz tat einen Freudensprung. Elek lebte! Allen guten Mächten sei Dank war er wohlauf!

Und obwohl sie sich ganz bewusst nicht zu ihm umdrehte, wusste sie, dass er dort oben am Waldrand stand, gut versteckt im Schatten der Bäume. Aber warum kam er nicht näher? Elda biss sich auf die Lippen. Was, um Himmels willen, hielt ihn davon ab, nach Hause zu kommen?

»… verdammt eindrucksvoll«, zwängte sich just in diesem Moment wieder die Stimme der Frau in ihr Bewusstsein, deren Anwesenheit Elda zwischenzeitlich komplett vergessen hatte.

Elda sah hoch und von einer Sekunde zur anderen wurde ihr Blick wieder klar. »Was meinten Sie?«

»Die Pferde.« Die Frau zeigte zur Weide. »Wirklich prachtvolle Tiere, die Sie da haben. Vor allem die Leitstute.«

Warffy schien zu spüren, dass über sie gesprochen wurde, denn sie stampfte angriffslustig mit dem Vorderhuf auf.

Die Fremde missdeutete die Körpersprache der Stute und lachte. »Ja, wir verstehen uns, was, Schätzchen? … Wirklich, ein prächtiges Tier. Bin früher selbst mal geritten.«

»Tatsächlich?«, entgegnete Elda zerstreut.

»Oh ja. Ziemlich gut sogar.« In die unangenehm dunkle Stimme mischte sich ein Hauch von Stolz. »Allerdings dachte ich immer, Marrakhener wie diese wären unreitbar.«

»Das … äh … stimmt auch. Zumindest, wenn sie aus freier Wildbahn stammen.« Eldas Herz pochte wie wild. Aber sie durfte sich ihre Aufregung auf gar keinen Fall anmerken lassen. Solange sich die Aufmerksamkeit dieser Leute auf die Pferde richtete, war alles in Ordnung. Sie durften nur nicht hinauf zum Wald schauen. »Meine Warffy da drüben habe ich allerdings schon bekommen, als sie noch kein halbes Jahr war. Und wenn man von klein auf mit ihnen arbeitet …« Sie ließ den Satz offen und hoffte inständig, dass Gaine Havelock nicht auf die Idee kam, sich der Weide zu nähern.

Ein Blick in die Augen ihrer Stute genügte Elda, um zu wissen, dass Warffy nur auf eine Gelegenheit lauerte, die mysteriöse Fremde in einen Haufen Kleinholz zu verwandeln. Doch Ärger war etwas, das sie sich in ihrer augenblicklichen Situation ganz und gar nicht leisten konnte. Elda sah sich um. Sie musste irgendetwas finden, womit sie die beiden Fremden ablenken konnte. Irgendetwas, das unauffällig war und …

»He, Lady!« Der Tonfall ihrer Besucherin war plötzlich scharf. Offenbar hatte sie sehr wohl mitgekriegt, dass Warffy ihre Sympathie nicht erwiderte. »Sie sind doch eine Twah, oder nicht?«

Elda nickte.

»Sagt man Ihrem Volk nicht nach, mit Tieren reden zu können?«

»Ach was«, wiegelte Elda eilig ab. »Das ist nur ein dummer Aberglaube.«

Doch die Fremde ließ nicht locker. »Aberglaube oder nicht«, fauchte sie, »seien Sie doch bitte so freundlich und verklickern Sie Ihrer Stute, dass sie mich nicht so dämlich von der Seite anglotzen soll, klar? So was kann ich nicht leiden.«

Elda seufzte und gab Warffy den stummen Befehl, sich zurückzuhalten.

Ein letztes Stampfen mit dem Vorderhuf. Dann wandte die Stute den Blick ab und drehte der unliebsamen Besucherin demonstrativ ihre Kehrseite zu.

»Na, also«, schnappte Gaine Havelock. »Geht doch!«

Ihr Begleiter hingegen schien von Pferdethemen allmählich die Nase voll zu haben: »Wann genau haben Sie Ihren Sohn denn zuletzt gesehen?«, kam er wieder auf den eigentlichen Grund ihres Besuchs zu sprechen.

»Nun, das …« Elda lächelte unmerklich in sich hinein. »Ich glaube, das war unmittelbar nach seiner Nummer, also etwa gegen neun Uhr gestern Abend.«

»Und seither haben Sie nichts mehr von ihm gehört?«

Sie schüttelte den Kopf. »Nein.«

»Hm.« Er kickte einen herumliegenden Kieselstein zur Seite. »Haben Sie vielleicht ein Foto von ihm, das Sie uns überlassen könnten? Damit wir uns umhören können.«

Am liebsten hätte Elda die beiden auf der Stelle davongejagt. Doch das wäre höchst unklug gewesen. Also nickte sie. »Natürlich. Kommen Sie mit.«

Auf dem Weg zu ihrem Wohnwagen blickte sie sich einmal kurz zum Waldrand um.

Elek stand noch immer gut verborgen im Schatten der Bäume.

Es tut mir leid, Mama, hörte sie ihn sagen, ohne dass er auch nur den Mund öffnete. *Aber ich kann nicht hierbleiben.*

Elda hatte das Gefühl, als ob sich eine eisige Hand um ihre Kehle legte. *Warum nicht?,* fragte sie stumm, obwohl sie die Antwort im Grunde längst wusste.

Wenn ich bleibe, bringe ich euch alle in Gefahr. Sein Blick suchte Gaine Havelock. *Da ist etwas, das ich erledigen muss.*

Elda nickte kaum merklich. *Ich verstehe. Gib acht auf dich!*

Das mache ich, flüsterte seine Stimme in ihrem Kopf. Und kaum mehr hörbar fügte er hinzu: *Vertrau mir!*

Der Mantel des Vergessens

Blue und Stella trafen Spencer im Park und mit ein wenig Glück fanden sie einen freien Tisch im NATZ, der mit Abstand angesagtesten Eisdiele des Fürstentums.

»Hi«, grinste die Kellnerin, deren Pilare in Form einer Eistüte hochgesteckt und mit bunten Papierschirmchen verziert waren. »Was darf's sein für euch?«

Blue bestellte ihren üblichen Blaubeertraum mit Extra-Sahne (angesichts der gepfefferten Preise im »NATZ« allerdings eher ein Vergnügen für Feier- oder – wie in diesem Fall – absolute Katastrophentage), während Stella sich für Kiwi-Erdnuss-Mango-Chock mit Zuckerwatteflocken entschied.

»Geht klar«, nickte die Kellnerin. »Und für dich?«

Spencer schob die Eiskarte von sich. »Den betusischen Teufelsbecher, bitte. Aber wenn's geht mit Erdbeer-Crunch statt mit Jägersoße.«

Die Bedienung kritzelte die Bestellung in den kleinen Block, der am Lenker ihres Speedys befestigt war. Alle Kellner im NATZ bewegten sich auf einem solchen Gefährt fort. »Der ist aber scharf«, warnte sie.

»Macht nichts«, entgegnete Spence. »Ich bin hart im Nehmen.«

»Sag hinterher nicht, dass ich dich nicht gewarnt hätte«, lachte die Kellnerin.

Dann rollte sie auf ihrem frostig gelben Speedy weiter, während die Mädchen ihrem Freund berichteten, was sie im Haus der Gangbarts erlebt hatten.

»Vielleicht ist das Problem ja in Wahrheit noch viel größer, als wir dachten«, schloss Stella. »Was, wenn auch die Anaskienten der Erwachsenen betroffen sind? Wenn es eine regelrechte Epidemie ist?«

Spence machte ein zweifelndes Gesicht. »Aber hätten wir das nicht schon mal irgendwie mitbekommen müssen?«

»Nicht unbedingt«, sagte Blue. »Wenn die Betroffenen ihre Anaskienten bleichen oder operieren lassen. Oder wenn sie sich am Ende sogar irgendwelche Attrappen ins Haar stecken, damit nicht auffällt, dass sie in Wahrheit nur ein verkümmertes kleines Läppchen mit sich rumtragen.«

»Wie wär's, wenn wir mal im Datalion nachsehen?«, schlug Spencer vor. »Bestimmt steht da auch etwas über Wachstumsstörungen oder Erkrankungen beim Anaskienten.«

»Er hat recht.« Blue kramte in ihrer Tasche, während die Kellnerin drei ziemlich üppige Eisbecher, drei Gläser Mineralwasser und zwei prall gefüllte Schälchen mit Extra-Sahne auf dem Tisch verteilte.

Seit ein paar Jahren war das Datalion das offizielle Lehr- und Wissensbuch aller Schüler des Landes. Seinem Erfinder, Steven Grey, war es gelungen, das gesamte verfügbare Wissen der zwanzig wichtigsten Fachgebiete in einem einzigen Nachschlagewerk zu bündeln. Rein äußerlich umfasste das Datalion nicht einmal zweihundert Seiten, doch sobald man es aufschlug, taten sich wie durch Zauberhand immer neue Unterkapitel auf, die sich darüber hinaus auch noch regelmäßig selbst aktualisierten. Jeder Schüler des Fürstentums erhielt ein kostenloses Exemplar am Tag seiner Einschulung, sodass während der gesamten restlichen Schulzeit auf die Anschaffung weiterer Bücher verzichtet werden konnte.

»He, Moment«, murrte Stella, die bereits in ihrem eigenen Datalion blätterte. »Das kann doch gar nicht sein.«

Blue sah sie fragend an.

»Hier drin steht rein GAR NICHTS über Anaskienten.« Kopfschüttelnd ließ ihre Freundin das Buch sinken. »Es gibt ein umfangreiches Kapitel über meleutische Anatomie. Aber das enthält nur allgemeine Informationen über die Pilare und …«

Ein schmerzvolles Zischen, gefolgt von einem Klirren, ließ sie abrupt innehalten. Gleich darauf breitete sich eine riesige Wasserlache auf dem Tisch aus.

»Um Himmels willen, Spence«, rief Blue entsetzt. »Was machst du denn?«

Doch ihr Freund konnte nicht antworten. Sein Gesicht war veilchenartig verfärbt und ganze Bäche von Tränen ergossen sich über seine Wangen, während er verzweifelt versuchte, die letzten Tropfen aus seinem umgestoßenen Wasserglas zu saugen.

»Könnte es eventuell sein, dass dein Eis doch ein bisschen zu scharf ist?«, erkundigte sich Stella ohne einen Hauch von Mitleid.

Spencer gab einen röchelnden Laut von sich, der wohl Zustimmung signalisieren sollte. Gleichzeitig schielte er mit flehendem Blick nach ihrem Wasserglas, das – im Gegensatz zu seinem – noch randvoll war.

Doch Stella ließ ihn zappeln und schnappte sich erst mal die Eiskarte. »Betusischer Teufelsbecher«, las sie grinsend. »Würzige Nuss- und Mandel-Kreation mit einer aparten Note von Chili und Cayennepfeffer. Und darunter steht in Rot: Vorsicht, nicht für Kinder unter zehn Jahren geeignet.«

Spencer warf ihr einen vernichtenden Blick zu.

»Aber keine Sorge, Chili ist gesund.« In aller Seelenruhe rupfte Stella ein paar Servietten aus dem Spender und wischte den Tisch trocken. Erst dann fragte sie: »Darf ich dir einen Schluck von meinem Wasser anbieten?«

»Bitte«, japste Spence.

»Aber gern doch.« Sie reichte ihm das Glas. Dann wandte sie sich wieder ihrer Freundin zu. »Und?«

»Nichts.« Blue schob ihr Datalion von sich. »Hier drin sind Anaskienten nicht ein einziges Mal erwähnt.«

»Und das, obwohl dieses Ding angeblich alles weiß!«

Sie nickte. »Es scheint fast, als wollten sie mit allen Mitteln verhindern, dass wir die Wahrheit rausfinden.«

»Wer SIE?«, fragte Spence.

Doch darauf wusste Blue auch keine Antwort. »Bloß weil etwas nicht im Datalion steht, heißt es ja nicht zwangsläufig, dass es nicht existiert«, erklärte sie trotzig. »Und deshalb werde ich es zur Abwechslung mal auf die herkömmliche Art und Weise versuchen.«

Stella pflückte eine letzte Zuckerwattenflocke aus ihrem Eisbecher. »Die da wäre?«

»Die Bibliothek.«

»Gute Idee.«

»Leute, bitte!«, maulte Spence. »Wir haben Ferien.«

»Du kannst gern hierbleiben und deine verbrannte Kehle mit Vanilleeis pflegen.« Stella zückte ihr Portemonnaie und winkte der Kellnerin. »Oder noch besser: Du fährst in die Stadt und triffst dich mit Melissa. Die kann unter Garantie jemanden brauchen, der ihr die Tüten mit ihren neuen Klamotten nach Hause schleppt.«

»Schon gut, schon gut«, stöhnte Spence. »Ihr seid in der Überzahl. Aber ab morgen machen wir nur noch Dinge, die Spaß bringen.«

Blue lachte. »Du meinst, wie setzen uns vor einen blöden Bildschirm und fluchen wüst vor uns hin, weil irgendein unsichtbarer Gegner schon ein Level weiter ist?«

Ihr Freund schob beleidigt die Unterlippe vor. »Sehr ihr«, murrte er, »genau diese Einstellung ist der Grund, warum unter den Top Zwanzig der Glixz-Scorer gerade mal EIN Mädchen zu finden ist.«

»Ich würde Katalina Kaou nicht unbedingt als Mädchen bezeichnen«, konterte Blue, doch zum Glück tauchte just in diesem Moment die Kellnerin mit der Rechnung auf.

Eine Viertelstunde später standen sie vor der meleutischen Zentralbibliothek. Blue besaß einen Leseausweis, seit sie ihrem Vater im zarten Alter von zweieinhalb Jahren zum ersten Mal die Werbetexte auf den Plakaten im Einkaufszentrum vorgelesen hatte. Doch obwohl sie bis heute Geschichten verschlang wie andere Leute Chips und Popcorn, hatte sie die Bücherei bislang erst ein einziges Mal betreten. Wozu auch? Das Unterhaltungskapitel des Datalion war so umfangreich, dass selbst eine Vielleserin wie Blue dort vermutlich auch noch in hundert Jahren genügend spannende Geschichten fand, ohne auch nur einen einzigen Schritt vor die Tür setzen zu müssen. Und die Bibliothek war schon allein aufgrund ihrer Ausmaße total verwirrend!

Blue legte den Kopf in den Nacken und blickte an der imposanten Fassade hinauf.

Das Haupthaus war über vierhundert Jahre alt, aber im Laufe der Zeit waren so viele Bücher hinzugekommen, dass immer neue Gebäude angebaut werden mussten. Das Ergebnis war ein völlig verwinkelter Komplex, für dessen Benutzung man eigentlich einen Kompass gebraucht hätte. Doch leider gab es nur eine karge Hinweistafel am Eingang, auf der die einzelnen Fachbereiche verzeichnet waren.

Stella studierte das unübersichtliche Geflecht an Richtungspfeilen und Buchstaben. »Verstehst du, wo wir jetzt hinmüssen?«

Blue schüttelte den Kopf. »Aber wenn ich mich recht erinnere, gibt es da vorn so etwas wie einen Informationsstand.«

Sie betraten die Eingangshalle, die von der Größe her locker mit einem Bahnhof mithalten konnte. Passend dazu ragten an allen Ecken und Enden baumdicke Eisenträger in die Höhe und seltsamerweise schien von allen Seiten Sonnenlicht hereinzufallen. Es brach sich an den Säulen und Streben und zeichnete ein prächtiges Muster aus Licht und Schatten auf den alten Marmorboden.

»Da drüben.« Blues Schritte hallten zwischen den Säulen wider, als sie zielstrebig auf eine Theke mit der Aufschrift »HELPDESK« zusteuerte.

Doch es schien niemand da zu sein.

Also betätigten sie die rostige Klingel auf dem Tresen, woraufhin ein ohrenbetäubendes Pfeifen ertönte, das eine schiere Ewigkeit andauerte, bevor es endlich leiser wurde und schließlich ganz verstummte.

Aus dem Dunkel unter der Theke erklang ein Knurren.

Gleich darauf wurde hinter der Kante ein kahler grüner Schädel sichtbar. »Augenblickchen«, rief eine Stimme, die wie ein zu straff gespanntes Gummiband klang. »Bin sofort da!«

Blue sah zwei gut dreißig Zentimeter lange Ohren mit kleinen Haarbüscheln an den Spitzen, bevor sich die hässlichste Perücke, die sie jemals zu Gesicht bekommen hatte, über den grünen Kahlkopf stülpte. Ein total zerschlissenes Monstrum aus altmodisch frisierten blonden Löckchen.

»So«, keuchte die Trägerin des Prachtstücks, »jetzt bin ich vorzeigbar.«

Was immer man unter vorzeigbar versteht, dachte Blue, während die Bibliotheksangestellte unter lautem Ächzen und Stöhnen den Barhocker hinter der Theke erklomm.

Dass sie ausgerechnet hier auf eine Minorianerin trafen, wunderte Blue, denn die grünhäutigen Ureinwohner des Fürstentums Casalina waren nicht gerade für ihre Umgänglichkeit bekannt.

Um die Sache mal vorsichtig auszudrücken …

»Warum schellst du?« Das Gesicht unter der Löckchenperücke hatte mehr Falten als eine zweihundertjährige Sumpfschildkröte. »Die Klingel ist doch bloß für den Fall, dass ich nicht da bin. Aber ich bin ja da.«

»Tut mir leid«, stammelte Blue. »Ich hatte Sie nicht gleich gesehen.«

»Das passiert mir andauernd.« Die Bibliothekarin schüttelte ärgerlich den Kopf. »Keine Ahnung, warum. Vielleicht liegt's an der Farbe.«

Eher an der Größe, dachte Blue. Doch das behielt sie lieber für sich.

»Und?« Auf dem Namensschild an ihrem Revers stand: K. SANDRA. »Was kann ich für euch tun?«

»Wir sind auf der Suche nach Literatur zum Thema Anaskienten«, übernahm Stella selbstbewusst das Ruder. Das Zwischenmenschliche überließ sie am liebsten anderen, aber sobald es um Sachthemen ging, war sie zur Stelle.

»Anaskienten, hm?« Die Minorianerin tippte sich abschätzig an die Stirn. »Hatte nie Pilare. Brauche auch keine. Sind sowieso nur im Weg.«

Stella wollte protestieren, doch Blue kam ihr zuvor: »Verzeihen Sie bitte, Miss Sandra, aber …«

»Ich heiße Kassandra«, korrigierte die Minorianerin. »Mit 'nem scharfen KA wie Chlorsalbe am Anfang. Aber mit dem Punkt dazwischen sieht's irgendwie schicker aus, findet ihr nicht?« Sie warf den Kindern einen Beifall heischenden Blick zu. »Hat ja immerhin 'ne gewisse Wichtigkeit, der Job hier. Auch wenn sich immer seltener jemand in diese heiligen Hallen verirrt.«

Die moosgrünen Augen hinter der Brille nahmen einen wehmütigen Ausdruck an und erst jetzt fiel Blue auf, dass im angrenzenden Lesesaal gähnende Leere herrschte. Und auch in den Gängen zwischen den Regalen schien sich an diesem Nachmittag keine Menschenseele aufzuhalten. Ob das am Wetter lag?

Blues Blicke kehrten zum Empfang zurück.

Oder daran, dass heute die Sommerferien begannen?

»Seit sie das Datalion eingeführt haben, sind wir hier abgemeldet«, erklärte Kassandra, die Blues Gedanken zu erahnen schien. »Ist ja auch viel bequemer, in so 'ne verdammte Maschine zu gucken, als seinen Hintern herzuschwingen, was? Aber so 'n persönlichen Service, den kriegt ihr nur bei mir. Und … Hey, wenn ihr wollt, könnt ihr bei mir sogar Tee machen!« Ihre knorrigen Finger wiesen auf einen kleinen Wasserkocher neben dem Tresen. KASSIES TEEECKE, stand auf dem Pappschild, das mit Klebestreifen an der Wand befestigt war. Und darunter: BITTE BEDIENEN SIE!

»Da fehlt ein *sich*«, bemerkte Stella stirnrunzelnd.

Kassandra glotzte sie aus moosgrünen Fischaugen an. »Wo?«

»Auf Ihrem Schild«, antwortete Stella, wobei sie Blues warnende Blicke einfach ignorierte. »Es heißt: Bitte bedienen Sie *sich.*«

»Ich euch bedienen?«, fuhr die Minorianerin auf. »Na, so weit kommt es noch! Bloß weil ihr jung und groß seid, braucht ihr euch nicht einzubilden, dass …«

»Sie haben meine Freundin missverstanden«, ging Blue dazwischen, weil sie keine Lust hatte, dass ihr Vorhaben an irgendeinem idiotischen Kleinkrieg scheiterte. »Uns ist schon klar, dass das hier Selbstbedienung ist, und wenn wir …«

»Was heißt Selbstbedienung?« Kassandra ließ die »S« genüsslich gegen ihre eindrucksvollen Vorderzähne knallen. »Wenn hier Selbstbedienung wäre, dann stünde da doch wohl: Bitte bedienen Sie *sich,* oder etwa nicht?«

»Sag ich doch«, triumphierte Stella.

Die blonden Löckchen fuhren herum. »Wie bitte?«

»Gar nichts«, versicherte Blue hastig. Wenigstens hatte sie endlich verstanden, wie das Spiel funktionierte! »Also, was darf's sein?«, fragte sie, indem sie fröhlich zu dem verkalkten Wasserkocher schlenderte.

»Hmmmmm … Also, wenn du mich so fragst, dann hätte ich gern …« Die langen Härchen an Kassandras Ohrenspitzen zuckten erwartungsfroh, während sie nachdachte. »Kleebeutel! Jawohl! Aber nimm gleich zwei. Sonst schmeckt er wie Regenwasser.«

Blues Augen glitten über das Holzregal neben dem Kocher, auf dessen Schubladen gewissenhaft die Sorten vermerkt waren.

FROSCHLAICH, las sie mit einem leisen Schaudern. Und im Fach darunter: TÜMPELGOLD AUSLESE.

»Kannst dir auch eine machen«, rief Kassandra hinter ihr. Ein Angebot, das die Minorianerin offenbar als besondere Auszeichnung verstanden wissen wollte.

»Vielen Dank, aber ich hab keinen Durst …« Blue fischte zwei Teebeutel aus dem Fach mit der Aufschrift: PREMIUM ROTKLEE, gab sie in die einzige Tasse, die sie finden konnte, und goss das Ganze mit kochendem Wasser auf. »Der riecht aber wirklich lecker«, stellte sie überrascht fest, als sie die volle Tasse zum Tresen balancierte. »Ein bisschen wie … Vanille?«

»Das ist Weinbergpfirsich-Butterkaramell«, nickte Kassandra und streckte ihre Hände gierig nach der Tasse aus. »Aber wenn ich Weinbergpfirsich-Butterkaramell draufschreiben würde, könnte ich jede Woche neuen kaufen.«

Blue warf ihr einen anerkennenden Blick zu. Nicht dumm!

Stella hingegen verlor allmählich die Geduld. »Könnten Sie uns dann jetzt freundlicherweise verraten, wo wir etwas über Anaskienten finden?«

»Sicher«, entgegnete Kassandra kühl. »Abteilung drei, Sektion C. Das ist im dritten Stock und dann links den Gang runter. Dort gibt es ein alphabetisches Verzeichnis, in dem ihr nachsehen könnt. Am besten unter A!«

Sie lachte so laut über ihren eigenen Witz, dass sie sich an ihrem Tee verschluckte und einen fürchterlichen Hustenanfall bekam.

Noch im Aufzug konnten die Kinder ihr Keuchen hören, während sie im Schneckentempo aufwärtsglitten.

»Hier ist es«, rief Spence und sprang aus der offenen Kabine, die nie ganz anhielt, sondern beim Erreichen jeder neuen Etage nur noch langsamer wurde. »Abteilung drei, Sektion C.«

»Und da ist auch das Verzeichnis, von dem Kassandra gesprochen hat.« Stella zeigte auf einen ausladenden grauen Kasten an der Wand.

Für den Buchstaben »A« gab es nicht weniger als neunzehn Schubladen, doch schon nach kurzer Suche hatten sie die richtige gefunden und Blue wühlte sich durch die alphabetisch geordneten Karteikarten.

»Anagramm. … Anamnese. … Anaskient!« Sie strahlte. »Na schön, da hätten wir also: *Aufbau und Pflege des Anaskienten. … Der Anaskient im Wandel der Zeit. … Das weiße Wunder und seine Geschichte.*«

Der Einfachheit halber notierte Stella die Standortnummern aller infrage kommenden Titel auf einem kleinen Zettel.

Während sie schrieb, hob Spencer schnüffelnd die Nase. »He, riecht ihr das?«

Die beiden Mädchen tauschten einen Blick. »Was?«

»Riecht wie gebratenes Hühnchen.«

»Hier?« Blue lachte. »Ich schätze, das ist reines Wunschdenken.«

»Da wäre ich mir nicht so sicher«, widersprach Stella. »Vielleicht hat unsere kauzige Kassandra hier oben eine sogenannte Grill-Ecke eingerichtet, damit sie die Leute noch effektiver zum Narren halten kann. Oder sie …«

»Kann ich euch irgendwie behilflich sein?«

Keiner der drei Freunde hatte den jungen Mann kommen hören. Entsprechend groß war ihr Schrecken, als er urplötzlich hinter ihnen stand.

Im Gegensatz zu seiner Kollegin aus dem Erdgeschoss war er mindestens zwei Meter groß, dabei jedoch so hager, dass man befürchten musste, ein ordentlicher Sturm könne ihn ohne Probleme in der Mitte durchbrechen. Seine Pilare waren sorgfältig mit Gel aufgestellt und sahen extrem akkurat aus. Dafür beschrieb sein Rücken auf Höhe der Schulterblätter einen extremen Bogen, sodass seine gesamte Silhouette an ein wandelndes Fragezeichen erinnerte. An der Brusttasche seines Hemdes war mit blassrosa Garn der Name »JEREMY SPOON« eingestickt. Und direkt darunter baumelte ein Schild mit der Aufschrift: »ICH HELFE IHNEN GERNE.«

»Danke«, stammelte Blue, wobei sie instinktiv einen Schritt zurückwich. »Aber wir wissen leider selbst noch nicht genau, was wir suchen.«

Aus den Augenwinkeln sah sie, wie Stella irritiert den Kopf hob. *Was soll das heißen, wir wissen selbst nicht, was wir suchen?*

»Es geht im Augenblick erst mal nur um eine Themensammlung«, log sie munter weiter, wobei sie ihrer verdutzten Freundin kurzerhand den Zettel mit den Standortnummern aus der Hand nahm und ihn sorgfältig zusammenfaltete. »Für eine Hausarbeit.«

»Eine Hausarbeit? Soso …« Mr Spoons Stimme war durchaus nicht unfreundlich. »Aber sind denn nicht Ferien seit heute?«

Blue biss sich auf die Lippen.

»Doch, klar«, kam Spence ihr zu Hilfe. »Allerdings habe ich mir da diese wirklich dumme Sache geleistet, von der unsere Direktorin so gar nicht begeistert war. Und zur Strafe muss ich jetzt über die Ferien diese blöde Arbeit schreiben.«

Der hagere Mr Spoon warf ihm einen mitleidigen Blick zu. »Nun, das ist in der Tat ärgerlich.«

»Tja, nicht zu ändern.« Über Spencers sommersprossiges Gesicht huschte ein verschmitztes Lächeln. »Aber wenigstens darf ich mir das Thema selbst aussuchen.«

»So?« Der Bibliotheksangestellte rieb seine langen, harten Hände aneinander, eine Geste, die Blue entfernt an ein Insekt erinnerte. Eine Gottesanbeterin. »Dann wünsche ich euch viel Erfolg bei der Suche. Und falls ihr Fragen habt …« Er ließ den Satz offen und tippte gegen das Schild an seiner Brusttasche.

»Alles klar«, nickte Blue und sah ihm nach, bis er hinter der nächsten Regalwand verschwunden war.

»Warum hast du ihm denn nicht gesagt, was wir suchen?«, raunte Stella. »Das hätte uns eine Menge Zeit gespart.«

»Mag sein«, räumte Blue ein. »Aber irgendwie war mir dieser Kerl nicht geheuer.«

Ihre Freundin zog verständnislos die Brauen zusammen. »Mr

Brathuhn kommt dir komisch vor, aber die alte Kampfzwergin da unten in der Halle findest du vertrauenswürdig?«

»Du meinst Kassandra?« Blue lachte. »Die ist doch harmlos.«

»Das sagst du nur, weil sie dich mochte«, versetzte Stella spitz. »Mich hingegen konnte sie nicht ausstehen.«

Im Hinblick auf eine harmonische Suche hielt Blue es für besser, diese Feststellung nicht weiter zu kommentieren. Stattdessen nahm sie sich wieder den Zettel mit den Standortnummern vor. »Okay.« Sie klatschte unternehmungslustig in die Hände. »Dann legen wir mal los, bevor Mr Spinnenbein uns wieder auf die Pelle rückt.«

Spence linste über ihre Schulter. »Und? Wo müssen wir hin?«

»Regal zwölf, Sektion vier, Buchstabe D«, las Blue von Stellas Zettel ab. »Das muss irgendwo dahinten sein.«

Sie folgten dem Hauptgang, der die hohen Regale wie eine Schneise durchschnitt. Links und rechts zweigten schmalere Seitengänge ab, doch die wirkten ziemlich düster.

Blue sah zu der hohen, leicht abgeschrägten Decke hinauf. Im Gegensatz zum Erdgeschoss gab es hier oben kein Tageslicht. Und von den flackernden Neonröhren, die für Helligkeit sorgen sollten, schienen längst nicht alle zu funktionieren.

Regal zwölf entpuppte sich als das vorletzte auf der linken Seite. Es war mindestens fünf Meter hoch und vollgestopft mit Büchern und Schriften aller Art.

Es mussten Tausende sein.

»Habt ihr jemals so viele Bücher auf einem Haufen gesehen?«, fragte Spence tief beeindruckt.

Stella schüttelte den Kopf. »Ich finde, die weitaus interessantere Frage ist, wie wir da ohne Hilfe drankommen sollten, falls D ganz oben ist?«

»Ist es nicht«, erklärte Spence, dessen Adleraugen bereits die Buchrücken auf der rechten Seite des Gangs überflogen hatten. »Buchstabe D ist gleich hier unten.«

Und tatsächlich: *Der Anaskient im Wandel der Zeit* stand fast genau auf Augenhöhe am Ende des Regals.

Aufgeregt zog Blue den roten Ledereinband heraus. Doch kaum, dass sie das Buch aufgeschlagen hatte, riss sie erschrocken die Augen auf.

»Was ist?«, fragte Stella.

»Dieser Band hier …« Blue schluckte. »Er ist leer!«

»Leer?«, rief Spence. »Was heißt leer?«

»Dieses Buch hat mehr als sechshundert Seiten«, flüsterte Blue. »Aber es steht rein gar nichts drin. Nur die Verlagsanschrift und ein kurzer Lebenslauf des Autors.« Ihre Finger wischten ratlos über das schwere Papier. »Auf den übrigen Seiten steht nur die Seitenzahl. Und da, wo Text sein sollte, ist alles weiß.«

Spencer nahm ihr das Buch aus der Hand und betrachtete es eingehend. »Vielleicht ist das hier nur ein Platzhalter, weil das Original gerade überarbeitet oder ausgebessert wird«, mutmaßte er ohne rechte Überzeugung.

»Lasst uns erst mal die anderen Titel suchen«, beschloss Stella. »Vielleicht haben wir da ja mehr Glück.«

Der Einfachheit halber teilten sie die restlichen Nummern auf ihrer Liste unter sich auf. Doch es war völlig egal, welches der Bücher sie aus dem Regal zogen: Die Bände enthielten nichts als leere Seiten.

»Aber wozu sollte jemand die Inhalte von Büchern entfernen?«, fragte Spence. »Das ergibt doch keinen Sinn.«

»Vielleicht doch.« Blue fühlte, wie sich eine dicke Gänsehaut über ihre nackten Unterarme breitete. »Und ich glaube auch nicht länger an irgendwelche seltsamen Zufälle.«

Stella sah sie an. »Und was machen wir jetzt?«

»Wir fahren noch mal runter ins Erdgeschoss und fragen Kassandra«, entschied Blue. »Vielleicht kann sie uns mehr sagen.«

Auf dem Weg zum Lift sahen sie Jeremy Spoon in einem der düsteren Gänge stehen. Er hielt ein Buch in der Hand und tat so, als ob er lese. Doch aus irgendeinem Grund war Blue sicher, dass er sie die ganze Zeit beobachtet hatte.

Im künstlichen Licht der Lampen warf seine hagere Gestalt einen langen, gezackten Schatten auf die Wand vor dem Lift, aber der bewegte sich erst, als die drei Freunde bereits auf dem Weg nach unten waren.

Kassandra zeigte sich erwartungsgemäß überhaupt nicht begeistert, als die Kinder sie baten, sie ins Obergeschoss zu begleiten.

»War seit Monaten nicht da oben«, murrte sie, während sie mit widerwillig wippenden Ohren zum Lift stakste. »Hab genug zu tun mit dem Empfang.«

»Tut uns wirklich leid, dass wir Ihnen solche Mühe machen müssen«, versicherte Blue, der es ganz und gar nicht leichtfiel, mit der Minorianerin Schritt zu halten. »Aber es … Nun ja, es ist wirklich wichtig.«

»Warum wendet ihr euch nicht an diesen sogenannten Fachangestellten, der für da oben zuständig ist?«, knurrte Kassandra.

Blue tauschte einen Blick mit Stella. »Wir haben niemanden gesehen.«

»Na, das ist ja wieder mal typisch!« Kassandras Perücke gab ein angriffslustiges Knistern von sich. »Kriecht immerzu in irgendwelchen finsteren Ecken rum und stinkt wie ’n Brathuhn aus’m Hintern – aber wenn *einmal* in fünf Jahren Kundschaft da ist, macht der Herr einen auf unauffindbar!«

Trotz ihrer Anspannung konnte Blue sich das Lachen nicht verbeißen. Und auch Spence und Stella glucksten vor sich hin.

»Hätte den Kerl gar nicht erst eingestellt«, schimpfte die Minorianerin derweil unverdrossen weiter, während der Lift nervtötend langsam nach oben zuckelte. »Aber mich fragt ja hier keiner. Und was ist, wenn wieder mal einer daherkommt, der zu dämlich ist, ’n bescheuertes Register zu benutzen?« Zum Glück stand sie mit dem Rücken zu den Kindern, sodass Blue ihrer empörten Freundin gerade noch rechtzeitig den Mund zuhalten konnte. »Dann darf Kassandra ran! Alles, was mit Arbeit verbunden ist, macht Kassandra! Und was kriegt Kassandra dafür?«

Dieses Mal war Stella schneller: »Ein gutes Gehalt?«

Die Minorianerin warf ihr einen vernichtenden Blick zu. »Einen Tritt in den Hintern, du kleine Klugscheißerin. Jawohl, so sieht's aus!«

Sie sprang aus dem Lift und Blue hoffte inständig, dass sie nicht auf die Idee kam, nach Mr Spoon zu rufen. Doch zumindest, was das anging, hatte sie Glück: Die hagere Gestalt mit den akkurat frisierten Pilaren war nirgends zu entdecken.

Mit einem triumphierenden »Na, dann woll'n wir doch mal sehen!« pflückte Kassandra ihr den Zettel mit den Standortnummern aus der Hand und schritt entschlossen auf das Regal mit der Nummer zwölf zu.

Die Bücher lagen noch genau so, wie die Kinder sie zurückgelassen hatten: sorgfältig übereinandergestapelt auf dem kleinen Tisch an der Schmalseite.

Kassandra beugte sich über den Stapel und ließ ihre knotigen Finger routiniert über die alten Buchrücken gleiten. »Wo is'n jetzt das Problem?«, blitzte sie, nachdem sie sich vergewissert hatte, dass sämtliche Titel, die auf Blues Liste standen, auch tatsächlich vorhanden waren.

Blue zuckte die Achseln. »Schlagen Sie sie auf.«

Die Bibliothekarin tat, wie ihr geheißen. Gleich darauf kippte ihre ziemlich eindrucksvolle Kinnlade herunter. »He, Moment mal! Was is'n das jetzt wieder für'n Mist?« Sie nahm die übrigen Bände zur Hand und blätterte hektisch darin herum. Und als auch das keine neuen Erkenntnisse brachte, griff sie wahllos in die Regale rechts und links des Ganges. »Leer! … Das auch! … Und … Nein, das nicht! Gottlob! … Aber das!«, murmelte sie, während sie immer neue Bücher aufschlug. »Nicht leer. … Nicht leer. … Leer. … Und das auch! Und das hier!« Irgendwann hielt sie inne und schüttelte fassungslos den Kopf. »Aber, das … Das können selbst die unmöglich zustande gebracht haben. Schon gar nicht unbemerkt. Es sei denn …« Ihre moosgrünen Augen verengten sich zu schmalen Schlitzen. »Es sei denn, sie hätten Hilfe gehabt.«

Blue blickte den langen düsteren Gang entlang und Angst kroch in ihr hoch. »Von wem sprechen Sie?«, fragte sie. »WER kann WAS nicht zustande gebracht haben?«

Doch Kassandra schien sie überhaupt nicht wahrzunehmen. Ihre Augen klebten wie festgefroren an den leeren Seiten.

»Bitte«, drängte Blue. »Sie müssen uns sagen, was hier los ist.«

»Nein!« Es war nur ein einziges Wort, aber die plötzliche Härte ihrer Stimme traf Blue wie ein Peitschenhieb.

»Aber …«

»Ihr dürft nicht fragen!« Kassandras grüner Zeigefinger bohrte sich in Blues Bauchnabel. »Es ist gefährlich, danach zu fragen!«

Blue starrte sie an. »Gefährlich?«

»Jawohl, gefährlich«, nickte die Minorianerin. »Und jetzt verschwindet von hier! Sofort!«

Die Kinder rührten sich nicht von der Stelle.

»Worauf wartet ihr noch?« Kassandras Stimme war heiser vor Aufregung. »Ich hab gesagt, dass ihr verschwinden sollt!«

»Aber wir brauchen diese Bücher unbedingt«, bettelte Blue, weil sie sehen wollte, wie die Minorianerin reagierte. »Gibt es vielleicht noch eine andere Abteilung, in der wir es versuchen könnten?«

Die Bibliothekarin schüttelte ihre blonden Löckchen. »Das hätte keinen Zweck«, flüsterte sie. »Wenn sie hier waren, waren sie überall. Und …« Sie unterbrach sich, als Stella warnend die Nase hob.

Und im selben Moment rochen die anderen es auch: Brathühnchen!

Kassandra gab ihnen mit einer knappen Geste zu verstehen, im Schutz der Regale zu bleiben. Dann schlich sie vorsichtig an den langen Buchreihen entlang und spähte um die Ecke zum Hauptgang.

Blue sah, wie das Grün ihres Gesichts verblasste.

»Sie sind hier«, zischte sie den drei Kindern in ihrem Rücken zu. »Dieser gottverdammte Verräter hat sie geholt!«

Wen?, fragten Blues Lippen stumm.

Anstelle einer Antwort wies Kassandras mächtiges Kinn Richtung Lift.

So unauffällig sie konnte, schob Blue den Kopf um die Ecke. Am anderen Ende des Gangs schimmerte die goldene III über dem Lift im Licht der Neonröhren. Direkt davor stand der spinnenartige Mr Spoon. Er unterhielt sich angeregt mit zwei Gestalten, die Blue jedoch nur von hinten sehen konnte. Einem Mann und einer Frau. Beide trugen exakt die gleichen grauen Mäntel. Dazu hatte die Frau bläulich schimmernde Nylons und klobige Pumps in kühlem Steingrau an.

Blue runzelte die Stirn. Ob das Polizisten waren? Kriminalbeamte vielleicht?

Aber eine Uniform wie diese war ihr nie zuvor untergekommen. Und auch die nackte Angst, mit der Kassandra auf die beiden Fremden reagierte, sprach dagegen.

Ihre Gedanken hatten die Frage noch nicht zu Ende formuliert, als sich die Frau völlig unerwartet zu ihr umdrehte.

Blue hätte beinahe geschrien vor Schreck.

Für den Bruchteil einer Sekunde begegneten sich ihre Augen. Dann zog sich Blue eilig in den Schatten der Regale zurück.

Doch es war bereits zu spät: Auf dem glatten Marmor näherte sich das Klappern von Absätzen.

»Sie kommen her«, wisperte Blue ihren Freunden zu. »Was sollen wir denn jetzt machen?«

»Kommt mit«, flüsterte Kassandra, deren Gesichtsfarbe mittlerweile an eine winterbleiche Schlammkröte erinnerte.

»Aber …«

»Frag nicht, komm!« Mit erstaunlicher Behändigkeit tauchte die Minorianerin unter der rostigen Leiter hindurch in den

Nachbargang, während die Schritte in ihrem Rücken immer näher kamen.

Hier war das Licht deutlich schlechter, sodass die Kinder alle Mühe hatten, nirgendwo anzustoßen.

»Nun macht schon!« Kassandra klemmte sich den roten Lederband, den sie noch immer in der Hand hielt, unter den Arm und zog einen riesigen Schlüsselbund aus der Tasche. Dann stoppte sie vor einer niedrigen Tür. Sie fiel kaum auf unter den Dachschrägen, zumal sie in derselben schmutzigen Farbe gestrichen war wie die Wand. »So, da wären wir …« Sie schob einen der Schlüssel ins Schloss.

Gleich darauf öffnete sich die Tür in ein lang gezogenes, schräges Zimmer. Es schien keine Fenster zu haben – zumindest war es stockfinster im Inneren – und roch nach altem Papier und Staub.

»Was ist das?«, fragte Spencer.

»Die Asservatenkammer«, flüsterte Kassandra. »Früher haben wir dort unsere ausrangieren Bücher gelagert. Aber das ist lange vorbei.« Sie blickte sich nervös nach ihren Verfolgern um. Doch von Mr Brathuhn und den beiden Manteltrlägern war nichts zu sehen. »Es gibt dadrin einen versteckten Zugang zum hinteren Treppenhaus, gleich links, neben den beiden kaputten Vitrinen. Allerdings ist das Licht kaputt. Also gebt gefälligst acht, dass ihr euch nicht verletzt.«

Sie wollte gehen, doch Blue hielt sie am Ärmel fest. »Was ist mit den verschwundenen Büchern?«

»Nicht euer Problem«, versetzte die Bibliothekarin schroff. »Am besten, ihr vergesst das alles.«

»Machen Sie Witze?« Blues Augen funkelten im Dämmerlicht. »Wir sollen ein Jahr länger zur Schule gehen. Unsere Anaskienten wachsen nicht mehr richtig. Und zufällig sind alle Bücher, die sich mit dem Thema befassen, wie vom Erdboden verschwunden.« Sie schnappte nach Luft. »Und da wollen Sie uns im Ernst erzählen, das sei nicht unser Problem?«

Kassandras lange Ohren zuckten, während sie nachdachte. »Es gibt vielleicht noch einen anderen Weg, wie ihr an die verschwundenen Informationen kommt.«

Blue starrte sie an. »Welchen?«

»Über den Herausgeber.« Die Minorianerin schlug den roten Lederband auf, den sie noch immer in der Hand hielt, und tippte auf das Verlagslogo im Impressum. »Keine Ahnung, ob's die noch gibt. Aber hier steht zumindest so was wie 'ne Adresse drin.« Sie riss die Seite heraus und reichte sie an Blue weiter. »Und jetzt seht endlich zu, dass ihr verschwindet! Ich versuche, euch einen kleinen Vorsprung zu verschaffen!«

Sie reckte ihren knorrigen Daumen, offenbar in der Absicht, den Kindern Mut zu machen.

Dann schlug sie die staubige alte Holztür zu und um die drei Freunde wurde es schlagartig finster.

Im Gasthof ZUR GOLDENEN NASE

Hermann!«

Hermann-Heinrich-Walter Uhl, Wirt und Besitzer des Gasthofs ZUR GOLDENEN NASE, ließ seinen Futtersack sinken und hob lauschend den Kopf. Er war gerade dabei, seine vierundzwanzig Schweine zu füttern – eine Tätigkeit, die neben dem Geldverdienen zu seinen absoluten Lieblingsbeschäftigungen gehörte. Besonders Kowalski, der riesige braun gefleckte Eber, hatte es ihm angetan, und wenn niemand hinsah, konnte es durchaus vorkommen, dass Hermann dem kapitalen Tier sanft über den haarigen Speckbauch kraulte.

»Häääääärmann!«

Hermann verzog das Gesicht. Es gab nur einen einzigen Menschen auf der Welt, der es wagte, in einer derart unverschämten Lautstärke nach ihm zu brüllen, und das war Walburga. Seine Frau.

Sie schien im Gastraum zu sein, dessen einzige Fenster zum Stall hinausgingen. Und offenbar gab es mal wieder ein Problem.

Hermann seufzte. »Was ist?«, rief er, ohne sich auch nur einen Millimeter von der Stelle zu rühren.

Doch anstelle einer Antwort schlug ihm aus den Tiefen des Gastraums nur ein weiteres Mal sein völlig verzerrter Vorname entgegen: »Hääääääääääääärmaaaaaaaann!«

Warum haben mich meine Eltern nicht Jo genannt?, dachte Hermann. Jo oder Jack oder wenigstens Karl.

»Hast du nicht gehööö-hööööört?«

Hermann zog ärgerlich den Kopf zwischen die Schultern.

»Hääääääärrr ….«

So, das reichte jetzt!

Er ließ den Futtersack los, umrundete das Haus und stürmte wie ein wild gewordener Stier durch die Schwingtür der Gaststätte. »Herrschaft, Sakrament und doppelt geschniegelter Goldfisch, Weib! Was ist nun schon wieder los? Was brüllst du so?«

Walburga Uhl war fett und rosig, ein Umstand, den die Gastwirtin durch weite und vor allem teure Kleidung zu kaschieren versuchte. Doch leider waren insbesondere die riesigen bunten Schleifen, die sie sich um ihre nicht vorhandene Taille band, nicht dazu angetan, ihre kastige Figur auch nur einen Hauch schmaler wirken zu lassen.

Wenn sie nicht gerade ihren Mann anbrüllte, war sie für den Ausschank hinter der Theke verantwortlich. Darüber hinaus ging Walburga ihrem Gatten auch bei allen anderen anfallenden Arbeiten zur Hand. Einzig mit der Versorgung der Tiere wollte sie nichts zu tun haben, seit eine von den Küchenhilfen einmal im Scherz erklärt hatte, wann immer Walburga im Stall sei, käme ihr der Schlachter nicht auf den Hof. Sie könne schließlich nicht riskieren, dass es diesbezüglich zu Verwechslungen käme. Ganz abgesehen davon, dass ihre Chefin unter Garantie nicht besonders schmackhaft wäre …

Selbstredend war das Mädchen noch am selben Tag entlassen worden. Doch Walburga hatte seither keinen Fuß mehr in den Stall gesetzt.

Dafür nahm sie seit geraumer Zeit Gesangsunterricht. Ein pensionierter Tenor kam dreimal die Woche ins Haus, um mit Walburga zu arbeiten. Das führte bislang zwar nicht dazu, dass die Lieder, die sie sang, weniger schmerzvoll klangen. Doch es ließ sich nicht leugnen, dass Walburgas schrille, immer ein wenig rostig klingende Stimme noch schriller und rostiger geworden war.

»Da bist du ja endlich«, stellte sie fest, ohne sich vom Zorn ihres Gatten auch nur im Mindesten beeindrucken zu lassen.

»Was ist los?« Hermann warf ihr einen giftigen Blick zu. »Warum holst du mich von meiner Arbeit fort?«

»Hast du das hier gelesen?«

Erst jetzt bemerkte er den Briefbogen in ihrer Hand. »Nein. Was ist das?«

»Es ist heute Morgen mit der Post gekommen.« Walburgas kleine hellgraue Augen zwinkerten nervös. »Aber … Lies selbst!«

Widerwillig nahm Hermann ihr das Schriftstück aus der Hand und tastete in der Brusttasche seines Hemdes nach seiner Lesebrille.

Der Brief war von Hand geschrieben.

Hellblaue Tinte auf teurem cremefarbenem Papier.

»Glaubst du, die meinen das wirklich ernst?« Walburga war knapp zwei Köpfe kleiner als ihr Mann und reichte mit ihrem Hals gerade so über seinen Ellenbogen.

»Halt den Mund und lass mich lesen!«, knurrte Hermann, doch bereits der Blick auf den Briefkopf erfüllte ihn mit massivem Unbehagen. Als er fertig war, begann er gleich noch einmal von vorne und die ganze Zeit kitzelte Walburgas angstvoller Atem die feinen Härchen auf seinem Unterarm.

»Und?«, fragte sie. »Was sagst du?«

»Nun ja …« Hermanns Fußspitze zeichnete ein imaginäres Wellenmuster auf die düsteren Eichendielen. »Es wäre zweifellos ein gutes Geschäft.«

Auf eine solche Bemerkung hatte seine Frau offenbar nur gewartet. »Geld?«, quiekte sie in einer im wahrsten Sinne des Wortes markerschütternden Frequenz. »Du denkst dabei wirklich und wahrhaftig ans Geld?«

»Woran denn sonst?«, gab Hermann zurück. »Oder glaubst du im Ernst, mir gefällt der Gedanke, dass so viele von denen …«

Walburga schnappte erschrocken nach Luft. »Psssssssst! … Um Himmels willen, nicht so laut!«

Hermann sah sich um. »Aber hier ist doch keiner.«

»Man kann nie wissen, wer alles zu denen gehört«, flüsterte Walburga. »Angeblich haben sie ja mittlerweile selbst im Parlament ihre Leute sitzen. Und sogar in der Kirche.«

»Was geht mich die Kirche an?«, schnaubte Hermann, doch was sie sagte, gefiel ihm ganz und gar nicht.

»Ich meine ja nur, dass wir lieber vorsichtig sein sollten.«

»Das hier ist mein Haus«, gab er selbstbewusst zurück. Es hatte einen Moment gedauert, aber jetzt war er entschlossen, die Sache mit Pragmatismus anzugehen. Vorurteilsfrei und sachlich. Und warum auch nicht? Immerhin bedeutete dieser Brief zugleich, dass sie ihm Vertrauen schenkten. Und das war doch nicht das Schlechteste, was einem in diesen Zeiten passieren konnte. Oder? »Das hier ist mein Haus, mein Gastraum und mein Geschäft«, wiederholte er fest. »Da werde ich ja wohl noch eine Meinung äußern dürfen, oder etwa nicht?«

»Es ist unser Geschäft, mein Hase«, korrigierte ihn Walburga mit einem schmeichelnden Schnurren.

»Von mir aus«, stöhnte Hermann. »Das ändert nichts an den Verdienstmöglichkeiten, die in einer solchen Veranstaltung stecken.«

»Aber wie willst du das so schnell auf die Beine stellen?«, widersprach seine Frau. »Ich meine, schon morgen Abend! Das ist viel zu kurzfristig. Denk doch nur an das ganze Gerümpel, das drüben im Saal steht.«

»Ach was …« Hinter Hermanns Stirn addierten sich bereits Getränkerechnungen mit Verzehrbelegen. Und erst die vielen Übernachtungen!

Vor seinem inneren Auge tauchten die schummrigen Gastzimmer auf, die so selten benutzt wurden. Wenn man in jedes von ihnen ein drittes, ach was, ein viertes oder gar fünftes Bett stellte … Hermann lächelte. Vielleicht konnten sie sogar eine Art Versammlungs-Aufschlag erheben! Oder noch besser: einen

Geheimversammlungs-Aufschlag. Immerhin legten diese Leute doch so großen Wert auf Diskretion!

Er klatschte geschäftstüchtig in die Hände. »Geh und ruf die Mädchen zusammen. Wir räumen noch heute Abend alles aus. Dann haben wir morgen den ganzen Vormittag Zeit, um den Saal herzurichten. Und natürlich werden wir jede Menge zusätzliche Stühle brauchen. Was denkst du, wie viele …«

»Hermann …«

Der ungewohnt zaghafte Unterton in ihrer Stimme ließ ihn mitten im Satz innehalten. »Ja, mein Liebes?«

»Lass uns absagen.«

»Absagen?« Er starrte sie an. »Herrgott noch mal, Weib, hast du auch nur die geringste Vorstellung, was wir da an einem einzigen Abend verdienen können?«

»Und wennschon.« Walburgas Kinnlappen bebten. »Ich möchte diese Leute nicht in meinem Haus haben. Schon gar nicht in solchen Massen. Sie … Sie machen mir Angst.«

Hermann kannte sie, seit er neunzehn war, aber eine derartige Panik hatte er noch nie an Walburga erlebt.

In vierzig Jahren Ehe nicht …

»Und was ist mit deinen Gesangsstunden?«, zog er seine letzte Trumpfkarte aus dem Ärmel, während sich der Berg von Dukaten, der bereits vor seinem inneren Auge stand, langsam, aber sicher in Luft auflöste. »Von dem Verdienst könntest du bis an dein Lebensende von früh bis spät Gesangsunterricht nehmen.«

»Ich möchte diese Leute nicht in meinem Haus haben«, wiederholte Walburga mit Nachdruck und Hermann kannte seine Frau lange genug, um zu wissen, dass er gegen diese Art von Entschlossenheit keine Chance hatte.

»Und was, bitte, soll ich denen als Begründung sagen?«, fragte er.

»Du könntest sagen, dass wir ausgebucht sind«, schlug sie vor. »Oder nein: Sag einfach, dass wir Betriebsferien haben.«

»Ich bitte dich!« Hermann verzog das Gesicht. »Das glaubt uns doch kein Mensch!«

»Dann sag ihnen, dass mein Cousin gestorben ist.« Walburgas bleiche Wangen füllten sich allmählich wieder mit Leben. »Dagegen kann niemand etwas haben. Schreib ihnen, dass wir einen Todesfall hatten, und wenn sie dann …« Sie gab einen erstickten Laut von sich und starrte an ihm vorbei zur Tür.

Zugleich fühlte Hermann, wie sich in seinem Rücken eine Art Vakuum ausbreitete. Ein riesiges schwarzes Loch, das rasend schnell um sich griff und dabei sämtliche Empfindungen, Laute und Gerüche in sich aufsog.

An ihre Stelle trat eine eisige Leere.

Hermanns Nacken begann zu kribbeln, während Walburgas Augen noch immer wie festgefroren an der Tür des Gastraums klebten. Sie schien nicht einmal mehr zu atmen und unwillkürlich musste Hermann an gruselige alte Märchen denken, in denen der Fluch einer bösen Hexe ganze Königreiche in einen tiefen, endlosen Schlaf fallen ließ. In den angstvoll geweiteten Pupillen seiner Frau spiegelte sich ein entferntes blaues Licht. Es war kein angenehmes Blau wie das Meer oder der Himmel, sondern so seelenlos kalt, dass sich selbst noch der bloße Abglanz wie ein eisiger Dolch in Hermanns Augen bohrte.

Und dann hörte er auch ihre Stimme. »Monsieur Uhl, wie schön, dass ich Sie persönlich antreffe.«

Obwohl ihm klar war, dass es keinen Ausweg mehr gab, wagte Hermann nicht, sich zu ihr umzudrehen.

»Bitte verzeihen Sie den plötzlichen Überfall, aber ich war zufällig in der Gegend und wollte mich persönlich vergewissern, dass für unseren Parteitag morgen Abend alles geklärt ist.« Sie sprach sehr leise, beinahe sanft. Und doch schien selbst ihre Stimme aus blankem Eis zu bestehen. »Ich nehme doch an, dass Sie es trotz der Kürze der Zeit schaffen werden, alles zu unserer Zufriedenheit vorzubereiten?«

Hermann griff sich an die Kehle, die von einem Moment auf den anderen so eng war, dass er zu ersticken drohte. Aber wenigstens schaffte er es jetzt endlich, sich umzudrehen. »Ja, sicher. Selbstverständlich, Madame.«

»Gut.« Ihre vollen, perfekt geschminkten Lippen verzogen sich zu einem triumphierenden Lächeln. »Es wäre nämlich wirklich schade, wenn etwas dazwischenkäme.«

»Nein, nein. Keinesfalls.« Hermann schüttelte so heftig den Kopf, dass irgendwo in seinem Nacken ein Wirbel knackte. »Vertrauen Sie mir, Madame. Es wird alles zu Ihrer Zufriedenheit erledigt sein. Dafür verbürge ich mich höchstpersönlich.«

Das kalte Glitzern ihrer Augen verstärkte sich, als sie in ihre Handtasche griff und ein zusammengefaltetes Schriftstück herauszog. Es war auf dem gleichen cremeweißen Papier geschrieben wie der Brief, den Walburga ihm gezeigt hatte. Und selbst auf die Entfernung erkannte Hermann das Wappen, das als Wasserzeichen auf dem Bogen verewigt war.

»Hier ist eine Liste mit unseren Wünschen für das Menü«, erklärte seine ungebetene Besucherin. »Und stellen Sie sicher, dass von allem genügend vorhanden ist.«

Hermann nickte eifrig, während Malia Sordes langsam zur Tür schritt. Unmittelbar vor der Schwelle blieb sie noch einmal kurz stehen und schnippte lässig mit den Fingern.

»Ich habe mir erlaubt, Ihre Vorbereitungen ein wenig zu erleichtern«, verkündete sie, ohne sich noch einmal zu ihm umzudrehen. »Seien Sie dankbar. Wir sehen uns dann morgen Abend.«

Hermann hörte das Klappern ihrer Absätze auf dem Kopfsteinpflaster vor dem Haus. Gleich darauf drang das ebenmäßige Schnurren eines sündhaft teuren Motors an sein Ohr.

»Was hat sie gemeint, als sie sagte, sie hätte dir die Vorbereitungen erleichtert?«, keuchte Walburga, die nun ebenfalls aus ihrer Erstarrung erwachte.

Hermann antwortete nicht. Von einer schauerlichen Vorahnung getrieben stürzte er aus dem Gastraum und rannte hinüber in den Stall. Doch es war bereits zu spät: Alle vierundzwanzig Schweine lagen tot in ihren Boxen. Mehr noch: Die Bäuche der Tiere waren der Länge nach aufgeschnitten, die Eingeweide sorgsam herausgetrennt und im fahlen Licht der Stalllampen tropfte das Blut wie flüssiges Pech von den Gittern.

Wie in Trance hob Hermann die Liste mit Menüvorschlägen ans Licht, die Malia Sordes ihm dagelassen hatte. BRATEN VOM HAUSSCHWEIN, war dort in hellblauen Buchstaben unter der Rubrik »Hauptgang« vermerkt.

Mehr nahm sein überforderter Verstand nicht auf.

Wie von einem Keulenschlag niedergestreckt sank er ohnmächtig in sich zusammen und landete direkt auf dem noch immer warmen Körper seines geliebten Kowalski.

Das verbotene Land

In seinem Rücken klapperte eine Kutsche vorbei und allerlei Stimmen schwirrten durch die abendliche Luft, doch Elek hatte nur Augen für die herrlich ausgereiften Schinken, die im Schaufenster der kleinen Metzgerei hingen. Auf dem langen Fußmarsch hierher war er an mehreren Obstplantagen vorbeigekommen. Aber ein paar unreife Äpfel machten nun einmal bei Weitem nicht so satt wie ein Steak. Oder wenigstens ein Wurstbrot …

»Suchst du was Bestimmtes?«

Elek fuhr herum. Hinter ihm stand ein Mädchen, das etwa in seinem Alter war. Sie trug ein typisch frimarisches Gewand mit einer Schürze aus fein gewebter Spitze und ihre Haare baumelten ihr in zwei schweren blonden Zöpfen bis weit auf den Rücken hinunter.

»Nein, ich …« Er schluckte. »Das heißt: Eigentlich doch. Ich bräuchte eine Landkarte.«

»Du meinst von hier?«

Elek zögerte. Das Mädchen sah vertrauenswürdig aus. Trotzdem durfte er nicht zu viel verraten. Die geheimnisvollen Mantelträger hatten seine Spur bereits bis zum Zirkus verfolgt. Und wer weiß, wie weit ihr Einfluss reichte. »Es müsste schon ein etwas größeres Gebiet sein«, rettete er sich auf eine allgemeine Formulierung.

»Ich war noch nie woanders als hier.« Das Mädchen bedachte die staubige Dorfstraße mit einem wehmütigen Lächeln. »Aber du könntest es mal beim alten Anton versuchen. Das ist der ehemalige Buchladen neben dem Friedhof. Die haben eigentlich so ziemlich alles.«

Elek bedankte sich und machte sich auf den Weg.

Schon von Weitem blinkte ihm die schrille Leuchtreklame über der Tür entgegen. An der Wand dahinter konnte man mit viel gutem Willen und Fantasie noch die Inschrift **»BUCHHANDLUNG A. HELLMANN«** erahnen.

Doch die Buchstaben waren völlig verblasst.

»Sie wünschen?«, fragte die gelangweilte Verkäuferin hinter der Theke, ohne den Blick von ihrer Klatschzeitung zu heben.

»Ich brauche eine Karte aller vierzehn Fürstentümer«, erklärte Elek. Denn wenn er sagte, er wolle nach Lox, würde die Frau vermutlich hellhörig werden. »Am besten mit Straßen- und Bahnverbindungen.«

»Landkarten, wie du sie beschreibst, gibt's nicht mehr.«

»Nicht?« Das überraschte Elek, auch wenn er sich – zugegeben – noch nie ernsthaft mit dem Thema befasst hatte. Seine Eltern besaßen einen alten Straßenatlas, der griffbereit vorn im Wohnwagen lag, aber in aller Regel fanden sie den Weg zum nächsten Spielort auch ohne Hilfe. »Und wie orientiert man sich stattdessen?«

»Hast du kein Datalion?«

Um ein Haar hätte Elek einfach »Nein« gesagt. Doch damit hätte er verraten, dass er nicht zur Schule ging. Und das hätte bei einem Jungen in seinem Alter natürlich Fragen aufgeworfen. Fragen, die unter den gegebenen Umständen gefährlich sein konnten. »Doch, natürlich«, log er. »Aber ich bin nur zu Besuch hier und habe es leider nicht bei mir.«

»Da drüben«, knurrte die Verkäuferin und zeigte auf einen grellbunten Pappaufsteller direkt neben dem Eingang, wo sich das bekannteste Schulbuch der Nation in großen Stapeln türmte. Doch als Elek näher trat, stellte er enttäuscht fest, dass jedes einzelne Exemplar zum Schutz vor Beschädigungen in Plastik eingeschweißt war.

Und jetzt?, durchfuhr es ihn. Er hatte kein Geld. Und nach dem vorausgegangenen Geplänkel mit der Verkäuferin konnte er es sich vermutlich auch nicht leisten, einfach mal eben eine von den Verpackungen aufzureißen. Die alte Dame da drüben beäugte ihn auch so schon total misstrauisch. Oder fing er allmählich an, Gespenster zu sehen?

»He, Tony, schlaf aus!«, rief die Verkäuferin in diesem Moment und erst jetzt bemerkte Elek die gebückte Gestalt, die im Schatten der Tür stand. »In einer halben Stunde ist Ladenschluss. Und du musst auch noch das Lager aufräumen. Dahinten sieht's schon wieder aus wie bei Hempels unterm Sofa!«

Der Angesprochene senkte den Blick. Offenbar war ihm der Rüffel peinlich. Er trug eine abgewetzte Cordhose und die Ärmel seines blütenweißen Hemds waren bis weit über die Ellenbogen aufgekrempelt. Neben ihm stand eine Sackkarre voller Kartons. Spiele, soweit Elek erkennen konnte. Und Stofftiere in poppig bunten Verpackungen.

»Darf ich mal?« Die junge Mutter wartete nicht, bis Elek reagieren konnte, sondern rammte ihm kurzerhand ihren Kinderwagen in die Kniekehlen und schob sich dann unsanft an ihm vorbei.

»Henrietta, meine Liebe«, rief die Verkäuferin, kaum dass sie die Frau entdeckt hatte. »Wie schön, dass du reinschaust. Und da ist ja auch der kleine Karl … Ja, hallo, mein Süßer! Winke-winke … Gott, ist der niedlich! Und so groß ist er geworden!«

»Ja, nicht wahr?« Das Lob ihrer Freundin ließ die rücksichtslose Henrietta augenblicklich ein paar Zentimeter größer werden. »Er futtert uns buchstäblich die Haare vom Kopf. Und ob du's glaubst oder nicht: Aus den Hemden, die ich letzten Monat gekauft habe, ist er schon wieder rausgewachsen.«

»Was du nicht sagst.« Die Verkäuferin legte ihr Klatschheft beiseite und stürmte geschäftig auf den Kinderwagen zu. »Na, dann wollen wir doch mal sehen, ob wir nicht ein paar neue Hemdchen für dich finden, was Karlchen? … Na, was ist? Lachst du mich denn auch mal an? Ei-putschi-dutschi-duuuuuuu.«

Elek wartete, bis die beiden Frauen samt Kinderwagen hinter einem Wühltisch mit Windeln verschwunden waren. Das hier war seine Chance!

Ohne lange nachzudenken, nahm er ein Datalion aus dem Aufsteller und riss die Verpackung auf. Dann ließ er den Zeigefinger suchend über das umfangreiche Inhaltsverzeichnis gleiten.

KAPITEL 9.

ALLGEMEINE GEOGRAFIE.

»Vergiss es!«

Erschrocken ließ Elek das Buch fallen. »Ich wollte es nicht klauen«, stammelte er. »Ehrlich. Ich wollte nur kurz was nachsehen.«

»Ich weiß.« Der Mann in der Cordhose bückte sich und hob das Datalion auf. Er bewegte sich lautlos wie ein Schatten und die bleiche Farbe seines Gesichts verriet, dass er nur selten an die frische Luft kam. »Ich habe gehört, wie du nach einer Landkarte gefragt hast.«

»Ist nicht wichtig«, versuchte Elek, die Sache herunterzuspielen.

Doch der Mann ignorierte die Bemerkung. »Welche Gegend ist es, die dich interessiert?«, fragte er.

Elek wich seinem Blick aus und schwieg.

»Na schön, ich sag dir was.« Der Mann senkte die Stimme. »Etwa eine Stunde, bevor du aufgetaucht bist, war so ein Typ hier. Er wollte wissen, ob jemand einen Jungen in einem dunkelgrünen Kostüm gesehen hätte.«

Instinktiv zog Elek seine Jacke fester um den Körper.

Sein Gesprächspartner bemerkte es und lächelte. »Der besagte Junge wird seit gestern Abend vermisst. Drüben in Trogg.«

»Ach, wirklich?« Eleks Finger krallten sich in den grauen Stoff.

»Keine Ahnung, was der Bursche angestellt hat«, fuhr sein Gegenüber indessen in aller Seelenruhe fort. »Aber es klang, als wären ein paar Leute ziemlich nervös seinetwegen. Laut Beschreibung ist er etwa zwölf Jahre alt. Dunkelbraune Haare. Dunkle, leicht schräg stehende Augen.«

»Danke für den Hinweis«, entgegnete Elek betont unbeteiligt. »Falls ich was sehe oder höre, sag ich Bescheid.«

»Ja«, nickte der Mann mit einem bedeutungsvollen Augenzwinkern. »Ich auch.«

Elek starrte ihn an. War das eine Drohung oder ein Angebot?

Wenn er mich verraten wollte, hätte er das längst getan, gab er sich selbst zur Antwort. Immerhin hat er mich vermutlich schon erkannt, als ich zur Tür hereingekommen bin. Aber was hieß das? Eleks Augen suchten die Tür. Und was war, wenn der Mann nicht der Einzige war, der ihn erkannt hatte?

»Bitte, Sir«, bat er. »Würden Sie mir erlauben, in einem von diesen Büchern ganz kurz etwas nachzusehen? Danach verschwinde ich auf der Stelle und Sie sehen mich niemals wieder. Versprochen.«

»Na schön. Einverstanden.« Der Mann schlug das Geografie-Kapitel auf und zeigte auf ein kleines Bedienfeld am rechten unteren Rand. »Du musst den Ort, den du suchst, hier eingeben.«

Elek zögerte. »Und dann?«

»Dann erklärt dir eine freundliche Computerstimme, wie du dort hinkommst.«

Aus irgendeinem Grund war Elek von dieser Variante ganz und gar nicht begeistert. Doch er sah auch keine Alternativen. Also drehte er dem Mann in der Cordhose schweren Herzens den Rücken zu und tippte das Wort S-C-R-I-P-T-O-N in das Bedienfeld.

»Das eingegebene Ziel liegt außerhalb des erfassten Bereichs«, schepperte gleich darauf eine verzerrte und leider auch ziemlich laute Computerstimme aus dem Deckel des Datalion.

Elek blickte sich ängstlich um, aber noch war niemand auf ihn aufmerksam geworden. Eilig wiederholte er seine Eingabe.

Doch das Ergebnis war das gleiche.

Der Mann mit der Cordhose trat hinter ihn. »Was hast du eingegeben?«, flüsterte er alarmiert.

»Tut mir leid«, flüsterte Elek zurück. »Aber das das kann ich Ihnen beim besten Willen nicht sagen.«

»Dein Problem ist, dass du offenbar nicht die geringste Ahnung hast, mit WEM du es im Zweifelsfall zu tun bekommst.« Der Angestellte fixierte ihn mit eindringlichem Blick. »Aber du kannst auch nicht mehr zurück. Dazu steckst du schon viel zu tief drin im Schlamassel. Und diese Leute, die dich suchen … Die haben ihre Spitzel überall.« Seine Augen glitten zur Tür. »Dieser Laden hat einmal mir gehört«, raunte er vertraulich. »Aber dann haben sie mir von heute auf morgen die Miete verdreifacht, sodass mir nichts anderes übrig geblieben ist, als zu verkaufen. Und …«

Aus dem hinteren Teil des Geschäfts näherte sich Gelächter.

»Nein, wie putzig«, säuselte die Verkäuferin entzückt, während Klein-Karlchen an der Hand seiner Mutter umherstolzierte wie ein Pfau. »Steht ihm wirklich ganz wunderbar, das neue Hemdchen.«

Der ehemalige Buchhändler packte Elek beschwörend bei den Schultern. »Letzte Chance, Junge! Ich hab noch ein paar alte Karten oben in meinem Zimmer. Sag mir, wo du hinwillst, und ich sehe zu, ob ich dir helfen kann.«

Hinter ihnen bimmelte die Glocke über der Tür.

Noch mehr Kundschaft …

»Scripton«, flüsterte Elek. »Ich muss so schnell wie möglich nach Scripton.«

Es war eine reine Bauchentscheidung gewesen, dem Mann die Wahrheit zu sagen. Doch die Reaktion seines Gesprächspartners ließ Elek augenblicklich daran zweifeln, das Richtige getan zu haben: Die Wangen des Mannes wurden noch bleicher, als sie ohnehin schon waren. Dicke Schweißperlen quollen unter dem Ansatz seines schütteren Haares hervor, als er sich mit erstarrter Miene abwandte und eine Packung Frühstücksflocken aus dem Regal nahm.

»Schon gut, bemühen Sie sich nicht«, versetzte Elek enttäuscht. »Ich wollte sowieso gerade gehen.«

Er steuerte zielstrebig auf die Ladentür zu, doch leider hatte er die Rechnung ohne die Verkäuferin gemacht. Die hatte nämlich die leere Datalion-Verpackung auf dem Boden bemerkt und stürmte hinter ihm her wie eine Furie.

»He, Junge! … Ja, du da! … Wo willst du hin?«

Betont gelassen drehte sich Elek zu ihr um. »Raus, falls Sie nichts dagegen haben.«

»Oh doch, das habe ich.« Sie zeigte auf die leere Verpackung. »Du machst keinen Schritt aus diesem Geschäft, bevor du bezahlt hast, mein Freund!«

»Was denn bezahlt?«, fragte Elek mit Unschuldsmiene.

»Willst du mich für blöd verkaufen? … Wo ist das Buch, das du ausgepackt hast?« Ihre spitzen Finger pickten auf Elek ein wie ein Schwarm hungriger Krähen. »Na, los! Zeig mir deine Taschen!«

»Ich denke ja gar nicht dran!«, protestierte Elek und stieß sie weg, doch im Eifer des Gefechts verrutschte seine Jacke und er konnte förmlich zusehen, wie die Verkäuferin eins und eins zusammenzählte.

Etwa eine Stunde, bevor du aufgetaucht bist, war so ein Typ hier.

Er wollte wissen, ob jemand einen Jungen in einem dunkelgrünen Kostüm gesehen hätte.

Die Augen der Frau kehrten zu seinem Gesicht zurück. »Nun ja, vielleicht ist das ja wirklich alles nur ein dummes Missverständnis.« Ihr Lächeln erinnerte Elek an eine Löwin, die eine junge Gazelle ins Visier nahm. »Ich bin sicher, dass wir die ganze Sache leicht aufklären können. Allerdings bleibt mir unter den gegebenen Umständen leider nichts anderes übrig, als meinen Vorgesetzten zu rufen.« Das Lächeln wurde noch breiter. »Das verstehst du doch, nicht wahr? Aber keine Sorge, es dauert nicht lange. Setz dich einfach da drüben hin und warte kurz, bis der Chef kommt, ja?«

Den Teufel werde ich, dachte Elek und tauchte blitzschnell unter ihrem Arm durch. Dann gab er der erstaunten Frau einen leichten Schubs, sodass sie von ihm wegtaumelte, und stürzte zur Tür.

Nach wenigen Metern stieß er mit dem Mann in der Cordhose zusammen, der ihm den Weg verstellte.

»So ist es recht, Mr Hellmann!«, schrie die Verkäuferin, die sich inzwischen wieder gefangen hatte. »Halten Sie ihn auf, den kleinen Dieb!«

Der Mann mit der Cordhose sah Elek flüchtig in die Augen. *Verschwinde!*

Elek fühlte etwas in seiner Hand.

Dann sank der Mann auch schon mit lautem Stöhnen zu Boden. »Geben Sie acht«, rief er mit schwacher Stimme, »ich glaube, der Bursche hat eine Waffe!«

Karlchens Mutter und die Verkäuferin begannen, laut zu kreischen, während Elek die Chance nutzte und durch die hell erleuchtete Ladentür flüchtete.

Draußen war das Licht des Tages inzwischen in abendliche Dämmerung übergegangen. Und zum Glück schienen die meisten Dorfbewohner sich bereits in ihren wohlverdienten Feierabend zurückgezogen zu haben.

Elek rannte auf das nahe Friedhofstor zu.

Um diese Tageszeit war es einigermaßen unwahrscheinlich, dass er dort noch jemandem begegnete. Trotzdem verlangsamte er seinen Schritt erst, als er die windschiefe Mauer auf der anderen Seite erreichte. Unter den Zweigen einer alten Hasel versteckt, zog er den Gegenstand heraus, den der raffinierte Mr Hellmann ihm zugesteckt hatte. Doch zu Eleks Erstaunen war es kein Datalion, wie er erwartet hatte, sondern eine Packung Frühstücksflocken.

Was, zum Teufel, sollte *das* denn?

Elek runzelte die Stirn.

Aber …

Ja, verdammt, da war etwas auf die Rückseite gekritzelt!

Vorsichtig robbte Elek ein Stück näher an die nächste Straßenlaterne heran.

Und tatsächlich: Auf dem Rücken der Packung befand sich eine handgezeichnete Karte. Mit angestrengt zusammengekniffenen Augen studierte Elek die wirren Linien, und als er sah, worauf das Ganze hinauslief, stieß er einen triumphierenden Pfiff aus … SCRIPTON!

»Danke, Sir!«, flüsterte Elek der schreiend bunten Leuchtreklame auf der anderen Seite des Friedhofs zu.

Dann flankte er über die niedrige Friedhofsmauer und verschwand mit federnder Leichtigkeit im Dunkel der Nacht.

Unerwarteter Besuch

Es war mitten in der Nacht, als Blue zitternd und schweißgebadet aus dem Schlaf schreckte. Und wieder war sie sicher, nicht geträumt zu haben.

Ihr Blick wanderte zum Nachtschrank, doch die Buchseite mit der Verlagsanschrift, die Kassandra ihnen mitgegeben hatte, lag noch genau so da, wie sie sie vor dem Einschlafen hingelegt hatte.

Und auch sonst schien alles wie immer zu sein …

Blue strich sich einen zerzausten Pilar aus der Stirn und dachte an die Frau im grauen Mantel, die sie in der Bibliothek gesehen hatte. Aus irgendeinem unerfindlichen Grund war sie ihr seltsam vertraut vorgekommen. Fast so, als ob sie einander schon einmal irgendwo begegnet wären.

Vor dem Fenster schwang das Mobile, das ihre Mutter für sie gebastelt hatte, sacht hin und her. Sechs Möwen an winzigen Drahtbügeln. Das Mondlicht ließ ihre übergroßen Schatten über Decke und Wände gleiten und für einen flüchtigen Moment hatte Blue das Gefühl, dass diese Schatten lebendig waren.

»Bild dir nichts ein«, rief sie sich selbst zur Ordnung. »Hier drin ist nichts!«

Aber hatte sie nicht doch ein leises Klopfen gehört, eben im Halbschlaf? Blue starrte die Türklinke an, die im Silberlicht des Mondes geheimnisvoll glitzerte. Irrte sie sich oder hatte die Klinke sich gerade bewegt?

So leise sie konnte, schob sie die Decke zurück und stieg aus dem Bett. Normalerweise betrachtete sie die Nacht als ihre Verbündete. Eine wunderbar stille Tageszeit, in der man ungestört nachdenken und sich in geheimnisvolle neue Welten versetzen konnte. Doch jetzt war Blue nicht länger sicher, ob sie sich in der Dunkelheit tatsächlich wohlfühlte.

Sie schlich zur Tür und legte vorsichtig ein Ohr gegen das warme Holz. Doch außer dem Tropfen des Wasserhahns im Bad nebenan war nichts zu hören. Blue lächelte. Ihre Mutter lag ihrem Vater seit Jahr und Tag in den Ohren, er solle doch bitte endlich die blöde Leitung reparieren, damit dieses elende Getropfe aufhöre. Aber was immer Mr Carson auch mit dem Hahn anstellte, er hörte einfach nicht auf zu tropfen …

Blue drückte die Klinke hinunter und schob die Tür auf. Durch den Spalt sah sie das Treppengeländer und dahinter die Tür zum Zwischengeschoss, wo ihre Eltern schliefen. Doch auch dort gab es nicht die geringste Auffälligkeit. Kein verdächtiger Schatten. Kein Geräusch, das auf die Anwesenheit eines Eindringlings hinwies. Nichts.

Blue schüttelte den Kopf. Wahrscheinlich hatte sie doch bloß geträumt!

Zur Sicherheit warf sie noch einen kurzen Blick ins Zimmer ihrer Schwestern, dessen Tür wie immer sperrangelweit offen stand. Doch Ellie und Miranda lagen einträchtig schlummernd in ihren Bettchen, die die Form kleiner Zirkuswagen hatten.

Einzig Chester, Mirandas intrischer Zottelhamster, war wach und blickte Blue aus seinen kohlschwarzen Knopfaugen entgegen.

»Na, mein Guter«, flüsterte sie, indem sie neben Chesters Käfig in die Knie ging, »kannst du auch nicht schlafen?«

Das winzige Schnäuzchen reckte sich durch die Gitterstäbe und Blue kraulte dem Hamster eine Weile den Nacken, bevor sie nachdenklich in ihr Zimmer zurückkehrte.

Mittlerweile war sie hellwach. Also setzte sie sich in ihren gemütlichen Schaukelsessel und beobachtete die tanzenden Schatten an der Zimmerdecke. Die Möwen, die im Mondlicht schwangen. Nach einer Weile fiel ihr auf, dass eine von ihnen eine andere Form hatte als die übrigen. Irritiert blickte Blue sich nach dem Mobile um. Die Möwen waren alle gleich groß und sie hatten auch alle exakt dieselbe Form. Das wusste sie genau, immerhin war sie dabei gewesen, als ihre Mutter die Vorlage auf verschiedene Stoffe gelegt und die Vögel zugeschnitten hatte. Und doch schien eine von ihnen plötzlich viel größer zu sein. SEHR viel größer sogar. Und … Blue presste sich erschreckt eine Hand vor den Mund, um nicht zu schreien. Da waren sieben Schatten!

Aber es gab nur sechs Möwen …

»Guten Abend«, meldete sich in diesem Moment eine fremde Stimme über ihr zu Wort.

Blue hob den Kopf.

Auf einem der Balken über ihr hockte ein riesiger schwarzer Schatten.

»Hallo.« Es wunderte sie selbst, dass ihre Stimme ihr zumindest halbwegs gehorchte. Dabei kam sie fast um vor Angst. »Darf ich fragen, wer Sie sind und was Sie hier tun?«

»Wer ich bin?« Der Schatten gab einen glucksenden Laut von sich. »Spielt es eine Rolle, wer ich bin?«

»Oh ja, ich finde schon.« Blue reckte den Hals in dem vergeblichen Bemühen, einen Blick auf ihn zu erhaschen. Doch alles, was sie sah, war ein goldgelbes Augenpaar. »Immerhin ist das hier *mein* Zimmer.«

Er seufzte. »Mein Name ist Igelfly.«

»Igel – was?«

»Igelfly.« Die Bernsteinaugen nahmen einen erwartungsvollen Ausdruck an. »Ich bin gekommen, um das Chronal zu holen, das sich in deinem Besitz befindet. Das Codewort lautet: Papillon.«

»Chronal?«, wiederholte Blue verständnislos. »Was soll das sein?«

Ihr ungebetener Gast schüttelte missbilligend den Kopf. Dabei rieselte ein feiner Staub zu ihr herab, der aus winzigen, grünlich schimmernden Kristallen zu bestehen schien. »Ist denn das zu fassen?«, schimpfte er vor sich hin, als ob Blue urplötzlich Luft wäre. »Diese arme Kleine hat tatsächlich nicht die geringste Ahnung. Aber das wäre ja ... Andererseits ... Wenn man's genau nimmt, sähe ihr das durchaus ähnlich.«

»Hallo, da oben«, beschwerte sich Blue. »Es wäre echt toll, wenn Sie mich irgendwie einbeziehen könnten, damit ich verstehe, worum es hier geht.«

Der Schatten machte einen Satz vorwärts und einen Moment lang fürchtete sie, er wolle sie angreifen. Doch stattdessen entfalteten sich unter dem Dach ein paar höchst eindrucksvolle Flügel, die ihren Besucher mit elegantem Schwung direkt vor ihre Füße trugen. Und endlich konnte Blue nun auch sehen, dass es ein Vogel war.

Gesicht und Körperform erinnerten an einen Adler, allerdings war dieses Wesen hier bedeutend größer und sein Gefieder war über und über mit prächtigen, dachziegelartig angeordneten Farbschuppen bedeckt. Sie schimmerten in wunderschönen Grün- und Goldtönen und bildeten prachtvolle Muster, wie Blue sie sonst nur von Schmetterlingsflügeln kannte. Passend dazu hatte ihr Besucher ein Paar Fühler auf dem Kopf, die sie ebenfalls noch bei keiner Vogelart gesehen hatte.

»Es geht um das Wissen, das sich in deinem Besitz befindet«, wiederholte er, als handele es sich um die selbstverständlichste Sache der Welt. »Ich habe den Auftrag, es nach Scripton zu bringen, bevor ...« Er unterbrach sich. Offenbar wusste er nicht so recht, wie er fortfahren sollte. »Bevor etwas Schlimmes geschieht«, rettete er sich schließlich auf eine Formulierung, die Blue nicht gerade optimistisch stimmte.

»Sind Sie sicher, dass Sie mich nicht mit irgendwem verwechseln?«, fragte sie.

Der Vogel raschelte mit etwas, das wie Papier klang. »Miss Ildy

Blue Carson«, las er von einem Notizzettel ab. »Spiegelgasse 11 in Maron, Fürstentum Meleusien.«

»Die Adresse ist schon korrekt«, räumte Blue ein. »Aber ich fürchte, ich verstehe trotzdem kein Wort von dem, was Sie sagen.«

Sofort war ihr Besucher wieder auf hundertachtzig. »Unfassbar!«, donnerte er los. »Sie hat dich also tatsächlich im Ungewissen gelassen. Das finde ich wirklich … Das ist …«

»Wer denn, um Himmels willen?«, fiel Blue ihm ins Wort. »Wer hat mich im Ungewissen gelassen?«

Er hob die Flügel. »Deine Großmutter.«

Blue wäre beinahe aus ihrem Sessel gekippt vor Schreck. Sie hatte ja mit vielem gerechnet. Aber dass es um ihre Großmutter ging, erwischte sie kalt. »W-w-was hat meine Großmutter damit zu tun?«, stotterte sie. »Ich meine … Ich habe sie ja nicht mal gekannt.«

Ihr ungebetener Gast musterte sie eine Weile mit kritischem Blick. »Aber du weißt schon, *wer* deine Großmutter gewesen ist, oder nicht?«

Etwas an der Art, wie er fragte, gab Blue zu denken. Gleichzeitig ärgerte sie sich einmal mehr darüber, dass ihre Eltern ihr so wenig erzählt hatten. Das war echt peinlich!

»Leider weiß ich nicht viel über sie«, räumte sie ein. »Nur, dass sie Schauspielerin gewesen ist.«

»Schauspielerin?« Der Vogel gab einen gurrenden Laut von sich. »Oh ja, das war sie. Und was für eine! Ich übertreibe nicht, wenn ich sage: Sie war die beste ihrer Generation.«

Blue hielt es nicht länger in ihrem Sessel. »Haben Sie meine Großmutter denn gekannt?«, rief sie aufgeregt. »Persönlich, meine ich?«

»Aber sicher doch.« Er warf sich in die Brust. »Jeden Sommer, wenn sie mit ihrer Truppe auf den großen Festivals gastierte, war ich mindestens einmal zu einer Probe da. Und deine Großmutter spielte sie wirklich alle an die Wand.« Die Erinnerung ließ seine

Augen leuchten. »Wenn sie in eine Rolle schlüpfte, hatten selbst ihre engsten Freunde Mühe, sie zu erkennen. Aber Josy war nicht nur eine hervorragende Schauspielerin, weißt du?« Von einem Augenblick auf den anderen war er todernst. »Sie gehörte auch zu den Menschen, die eine drohende Gefahr bereits im Ansatz zu erkennen vermögen. Und als die ersten Schriften verschwanden, machte sie das natürlich stutzig.«

»Was meinen Sie damit, dass Schriften verschwanden?«, fragte Blue, während vor ihrem inneren Auge unwillkürlich wieder die Bibliothek aufblitzte.

»Theaterstücke, Kochrezepte, Notizen.« Die Flügelspitzen ihres Besuchers wischten durch die Luft. »Nichts Wichtiges auf den ersten Blick.« Er schüttelte den Kopf. »Lauter Dinge, die niemand wirklich ernst nimmt oder vermisst. Aber je weiter die Sache vorankam, umso dreister wurden sie. Und eines Tages waren es nicht mehr nur Schriften, die verschwanden.«

»Sondern?« Blue wagte kaum zu fragen. »Etwa Menschen?«

Er nickte. »Wissenschaftler vor allem. Spezialisten aller erdenklichen Fachgebiete. Viele von ihnen tauchten nie wieder auf. Andere kehrten zwar zurück, aber sie sprachen kein einziges Wort mehr.« Seine Brauenfedern zogen sich zusammen. »Oh ja«, flüsterte er, »eine düstere Zeit hat damals begonnen. Sehr düster. Aber eine Handvoll Mutiger beschloss, etwas dagegen zu unternehmen.«

Blues Herz hüpfte. »Und meine Großmutter war eine von ihnen?«

»Jawohl«, bestätigte ihr Gast. »Sie schloss sich einem Geheimbund von Gelehrten an, die sich die Hüter der Vielfalt nannten. Viele Professoren und Künstler gehörten ihm an. Und alle waren sich darüber einig, dass das Wissen um bestimmte Dinge nicht einfach verschwinden dürfe. Also begannen sie ihrerseits, es zu sammeln.«

»Hüter der Vielfalt«, murmelte Blue voller Ehrfurcht. »Das ist ja der reine Wahnsinn!«

»Sie reisten durch die Lande und sicherten alles Wissen, das sie finden konnten.« Igelflys Gefieder raschelte, als er die Flügel hob, um seine Worte zu unterstreichen. »Und dann notierten sie es in speziellen Büchern, die sie immer bei sich trugen, sogenannten Chronalen.« Er räusperte sich. »Für den normalen Betrachter sehen diese Dinger wie ganz gewöhnliche Notizbücher aus. Doch wer darin zu lesen versteht, für den bergen sie unermesslichen Reichtum.«

»Aber ich besitze kein solches Notizbuch!«, rief Blue. »Weder eins, das meiner Großmutter gehört hat, noch irgendein anderes.«

Über sein Gesicht glitt ein Schatten. »Wirklich seltsam«, murmelte er. »Dabei waren wir uns ganz sicher, dass es da ist. Josy war eine so verantwortungsbewusste Frau. Nie und nimmer hätte sie es versäumt, Sorge zu tragen für den Fall, dass ihr …« Er unterbrach sich abrupt, als ihm klar wurde, dass er schon zu viel gesagt hatte.

Doch Blue war hellhörig geworden. »Für den Fall, dass ihr … was?«

Ihr Gast sah zu Boden.

»Sie müssen es mir sagen!« Sie baute sich vor ihm auf und stemmte entschlossen die Hände in die Taille. »Ich habe das Recht zu erfahren, was mit meiner Großmutter geschehen ist!«

Er trat unbehaglich von einem Fuß auf den anderen. »Haben deine Eltern dir je erzählt, wie deine Großmutter gestorben ist?«

»Ja, haben sie.« Blue war erleichtert, endlich mal eine Frage beantworten zu können. »Sie ist bei einem Bootsunfall ums Leben gekommen.«

»Ein Bootsunfall?« In den Bernsteinaugen ihres Besuchers blitzte Empörung auf. »Nun ja, in gewisser Weise stimmt das sogar. Denn genauso wurde es dargestellt, damals. Aber nichts davon ist wahr, hörst du? Gar nichts!«

Blue sah ihn fragend an.

»Die Truppe deiner Großmutter hatte kurz zuvor in einigen

Fürstentümern Berufsverbot erhalten«, erklärte er mit spürbarem Widerwillen. »Aber natürlich ließen sie sich nicht so einfach den Mund verbieten. Also packten sie ein paar Kostüme und Requisiten und traten in Hinterzimmern von Gasthäusern auf. Oder in stillgelegten Fabriken und dergleichen. Aber leider …« Er seufzte. »Leider lauern immer und überall Verräter – und so bekam PARDESSA schon sehr bald Wind von der Sache.«

»PARDESSA?« Blue schauderte. Allein das Wort schien gefährlich zu sein. »Was ist das?«

»Die Organisation derer, die das Wissen stehlen.«

Sie öffnete staunend den Mund. »Diese Leute haben eine eigene Organisation?«

»Na, und ob!«, nickte er. »Bislang operieren sie zwar fast ausschließlich im Verborgenen, aber ihre Mitglieder bekleiden schon jetzt Posten an allerhöchsten Stellen. Und es ist nur eine Frage der Zeit, bis man ihre grauen Mäntel überall sehen wird …«

»Graue Mäntel?«, fiel Blue ihm ins Wort. »Und dazu eine Art Uniform in Dunkelblau?«

Igelfly schien überrascht. »Du bist ihnen schon begegnet?«

Sie nickte und berichtete ihm von ihrer Flucht aus der Bibliothek.

»Das waren Angehörige der Grauen Brigaden«, nickte er, als sie geendet hatte. »Eine Art Geheimpolizei, die im Auftrag PARDESSAS unterwegs ist, um Leute einzuschüchtern und untergetauchte Wissenschaftler aufzuspüren.«

Geheimpolizei? Blue war fassungslos. »Aber warum unternimmt denn niemand etwas gegen diese Leute?«, fragte sie.

Ihr Besucher gab ein ärgerliches Knurren von sich. »Na, weil sie ihre wahren Ziele sehr gut zu verbergen wissen.« Er schnappte nach Luft. »Nach außen hin spielen sie sich als die großen Wohltäter auf, die die Welt von einer Flut unnützer Informationen befreien wollen. Und das ist doch erst mal eine gute Sache, oder etwa nicht? Schüler brauchen keine lästigen Bücher mehr zu schleppen und alles, was du brauchst, findest du in einer einzigen Datensammlung.«

Unwillkürlich sah Blue zum Schreibtisch, wo ihr Datalion lag.

Igelfly bemerkte den Blick und nickte. »Hast du dich je gefragt, wer darüber entscheidet, was du weißt?«

»Ich dachte eigentlich, das tue ich selbst.«

»Die Frage ist, auf welches Wissen du überhaupt Zugriff hast«, gab er zurück.

Blue schüttelte den Kopf. »Was hat PARDESSA denn davon, das Wissen verschwinden zu lassen?«

»Oh, es verschwindet ja nicht wirklich.«

Sie runzelte die Stirn. »Sondern?«

»Sie sammeln es«, antwortete er, als handele es sich um die selbstverständlichste Sache der Welt. »In ihrer Zentrale in Amnesia haben sie riesige Informationsspeicher. Aber im Gegensatz zu den Hütern geht es ihnen nicht darum, etwas zu bewahren. Im Gegenteil: Sie wollen, dass sie allein auf dieses Wissen Zugriff haben. Damit sie eines Tages teuer verkaufen können, was jedem Geschöpf auf diesem Planeten umsonst zur Verfügung stehen sollte.«

Blue fuhr sich ratlos durch die Pilare. »Sie verkaufen ... Wissen?«

Ihr Gast bedachte sie mit einem nachsichtigen Lächeln. »Nehmen wir mal an, du bist krank, und es gibt auf der ganzen Welt nur eine einzige Medizin, die dir helfen kann«, sagte er. »Und nehmen wir weiter an, dass man diese Medizin aus den Früchten einer bestimmten Pflanze herstellt. Allerdings benötigt diese Pflanze zum Überleben eine besondere Schmetterlingsart, die sie bestäubt.« Er hielt inne, um zu sehen, ob sie ihm folgen konnte. »Wenn du nicht weißt, wo du die heilende Pflanze findest, hast du Pech. Und selbst wenn du eine solche Pflanze auftreibst und in deinen Garten setzt, würde sie dir nichts nützen, solange du nicht auch um die Schmetterlinge und ihre Funktion weißt. Denn deine Pflanze würde ohne die Schmetterlinge niemals Früchte tragen.«

Allmählich verstand Blue, worauf er hinauswollte. »Und meine Großmutter?«, fragte sie mit zittriger Stimme. »Wer war es, der sie damals verraten hat?«

Er zögerte. Aber mittlerweile wusste er auch, wie hartnäckig Blue sein konnte. »Josy ist immer sehr beliebt gewesen«, begann er vorsichtig. »Beim Publikum und auch bei ihren Kollegen. Aber sie hatte seit ihrer Zeit auf der Schauspielschule eine große Rivalin, Malia Sordes.«

Blue war absolut sicher, dass sie den Namen nie zuvor gehört hatte.

»Die beiden konnten sich auf den Tod nicht ausstehen«, fuhr ihr Besucher fort. »Auch wenn man neidlos anerkennen muss, dass auch Malia über ein großes schauspielerisches Talent verfügte. Doch eines Tages kehrte Malia dem Theater völlig überraschend den Rücken und heiratete einen charonischen Grafen.«

Blue vergaß fast das Atmen vor lauter Aufregung.

»Ein paar Jahre war sie komplett von der Bildfläche verschwunden. Aber nach dem Tod ihres Mannes kamen erste Gerüchte auf, dass Malia eine zweite Karriere in der Politik anstrebe.« Seine Stimme wurde immer leiser. Es schien fast, als fürchte er sich vor den Dämonen, die seine Worte vielleicht heraufbeschworen. »Deine Großmutter wusste immer, dass sie sich vor ihr in Acht nehmen musste. Aber als Malia ihr schrieb, dass sie unbedingt wieder einmal ihre alten Kollegen besuchen wolle, brachte Josy es einfach nicht übers Herz, ihr eine Absage zu erteilen.« Die Bernsteinaugen wurden hart. »An dem bewussten Abend gastierte die Truppe in einem verschlafenen Nest an der Küste. Die Nacht war sternenklar und lau, und weil es an Land keinen Ort gab, der ihnen sicher genug erschien, spielten sie an Bord eines Fährschiffs. Der Besitzer war ebenfalls ein Hüter«, fügte er mit einem verschwörerischen Blick hinzu. »Doch während der Vorstellung brach plötzlich ein Feuer aus und es stellte sich heraus, dass es an Bord der Fähre kein einziges Rettungsboot gab, obwohl sie laut

Inventarliste nicht weniger als zehn Rettungsboote hätte haben müssen.«

»Wollen Sie damit sagen, dass Malia die gesamte Truppe ermordet hat?«, fragte Blue entgeistert.

»Nicht nur die Truppe«, antwortete er. »Auch das Publikum. Sie hat sie alle getötet. Jeden Einzelnen, der damals an Bord war.«

Obwohl sie tapfer sein wollte, konnte Blue die Tränen nicht länger zurückhalten. »Und die anderen Hüter?«, schluchzte sie. »Wurden sie auch getötet?«

»Nicht alle«, entgegnete er, und als er sah, dass sie sich darüber freute, setzte er eifrig hinzu: »Einige alte Weggefährten deiner Großmutter haben überlebt und setzen ihre Arbeit fort. Aber sie wollen um jeden Preis verhindern, dass sich ein solcher Verrat wie damals wiederholt. Deshalb meiden sie seit damals alle gängigen Kommunikationswege. Und an dieser Stelle kommen wir Hermioniden ins Spiel.« Der Stolz, der aus seinen Worten sprach, ließ das Gold seines Brustgefieders noch prächtiger hervortreten. »Wir mögen vielleicht ein wenig aus der Mode gekommen sein. Aber zu imperialen Zeiten standen wir sogar in Diensten des Kaiserhauses und ich kann mit Fug und Recht behaupten, dass wir die uns anvertrauten Aufgaben stets gewissenhaft und zur vollsten Zufriedenheit unserer Auftraggeber erledigt haben.«

»Augenblick!« Blue wischte sich die Tränen aus dem Gesicht. »Soll das heißen, die Hüter höchstpersönlich haben Sie zu mir geschickt?«

Igelfly bejahte. »Das Problem ist, dass das gerettete Wissen aus Sicherheitsgründen ausschließlich per Hand vervielfältigt werden darf«, knurrte er. »In Scripton sitzen zwar mehrere Dutzend Schreiber gleichzeitig an der Erfassung eines einzigen Chronals. Aber trotzdem bedingt dieses Verfahren enorme Wartezeiten, sodass viele Wissensträger ihre Chronale über einen langen Zeitraum hinweg verstecken müssen. Und leider sind unsere Feinde alles andere als untätig.« Sein Blick verfinsterte sich. »Erst bei meiner letzten Aktivierung gestern Nacht gab es einen Zwischenfall und …«

»Einen Zwischenfall?« Das passte zu diesem seltsamen Gefühl, das sie hatte! »Und …« Blue wagte kaum, danach zu fragen. »Wurde dabei wieder jemand getötet?«

»Ich bin nicht sicher«, antwortete Igelfly. »Ich war nicht mehr dort, als es passierte.« Er seufzte und blickte an ihr vorbei zum Fenster, hinter dem sich bereits ein erster mattgrauer Schleier des herannahenden Morgens zeigte. »Und jetzt muss ich gehen«, erklärte er ohne jede Vorwarnung. »Wenn ich mich noch länger hier aufhalte, bringe ich uns alle in höchste Gefahr.«

Doch Blue dachte überhaupt nicht daran, ihn so einfach ziehen zu lassen, und stellte sich ihm in den Weg. »Was ist mit dem Chronal meiner Großmutter?«, fragte sie mit beschwörender Miene. »Wer könnte es haben?«

»Ich weiß es nicht«, bekannte er, während seine Augen unablässig zwischen den zahlreichen Dachluken hin und her wanderten. »Wir haben niemals auch nur in Erwägung gezogen, dass es an einem anderen Ort sein könnte als hier bei dir.«

Obwohl sie wusste, dass sie an alldem nicht geringste Schuld traf, fühlte sich Blue auf der Stelle sterbenselend. »Aber ich habe es nicht«, wiederholte sie hilflos. »Das Einzige, was ich je von meiner Großmutter besessen habe, ist dieser Spiegel da.«

Ihr Gast betrachtete den verschnörkelten Frisiertisch mit neuem Interesse. Doch dann schien er sich plötzlich anders zu besinnen. »Ich komme wieder, so schnell ich kann«, versprach er, indem er sich brüsk abwandte und seine imposanten Flügel ausbreitete. »Aber jetzt musst du vernünftig sein und mich gehen lassen, ja?«

Ein Hauch von Glitzerstaub landete auf Blues Gesicht, als er sich durch die enge Dachluke zwängte und mit majestätischem Flügelschlag in der anbrechenden Dämmerung verschwand. Doch wie frisch gefallener Schnee schmolz der Glitter dahin, kaum dass er mit der Wärme ihrer Haut in Berührung gekommen war.

In spiegelnder Tiefe

Als die ersten Sonnenstrahlen die hölzernen Dielen vor ihrem Bett erwärmten, hatte Blue jeden Millimeter ihres Schminktischs akribisch unter die Lupe genommen. Sie hatte den Rahmen abgeklopft, die Rückseite nach verborgenen Hohlräumen abgesucht und sogar probiert, die spiegelnden Seitenteile abzuschrauben. Doch vergebens: Der Spiegel enthielt kein Geheimfach. Keine Nachricht. Und erst recht kein mysteriöses Chronal.

Resigniert ließ sich Blue auf die Holzdielen sinken.

Aber … Moment mal! Was war denn das für eine merkwürdige Reflexion?

Blue blickte sich um. Die Sonne stand noch nicht hoch genug, als dass sie den Schminktisch hätte erreichen können. Dennoch schwebte inmitten der spiegelnden Fläche ein kleiner goldener Punkt …

Verblüfft zog Blue die beiden Seitenteile ein Stück zu, wodurch die Illusion eines dreidimensionalen Raums entstand. Aber der Punkt verschwand nicht. Im Gegenteil: Sein Leuchten intensivierte sich noch. Seltsamerweise schien das Spiegelglas zugleich immer dicker zu werden. Blue runzelte die Stirn. Das Bild ihres Gesichts verlor zusehends an Schärfe. Als ob sie versuche, durch eine meterdicke Eisschicht in einen zugefrorenen Teich zu schauen.

Zögernd streckte sie die Hand aus. Irgendetwas war da unten!

Mit äußerster Vorsicht berührte sie das kühle Glas. Doch kaum, dass ihre Fingerspitzen mit der Fläche in Kontakt gekommen waren, gab der Spiegel ein lautes Knacken von sich und die Eisschicht, von der Blue nicht einmal sagen konnte, ob sie wirklich existierte, bekam einen dicken Riss. Er verlief quer über den Mittelteil und öffnete sich zu einem schimmernden Spalt, von dessen Grund her ihr das goldene Funkeln entgegenleuchtete.

Na, los! Greif hinein!, meldete sich ihre innere Stimme zu Wort. Doch Blue war nicht sicher, ob sie es tatsächlich wagen konnte. Was, wenn sie ihren Arm nicht mehr aus dem Spalt herausbekam? Die Ränder hatten gefährliche Zacken, jeder einzelne von ihnen scharf wie geschliffenes Glas. Was, wenn sich die Lücke wieder schloss, bevor sie ihre Hand aus der Öffnung heraushatte?

Andererseits war es natürlich auch eine Chance …

Und vielleicht barg dieses Wunderding von einem Spiegel ja doch ein Geheimnis!

Blue atmete tief durch und schob ihre zitternden Finger zwischen den messerscharfen Kanten hindurch. Obwohl sie den Spiegel mit keiner Faser berührt hatte, wiederholte sich das Knacken von eben. Und dieses Mal war es noch ein bisschen lauter. Blue schluckte. Sie hatte das Gefühl, geradewegs in das Maul eines Monsterhais zu greifen. Sie beugte sich quer über den Schreibtisch, um den Arm noch tiefer in den Spalt schieben zu können. Doch dieses verdammte Loch nahm einfach kein Ende!

Dafür schien das Eis in den Seitenteilen immer neue Risse zu bekommen …

»Komm schon, komm schon, komm schon«, flüsterte Blue in wachsender Sorge, während sich die scharfen Kanten tief in ihren Oberarm bohrten.

Trotzdem schob sie die Schulter bis zum Anschlag in den Spalt. Und endlich fühlte sie nun auch etwas! Blue hielt die Luft an. Da war ein Gegenstand von der Größe einer Münze. Und dahinter … Die Kälte des Glases brannte sich durch den Stoff ihres Pyjamas und auf Höhe ihres Oberarms schien der Spalt bereits wieder enger zu werden. Aber Blue kämpfte verbissen gegen den Schmerz an. Da steckte noch etwas anderes. Etwas Quadratisches, das … Ja, verdammt! Ihr Herz hüpfte vor Aufregung. Ein quadratischer Gegenstand, der sich wie Leder anfühlte!

Mittlerweile waren ihre Finger völlig taub, doch Blue biss die Zähne zusammen und es gelang ihr tatsächlich, den mysteriösen Gegenstand zu fassen. Entschlossen krallte sie die Nägel in das weiche Leder, während das Knacken und Knirschen um sie herum immer lauter und aggressiver wurde. Ein Wunder eigentlich, dass Ellie und Miranda nicht längst im Zimmer standen …

Der Gedanke an ihre Schwestern ließ Blue zur Tür blicken.

Doch noch war sie allein.

Mit aller Kraft zog und zerrte sie weiter an dem Leder, um es aus seinem eisigen Widerhalt zu lösen. Dabei verfing sich etwas wie eine Kette zwischen ihren Fingern. Zugleich erhöhte sich der Druck auf ihren Oberarm so sehr, dass der gesamte Arm wie wild zu kribbeln begann. Nur noch wenige Sekunden, dann würden die scharfen Kanten ihr Fleisch durchtrennen. Nur noch wenige Augenblicke …

Mit einem entschlossenen Schrei riss Blue ihre Hand aus dem Spalt. Die Bewegung war so heftig, dass sie den Halt verlor und rücklings über den Hocker stolperte.

Noch im Fallen beobachtete sie, wie die Kanten mit einem gefährlichen Zischen zusammenschnappten. Im gleichen Moment verdunkelte sich das Glas des Spiegels und das Knirschen verstummte wie abgeschnitten.

Blue rappelte sich auf und untersuchte ihren Arm. Doch auf wundersame Weise hatte er nicht den kleinsten Kratzer davongetragen.

Kopfschüttelnd wandte sie sich den Gegenständen zu, die sie aus den Tiefen des Spiegels geborgen hatte: eine goldene Halskette mit einem geheimnisvoll verzierten Anhänger und ein abgewetztes, in schwarzes Leder gebundenes Büchlein.

»Das Chronal«, flüsterte Blue ungläubig vor sich hin. »Es ist also wirklich die ganze Zeit über hier gewesen.«

Wir waren uns ganz sicher, dass es da ist, hörte sie auf einmal wieder Igelflys Stimme sagen, obwohl er gar nicht anwesend war. *Nie und nimmer hätte Josy es versäumt, Sorge zu tragen für den Fall, dass ihr etwas passiert.*

Voller Aufregung schlug Blue die erste Seite auf. Das Buch war von Hand geschrieben, in einer reichlich verschnörkelten, aber ausdrucksvollen Schrift. Allerdings schien es eine fremde Sprache zu sein. Mehr noch: Viele der Buchstaben und Symbole, die Josy verwendete, hatte Blue noch nie zuvor gesehen.

Fasziniert blätterte sie weiter.

Wie gut ihre Großmutter gezeichnet hatte! Oder war all das gar nicht von Josy selbst geschrieben worden? Aber von wem sonst?, überlegte Blue, während sie immer neue, dicht beschriftete Seiten aufblätterte. Manche von ihnen waren über und über mit Zahlen bedeckt. Andere enthielten auf den ersten Blick nichts anderes als Punkte und Striche.

Für den normalen Betrachter sehen sie wie ganz gewöhnliche Notizbücher aus, meldete sich abermals die Stimme ihrer Erinnerung zu Wort. *Aber wer darin zu lesen versteht, für den bergen sie unermesslichen Reichtum …*

»Mag sein«, versetzte Blue grimmig. »Nur leider gehöre ich ganz offenbar nicht zu den Leuten, die das lesen können.«

Inzwischen war sie fast am Ende des Buches angelangt, ohne auch nur eine einzige Zeile verstanden zu haben. Und leider änderte sich daran auch auf den letzten zwanzig Seiten nichts mehr. Enttäuscht klappte Blue das Buch zu und erst jetzt bemerkte sie das seltsame Symbol, das in den schwarzen Einband geprägt war. Aus der Entfernung sah es wie ein vierblättriges Kleeblatt aus. Doch wenn man genauer hinschaute, erkannte man vier Schmetterlinge, die sich um einen imaginären Mittelpunkt gruppierten.

»Und was mache ich jetzt mit dir?«, flüsterte Blue, als ihr plötzlich auffiel, dass der Einband auf der Rückseite eine leichte Wölbung aufwies.

Sie klappte das Chronal wieder auf und entdeckte dort, wo das Leder vernäht war, eine kleine Tasche. Darin befanden sich zwei völlig vergilbte Zeitungsartikel, die irgendjemand vor sehr langer Zeit ausgeschnitten und sorgfältig zusammengefaltet haben musste …

GLANZVOLLER SAISON-AUFTAKT AM HOFTHEATER
Walther Nyers geniale Neuinszenierung von Shikoons »Der Fluch der Königinnen« stand am Samstagabend vor ausverkauftem Hoftheater ganz im Zeichen zweier vielversprechender junger Schauspieltalente: Josy van Eynsburg als Artemisia Huxley gelang das anrührend-intensive Rollenporträt einer leidenschaftlich für ihr Volk kämpfenden Monarchin, die sich für ihre große Liebe opfert. In der Rolle ihrer dämonischen Schwester brillierte ihre ebenfalls blutjunge Kollegin Malia Sordes, deren nuancenreiche Geisterbeschwörung zweifellos zu den elektrisierendsten Augenblicken des Abends zählte. Das Premierenpublikum quittierte die Leistungen der beiden Nachwuchstalente daher zu Recht mit nicht enden wollendem Beifall.

Anrühend-intensives Rollenporträt …

Nicht enden wollender Beifall … Blue konnte kaum fassen, was sie da las. Und obwohl das Papier alt und die Schrift verblasst war, hatte sie sich ihrer Großmutter nie zuvor so nah gefühlt wie in diesem Augenblick.

Vorsichtig wie einen kostbaren Schatz legte sie den Artikel zur Seite und wandte sich dem zweiten Zeitungsausschnitt zu. Er war überschrieben mit: MÄRCHENHOCHZEIT IM FÜRSTENTUM CHARON, und darunter stand zu lesen:

FÜRSTENTUM CHARON. Als krönender Höhepunkt der dreitägigen Staatsfeierlichkeiten gab heute der charonische Landesvater Sandor III., Fürst von Kaschurin, seiner großen Liebe, Hofschauspielerin Malia Sordes (28), in der Kapelle von St. Michael das Jawort. Unmittelbar nach der Trauung ließ die frischgebackene Gräfin im Rahmen einer Pressekonferenz verkünden, dass sie ihre glanzvolle Schauspielkarriere beendet, um sich in Zukunft ganz ihrem Mann und ihrer neuen, anspruchsvollen Rolle als Landesmutter widmen zu können.

Blue starrte das Foto über dem Artikel an. Rein äußerlich war Malia Sordes das genaue Gegenteil ihrer Großmutter: Glutäugig und das dichte schwarze Haar elegant nach hinten frisiert, lächelte sie in die Kamera des unbekannten Fotografen. Blue fühlte, wie sich eine dicke Gänsehaut über ihre Arme breitete. Wirklich kaum zu glauben, dass diese lächelnde Schönheit eine kaltblütige Mörderin war!

Aber … Blue stutzte, als ihr Blick unvermittelt an der Kette hängen blieb, die sie zusammen mit dem Chronal aus dem Spiegel gezogen hatte. Sie war bei ihrem Sturz zu Boden gefallen und lag nun halb verdeckt im Schatten unter dem Schminktisch.

Interessiert bückte sich Blue nach dem Schmuckstück und hielt es ans Licht. Der Anhänger schien aus Gold zu sein und seine Oberfläche war mit filigranen Mustern verziert. Eine Unzahl verschachtelter Ovale, die wie winzige Augen aussahen. Sie bildeten die Fassung für etwas, das Blue zunächst für einen Edelstein hielt. Doch bei näherer Betrachtung erkannte sie, dass es ein Spiegel war. Ein kleiner, ovaler Spiegel, der in dem gleichen geheimnisvollen Türkis schimmerte wie das Licht, das aus dem Spalt gedrungen war …

Ein Poltern auf dem Flur vor ihrem Zimmer bereitete Blues Überlegungen ein abruptes Ende.

Vermutlich waren Ellie und Miranda aufgewacht. Auch das noch!

In aller Eile stopfte Blue die Kette samt Anhänger in die Tasche ihrer Pyjamahose und ließ das Chronal in der obersten Schublade ihres Schreibtischs verschwinden. Keinen Moment zu früh, wie sich herausstellte, denn nur einen Wimpernschlag später ging die Tür auf und ein großer dunkelhaariger Mann steckte den Kopf ins Zimmer.

»Papa!«, rief Blue entgeistert. »Was machst du denn hier?«

Stradivarius Alba, der mit bürgerlichem Namen Jack Carson hieß, lächelte. »Ich dachte eigentlich, dass ich hier wohne.«

Blue sprang auf und fiel ihm um den Hals. »Aber wie kommt es, dass du schon hier bist?«, rief sie. »Wolltest du nicht erst morgen zurück sein?«

»Ich habe meine Pläne geändert.« Bei aller Wiedersehensfreude wirkte ihr Vater ein wenig müde. »Und eigentlich wollte ich dich sogar gestern schon von der Schule abholen. Aber es ist etwas dazwischengekommen.«

Tja, die Schule …

Blue nahm den Brief vom Schreibtisch, den Miss Carmichael ihnen mitgegeben hatte. Das unerwartete Auftauchen ihres Vaters erfüllte sie mit einer seltsamen Mischung aus schlechtem Gewissen und Wut. Seit sie klein war, hatte sie ihm alles anvertraut. Jeden Albtraum und selbst noch die peinlichsten Dummheiten und Streiche. Doch nun zögerte sie zum ersten Mal im Leben, ihrem Vater die Wahrheit zu sagen. Aber das war ja kein Wunder! Blues Augen streiften den Spiegel. Immerhin wusste sie seit heute Nacht, dass ihre Eltern sie zwölf Jahre lang belogen hatten!

»Hier ist ein Brief für dich«, sagte sie, indem sie ihrem Vater den Umschlag mit dem Siegel von St. Andrews reichte.

»Von der Direktorin?« Mr Carson lachte. »Was ist passiert? Bist du von der Schule geflogen?«

»Natürlich nicht.« Blue lachte auch, obwohl ihr viel eher nach Heulen zumute war. »Wieso sollte ich?«

»Keine Ahnung.« Selbst ungeschminkt sah ihr Vater ein bisschen wie ein Clown aus mit seinen riesigen blauen Augen und dem breiten, ausdrucksvollen Mund. »Vielleicht hat einer deiner Lehrer deine Miss-Sanchez-Parodie gesehen und dich verpfiffen.«

»Aber Papa!« Entrüstet stemmte Blue die Fäuste in die Taille. »Ich imitiere die Lehrer doch nicht öffentlich.«

»Schade eigentlich«, entgegnete ihr Vater, in Gedanken bereits voll und ganz mit dem Brief beschäftigt. »Es ist was Wunderbares, die Leute zum Lachen zu bringen.«

»Ich bin nicht sicher, ob Miss Sanchez das genauso sehen würde.« Blue beobachtete ihn aufmerksam, während er las.

Doch Mr Carson verzog keine Miene. »Ein zusätzliches Schuljahr, hm?«, brummte er, als er zu Ende war. »Das ist in der Tat eine Überraschung.«

Eine Überraschung?!!

Blue schüttelte den Kopf. »Ist das alles, was du dazu zu sagen hast?«

Ihr Vater sah hoch. »Miss Sanchez ist eine wirklich kluge Frau«, erklärte er, anscheinend ohne jeden Zusammenhang. »Und auch sehr mutig, möchte ich meinen.«

»Mutig?« Blue musterte ihn mit prüfendem Blick. Wusste er am Ende viel mehr, als er zugab? Automatisch suchten ihre Augen seine Pilare, die für einen Erwachsenen außergewöhnlich bunt waren. Dazwischen leuchtete ein mächtiger Anaskient in reinstem Weiß. Aber seit der Erfahrung mit Mrs Gangbart war Blue nicht mehr sicher, ob man dem äußeren Schein so ohne Weiteres trauen konnte. »Inwiefern mutig?«

Ihr Vater machte eine wegwerfende Handbewegung. »Ist nicht weiter wichtig.«

So viel zum Thema Vertrauen, dachte Blue. »Und warum bist du früher zu Hause als geplant?«

Mr Carson seufzte. »Während unserer letzten Vorstellung in Trogg gab es einen Zwischenfall.«

Blue hatte das Gefühl, als ob ein dicker Eiswürfel an ihrem Rücken hinunterrutschte. »Was für einen Zwischenfall?«

»Es ist jemand verschwunden.«

»Du meinst, jemand aus dem Publikum?«

»Nein.« Ihr Vater zögerte. »Einer von uns. Elda Thinoas Sohn. Er hat das Zirkusgelände während der laufenden Vorstellung verlassen und ist nicht zurückgekehrt.«

Blue starrte in das helle Sonnenlicht, das durch die Vorhänge fiel. Elda Thinoa war eine der wenigen Kolleginnen, über die ihr Vater ausnahmslos in den höchsten Tönen sprach. Und obwohl sie selbst Elda bislang nur ein einziges Mal begegnet war, hatte die zierliche Frau mit dem Bronzeteint und den schräg stehenden Augen auch bei ihr einen bleibenden Eindruck hinterlassen.

»Die Polizei hat die gesamte Gegend abgesucht. Aber bislang gibt es keine Spur von Elek.« Mr Carson hob die Achseln. »Gleichwohl muss ich zugeben, dass ich Eldas Entscheidung nicht nachvollziehen kann …« Blue sah ihn fragend an.

»Sie besteht darauf, wie geplant zum nächsten Spielort zu ziehen.« Aus den Augen ihres Vaters sprach blankes Unverständnis. »Sie sagt, falls Elek noch am Leben sei, würde er sie dort am ehesten suchen.«

Blue nickte. So abwegig fand sie das gar nicht. »Und was hast du jetzt vor?«

»Nun …« Ihr Vater blickte nachdenklich auf die sonnenüberglänzten Dielen hinunter. »Für dieses Jahr sollte ja eigentlich Schluss sein mit Zirkus, aber ich … Weißt du, ich kann unmöglich hier zu Hause rumsitzen und nichts tun, während meine Kollegen vor Sorge vergehen.« Er breitete entschuldigend die Arme aus. »Ich weiß, du hattest dir deine Ferien anders vorgestellt … Aber hey! … Wie wär's, wenn ihr einfach mitkommt? Wir könnten alle zusammen fahren: du und Ellie und Miranda und Mama auch … Die nächsten Spielorte liegen allesamt im Grenzgebiet zu Charon und dort gibt es jede Menge wunderschöne Badeseen.«

Wegfahren? Blues biss sich auf die Lippen. Sie konnte doch jetzt unmöglich wegfahren! Was, wenn Igelfly zurückkam, um das Chronal zu holen? Wie sollte er sie finden? Und außerdem: Wenn es tatsächlich so gefährlich war, ein Chronal zu besitzen, dann stellte sie ab sofort eine echte Gefahr für ihre Familie dar …

Der Gedanke ließ sie frösteln. Doch das durfte ihr Vater auf gar keinen Fall merken. »Tut mir echt leid, Papa«, sagte sie hastig. »Aber ich kann nicht mit euch kommen.«

Mr Carson zog überrascht die Brauen hoch. »Warum nicht?«

»Wir haben Stellas Mum versprochen, ihr bei einem Forschungsprojekt im Krankenhaus zu helfen.« Die Lüge kam ihr nicht gerade leicht über die Lippen. Doch wenigstens diente sie einem guten Zweck. »Und ich … Na ja, ich konnte ja nicht ahnen, dass so etwas passiert.«

Ihr Vater schien völlig überrumpelt. »Zu Stella, hm?«, murmelte er. »Hast du das mit Mama besprochen?«

»Noch nicht«, räumte Blue ein. »Es … Es hat sich gerade erst ergeben.«

Mr Carson überlegte eine Weile. »Na gut, von mir aus«, brummte er dann. »Bei den McGinnys bist du ja in besten Händen. Und falls du es dir doch noch anders überlegst, kommst du einfach nach, okay?« Er griff in seine Jackentasche und zerrte einen zerknitterten Fünfziger heraus. »Hier hast du Geld für die Zugfahrt. Und der Spielplan vom Zirkus hängt unten neben der Spüle.«

Obwohl sie selbst so entschieden hatte, fühlte sich Blue plötzlich fürchterlich allein. Und einen flüchtigen Moment lang erwog sie, ihrem Vater doch noch die Wahrheit zu sagen. Doch dann fiel ihr Blick auf die Schublade, in der sie das Chronal ihrer Großmutter versteckt hatte, und der Ärger über ihre Eltern kochte aufs Neue in ihr hoch. Ihr Vater bemerkte den veränderten Ausdruck auf ihrem Gesicht und legte ihr eine Hand auf den Arm. »Alles klar?«

»Sicher«, entgegnete Blue leichthin. »Ich komme schon zurecht. Macht euch um mich keine Sorgen.«

Unentdeckte Räume

Als Blue zwei Stunden später das Haus verließ, war sie noch immer tief aufgewühlt. Bevor sie losgefahren waren, hatten ihre Eltern ihr noch jede Menge gute Ratschläge und obendrein eine Schachtel Pralinen für Mrs McGinny mit auf den Weg gegeben, und Blue hoffte inständig, dass ihr Vater nicht auf die Idee kam, sich hinsichtlich der Unterbringung noch einmal bei Stellas Mutter rückzuversichern.

Spence und Stella warteten bereits vor dem Eingang des Verlagshauses, in dem vor mehr als dreißig Jahren *Der Anaskient im Wandel der Zeit* erschienen war. Doch dort schien schon seit Jahren niemand mehr zu arbeiten. Die Fenster in den unteren Etagen waren mit dicken Brettern vernagelt und die ehemals imposante Fassade zierten zahllose Graffitis.

»Um Himmels willen, Blue«, rief Stella, kaum dass ihre Freundin um die Ecke bog. »Was ist passiert?«

Obwohl sie auf dem Weg mehr als genug Zeit gehabt hatte, sich zu beruhigen, konnte Blue nicht verhindern, dass ihr abermals die Tränen in die Augen schossen. Stockend berichtete sie ihren Freunden von ihrem nächtlichen Besucher und den Gegenständen, die sie aus dem Spiegel ihrer Großmutter geborgen hatte. Und auch die dicke Lüge, die sie ihren Eltern aufgetischt hatte, beschönigte sie nicht.

»Und jetzt sind sie fort«, schloss sie mit einem dicken Kloß in der Kehle, »und ich habe keine Gelegenheit mehr, ihnen die Wahrheit zu sagen.«

»Aber du wolltest sie doch nur beschützen«, versuchte Stella, sie zu trösten, während Spencer bereits aufmerksam in Josy van Eynsburgs Chronal blätterte.

»Das Teil ist echt krass«, staunte er. »Es enthält mindestens zwanzig verschiedene Sprachen. Und keine einzige davon habe ich schon mal gesehen. Ganz abgesehen von all diesen Zahlen!«

Beim Stichwort »Zahlen« wurde Stella augenblicklich hellhörig. »Lass mich mal!«, rief sie und schnappte sich das Chronal. Doch ganz egal, nach welchem System sie das, was dort geschrieben stand, auch durchrechnete – die seitenlangen Zahlenkolonnen ergaben nicht den geringsten Sinn.

»Und diese Dinger werden wirklich von Hand kopiert?«, fragte Spence, der gerade den mit Paketband verklebten Briefkasten des Verlagshauses unter die Lupe nahm.

»So hab ich das verstanden«, nickte Blue.

»Aber das muss doch Jahre dauern.«

Blue blickte hinauf in den Himmel, der von Minute zu Minute düsterer wurde. »Laut Igelfly sitzen in Scripton immer mehrere Schreiber gleichzeitig an der Abschrift eines Chronals.«

»Ha!«, rief Stella grimmig. »Und damit wären wir auch schon beim nächsten Problem.«

»Wieso?«, fragte Blue.

»Das einzige Scripton, das *ich* kenne, liegt in Lox und ist schon seit Jahrhunderten unbewohnt.« Ihre Freundin verscheuchte eine Fliege, die um ihren Kopf surrte. »Früher war das mal eine bedeutende Handelsstadt, glaube ich. Aber in der nachimperialen Zeit wurde die Stadt bis auf die Grundmauern niedergebrannt, sodass du dort heute, wenn überhaupt, nichts als Ruinen findest.«

»He!«, rief Spence von der Tür. »Seht euch das hier mal an!« Er zerrte an den Resten des Klebebands, das er von dem verschlossenen Briefkasten abgeknibbelt hatte. »Ist das nicht das gleiche Symbol wie auf dem Chronal von deiner Oma?«

Blue trat näher. »Tatsächlich«, sagte sie. »Vier Schmetterlinge, die sich zu einem Kleeblatt zusammenschließen.«

»Was hat das nun wieder zu bedeuten?« Stellas Finger glitten über das Relief, das anstelle eines Namens in die Klappe des Briefkastens geprägt war. »Dass das hier früher mal so was wie ein Hüter-Treffpunkt gewesen ist?«

»Ich glaube kaum, dass die Hüter so dumm gewesen wären, sich ein derart verräterisches Symbol an die Tür zu hängen«, widersprach Blue. »Dann hätten sie PARDESSA eigentlich auch gleich eine Einladung schicken können.«

Ihre Freundin überlegte. »Vielleicht haben sie das Zeichen ja auch erst angebracht, nachdem der Verlag längst dichtgemacht hatte«, schlug sie vor. »In diesem Fall konnten sie vermutlich relativ sicher sein, dass sich hier niemand mehr allzu genau umschaut.«

»Aber genau das werden *wir* jetzt machen.« Spencer klatschte unternehmungslustig in die Hände. »Na los, Leute, versuchen wir's mal hinterm Haus!«

Im Gänsemarsch bahnten sich die drei Freunde einen Weg durch das hüfthohe Gras. Das gesamte Gelände war völlig verwildert und die Natur schien entschlossen, sich auch von dem Gebäude Stück für Stück zurückzuerobern: Aus dem löchrigen Dach lugten die zarten Stämmchen junger Birken hervor, deren Samen der Wind zwischen den losen Schindeln verteilt hatte. Und in den oberen Stockwerken, wo die zersplitterten Fenster nicht mit Brettern vernagelt waren, hatten sich Dutzende Tauben eingenistet. Ihr Gurren erfüllte die schwüle Gewitterluft mit der Illusion von Frieden und Harmlosigkeit und Blue hätte die Tiere am liebsten auf der Stelle davongejagt.

Im Schatten hinter dem Haus wucherte Efeu und mannshohe Brennnesseln reckten ihre Blätter wie Fangarme in das Dunkel zwischen den Bäumen.

Blue blieb stehen und sah an der verwitterten Rückfront des

ehemaligen Verlagshauses hinauf. Und für den Bruchteil einer Sekunde hatte sie tatsächlich das Gefühl, in einer der leeren Fensterhöhlen ein Gesicht zu sehen. Ein hautfarbener Fleck vor der Düsternis eines Zimmers, das vermutlich seit Jahren niemand mehr betreten hatte.

Blue kniff die Augen zusammen. Doch im selben Moment brachen bereits neue verstörende Bilder über sie herein: ein rötlicher Schein. Wie von Rücklichtern eines Autos. Ein fremder Junge, der über eine düstere Lichtung rannte. Und in seinem Rücken meterhohe Flammen, die zwischen hölzernen Balken hervorloderten …

Die Bilder waren so real, dass Blue leise aufschrie.

»Was ist?«, hörte sie Spencer fragen, doch die Stimme ihres Freundes klang, als ob er meilenweit entfernt sei.

»Seht ihr das nicht?«, keuchte Blue, kaum fähig, sich auf den Beinen zu halten. »Es brennt! Das ganze Haus steht in Flammen!«

Voller Entsetzen rannte sie auf die Fenster im Erdgeschoss zu. Der Wind trug den beißenden Geruch von geschmolzenem Plastik an ihre Nase und ihre Augen füllten sich mit Tränen, während sich die Hitze der Glut tief in ihr Gesicht brannte.

»Schnell!«, rief sie verzweifelt, während ein Arm, den sie nicht zuordnen konnte, an ihrer Schulter zerrte, um sie aufzuhalten. »Da ist – noch jemand – drin!«

Doch es war bereits zu spät. Wütende Funken stoben auf, als ein Teil der hölzernen Veranda ächzend und krachend in sich zusammenbrach. Und auch in dem kleinen Raum dahinter war absolut kein Durchkommen mehr. Überall tobten turmhohe Flammen. Und beißender Rauch quoll aus jeder Ecke.

Ein wahres Inferno …

»Blue!« Stellas Stimme schien durch einen dichten Nebel zu kommen. »Verdammt, Blue, was tust du da? Hör sofort auf mit dem Quatsch!«

Quatsch?

Blue rieb sich die Augen und erst nach und nach registrierte sie, dass sie gestürzt war. Ihre Jeans war verdreckt und auch an den Händen hatte sie ein paar kleinere Schrammen.

Sie versuchte, auf die Beine zu kommen. Doch ihre Knie sackten sofort wieder weg.

»Sieh dir ihre Wangen an.« Auch Spencer klang wie aus einer anderen Welt. »Ich glaube, sie hat Fieber.«

Blue fühlte Stellas kühle Hand auf ihrer Stirn.

»Blue, verdammt! Schau mich an!«

Sie blinzelte. Die Flammen schienen sich in Luft aufgelöst zu haben und die Bohlen vor den Fenstern waren wieder genauso feucht und moosbewachsen wie zuvor. Verwirrt schüttelte sie den Kopf. »Was war das denn?«

»Wir hatten gehofft, dass du uns das erklären kannst.« Stella legte ihrer Freundin fürsorglich den Arm um die Schulter. »Du bist auf einmal losgerannt und hast wirres Zeug geschrien.«

»Aber …« Blue sah wieder die Fassade an. »Hat es denn nicht gebrannt?«

»Du meinst hier?« Stella warf ihr einen mitleidigen Blick zu. »Nein.«

»Aber ich habe die Flammen doch mit eigenen Augen gesehen«, beharrte Blue. »Sie sind aus den Fenstern geschlagen und dann ist die Veranda zusammengebrochen und …«

»Welche Veranda?«, fiel Spence ihr ins Wort.

Und tatsächlich: Auf der Rückseite des ehemaligen Verlagshauses gab es keine Veranda. Und auch keine Balkone oder sonstige bauliche Besonderheiten. Nur eine vollkommen glatte Fassade.

Blue verstand die Welt nicht mehr. »Glaubt ihr, dass ich verrückt werde?«, fragte sie voller Angst.

»Unsinn«, versetzte Stella, deren logischer Verstand für derartige Befürchtungen nicht viel übrig hatte. »Du bist einfach ein bisschen überspannt. Was kein Wunder ist, nach allem, was in den letzten vierundzwanzig Stunden auf dich eingeprasselt ist.«

»Aber ich …«

»Vielleicht war es ja die Vergangenheit, die du gesehen hast«, kam Spence ihr zu Hilfe. »Ich habe gehört, dass es Menschen gibt, die so was können. Und es wäre doch durchaus möglich, dass es hier früher mal gebrannt hat.«

Die Erklärung stellte Blue alles andere als zufrieden. Aber sie hatte auch keine bessere.

Seufzend rappelte sie sich auf und humpelte zu einem nahen Mäuerchen. Dabei fiel ihr eine Erhöhung im Gelände auf. Dort, wo das hohe Gras auf die Hauswand stieß.

»Was ist denn jetzt schon wieder?«, rief Stella, als ihre Freundin neugierig darauf zusteuerte.

Doch Blue war zu beschäftigt, um zu antworten. Mit beiden Händen rupfte sie Moos und Unkraut fort, bis zwischen den zugewucherten Pflastersteinen eine rostige Luke sichtbar wurde.

»Vermutlich ein alter Kohlenschacht«, sagte Spence. Und hoffnungsvoll setzte er hinzu: »Vielleicht kommen wir auf diese Weise ins Haus.«

Er griff sich ein herumliegendes Eisenrohr und benutzte es als Hebel. Doch erst mit vereinten Kräften gelang es ihnen, die rostige Platte über dem Kellerloch aufzustemmen.

»Oh, Mann! Das geht richtig tief runter!« Stella beugte sich bis zur Taille in das finstere Loch, während Blue sie ängstlich am Gürtel festhielt.

»Kannst du irgendwas erkennen?«

»Leider nicht.« Die Stimme ihrer Freundin klang hohl und verzerrt. »Nur dass es dadrin verdammt feucht ist.«

Das ist es hier draußen bald auch, dachte Blue und linste in den düsteren Gewitterhimmel, aus dem bereits erste Tropfen in das hohe Gras fielen.

»Aber sind Kohlenschächte nicht üblicherweise mit dem Rest des Hauses verbunden?«, fragte Spence, der sich noch immer Hoffnungen machte. »Immerhin muss man doch auch irgendwie drankommen an die Kohlen.«

»An der Wand da drüben scheinen Sprossen zu sein.« Stellas Gesicht war gerötet, als sie den Kopf aus dem Schacht hob. »Seht ihr? … Da!«

Tatsächlich waren im Mauerwerk des Kellerschachtes mehrere eiserne Tritte eingelassen, die hinab in das muffige Dunkel führten. Rost und Feuchtigkeit hatten dem Metall gehörig zugesetzt, aber das musste ja nicht zwangsläufig bedeuten, dass die Tritte nicht mehr zu benutzen waren …

Spencer versuchte es als Erster, wobei er jede einzelne Sprosse sorgfältig auf ihre Haltbarkeit testete, bevor er sie mit seinem Gewicht belastete.

Stufe um Stufe stieg er auf diese Weise hinab, bis die Finsternis des Kellers ihn verschluckt hatte.

»Spence?«, rief Blue unbehaglich, nachdem sie den Sichtkontakt zu ihrem Freund schon eine Weile verloren hatten.

»Alles in Ordnung«, hallte es aus der Tiefe zurück. »Leider komme ich nur sehr langsam voran.«

»Aber müsste er denn nicht längst unten sein?«, flüsterte Stella besorgt.

Blue nickte. »Ich denke, wir sollten ihn …«

»Boah, krass!«, drang in diesem Augenblick wieder Spencers verzerrte Stimme an ihre Ohren. »Hier sind anscheinend wirklich mal eine ganze Men…« Der Rest des Satzes blieb irgendwo zwischen den düsteren Schachtmauern stecken.

Die Mädchen tauschten einen Blick.

»Eine von uns sollte ihm folgen und nachsehen, was da los ist«, entschied Blue und schickte sich an, in das finstere Loch zu steigen.

»Oh, nein!«, protestierte Stella. »Ich lasse dich auf gar keinen Fall allein da runter!«

»Aber es muss auch jemand hier sein, um Hilfe zu holen, wenn irgendwas schiefgeht«, widersprach Blue.

Ihre Freundin schob sie sanft, aber bestimmt zur Seite. »Bitte sehr. Tu dir keinen Zwang an. Ich bin unterdessen mal kurz da unten!«

Sprach's und setzte entschlossen den Fuß auf den obersten Tritt.

Na super!

Blue schüttelte den Kopf. Dabei behauptete ihre Mutter immer, SIE wäre stur! »Schon gut, schon gut«, murrte sie. »Wir gehen beide.«

Stella sagte nichts, aber Blue hätte schwören können, dass sie lächelte.

Dicht hintereinander machten sich die Mädchen an den Abstieg. Von den glatten Mauern tropfte Wasser und die Luft im Schacht war kühl und klamm wie eine nasse Wolldecke.

»Spence?«, rief Blue, während das Tageslicht über ihnen nach und nach zu einem kleinen Viereck zusammenschmolz.

Doch sie erhielt keine Antwort.

»He, Spence, alles klar da unten?«

»Er kann uns nicht hören«, sagte Stella, während die letzten Reste des Tageslichts die Formeln auf ihrem Logipilaren glitzern ließen.

»Und wenn ihm doch was passiert ist?« Blues Hände waren eiskalt vor Aufregung. »Wer weiß, was da unten alles lauert.«

»Aber was willst du machen?«, flüsterte ihre Freundin. »Wieder hochklettern?«

Blue kam nicht dazu, ihr zu antworten, denn die nächste Sprosse gab unter ihrem Gewicht überraschend nach und von jetzt auf gleich baumelten ihre Füße frei über dem finsteren Abgrund. Das Gewicht ihres Körpers riss an ihren klammen Fingern und ihre Handgelenke fühlten sich an, als ob sie jeden Moment in der Mitte durchreißen müssten.

»BLUE!!!« Die engen Mauern vervielfältigen Stellas Schrei zu einem Kanon der Angst. »Um Himmels willen, nimm meine Hand!«

Blue löste eine Hand von dem rostigen Metall, das ihren einzigen Halt darstellte, und tastete blind in das Dunkel über sich. »Ich kann dich nicht sehen.«

»Ich bin hier«, schrie Stella und nur wenige Augenblicke später fühlte Blue den festen Griff ihrer Freundin an ihrem Handgelenk.

»Verdammt, Stell', du kannst mich unmöglich halten«, protestierte sie matt. »Ich bin viel zu schwer für dich!«

»Versuch, dich an der Mauer abzustützen und ...« Ein erneuter Ruck ließ Stellas Körper erzittern. Dann kippte sie ohne jede Vorwarnung nach vorne.

Die Sprosse!, schoss es Blue durch den Kopf. Wir stürzen!

Das hier ist kein normaler Keller ...

Das hier ist irgendwas anderes!

Unverputzte Mauern pfiffen an ihnen vorbei und Blues nackte Unterarme schrammten über raues Gestein. Doch wie durch ein Wunder stießen sie nirgendwo ernsthaft an, sondern rauschten im freien Fall senkrecht nach unten. Und auf einmal wurde es tief unter ihnen plötzlich wieder heller.

Heller und wärmer.

Bevor Blue auch nur annähernd verstand, was passiert war, fand sie sich auf etwas Weichem wieder. Und voller Staunen stellte sie fest, dass es ein Bett war. Ein riesiges französisches Doppelbett mit Metallrahmen.

Neben ihr rappelte sich auch ihre Freundin von der ausgeleierten Matratze hoch. Der Aufprall hatte ganze Schwaden von Staub aufgewirbelt, sodass Stella eine heftige Niesattacke bekam. Und auch ihre Pilare hatten sich durch den Sturz gelöst und standen nun – sehr untypisch für die ordentliche Stella – wirr und verstaubt in alle Richtungen ab.

»Na, die Damen, auch schon da?« Spence lehnte grinsend an einem ausrangierten Küchenbuffet in der Ecke. »Aber eins muss ich schon sagen: Ihr seht ein bisschen derangiert aus.«

»Kunststück bei dem Staub hier«, schnappte Stella. »Du hättest uns wenigstens warnen können, du Penner!«

»Entschuldige bitte, aber ich war vollauf damit beschäftigt, in einen Schacht zu stürzen, der gefühlte zweihundert Meter tief unter die Erde führt«, verteidigte sich Spence. »Da blieb zum Kommunizieren nicht viel Zeit.«

Ärgerlich klopfte sich Stella den Staub von ihren Pilaren und nahm sie wieder ordentlich zusammen. »Aber mal ernsthaft: Wie tief, glaubst du, sind wir hier?«

Spence stieß sich von dem Buffetschrank ab. »Gleich, nachdem ich den Halt verloren hatte, habe ich angefangen, die Sekunden zu zählen«, erklärte er. »Und ich bin bis vierundzwanzig gekommen.«

»Das kann nicht sein«, schniefte Stella, deren Nase noch immer knallrot war. »Selbst wenn man die Fallbeschleunigung außer Acht lässt, wären das mindestens hundertdreißig Meter.«

»Ja, genau.«

»Kein Keller der Welt ist hundertdreißig Meter tief.«

Er zuckte die Schultern. »Vielleicht ist das hier gar kein Keller.«

»Und was sollte es stattdessen sein?«

Spencer blickte sich um. »Merkt ihr eigentlich, wie warm es hier unten ist?«

»Schon, aber die Hitze könnte theoretisch auch von den Fackeln kommen«, sagte Stella und erst jetzt registrierte Blue, dass in den gusseisernen Halterungen an der gegenüberliegenden Wand zwei Pechfackeln loderten.

»Hast *du* die angemacht?«, wandte sie sich wieder an Spencer.

»Ich?« Ihr Freund schüttelte den Kopf. »Nee, bestimmt nicht.«

Verdammt, dachte Blue. Das gefällt mir nicht!

Und auch Stella zog sorgenvoll die Stirn kraus. »Und jetzt?«

»Erst mal müssen wir einen Weg finden, wie wir hier wieder rauskommen.«

»Was ist mit der Tür da?« Blue zeigte auf eine unscheinbare Holzpforte zwischen den beiden Fackeln, die mit einem rostigen Vorhängeschloss gesichert war. »Kriegen wir das auf?«

»Klar, sollte kein Problem sein.« Spence tastete nach dem Bund seiner Jeans, wo er den kleinen Lederbeutel mit seinem Knobikon aufbewahrte.

Das wirre Gebilde aus ineinander verflochtenen Nägeln und Ösen war das erste Geduldspiel, das er je geschenkt bekommen hatte, und er nahm es zur Hand, wann immer er nervös wurde oder gelangweilt war. Schon in der Grundschule hatte er Blue mit dem Ding fast in den Wahnsinn getrieben, weil er nahezu ununterbrochen daran herumgebogen und -geklimpert hatte. Doch jetzt konnte sich das blöde Ding zur Abwechslung ja vielleicht auch mal als nützlich erweisen.

Mit geschickten Griffen löste Spence einen gebogenen Metallstift aus dem Knäuel und machte sich an der Tür zu schaffen.

Während er das Schloss bearbeitete, schaute sich Blue noch einmal gründlich in dem Raum um. Es war ein Kellergewölbe, dessen Wände bis zur Decke mit ausrangierten Möbeln und sonstigem Krimskrams vollgestellt waren. In der Ecke rotteten mehrere Stehlampen mit zerrupften Seidenschirmen vor sich hin, daneben standen ausgestopfte Füchse, deren Glasaugen Blue feindselig anfunkelten. Außerdem lehnten ein paar mit weißen Betttüchern verhängte Gemälde an der Wand hinter dem Bett.

Aber sprach nicht schon allein all dieses Gerümpel dafür, dass Spence und Stella sich mit der Fallhöhe irren mussten? Blues Augen glitten ratlos über die verstaubte Matratze. Wer würde denn ein altes Bett hundertdreißig Meter tief unter die Erde schleppen?

»Okay, das war's«, frohlockte Spence an der Tür, die sich nach dem Entfernen des Schlosses schleifend und quietschend öffnen ließ. »Wir sind draußen.«

Draußen ist gut, dachte Blue mit einem bangen Blick in den schummrigen Kellergang, der sie auf der anderen Seite erwartete.

Allerdings brannten auch hier in regelmäßigen Abständen Fackeln in eisernen Halterungen. Seltsamerweise schien ein steter Windhauch an den Wänden entlangzustreichen. Er ließ die Flammen von Zeit zu Zeit aufflackern, sodass sie wie Zungen über die unverputzten Wände leckten.

Vielleicht ist dieses Haus gar nicht verlassen, dachte Blue voller Unbehagen. Vielleicht möchte man nur den Eindruck erwecken, dass niemand mehr hier ist.

Ihre Augen glitten über den Boden, der mit einer fingerdicken Staubschicht bedeckt war. Doch so genau sie auch hinsah – es waren keinerlei Unregelmäßigkeiten zu erkennen. Keine Fußspuren oder Reifenabdrücke. Keine verwischten Stellen. Im Gegenteil: Der Gang sah aus, als ob er seit einer Ewigkeit nicht mehr betreten worden wäre.

Und doch brannten die Fackeln …

»Seht mal, dahinten ist noch ein Durchgang!« Stella deutete auf eine schwere Stahltür am Ende des Ganges.

Zögernd gingen die drei Freunde darauf zu.

»Sieht ziemlich stabil aus«, flüsterte Spence.

»Trotzdem wird uns nichts anderes übrig bleiben, als unser Glück zu versuchen«, entgegnete Blue. »Denn einen anderen Ausgang scheint es tatsächlich nicht zu geben. Und den Schacht kommen wir im ganzen Leben nicht wieder rauf.«

Sie blickte hinter sich und stellte fest, dass ihre Tritte sehr wohl Spuren im Staub des Ganges hinterlassen hatten. Allerdings war sie nicht sicher, ob sie sich über diese Erkenntnis freuen sollte.

Wer, um alles in der Welt, hat diese Fackeln entzündet?, hämmerte es hinter ihrer Stirn. Und wie hat derjenige es bloß fertiggebracht, dabei nicht die geringste Spur zu hinterlassen?

Mit klopfendem Herzen legte Blue eine Hand auf die Klinke.

»Lass mich!« Spence versuchte, sie zur Seite zu schieben, doch dieses Mal ließ sie ihm nicht so einfach den Vortritt. Immerhin war sie es gewesen, die ihre Freunde in diese Situation gebracht hatte.

»Seid still und haltet euch dicht hinter mir«, flüsterte sie.

Dann drückte sie die Klinke hinunter …

In der Halle der Sprinter

Zu Blues Überraschung ließ sich auch diese Tür spielend leicht öffnen. Dahinter tat sich eine riesige, kreisrunde Halle auf. Baumdicke Eisensäulen trugen ein schwindelerregend hohes Kuppeldach, dessen freiliegende Stahlkonstruktion an ein überdimensionales Spinnennetz erinnerte. Unter der Kuppel war es gleißend hell, was die Pracht der Konstruktion noch deutlicher hervorhob.

Doch je näher man dem Boden kam, desto spärlicher wurde das Licht.

Blue legte andächtig den Kopf in den Nacken. »Wie kann so was möglich sein?«, murmelte sie. »Noch dazu so tief unter der Erde.«

Ihre Freunde antworteten nicht. Offenbar brachten sie vor lauter Staunen kein Wort heraus.

Der Boden der Halle war dunkel gefliest und blitzsauber und an den runden Wänden waren in regelmäßigen Abständen große Anzeigentafeln angebracht. Obwohl diese Tafeln nicht beleuchtet oder auch nur beschriftet waren, musste Blue sofort an einen Bahnhof denken. An Zielorte und Gleisangaben und Abfahrtszeiten. Unterstrichen wurde dieser Eindruck noch durch die Tatsache, dass unter den Tafeln breite, tunnelartige Gänge abzweigten. Zwar verloren sie sich bereits nach wenigen Metern im Dunkel, doch aus dem Inneren der Tunnel wehte ein steter Luftzug herüber. Genau wie der, den Blue bereits auf dem Gang vor der Stahltür gespürt hatte. Und es roch entfernt nach altem Stein und Benzin.

»Ist das hier so was wie eine Metro-Station?«, fragte Spence, der seine Sprache ganz offenbar wiedergefunden hatte.

»In Meleusien gibt es keine U-Bahnen«, entgegnete Stella, ohne den Blick von den steinernen Sitzen zu nehmen, die in die Wände neben den Gängen eingelassen waren.

»Ich weiß. Aber …« Spence schüttelte nachdenklich den Kopf. »Was sollte es stattdessen sein?«

Blue hielt sich eine Hand über die Augen, um die gegenüberliegende Seite der Halle besser erkennen zu können. »Seht ihr das da drüben?«, fragte sie und zeigte auf eine der steinernen Bänke. »Diesen komischen Schimmer?«

»Wo?«, fragte Stella und reckte den Hals.

»Auf dem Sitz neben dem Gang da links …« Blue kniff die Augen zusammen. »Ich glaube, da sitzt jemand.«

Spencers Kopf ruckte herum. »Echt jetzt?«

»Gib mir dein Teleskop«, bat Blue ihre Freundin und ein Blick durch das Okular bestätigte, dass sie sich nicht getäuscht hatte: Auf dem steinernen Sitz auf der anderen Seite der Halle saß ein auffallend schlanker und groß gewachsener Mann, der einen sportlich geschnittenen Rucksack trug. Das Bemerkenswerteste an ihm war jedoch die Tatsache, dass er trotz allem keinen Körper zu besitzen schien. Oder besser gesagt: Man konnte geradewegs durch ihn hindurchgucken. Als hätte ihn jemand in aller Eile zu Papier gebracht und anschließend vergessen, ihn auszumalen.

Zum Glück schien er sie noch nicht bemerkt zu haben, denn er sah nicht herüber und zeigte auch sonst keinerlei Anzeichen von Unruhe oder Nervosität. Im Gegenteil: Seine Beine waren lässig übereinandergeschlagen und er sah tatsächlich aus, als ob er ganz entspannt auf einen Zug warte.

»Was meint ihr? Sollen wir den Typen fragen, wie wir hier rauskommen?«, flüsterte Spence, als eine der Anzeigentafeln seitlich von ihnen plötzlich grell aufleuchtete.

PERDEX, stand dort in flammend roten Buchstaben vor pechschwarzem Hintergrund. Und erst jetzt bemerkte Blue, dass auch unter dieser Tafel eine schemenhaft-gläserne Gestalt hockte. Rein äußerlich glich sie der ersten wie ein Ei dem anderen, mit dem Unterschied, dass dieser Mann nicht länger gemütlich dasaß, sondern geschäftig an den Gurten seines Rucksacks zerrte.

Kurze Zeit später ertönte ein leiser Signalton und auf der Anzeigentafel erschien etwas, das eine Uhrzeit sein mochte: 0:30.

Blue runzelte die Stirn. »Es kann unmöglich schon so spät sein.«

»Das ist keine absolute Zeitangabe«, flüsterte Stella aufgeregt.

»Sondern?«

Ihre Freundin schluckte. »Es ist ein Countdown!«

Gebannt verfolgten sie, wie die Uhr auf der Tafel die Sekunden herunterzählte. Bei zehn erhob sich die gläserne Gestalt von ihrem Sitz und begab sich zu einer Art Startblock, der vor dem Eingang zum Tunnel in den Boden eingelassen war. Bei fünf reckte der Mann seine langen, gazellenartigen Beine in die Luft, um seine Muskeln zu lockern.

Dann senkte er den Kopf.

»Was passiert hier gerade?«, fragte Stella mit zittriger Stimme.

Blue lauschte angestrengt in die Weite der Halle. Doch aus dem Dunkel der Tunnel drang kein einziger Laut. Kein Pfeifen von Bremsen. Kein Geräusch eines sich nähernden Zuges. Es war einfach nur totenstill.

Der Countdown auf der Anzeigentafel war mittlerweile bei zwei angekommen und jeder Muskel der gläsernen Gestalt schien bis zum Zerreißen gespannt. Als die letzte Sekunde verstrichen war, erlosch die Anzeige. Stattdessen ertönte ein ohrenbetäubendes Pfeifen, woraufhin die gläserne Gestalt wie von der Tarantel gestochen lossprintete und mit langen, geschmeidigen Sprüngen im Gang unter der Anzeigetafel verschwand.

Unwillkürlich sah Blue zu dem zweiten Glasmann hinüber, doch der saß noch genauso entspannt und unbeteiligt auf seinem Sitz wie zuvor.

»Habt ihr gesehen, wie schnell dieser Kerl gerannt ist?« Spence war tief beeindruckt. »Ich wette, dieses Tempo könnte nicht mal ein olympischer Sprinter mithalten.«

»Aber wer oder was war das?« Stellas Pilare sahen aus wie elektrisiert. »Ich dachte eigentlich, ich kenne mich ganz gut aus mit den Ethnien der verschiedenen Fürstentümer. Aber so eine Art von ... Glasmensch ... ist mir noch nirgendwo untergekommen.«

»Wer auch immer sie sind, sie scheinen zumindest nicht aggressiv zu sein«, stellte Blue mit einer gewissen Beruhigung fest.

Ihre Freundin warf ihr einen zweifelnden Seitenblick zu. »Woher willst du das wissen?«

»Na, sieh ihn dir doch an!« Blue deutete auf die Gestalt an der gegenüberliegenden Wand, die noch immer keine Anstalten machte, etwas anderes zu tun, als seelenruhig dazusitzen und zu warten. »Wirkt dieser Typ auf dich irgendwie angriffslustig?«

»Man kann nie wissen«, gab Stella zurück. »Vielleicht können diese Dinger einfach nur nicht besonders gut gucken und er hat noch gar nicht gemerkt, dass wir da sind ...«

Blue fand nicht, dass diese Möglichkeit besonders plausibel klang. »Na, das lässt sich ja herausfinden!«

»Was hast du vor?«, rief Stella, als sie mit entschlossenen Schritten auf die gläserne Gestalt zusteuerte. »Du ... du ... du willst dieses ... dieses Ding da doch nicht etwa ansprechen, oder?«

»Wieso nicht?«, versetzte Blue. »Vielleicht weiß er einen Weg, wie wir hier rauskommen.«

»Hast du den Verstand verloren?« Stella bekam gerade noch den Ärmel ihres T-Shirts zu fassen. »Bleib hier!«

Doch Blue ließ sich nicht aufhalten. Mit selbstbewusst erhobenem Kopf spazierte sie auf den Glasmenschen zu. Etwa in der Hallenmitte bemerkte sie eine leichte Unebenheit im Boden. Sie blieb stehen und tatsächlich: Abermals war es das Relief mit den vier Schmetterlingen!

Blue straffte die Schultern. Vielleicht war das ja ein gutes Omen und dieser komische Glasmensch konnte ihnen tatsächlich weiterhelfen!

Seltsamerweise schien der Kerl immer durchsichtiger zu werden, je näher sie dem Steinsitz kam. Durchsichtiger und größer …

Voller Faszination beobachtete Blue das schimmernde Lichtspiel auf der gläsernen Silhouette, durch die hindurch man wirklich und wahrhaftig die dahinterliegende Wand erkennen konnte. Die steinerne Lehne. Aber auch Fasern, die wie Muskeln oder Gefäße aussahen.

»Verzeihen Sie bitte, Sir?«, sprach sie den Mann vorsichtig an.

Doch er schien sie nicht zu hören.

Zumindest reagierte er nicht.

Stattdessen ertönte wieder das ohrenbetäubende Pfeifen, das sie bereits zuvor gehört hatten, und Blue sah gerade noch, wie eine gläserne Gestalt mit Rucksack in einem der Tunnel rechts von ihnen verschwand. »Hat einer von euch jemanden dort sitzen sehen?«, wandte sie sich an ihre Freunde.

Stella und Spence schüttelten die Köpfe.

Gleich darauf flammte zwei Gänge weiter links das Wort GALGOW auf. Und nur Sekunden später begann auch dort eine Digitalanzeige mit dem Abzählen eines dreißigsekündigen Countdowns.

»Galgow ist die drittgrößte Stadt im Fürstentum Charon«, flüsterte Stella, die sich mit dem Zusammentragen von Fakten zu beruhigen versuchte. »Und Perdex liegt, soweit ich weiß, in Kronien.«

»Dann sind die Angaben auf den Tafeln also tatsächlich wie Zielorte«, schlussfolgerte Blue.

»Seht mal!« Spencers Stimme war heiser vor Aufregung. »Die Sitze …«

Blue blickte sich um und erstarrte. Als ob sie irgendeinem irrwitzigen Zaubertrick bewohnten, waren plötzlich sämtliche Steinstühle besetzt. Zugleich leuchteten auf den Tafeln in immer schnellerer Abfolge neue Ziele auf: **FALLON. MARITONIA. KNUFF IN GNOOR.**

In aller Eile zählte Stella die Tunnel von ihrem Standpunkt bis zur Hallenmitte und rechnete das Ergebnis hoch. Es waren achtundachtzig Gänge. Und vor jedem saß ein gläserner Sprinter mit einem Rucksack auf dem Rücken.

Sobald einer von ihnen gestartet war, kam bereits der nächste und nahm den frei gewordenen Platz ein. Blue fiel jedoch auf, dass die Tafeln über den Tunneln niemals zweimal hintereinander dasselbe Ziel anzeigten.

Die Hüter meiden alle gängigen Kommunikationswege, flüsterte Igelflys Stimme in ihrem Kopf. *Sie wollen um jeden Preis verhindern, dass sich ein solcher Verrat wie damals wiederholt.*

Nun, dachte Blue, ein Sprinterbahnhof in hundertdreißig Meter Tiefe ist definitiv keine übliche Art der Kommunikation! Andererseits: Was machte sie eigentlich so sicher, dass das hier – sie sah sich abermals um – mit den Hütern zu tun hatte? Es konnte genauso gut eine Falle sein.

»Blue! Stella!«

Die Blicke der Mädchen folgten Spencers ausgestrecktem Zeigefinger zu einer Tafel ganz links. Von dort flimmerte ihnen in brandroten Buchstaben das Wort **SCRIPTON** entgegen.

Der dazugehörige Sprinter machte sich gerade bereit und schlenderte zu seinem Startblock, während die Uhr über seinem Kopf mit dem Herunterzählen des Countdowns begann, der ihnen inzwischen so vertraut war.

»Los!«, rief Blue. »Das ist unsere Chance!«

»Chance worauf?«, schrie Stella.

»Frag nicht! … Hinterher!«

Obwohl sie quer durch die riesige Halle rannten, nahm keiner der Glasmenschen auch nur die geringste Notiz von ihnen. Es war fast, als ob sie nicht existierten.

Dabei sind diese komischen Glasmenschen doch diejenigen,

die durchsichtig sind, dachte Blue verwundert, während ihre Augen die Uhr auf der Tafel fixierten.

Die Zahlen hüpften im Takt ihrer Schritte auf und ab.

Noch zehn Sekunden.

Neun.

Acht …

Der Sprinter unter der SCRIPTON-Tafel hatte inzwischen seinen Platz im Startblock eingenommen und senkte konzentriert den Kopf.

Blues Puls raste. Ihre Muskeln rebellierten gegen die ungewohnte Anstrengung, doch sie biss die Zähne zusammen und rannte weiter. In ihrem Rücken pfiffen die Startsignale anderer Ziele. Doch Blue kümmerte sich nur um die Tafel, die unmittelbar vor ihr hing.

Nur noch wenige Meter.

Nur noch wenige Augenblicke.

Ihre Augen suchten den Rucksack des gläsernen Sprinters. Das seltsame Gepäckstück war das Einzige an ihm, das nicht durchsichtig war, und Blue fragte sich, was er wohl enthalten mochte …

Zwei.

Eins.

Blue sah sich nach ihren Freunden um und stellte erleichtert fest, dass Spence und Stella dicht hinter ihr waren. Im selben Moment, als sie den Startblock erreichte, sprang die Anzeige über dem Tunnel auf null …

Amnesia

Nun?« Ihre Stimme klang warm und freundlich, aber das täuschte. »Was macht unser Neuzugang?«

Julian Cabans Augen waren starr auf die vergitterte Tür am Ende des Gangs gerichtet.

Seine Wärterkollegen bezeichneten den Raum, der dahinterlag, gern als »Begrüßungszelle«. Doch in Wahrheit war das kleine fensterlose Zimmer alles andere als einladend. Manche, die dort eingesperrt gewesen waren, hatten innerhalb von Stunden den Verstand verloren. Allerdings war Artur Parrhesius in puncto Widerstandskraft zweifellos ein anderes Kaliber. Das hatte Caban sofort gesehen, als das Überstellungskommando den alten Mann durch das Tor geführt hatte.

»Bislang läuft alles bestens, M'am.«

»Bislang?«

»Immerhin ist er noch nicht lange hier.« Caban war bemüht, sich die Anspannung nicht anmerken zu lassen. Aber das war nicht leicht. Sein Instinkt sagte ihm, dass es mit dem Gefangenen in Zelle 031 Probleme geben würde. Und der Umstand, dass Malia Sordes höchstpersönlich erschienen war, um ihm auf die Finger zu schauen, ließ ihn auch nicht gerade ruhiger sein.

»Hat er etwas gegessen?«

»Nein, M'am. Er hat alles abgelehnt, was wir ihm angeboten haben.«

Sie lachte. »Das überrascht mich nicht.«

Caban zog seinen Schlüsselbund heraus.

Doch Malia Sordes bedeutete ihm, noch zu warten. »Hatte er Kontakt zu anderen Häftlingen?«

»Nein, M'am. Wir hatten Anweisung, ihn sofort nach seiner Ankunft zu isolieren.«

»Das bedeutet, er hat diese Zelle seit seiner Ankunft nicht verlassen?«

»So ist es.«

Sie warf einen Blick auf ihre Armbanduhr. Ein zierliches Modell aus Platin. »Achtundvierzig Stunden ohne Ablenkung und Licht«, stellte sie zufrieden fest. »Das sollte selbst bei einem Mann wie Artur Parrhesius reichen, um eine gewisse Kooperationsbereitschaft herzustellen, denken Sie nicht?« Caban wich ihrem Blick aus. »Vermutlich.«

»Sie trauen ihm nicht?«

Anstelle einer Antwort schob er den Schlüssel ins Schloss. Und nach alter Gewohnheit richtete er den Blick sofort auf die schmale Pritsche an der Wand.

Doch Artur Parrhesius saß oder lag nicht auf dem Bett wie die anderen, die in diesem Raum gefangen gewesen waren, sondern er hockte mit geschlossenen Augen auf dem harten Steinboden neben dem Klo.

Malia Sordes stutzte und hob misstrauisch die Nase. Dann zog sie Caban zurück auf den Gang. »Wie groß ist diese Zelle?«

»Acht Quadratmeter, M'am.«

»Und die Tür war die ganze Zeit über verschlossen?«

»Selbstverständlich«, sagte Caban, auch wenn er ganz genau verstand, worauf sie hinauswollte. Diese Zelle roch wirklich und wahrhaftig wie frisch gelüftet! Etwas, das bei einem fensterlosen Raum von gerade mal acht Quadratmetern, eigentlich ein Ding der Unmöglichkeit war …

Malia Sordes trat einen Schritt zurück. »Wecken Sie ihn!«

Sie blieb auf dem Gang, während Caban in die winzige Zelle zurückkehrte. Die Wände waren aus Stahlbeton und von innen zusätzlich mittels einer dicken Schicht Latex gegen Schall isoliert. Ein Ort, den weder Geräusche noch Licht erreichen konnten.

»He, Opa«, knurrte Caban und für einen flüchtigen Augenblick hatte er den Eindruck, dass Artur Parrhesius lächelte. »Zeit für ein kleines Gespräch!«

Die zarten Lider unter den buschigen Brauen zuckten. Dann schlug Artur Parrhesius die Augen auf.

Die erstaunliche Wachheit in seinem Blick ließ Caban einen Schritt zurückweichen. Was für eine seltsame Augenfarbe war das? Caban überlegte, doch er fand einfach kein passendes Wort dafür. Allerdings hätten die meisten Frauen für diese Himmelsfarbe vermutlich, ohne zu zögern, gemordet.

»Guten Tag, Monsieur Caban.«

»Du kennst mich?«

»Kennen wäre zu viel gesagt«, antwortete sein Gefangener mit der brüchigen Stimme eines alten Mannes, der zu wenig geschlafen hatte. »Aber ich habe hier und da von Ihnen gehört.«

»Ich hoffe, nur Gutes«, lachte Caban.

Doch der Alte quittierte die Bemerkung mit keiner Regung.

»Was hast du hier drin angestellt, hm?« Caban half seinem Gefangenen reichlich unsanft auf die Beine. »Diese ganze verdammte Zelle riecht, als ob du hier ... Scheiße, ja! Es riecht wie in einem gottverdammten Wald!«

Artur Parrhesius lächelte. »Die appagodischen Indianer sagen: Wo auch immer du wandelst, trage in deinen Lungen die Luft aus den Bergen.«

»Ich hab schon gehört, dass du ein Spinner bist«, versetzte Caban. »Aber ich warne dich!« Seine Finger schlossen sich noch ein wenig fester um den knochigen Oberarm seines Gefangenen. »Komm gar nicht erst auf die Idee, mich verarschen zu wollen, klar?«

»Das würde ich mir niemals anmaßen«, antwortete Parrhesius mit derselben ruhigen Freundlichkeit wie zuvor. »Ganz abgesehen davon, dass mir dergleichen vermutlich auch nicht besonders gut bekommen würde.«

»So ist es«, zischte Caban. »Und jetzt los! Wir haben eine Verabredung!«

Und wieder dieses eigentümliche Lächeln. »Verraten Sie mir auch, wo's hingehen soll? Könnte ja immerhin sein, dass ich mich vorher noch umziehen will.«

»Glaub mir: Für das, was dir bevorsteht, bist du schön genug.« Caban versetzte dem alten Mann einen rüden Stoß. »Und dein Gelaber kannst du dir für das Verhör aufsparen. Ich bin nämlich nur dazu da, dich von A nach B zu bringen, klar? Alles Weitere übernehmen unsere Spezialisten.«

»Wen haben sie mir geschickt?«, fragte der Alte so beiläufig, als ob es um den Wetterbericht ginge. »Roquelor?«

»Das wirst du noch früh genug erfahren.«

»Hat der Ärmste immer noch diesen abscheulichen Klumpfuß?«

»Ich hab gesagt, du sollst deine verdammte Klappe halten!« Caban schielte nach der Tür, doch Malia Sordes hatte sich ein Stück zurückgezogen, sodass er sie nicht sehen konnte. Trotzdem war er sicher, dass sie jedes Wort mitbekam. »Und jetzt mach endlich!«

Parrhesius zögerte, doch Caban schubste ihn hinaus auf den Korridor.

Der alte Mann schlurfte ein paar Schritte, doch die grelle Helligkeit ließ seine lichtentwöhnten Augen tränen. Also blieb er stehen und zog in aller Seelenruhe ein Taschentuch aus seiner abgewetzten Hose.

»Guten Tag, Professor.«

Caban sah, wie sich die feinen Muskeln im Nacken seines Gefangenen verspannten.

»Malia, meine Liebe«, entgegnete Parrhesius, ohne sich zu ihr umzudrehen. »Wie schön, Sie wiederzusehen.«

Malia Sordes trat aus dem Schatten der Tür. »Ich fühle mich außerordentlich geschmeichelt, dass Sie mich wiedererkennen.«

»Oh ja, nicht wahr?« Der Professor wandte lächelnd den Kopf. »Dergleichen ist vermutlich keine Selbstverständlichkeit, wenn man eine derart begabte Schauspielerin vor sich hat.«

Etwas an der Bemerkung schien sie zu ärgern. »Ich nehme das als Kompliment, wenn Sie erlauben.«

»Aber sicher doch, sicher«, nickte Parrhesius mit fast kindlichem Eifer. »Genauso war es auch gemeint.«

Malia Sordes verzog keine Miene. »Wenn Sie mir dann bitte folgen wollen?«

Caban gab seinem Gefangenen mit einem unmissverständlichen Stoß in den Rücken zu verstehen, dass er keinen Widerstand dulden würde.

Überall entlang der Wände waren Überwachungskameras angebracht. Die Neonröhren an der Decke waren zum Schutz des Wachpersonals mit massiven Gittern gesichert. Diese splitteten das kühle Licht und überzogen den grauen Linoleumboden mit einem quadratischen Muster, das entfernt an ein Schachbrett erinnerte.

Von der Schleuse her kam ihnen Pierre Roquelor entgegen. Der klumpfüßige Verhörspezialist hatte sich bereits ein Paar Handschuhe übergestreift und trug ein kleines, in Butterbrotpapier eingeschlagenes Päckchen unter dem Arm.

»Professor Parrhesius«, rief er, kaum dass er das Trio entdeckt hatte. »Was für eine nette Überraschung!«

Der Alte hob den Kopf. »Ich wünschte, ich könnte dasselbe über Sie sagen.«

Roquelor lachte. »Charmant wie eh und je.«

»Einen harmlosen alten Mann seiner Freiheit zu berauben, ist auch nicht gerade die feine Art«, gab der Professor zurück, ohne eine Miene zu verziehen.

»Sie wissen so gut wie ich, dass man Sie beim besten Willen nicht als harmlos bezeichnen kann.«

Artur Parrhesius lächelte wieder sein harmloses Lächeln. »Ich fürchte, Sie überschätzen mich.«

Caban hätte liebend gern noch eine Weile zugehört, doch just in diesem Moment trat Malia Sordes neben ihn. »Lassen Sie uns allein, bitte.«

Er nickte und wandte sich ab.

Im Weggehen hörte er, wie Roquelor fragte: »Sind Sie ganz sicher, dass Sie dabei sein wollen?«

Malia Sordes gab ein verächtliches Schnauben von sich. »Was glauben Sie denn, wozu ich hergekommen bin?«

Die Selbstverständlichkeit, mit der sie das sagte, brachte selbst den erfahrenen Roquelor ins Schleudern. »Nun, ich …« Er räusperte sich. »Ich war der Meinung, Sie müssten gleich weiter. Zum Parteitag nach Sandringhaal.«

»Meinen Terminkalender lassen Sie doch bitte meine Sorge sein.« Ihre Stimme war dunkel und konnte selbst innerhalb ein und desselben Satzes sehr unterschiedliche Farben annehmen. Immerhin war sie tatsächlich Schauspielerin gewesen.

An der Tür zum Treppenhaus drehte er sich noch einmal kurz um und sah gerade noch, wie die drei hinter der dicken Stahltür verschwanden. Für einen winzigen Augenblick fiel helles Sonnenlicht auf das graue Linoleum und man hörte entferntes Vogelgezwitscher. Dann krachte die Tür ins Schloss und alle Geräusche verstummten wie abgeschnitten.

Licht am Ende des Tunnels

Sollen wir nicht doch lieber umkehren?«, keuchte Spence.

Die Dunkelheit, die sie umfing, war tiefer und schwärzer als alles, was Blue bislang erlebt hatte. Den Anschluss an ihren Sprinter hatten sie schon vor geraumer Zeit verloren, obwohl sie alles gegeben hatten, um an ihm dranzubleiben. Doch gegen das irrwitzige Tempo des Glasmannes hatten sie keine Chance gehabt und jetzt stolperten sie nass geschwitzt, blind und orientierungslos durch den finsteren Stollen.

»Nein! Auf gar keinen Fall!« Blues Herz hämmerte. »Wenn die Angaben auf den Tafeln stimmen, führt dieser Gang nach Scripton.«

Ihr Freund schnappte nach Luft. »Aber bis dahin sind es mindestens hundertfünfzig Meilen! Mal ganz davon abgesehen, dass dazwischen auch noch die Weißen Berge und eine ziemlich große Sandwüste liegen!«

»Ich sehe leider keine Alternative«, antwortete Blue.

»Doch«, widersprach er. »Wir könnten zum Beispiel umkehren.«

»Und wenn wir unterwegs an einer oder mehreren Gabelungen vorbeigekommen sind, ohne es zu merken?«

Ihr Einwand schien Spence ins Nachdenken zu bringen, denn er schwieg.

Vorsichtig tasteten sie sich weiter.

Die Luft war zäh wie Pech und von einem fremdartigen, süßlichen Duft erfüllt. Der Geruch erinnerte Blue an das Aroma überreifer Beeren, in das sich bereits ein Hauch von Verfall und Fäulnis mischte, und etwas daran verursachte ihr Übelkeit. Sie blieb stehen, doch leider war Stella so dicht hinter ihr, dass sie nicht mehr bremsen konnte.

»'tschuldigung«, japste sie, noch immer völlig außer Atem von der wilden Verfolgungsjagd, die sie hinter sich hatten.

»Meine Schuld«, winkte Blue ab, während sie aufmerksam in das Dunkel zu ihren Füßen lauschte.

Bildete sie sich das nur ein oder raschelte da irgendwas?

Sie verzog angewidert das Gesicht. Theoretisch konnte alles Mögliche in diesem Stollen lauern …

»He, Mädels!«

Blue zuckte zusammen. Obwohl sie nun schon eine ganze Weile durch dieses elende Dunkel irrten, konnte sie sich einfach nicht daran gewöhnen, eine Stimme zu hören, ohne dazu auch ein Gesicht zu sehen. Es ist fast, als ob wir von jetzt auf gleich erblindet wären, dachte sie schaudernd.

»Wo seid ihr?« Spencers Stimme hatte sich ein ganzes Stück entfernt.

»Wir sind hier!« Blue streckte die Arme aus. »Hier drüben!«

»Sprich weiter, damit ich euch finde«, bat ihr Freund, als ein gellender Schrei die wattige Stille des Tunnels unvermittelt in Stücke riss.

Blue brauchte einen Augenblick, um zu begreifen, dass es Stella war, die da schrie. »Was ist los, Stell, was hast du?«

»Da krabbelt was in meinen Haaren«, kreischte ihre Freundin in heller Panik. »Oh, mein Gott!«

Blue hörte die Sohlen ihrer Sneaker, die über den sandigen Tunnelboden scharrten. Offenbar schlug und trat Stella wild um sich. »Bleib, wo du bist!«, forderte sie ihre Freundin auf. »Sonst finde ich dich nicht.«

»Stehen bleiben?« Stellas Stimme überschlug sich. »Du bist

gut! Da krabbelt irgendwas total Ekliges auf mir rum und ich soll …«

»Spinnentiere sind in aller Regel völlig harmlos«, meldete sich Spencer aus der Düsternis zu ihrer Linken zu Wort. »Die meisten Arten können nicht einmal …«

»Halt die Klappe!«, schrie Stella.

»Ich wollte nur helfen.«

»ES HILFT ABER NICHT, Herrgott noch mal! … Blue! … BITTE! … Mach was!«

»Ruhig Blut, ich hab dich.« Blue bekam den Arm ihrer Freundin zu fassen. »Halt einfach still, okay? Ich sehe nach.«

Ihre Hände glitten über Stellas verschwitzten Hinterkopf. Doch das Gummi, mit dem ihre Freundin ihre Pilare gebändigt hatte, saß nach wie vor bombenfest. Und auch an den Haaren war nichts Auffälliges festzustellen. Keine Käfer. Keine Spinnweben. Keine Krabbeltiere.

»Hier ist nichts!«

»DOCH!«, quiekte Stella. »Ich kann es fühlen. Und jetzt krabbelt es gerade an meinem rechten Ohr runter!« Sie drehte den Kopf weg und schüttelte sich wie wild.

Gleich darauf klatschte etwas Hartes auf den Tunnelboden.

Blue hörte ein unangenehm dumpfes »Plopp«, gefolgt von einem leisen Zischen. Dann leuchteten im Dunkel vor ihren Füßen auf einmal acht giftgrüne Beine auf. Sie waren mindestens zehn Zentimeter lang und schienen frei in der Luft zu schweben. An den Spitzen des vorderen Beinpaares saßen zwei ziemlich imposante, zangenartige Auswüchse.

»Ach, du Scheiße!«, entfuhr es Spence.

»Wieso?«, kreischte Stella. »Was ist denn?«

»Ich fürchte, das sind phosphorisierende Grillspinnen.«

»Eine«, korrigierte Blue vorsichtig, während sich die giftgrünen Beine suchend und tastend in ihre Richtung reckten. Voll aufgerichtet konnte so eine Grillspinne problemlos die Wade oder sogar das Knie eines erwachsenen Meleuten erreichen. Und leider kam hinzu, dass die Halbinsekten auch noch ausgezeichnete Springer waren.

»Wo eine ist, sind unter Garantie auch noch mehr«, flüsterte Spence, der sich in Biologie leider ziemlich gut auskannte. »Grillspinnen leben in riesigen Familienverbänden.«

Wie um seine Worte zu bestätigen, begann die Spinne, ihre langen, dürren Hinterbeine gegeneinanderzureiben. Dabei entstand ein leises, aber überaus unangenehmes Knackgeräusch.

Und obwohl sie nach wie vor nicht das Geringste sehen konnte, hatte Blue das Gefühl, als ob die Tunnelwand neben ihr auf einmal in Bewegung geriet. »Du hast recht!«, rief sie erschreckt. »Den Geräuschen nach müssen das Hunderte sein.«

Doch ihr Freund war nach wie vor die Ruhe selbst. »Manche dieser Familienverbände können locker bis zu sechstausend Tiere umfassen«, erklärte er freudig. »Und in den …«

»Halt den Mund!«, unterbrach ihn Stella. »SOFORT!«

»Du musst Ruhe bewahren.« An Spencers Stimme hörte Blue, dass er lachte. »Grillspinnen sind blind und taub. Sie reagieren allein auf Körperwärme und Bewegung.«

»Dann brauche ich mich also nur mal kurz in einen Eiszapfen zu verwandeln, ja?« Stella bemühte sich ebenfalls um ein Lachen. Doch der Versuch ging gründlich in die Hose. »Na ja, warum eigentlich nicht? Das hätte zumindest den Vorteil, dass ich von alldem hier nichts mehr mitkriege.«

Gutes Stichwort!

Blue sah wieder die giftgrünen Beine an, deren Farbe allerdings allmählich zu verblassen schien. Aus dem Biologieunterricht wusste sie, dass das Leuchten der Extremitäten bei Grillspinnen vor allem mit Stress zu tun hatte. Doch der ließ offenbar nach, seit Verstärkung im Anmarsch war …

»Kannst du rauskriegen, von welcher Seite sie kommen?«, raunte Spence ihr zu.

Blue hielt die Luft an und lauschte. »Von rechts und von schräg vorne, würde ich sagen.«

»Dann sollten wir versuchen, möglichst leise auf die linke Tunnelseite zu wechseln.« Die Stimme ihres Freundes klang noch immer erstaunlich cool. Doch das schrieb Blue in erster Linie Spencers Pokertalent zu. »Haltet euch dicht an der Tunnelwand. Und sobald ihr mein Kommando hört, rennt ihr los, so schnell ihr könnt.«

»Aber ich weiß nicht, wo ich hintreten soll«, wimmerte Stella. »Diese verdammten Viecher können überall sein!«

Blue streckte den Arm aus und schnappte sich das Handgelenk ihrer Freundin. »Ich gehe voraus«, flüsterte sie. »Vertrau mir!«

»Würde ich ja«, schluchzte Stella. »Aber du siehst genauso wenig wie ich, und um ganz ehrlich zu sein: Biologie ist nicht gerade deine starke Sei…«

»Pssssssst!«, zischte Spence. »Seid gefälligst endlich still, wenn ihr heil hier rauswollt!«

Stella schniefte. Aber sie hielt den Mund.

Behutsam setzte Blue einen Fuß in das undurchdringliche Dunkel links von sich und versuchte, durch die Gummisohlen ihrer Sneakers hindurch den Boden zu erspüren. Als sie sicher war, dass sie nur Sand fühlte, ließ sie die Sohle vorsichtig abrollen.

Kein Widerstand.

Kein grünes Leuchten.

Gut so! Weiter!

»Komm schon, Stell'«, flüsterte sie, als sie spürte, wie der Körper ihrer Freundin sich bereits nach wenigen Schritten wieder versteifte. »Halt durch! … Wir haben's gleich geschafft! Nur noch ein paar lächerliche Schritte.«

In ihrem Rücken wurde das Knacken unterdessen immer lauter. Offenbar koordinierten die Spinnen bereits ihren Angriff.

»Ich bin HIER!« Spencers Stimme war mit einem Mal so nah, dass Blue erschreckt zurückwich.

»Gott sei Dank, Spence!«

»Alles klar bei euch?«

Sie nickte. Doch dann wurde ihr bewusst, dass er sie nicht sehen konnte, und sie setzte eilig hinzu: »Ja, alles bestens.«

»Stella?«

»Nein, bei mir nicht.« Stellas Kiefer knirschten vor Anspannung. »Aber ich schätze, das interessiert hier niemanden.«

Blue wollte widersprechen, doch Spence kam ihr zuvor: »Also gut. Auf drei ...« Er atmete tief durch. »Eins, zwei ...«

Während sie seiner vertrauten Stimme lauschte, fühlte Blue, wie der Saum ihres Hosenbeins urplötzlich in Bewegung geriet. Und das, obwohl sie noch immer vollkommen still stand.

Sie sind da!, zuckte es wie eine glühende Nadel durch ihr Bewusstsein. Diese elenden Mistviecher kriechen an mir hoch!

Die Erkenntnis überschwemmte sie mit einer Welle von Panik und nur mit äußerster Mühe widerstand sie der Versuchung, wild um sich zu treten.

Du musst Ruhe bewahren!

Bei einer solchen Übermacht ist Flucht die einzige Alternative.

Das stimmte leider, denn Grillspinnen waren giftig. Einen oder zwei Bisse konnte man zwar durchaus überleben, wenn man sich sofort danach in ärztliche Behandlung begab. Doch das setzte voraus, dass sich ein Arzt in erreichbarer Nähe befand und ...

»... drei!«

Blues Hand wurde fast aus dem Gelenk gerissen, als Stella durchstartete, und sie konnte gar nicht anders, als blind hinter den beiden anderen herzustolpern. Aber wenigstens fühlte sie keinen Schmerz. Diese verdammten Mistviecher schienen sie nicht erwischt zu haben!

Die Erleichterung legte sich wie eine sanfte Umarmung um ihre Schultern. Und doch glaubte Blue, noch immer die gruseligen Knacklaute der Spinnen hinter sich zu hören. Das Scharren der harten Beine auf dem sandigen Grund ...

»Irre ich mich oder geht's hier bergauf?«, japste Stella ein Stück vor ihr.

Stimmt, dachte Blue, das Gelände steigt an!

Aber … War das nicht eigentlich ein gutes Zeichen?

Mit ausgestreckten Armen taumelten sie weiter und allmählich verwandelte sich die Schwärze ringsum in einen diffusen bleigrauen Nebel, der nach und nach immer heller und lichter wurde.

In einiger Entfernung erkannte Blue ein paar bizarr gezackte Felsformationen.

Außerdem drang ein leises Plätschern an ihr Ohr. Wie von einem Bach …

»Da vorn ist ein Ausgang«, jubelte Spence, von dem sie inzwischen immerhin schon wieder eine Silhouette sehen konnte.

Blue wischte sich ein paar verschwitzte Pilare aus der Stirn und verlangsamte ihren Schritt. In Bodennähe war der Nebel noch immer so dicht, dass sie kaum ihre eigenen Füße erkennen konnte.

»Passt auf, wo ihr hintretet«, mahnte sie, als sie sah, dass ihre Freunde vor lauter Freude einfach drauflosstürmten. Doch es war bereits zu spät: Spencer hatte den Ausgang erreicht und blinzelte in das helle Sonnenlicht, das ihnen zwischen den Kronen der Bäume hindurch entgegenlachte. Aber schon im nächsten Moment war er verschwunden.

Die Mädchen hörten seinen Schrei.

Und der kam von unten.

Von sehr, sehr, SEHR tief unten, um genau zu sein.

Blue erwischte Stella im letzten Augenblick und riss sie auf das kleine Plateau vor dem Tunnelausgang zurück, wobei sie reichlich unsanft auf einem Felsen landeten.

Unmittelbar vor ihnen fiel der Hang senkrecht ab.

Schaudernd reckte Blue den Hals. Es war fast, als ob man auf dem Aussichtsbalkon eines riesigen Hochhauses stand. Nur leider hatte dieser Balkon keine Befestigung. Geschweige denn ein Geländer …

Auf allen vieren krochen die beiden Freundinnen über die glitschigen Steine hinweg bis an den Rand der Plattform. Aus der Tiefe stiegen Schwaden weißer Gischt zu ihnen herauf. Was kein Wunder war, denn ein Stück weiter links donnerte ein mächtiger Wasserfall ins Tal. Und hin und wieder konnten die Mädchen tief unter sich auch eine schimmernde Wasserfläche erkennen.

»Oh, mein Gott«, keuchte Stella voller Entsetzen. »Kann man … Überlebt man das?«

»Das sollte eigentlich kein Problem sein«, antwortete Blue. »Immerhin ist das Wasser da unten.«

Stella warf ihr einen zweifelnden Seitenblick zu. »Aber es ist total tief.«

Ich weiß, dachte Blue. Aber sie war nicht der Typ, der einfach aufgab, bevor er Gewissheit hatte. Also blickte sie sich nach einer Alternative um.

»Sieh mal, da drüben scheint es etwas flacher zu werden.« Sie zeigte auf einen simsartigen Vorsprung, hinter dem die raue Felswand in ein steiles Wiesengelände überging. »Wenn wir es schaffen, auf dem Sims bis zur Spitze des Felsens zu balancieren, dann können wir auf der Rückseite ganz bequem nach unten klettern.«

»Balancieren?« Stellas Augen flimmerten. »Aber i-i-ich … hab Höhenangst.«

»Dann schaust du eben nicht nach unten.«

»Aber ich …«

»Keine Widerrede!« In einer solchen Situation das Ruder in die Hand zu nehmen, fiel Blue alles andere als leicht. Zumal sie selbst gehörigen Respekt vor großer Höhe hatte. Aber sie wusste auch, dass sie ihrer Freundin in dieser Situation nur helfen konnte, indem sie ihr in den Hintern trat. Also legte sie rasch noch einmal nach: »Du kannst jetzt unmöglich schlappmachen!«

»Wieso nicht?« Stella schob die Unterlippe vor wie ein schmollendes Kleinkind. »Ich hab's, verdammt noch mal, gründlich satt, in Lebensgefahr zu sein. Und darum werde ich einfach hierbleiben.« Sie unterstrich ihren Entschluss mit einem entschlossenen Nicken. »Genau hier. Auf diesem Felsen.«

»Aber diese Steine sind triefnass.«

»Mir egal.« Ihre Freundin schlang trotzig die Arme um die Knie. »Ich will einfach nur meine Ruhe haben. Und Gisela müsste auch längst wieder gefüttert werden und …«

»Aber Spencer braucht unsere Hilfe«, fuhr Blue ihr letztes und schwerstes Geschütz auf. »Bestimmt hat er sich bei dem Sturz jede Menge Blessuren zugezogen. Da können wir ihn unmöglich allein lassen.«

Stellas Hände zitterten, als sie sich an den Kopf griff, um ihre völlig durchnässten Pilare auszuwringen. »Wir w-w-würden also bloß über d-diesen b-blöden F-F-Felsvorsprung klettern … u-u-und dann die Wiese runter, ja?«

»Ganz genau.« Blue lächelte ihr aufmunternd zu. »Und mal ehrlich: Was kann denn schon passieren?«

»Wir könnten abstürzen«, entgegnete Stella todernst. »Wir könnten uns die Knochen brechen, ertrinken oder irgendwo auf halber Höhe an einem Ast hängen bleiben und elendiglich verhungern. Jemand könnte auf uns schießen oder uns gefangen nehmen. Und wenn wir richtig Pech haben, könnten wir …«

»Hör gefälligst auf, dich verrückt zu machen!«, setzte Blue der makabren Aufzählung ein entschlossenes Ende. »Das hier ist ein stinknormaler Wasserfall. Und soooo steil sind diese Felsen nun auch wieder nicht.«

Stellas Blick glitt ängstlich zum Rand des Plateaus, während der Rest von ihr wie festgewachsen an den nassen Felsen klebte.

»Komm schon, Stell'«, drängte Blue. »Lass es uns versuchen. Schließlich haben wir auch die Grillspinnen überstanden. Und …«

Sie konnte gar nicht so schnell gucken, wie ihre Freundin auf den Beinen war. »Sprich NICHT über GRILLSPINNEN!«, kiekste sie. »Hast du mich verstanden? Und auch nicht über finstere Kellerlöcher, komische Symbole, gläserne Leute oder irgendwelche Abgründe. Nicht, bis wir wieder festen Boden unter den Füßen haben – und ich meine *richtigen* Boden. Also Boden, auf dem man gefahrlos stehen kann. Boden, den man sehen kann, der sich nicht auftut und wo einen nichts angreift.«

»Ganz wie du willst«, sagte Blue. »Und ich ... Na ja, ich schätze, ich halte am besten einfach meine Klappe.«

»Gute Idee.« Stella nahm einen herumliegenden Stein zur Hand.

»Was machst du da?«, fragte Blue, als ihre Freundin vorsichtig an den Abgrund heranrobbte und den Stein über die Kante warf.

»Zweiunddreißig Komma fünf Meter«, flüsterte Stella, nachdem der Stein mit einem gedämpften Platscher im Wasser gelandet war.

Blue zog die Stirn kraus. »Ich will ja nicht meckern, aber ... Hilft es uns irgendwie weiter zu wissen, wie hoch wir sind?«

»Mir schon«, knurrte ihre Freundin.

»Inwiefern?«

»Weil ich gern Bescheid weiß.«

»Du meinst, wenn du einer unangenehmen Sache schon nicht ausweichen kannst, willst du wenigstens wissen, wie tief du fällst, wenn du fällst?«

»Jap.«

Aha ...

Blue grinste. Versteh einer diese Hochbegabten! »Können wir dann jetzt los?«

»Bitte sehr«, entgegnete Stella mit einem würdevollen Schniefen. »Nach dir.«

»Dann mal los«, sagte Blue. »Ich wette, der arme Spence braucht dringend Hilfe!«

Glück gehabt!

Der Schleier, der ihn umfing, hatte bereits erste Risse. Doch noch immer bekam Spencer die Bilder, die sein Gehirn ihm anbot, nicht so recht sortiert: der Tunnel. Die Grillspinnen. Und kühles kristallklares Wasser, das direkt auf ihn zuraste ... Spencer stöhnte und griff sich an den Hinterkopf, der höllisch wehtat.

Ach ja! Richtig! Das Wasser hatte sich als Fluss entpuppt. Ein breiter Fluss mit einer ziemlich kräftigen Strömung. Sein hilfloser Körper war über Felsen gerutscht und durch Stromschnellen getrieben. Und dann war da auf einmal ein Arm gewesen ... Spencer nickte. Ein fremder Arm, der sich unter seine Schulter geschoben und ihn an Land gezogen hatte.

»Na, wieder wach?«, fragte eine Stimme hinter ihm.

Spence fuhr herum.

»Keine Sorge. Du bist in Sicherheit.«

Aus dem Dunkel der Bäume trat ein Junge zu ihm. Er war etwa im gleichen Alter wie Spence und nicht allzu groß. Aber seine Bewegungen wirkten leicht und austrainiert.

Spencer zog sich an einem abgestorbenen Baumstumpf hoch, bis er wenigstens schon mal wieder auf den Knien hockte. Dabei fiel ihm auf, dass er über seinen völlig durchnässten Sachen eine Jacke trug, die ihm nicht gehörte. Irritiert strich er über den grauen Stoff. »Du bist der, der mich aus dem Fluss gezogen hat, stimmt's?«

Der Junge nickte. Er hatte dunkle, ausdrucksvolle Augen und in der Hand hielt er ein paar fremdartig aussehende Pflanzen mit dickfleischigen Blättern und Stängeln.

»Was ist das?«, fragte Spence.

»Bleikraut zur Desinfektion deiner Wunde.« Der Junge kniete sich neben ihn in das weiche Moos. »Tut's sehr weh?«

»I wo!«

Sein Retter verzog das Gesicht. »Ein besonders begabter Lügner bist du nicht.«

»Das würden meine Glixz-Gegner vermutlich anders sehen«, entgegnete Spence mit einem reichlich gequälten Lächeln. »Bei denen stehe ich zumindest in dem Ruf, dass man mich nur sehr schwer durchschaut.«

»Du spielst Glixz?«

»Ja, seit ein paar Jahren.«

Die dunklen Züge füllten sich mit Anerkennung, was Spence insgeheim wunderte. Sein Retter sah nicht gerade aus, als ob er ein passionierter Gamer wäre. Auch wenn das raffinierte Strategiespiel mit den vier Türmen augenblicklich total angesagt war.

»Bist du gut?«

Die Frage erfüllte Spencer mit einer gewissen Verlegenheit. Tatsächlich hatte er seinen Spitzenplatz auf der internationalen Glixz-Rangliste erst kürzlich an einen charonischen Großmeister verloren. Allerdings war der viermal so alt wie er und Spence zuversichtlich, den Rückstand bei den anstehenden All-Time-Championships in Pollux wieder aufholen zu können. »Geht so«, sagte er, als er sah, dass sein Retter noch immer auf eine Antwort wartete.

Der Junge musterte ihn mit prüfendem Blick. »Auf welchem Rang stehst du aktuell?«

»Zwei.«

»In deiner Altersklasse oder bei den All-Time-Top-Scorers?«

»All-Time«, murmelte Spence, dem die Sache inzwischen wirklich peinlich war.

Sein Retter hingegen stieß einen anerkennenden Pfiff aus. »Wow, das ist *echt* cool …«

»Spielst du auch?«

»Hobbymäßig«, nickte der Junge. »Aber meist gehe ich schon in Level drei sang- und klanglos unter.« Er zuckte die Achseln und griff wieder nach dem Pflanzenbündel, das er neben sich abgelegt hatte. Mit konzentrierter Miene drückte er eine zähe, schleimartige Substanz aus den Blättern. Sie war schmutzig gelb und sah entschieden giftig aus. »Dreh dich um, damit ich deine Wunde versorgen kann!«

Spence tat, wie ihm geheißen. »Und du bist wirklich sicher, dass das Zeug hilft?«, hakte er vorsichtshalber noch einmal nach, denn zu allem Überfluss stank der zähe Schleim auch noch bestialisch nach faulen Eiern.

»Im richtigen Maß angewandt, verhindert Bleikraut Infektionen und beschleunigt die Heilung«, antwortete der Junge, ohne mit der Wimper zu zucken.

»Und wenn man zu viel nimmt?«

»Stirbt man.«

Obwohl seine Knie noch immer mit Pudding gefüllt waren, kam Spence mit einem einzigen Satz auf die Beine. »Scheiße, hast du sie noch alle?«, schimpfte er, während er hektisch dicke Büschel Klee und Moos aus dem Waldboden rupfte. »Bleib mir bloß vom Leib mit dem Zeug!«

Sein Retter beobachtete ihn eine ganze Weile todernst. Dann brach er in schallendes Gelächter aus. »Joke«, gluckste er. »Das Äußerste, was dir passieren kann, ist, dass du einen – zugegebenermaßen echt fiesen – Hautausschlag kriegst.«

Spence hielt mitten in einer Bewegung inne. »Sehr witzig!«

»Entschuldigung.«

»Jaja. Ganz toll.« Er ließ das Moos fallen und setzte sich auf den Baumstumpf. »Ach, übrigens … Ist das deine Jacke?«

Der Junge bejahte. »Ich wollte nicht riskieren, dass du dir zu deiner Beule auch noch 'ne fette Erkältung holst.«

»Wie zuvorkommend von dir. Aber du kannst sie gern wiederhaben. Mir ist nicht kalt.« Er schlüpfte aus dem grauen Fleece und gab die Jacke zurück. Seltsamerweise fiel ihm erst jetzt auf, dass sein Retter ziemlich außergewöhnlich gekleidet war: Zu einer dunkelgrünen, eng anliegenden Hose trug er ein hemdartig geschnittenes Oberteil in der gleichen Farbe. Es war aus schwerem Samt und an Kragen, Saum und Ärmeln mit aufwendigen Silberstickereien verziert.

Der Junge bemerkte sein Stutzen. »Das ist mein Kostüm«, erklärte er.

»Bist du Schauspieler oder so was?«

»Nein, Artist.«

»Du meinst, beim Zirkus?«

Sein Retter nickte. »Und falls es dich interessiert: Mein Name ist Elek.«

»Spencer«, entgegnete Spence und streckte dem Jungen lächelnd die Hand entgegen. »Was genau machst du im Zirkus?«

»Seilboarden.«

»Echt?« Jetzt war es an Spence, anerkennend die Brauen zu heben. »Also, das wäre nichts für mich«, bekannte er. »Versteh mich nicht falsch: Ich finde Skaten toll. Aber … Na ja, um ehrlich zu sein, kann ich mit großen Höhen nicht allzu viel anfangen.«

»Nicht?« Elek grinste. »Macht es in diesem Fall Sinn, von dreißig Meter hohen Felsen zu springen?«

»Ich bin nicht gesprungen«, verteidigte sich Spence.

»Sondern?«

»Tja, wenn ich das wüsste …« Er schüttelte den Kopf. »Wir waren in diesem Tunnel und dann sind plötzlich diese echt fiesen Spinnen aufgetaucht und …«

»Wir?«, unterbrach ihn der Junge alarmiert.

»Ja, wir sind zu dritt. Ist das ein Problem?«

Anstelle einer Antwort hob Elek lauschend den Kopf. Von jetzt auf gleich sah er aus wie ein Jäger auf der Pirsch und sein Körper stand derart unter Spannung, dass die Sehnen hell unter seiner gebräunten Haut hervortraten.

»Was ist denn da?« Spencer sprach automatisch leise. »Hörst du irgendwas?«

»Rühr dich nicht von der Stelle«, raunte Elek. »Ich bin gleich zurück.«

Doch Spencer dachte gar nicht daran, der Anweisung Folge zu leisten.

So schnell es seine Puddingknie erlaubten, huschte er hinter seinem Retter her.

Der hatte bereits hinter einem Gebüsch Position bezogen und spähte angespannt durch die dichten Zweige, von wo aus man eine asphaltierte Straße erkennen konnte.

»Was, zum Teufel, hast du hier zu suchen?«, herrschte er Spencer an, als der neben ihm ins Gras plumpste. »Ich hatte doch wohl mehr als deutlich gemacht, dass du bleiben sollst, wo du bist, oder etwa nicht?«

»Dieser Wald gehört ja wohl kaum dir allein«, versetzte Spence ärgerlich. »Folglich kann ich tun und lassen, was ich will.«

»Auch wenn uns das alle in Gefahr bringt?«

Spencer starrte ihn an. »Was heißt uns alle?«

»Dich, mich und wer immer bei dir gewesen ist, bevor du dich so überaus erfolgreich als Kunstspringer versucht hast.«

»He!«, protestierte Spence. »Wenn du mich …«

»Psssst!«

Er verdrehte die Augen. »Was ist denn nun schon wieder?«

Elek antwortete nicht, doch Spence hörte bereits selbst, dass sich von Westen her ein Fahrzeug näherte. Das Motorengeräusch kam rasch näher und nur wenige Augenblicke später rumpelte eine dunkle Limousine durch die Schlaglöcher auf der anderen Seite der Büsche. Von den Insassen konnte man allerdings so gut wie nichts erkennen, denn sämtliche Scheiben des Fahrzeugs waren verspiegelt.

»Siehst du das?« Auf Eleks Gesicht stand tiefe Besorgnis. »Das ist jetzt schon der dritte Wagen dieser Art, der hier in der letzten halben Stunde vorbeikommt. Und das hier ist wirklich eine Gegend, in der normalerweise rein gar nichts los ist.«

Gutes Stichwort, dachte Spence. »Ich weiß, die Frage klingt komisch«, begann er. »Aber wo genau sind wir eigentlich?«

»Irgendwo an der Grenze zwischen Frimaria und Lox.«

»Lox?« Spence schüttelte den Kopf. »Aber das ist völlig unmöglich.«

»Wieso?«

Er sah auf die Uhr. »Weil wir vor ziemlich genau drei Stunden zu Hause in Maron in einen Keller gestiegen und dahinten an dem Wasserfall wieder rausgekommen sind.«

Die dunklen Augen blitzten ihn spöttisch an. »Ja, na klar!«

»Ernsthaft«, funkelte Spence zurück. »Ich habe keine Ahnung, was da passiert ist. Aber es war so.«

»Okay. Langsam.« Elek hob die Hände. »Siehst du die Berge da drüben?« Er zeigte auf eine Hügelkette hinter den Bäumen. »Das sind die Ausläufer der rolandinischen Hochebene, was bedeutet, dass ihr ungefähr hundertzwanzig Meilen zurückgelegt hättet, wenn es stimmt, was du sagst.«

»Krass«, murmelte Spence, doch eine warnende Handbewegung seines Gesprächspartners ließ ihn sofort wieder innehalten.

»Da kommt schon wieder jemand«, flüsterte er. »Allerdings zu Fuß.«

»Ich höre nichts«, knurrte Spence.

Doch Elek bedeutete ihm mit einer herrischen Geste, ruhig zu sein. »Lass mich das regeln, okay?«

Spencer wollte protestieren, doch sein Retter war bereits auf lautlosen Sohlen im Unterholz verschwunden.

Ein neuer alter Bekannter

Das Geräusch, das er gehört hatte, war von da drüben gekommen, wo die alten Kastanien standen …

Elek wählte einen großzügigen Bogen um die Baumgruppe herum und näherte sich ihr vorsichtig aus der entgegengesetzten Richtung. Der Waldboden war weich, doch er konnte beim besten Willen keine Spuren von Schritten ausmachen.

Hatte er sich getäuscht?

Oder übertrieb er es allmählich mit seinem Misstrauen gegen alles und jeden?

Dieser Junge mit seinen Sommersprossen sah wirklich nicht gefährlich aus. Auch wenn die Geschichte, die er erzählte, ziemlich abenteuerlich klang. Elek blieb stehen und lauschte hinter sich. Hoffentlich blieb der Kerl, wo er war!

In einem nahen Gebüsch raschelte etwas. Eine Maus vielleicht. Oder ein Vogel.

Zögernd schlich Elek weiter. Der Zeichnung auf seiner Frühstücksflockenpackung nach waren es von hier aus nur noch wenige Meilen bis zur Grenze nach Lox. Allerdings bildeten die Weißen Berge eine schier unüberwindliche Barriere auf dem Weg in das älteste der vierzehn Fürstentümer. Elek blickte sich nach den schneebedeckten Kuppen um, die sich hinter den Bäumen erhoben. Entweder er fand einen Weg, diese Gipfel zu überqueren, oder aber er musste einen Riesenumweg in Kauf nehmen.

Über die nahe Wiese glitt ein Schatten. Ein Raubvogel vermutlich.

Elek sah nach oben.

Im selben Moment hörte er dicht hinter sich das Knacken eines Zweiges.

Es war nur ein winziger Augenblick, den er sich hatte ablenken lassen. Aber das reichte und Elek wurde schlagartig bewusst, dass er einen furchtbaren Fehler gemacht hatte: Die Attacke erfolgte schnell und heftig. Jemand stülpte ihm ein raues Stück Stoff über den Kopf und beraubte ihn auf diese Weise seines Augenlichts.

Gleich darauf wurde er unsanft zu Boden geworfen.

Elek wand und wehrte sich wie ein Wahnsinniger.

Es schienen zwei zu sein. Und just in diesem Moment bohrte einer von ihnen seine Knie in die Muskeln an seinen Oberarmen. Elek stöhnte leise auf. Aber … Er stutzte. Da stimmte irgendwas mit dem Gewicht nicht …

Dieser Kerl war viel zu leicht!

Bevor er entscheiden konnte, was er mit dieser Information anfangen sollte, hörte Elek auf einmal wieder Spencers Stimme: »Stella! Blue! … Lasst ihn los! Er ist okay!«

Mädchen?!!!

Elek blinzelte durch die juteähnlichen Fasern über seinen Augen.

»Aber er hat ein Chronal bei sich!«

»Tatsächlich?«

»Ja, hier!«

Elek fühlte eine Hand an seiner Hosentasche.

Ich glaube, ich spinne!

Voller Wut riss er sich den Stoff vom Kopf und sah ein Mädchen mit rotblonden Locken. Ein Büschel höchst ungewöhnlich pigmentierter Pilare verriet, dass sie Meleutin war, und sie hielt wirklich und wahrhaftig Parrhesius' Büchlein in der Hand!

»Gib das sofort wieder her«, schrie Elek. »Es gehört mir!«

»Im Leben nicht«, versetzte das Mädchen wütend. »Du bist viel zu jung, um ein Hüter zu sein.«

Elek starrte sie an. »Ein was?«

Sie biss sich auf die Lippen und tauschte einen Blick mit ihrer Freundin, einer kühlen Schwarzhaarigen mit wachen Augen.

Die schüttelte kaum merklich den Kopf.

»Sag uns die Wahrheit«, fuhr die Rote ihn an. »Woher hast du dieses Buch?«

»Ich glaube kaum, dass euch das irgendwas angeht.« Elek machte seine Arme los und griff nach dem Chronal, doch die Schwarzhaarige war schneller und trat seine Hand weg.

Als Elek zurückschlagen wollte, ging Spencer dazwischen. »Leute, bitte! ... Können wir nicht erst mal in Ruhe reden?«

»Offenbar nicht«, funkelte die Rothaarige ihn an. »Dieser Idiot tritt um sich wie ein wild gewordener Handfeger!«

»Hallo?«, beschwerte sich Elek. »Wer ist denn hier wen von hinten angesprungen?«

Sie zuckte die Schultern. »Ich finde es, ehrlich gesagt, nicht gerade vertrauenerweckend, wenn jemand derart heimlichtuerisch durchs Unterholz schleicht. Noch dazu in so einer Verkleidung.«

»Das ist sein Kostüm«, mischte sich Spencer wieder ein.

»Kostüm?« Das Mädchen mit den schwarzen Haaren verzog spöttisch die Lippen. »Ich dachte, Halloween ist erst im November.«

Spencer warf ihr einen flehenden Blick zu. »Er ist beim Zirkus, okay?«

Und als ob er irgendein geheimes Zauberwort gesagt hätte, schossen die Brauen der Rothaarigen plötzlich in die Höhe und sie machte einen Schritt rückwärts. »Ach, du Schande«, rief sie und schlug sich mit der flachen Hand gegen die Stirn. »Dann bist du ... Ja, na klar! Oh, Mann!«

Hä?

Allmählich kam sich Elek echt verschaukelt vor.

Doch das rothaarige Mädchen begann zu lachen: »Sag mal, heißt du zufällig Elek?«

»Ja. Und?«

»Ist das der, der verschwunden ist?«, wollte die Schwarzhaarige wissen.

»Hört auf, über mich zu reden, als ob ich gar nicht da bin«, beschwerte sich Elek. »Und überhaupt: Woher kennt ihr meinen Namen?«

Anstelle einer Antwort stieß die Rothaarige einen tiefen Seufzer aus. »Setzen wir uns da drüben ins Gras, okay? Ich fürchte, das wird 'ne längere Geschichte.«

Verloren wird auf dem Tisch

Wirklich, Professor, ich verstehe Sie nicht.« Roquelors Ton war noch immer freundlich, auch wenn seine Geduld erste Risse zeigte. »Sie könnten sich und uns vieles erleichtern, wenn Sie sich endlich dazu durchringen würden zu kooperieren.«

Artur Parrhesius verzog keine Miene.

Roquelor trat hinter den Stuhl seines Gefangenen und beugte sich zu dem alten Mann hinunter, bis ihre Gesichter genau auf Augenhöhe waren. »Wer Zeit und Kraft darauf verschwendet, sich dem Unvermeidlichen zu widersetzen, ist ein Narr. Und ich glaube kaum, dass Sie ein Narr sein wollen.«

»Warum nicht?«, gab Parrhesius zurück. »Haben Sie gewusst, dass die Hauptaufgabe eines Hofnarren entgegen der landläufigen Meinung keineswegs darin bestand, seinen Fürsten zu unterhalten?«

Malia Sordes, die das Verhör bislang ohne jede Gefühlsregung verfolgt hatte, trat neugierig näher. »Sondern?«

Die klaren blauen Augen des Alten wandten sich ihr zu. »Die Hauptaufgabe eines Narren bestand darin, über das Seelenheil seines Herren zu wachen.«

»Ach, wirklich?« Sie zog amüsiert die Brauen hoch. »Interessant.«

»Ja, nicht wahr?« Artur Parrhesius lächelte. »Der Narr war die einzige Person am Hof, der es erlaubt war, die Wahrheit zu sagen.«

»Tja, leider befinden wir uns nicht mehr im Mittelalter«, herrschte Roquelor ihn an.

»Wirklich sehr bedauerlich.« Der Professor zog sein Taschentuch heraus und wischte sich über die Augen, die sich noch immer nicht wieder an das Licht gewöhnt hatten, das durch die hohen Fenster fiel. »Dabei bedürfen wir gerade in Zeiten wie diesen mehr denn je der Narren und Querdenker, finden Sie nicht?«

»Nein.« Roquelor humpelte ärgerlich an seinen Platz zurück, wo er ein neues, zangenähnliches Werkzeug zur Hand nahm. »Finde ich nicht.«

Parrhesius blickte an ihm vorbei zu dem Schachbrett, das auf einem Spieltisch in der Ecke stand. Offenbar war die laufende Partie nur unterbrochen worden, denn es waren bereits einige Figuren aus dem Spiel genommen. Sie standen fein säuberlich aufgereiht neben dem Brett.

»Was glotzen Sie so?«, fuhr Roquelor ihn an.

Doch der Alte ließ sich nicht aus der Ruhe bringen. »Wie ich sehe, begeistern Sie sich noch immer für strategische Brettspiele«, stellte er fest. »War das Spiel der Könige nicht schon an der Universität Ihre Leidenschaft?«

Roquelor bedachte ihn mit einem säuerlichen Lächeln. »Ich bin geschmeichelt, dass Sie sich daran erinnern.«

Parrhesius nickte. »Oh, ich erinnere mich an vieles. Das ist eins unserer Probleme, nicht wahr?« Ohne um Erlaubnis zu fragen, erhob er sich von seinem Stuhl und schlenderte auf das Schachbrett in der Ecke zu. »Interessanter Spielstand. Die Schwarzen sind Ihre, nehme ich an?« Sein knochiger Zeigefinger strich sanft über die Figuren. »Übrigens gibt es in einer frimarischen Variante des Schachspiels eine Figur, die Fou genannt wird«, fuhr er in aller Seelenruhe fort, während sein Gegenüber alle Mühe hatte, ihm nicht an den Kragen zu gehen. »Sie entspricht in etwa unserer Vorstellung eines Hofnarren. Und wissen Sie, was das Besondere an dieser Figur ist?«

Roquelor stöhnte entnervt auf. »Nein. Was?«

»Der Fou ist der einzige Spielstein, der nicht geschlagen werden darf. Und falls es doch jemand wagen sollte, dann verlässt diese Figur mit ihm zusammen das Spielfeld.«

Roquelor fuhr herum. »Wollen Sie mir drohen?«

»Ich?« In den strahlblauen Augen lag Belustigung. »Was könnte ein alter Narr denn ausrichten gegen einen Mann in Ihrer Position?«

»Ihr Alter hat Sie noch nie davon abgehalten, die haarsträubendsten Dummheiten zu begehen«, konterte Roquelor, der sich ein wenig gefangen hatte. »Aber Ihr lächerlicher Feldzug gegen den Fortschritt ist gescheitert, haben Sie mich verstanden? Sie und Ihresgleichen werden den Lauf der Zeit nicht aufhalten.«

In den Augen des Alten erschien ein gefährliches Funkeln. »Sie bezeichnen die konsequente Verdummung von Menschen, die Ihre Organisation betreibt, allen Ernstes als Perspektive für eine lebenswerte Zukunft?«

»Genug!« Der Zeigefinger des Verhörspezialisten schnellte vor wie der Kopf einer Schlange. »Sie, mein lieber, alter Freund, sind schon lange nicht mehr in der Position, bei solchen Themen auch nur mitreden zu können.«

»Das trifft sich gut«, gab Parrhesius lächelnd zurück. »Ich hatte nämlich sowieso nicht vor zu reden.«

In seinem Rücken griff Malia Sordes nach dem Päckchen, das Roquelor vor Beginn der Befragung auf den Tisch gelegt hatte. »Ich habe hier vielleicht etwas, das Ihre Meinung ändern wird.«

Artur Parrhesius erstarrte.

»Na, was ist? Neugierig?« Die Absätze ihrer Pumps klapperten über die Holzdielen.

»Was ist das?«

»Sehen Sie selbst.« Sie reichte ihm das Päckchen und wartete geduldig, bis er den Inhalt ausgepackt hatte: Es war ein rußverschmiertes, mit üppigen Silberstickereien verziertes Stirnband.

»Eins unserer Spezialteams hat es sichergestellt«, erklärte sie dann. »In einem Wohnwagen.«

Artur Parrhesius kehrte zu seinem Stuhl zurück und legte das Stirnband auf den Tisch. »Keine Ahnung, was das sein soll.«

»Wollen Sie wissen, was mit dem Jungen passiert ist?« Malia Sordes folgte ihm und sah ihm direkt in die Augen. »Oh ja, das wollen Sie«, stellte sie zufrieden fest.

»Wir haben den kleinen Scheißer aufgegriffen.« Roquelors Klumpfuß schleifte über den Boden, als er langsam um den Tisch herumkam. Hinter ihm leuchtete das Feuerrot des Sonnenuntergangs wie eine Warnung. »Allerdings … Na ja, es geht ihm nicht besonders, wie Sie sich vermutlich denken können. Auch wenn ich zugeben muss, dass der Bursche verdammt zäh ist für einen Jungen seines Alters.«

Artur Parrhesius verzog keine Miene.

»Nun, Professor?« Malia Sordes drehte das Stirnband zwischen ihren sorgfältig manikürten Fingern hin und her. »Entscheiden Sie sich: Wollen Sie Ihre Spielchen unter den gegebenen Umständen wirklich fortsetzen? Oder erlösen Sie den armen kleinen Kerl und sagen uns, was wir wissen wollen?«

Der Alte stieß einen tiefen Seufzer aus.

Roquelor grinste. »Ist das ein Ja?«

»Mein armer Pierre.« Parrhesius erhob sich abermals von seinem Stuhl und steuerte das Schachbrett an. »Sie sind schon immer ein miserabler Schachspieler gewesen. Aber selbst Sie sollten wissen, dass man seinem Gegner grundsätzlich nur dann droht, wenn man auch über die notwendigen Mittel verfügt, dessen König zu vernichten.« Seine Marmorfinger griffen nach einem weißen Läufer. »Ungefähr in dieser Art, sehen Sie?«

Roquelor schnappte nach Luft. »Wie können Sie es wagen, dieses Brett anzufassen?!«

»Natürlich könnten Sie die Sache auch von Ihrer Dame erledigen lassen«, murmelte Parrhesius gänzlich unbeeindruckt vor sich hin, indem er den Läufer wieder an seinen ursprünglichen Platz stellte. »Vorausgesetzt natürlich, dass Sie bereit sind, Ihren letzten verbliebenen Turm zu opfern.«

»Schluss damit! Sofort!« So schnell sein Klumpfuß es erlaubte, war Roquelor neben ihm. »Ich schwöre Ihnen bei Gott, dass ich den Jungen noch heute verlegen lasse«, zischte er in rasender Wut. »Und wenn Sie sich nicht augenblicklich …«

»Um den Jungen verlegen zu können«, unterbrach ihn Parrhesius, während er die schwarze Dame behutsam auf ein Feld auf der anderen Seite des Spielbretts schob, »müssten Sie ihn erst mal haben.«

Roquelor schnaubte. »Ich sagte Ihnen doch, dass er sich bereits seit fast zwei Tagen in unserer Gewalt befindet.«

»Oh ja, richtig.« Der Professor griff sich an die Stirn. »Das sagten Sie. Nur leider …«, er drehte sich lächelnd um, »entspricht es nicht der Wahrheit.«

»Wie bitte?«

»Mein lieber Pierre, Sie vergessen, dass es beim Schach – anders als beim Poker – nicht ums Bluffen geht.« Parrhesius nahm Eleks Stirnband vom Tisch und hielt es Malia Sordes unter die Nase. »Wo immer Sie dieses hübsche Souvenir aufgetrieben haben«, sagte er triumphierend, »sein Besitzer ist längst über alle Berge. Und wenn ich Sie wäre, würde ich nicht davon ausgehen, dass ich ihn so bald erwische.«

Immer nach der Nase

Die Sonne war längst hinter den Bergen versunken, als die vier Kinder die nächste Ortschaft erreichten. Das Dörfchen Sandringhaal, einst ein bedeutender Marktflecken, wurde auf drei Seiten von einer steil aufragenden Felswand umschlossen. So eingepfercht kauerte es sich in die bewaldete Senke zwischen dem Flüsschen Arpe und dem »Riesigen Roland«, einer rund dreihundert Meter hohen Felsformation vulkanischen Ursprungs.

Blue erinnerte sich flüchtig daran, dass sie in der Grundschule über den tiefblauen Haüyin gesprochen hatten, den man bis vor zwanzig Jahren in den Steilhängen rund um das Dorf abgebaut hatte. Die seltenen Edelsteine waren in den westlichen Fürstentümern seit jeher als Schmuckstein beliebt und galten als Symbol ehelicher Treue. Auch Blues Mutter besaß einen wunderschön in Herzform geschliffenen Haüyin, den sie zur Verlobung geschenkt bekommen hatte und den sie seither nicht einmal zum Duschen ablegte.

Der Gedanke an ihre Eltern erfüllte Blue mit neuer Traurigkeit. Doch sie bemühte sich, die drei anderen nichts davon merken zu lassen.

»Ich müsste irgendeine Möglichkeit finden, meine Mutter anzurufen«, seufzte Stella, deren Gedanken in eine ähnliche Richtung zu gehen schienen. »Sie sitzt bestimmt schon wie auf glühenden Kohlen, weil ich noch nicht zurück bin.«

»Und was willst du ihr sagen?«, fuhr Elek auf. »Wohl hoffentlich nicht die Wahrheit.«

»Was geht das dich an?«, funkelte Stella zurück.

»Oh, eine ganze Menge.« Er wich einer Katze aus, die mit griesgrämiger Miene ihren Weg kreuzte. »Wir sitzen nämlich alle in einem Boot, falls du das vergessen haben solltest. Und ich für meinen Teil lege keinen Wert darauf, wieder gejagt zu werden.«

»Aber wir können auch nicht riskieren, dass ihre Mutter vor lauter Sorge zur Polizei geht«, mischte sich Spence ein. »Das würde viel zu hohe Wellen schlagen. Und PARDESSA hat ihre Spitzel überall.« Er beeilte sich, zu seinem neuen Kumpel aufzuschließen. »Vergiss nicht, dass es gerade mal einen halben Tag gedauert hat, bis die Grauen bei deinen Eltern auf der Matte standen.«

Das schien Elek zu überzeugen. Zumindest widersprach er nicht länger.

Blue bedachte seinen Rücken mit einem ärgerlichen Blick. Diese verschlossene Auster von einem Seilboarder hatte sich wirklich verdammt lange bitten lassen, bis er mit der Wahrheit herausgerückt war!

»Und jetzt du«, hatte sie ihn aufgefordert, nachdem sie ihm ausführlich von Igelflys Besuch und ihren Funden aus dem Spiegel berichtet hatte. »Erzähl uns, wie du an dein Chronal gekommen bist.«

Doch zu ihrer Überraschung hatte Elek nur den Kopf geschüttelt. »Tut mir leid, aber ich habe mein Wort gegeben, dass ich mit niemandem darüber spreche. Es sei denn, derjenige nennt mir ein bestimmtes Codewort.«

»Du wagst es, uns auszuhorchen und dann selbst einen auf zugeknöpft zu machen?«, war Stella augenblicklich an die Decke gegangen.

Doch Blue hatte aufgehorcht. »Ein Codewort, sagst du?«

»Ja, so hat der Besitzer des Buches das ausgedrückt.«

»Okay, warte kurz ….« Mit geschlossenen Augen hatte sie versucht, sich das Gespräch mit Igelfly noch einmal ins Gedächtnis zu rufen. »Papillon«, war es schließlich aus ihr herausgeplatzt. »Das Wort, das dein Auftraggeber dir genannt hat, lautet: Papillon. Stimmt's?«

Elek hatte sie voller Bewunderung angestarrt. Und dann war er endlich auch mit seiner Geschichte rausgerückt: die Begegnung mit Parrhesius. Der überstürzte Aufbruch aus der Hütte. Und wie er die Mäntel beobachtet hatte, kurz bevor das alte Haus in Flammen aufgegangen war …

Blue hatte seinen Schilderungen mit wachsendem Unbehagen gelauscht. Immerhin wiesen Eleks Erlebnisse eine verblüffende Ähnlichkeit zu der Vision auf, die sie im Garten des Verlagshauses gehabt hatte. Aber was bedeutete das? Blue senkte nachdenklich den Blick. Dass sie etwas sehen konnte, was ein anderer erlebt hatte? Noch dazu jemand, den sie gerade erst kennengelernt hatte?

Sie stutzte, als die beiden Jungen vor ihr unvermittelt langsamer wurden.

»Verzeihen Sie bitte«, rief Elek einem älteren Herrn zu, der mit der Pfeife im Mund am Zaun seines Hauses stand und finster in die Gegend blickte. »Können Sie uns sagen, wo wir einen Gasthof oder eine Herberge finden?«

»Ihr wollt hier übernachten?« Aus den Tiefen seiner Kehle drang ein kollerndes Lachen. »Na, ihr seid ja vielleicht optimistisch, Freunde!«

»Wollen Sie damit sagen, dass es in dieser Stadt keinen Gasthof gibt?«, fragte Stella.

»Nee, soooo hab ich das nich gemeint.« Der Mann nahm seine Pfeife aus dem Mund und spuckte ein paar verirrte Tabakblättchen in die Büsche neben dem Zaun. »Ich meine bloß, dass 'ne gehörige Portion Optimismus dazugehört, sich freiwillig in die Fänge unserer singenden Walburga zu begeben. Noch dazu, wo doch gerade erst diese merkwürdige Sache in ihrem Stall passiert ist …«

Blue tauschte einen Blick mit Elek. »Was ist denn da passiert?«, fragte sie mit einer wohldosierten Mischung aus Beiläufigkeit und Interesse.

Doch als ihr Gesprächspartner eben zu einer Antwort ansetzen wollte, flog die Haustür auf und eine ziemlich energische Frau erschien auf der Schwelle.

»KURT!«

Der Mann zog den Kopf zwischen die Schultern und drückte Spencer seine Pfeife in die Hand. »Ja, meine Liebe?«

»Was, um Himmels willen, tust du da?«

»Oh, gar nichts, meine Liebe. Gar nichts.«

»Quatsch nicht! Ich höre doch, dass du dich unterhältst!«

»Zum Glück sieht sie nicht besonders gut«, flüsterte der bemitleidenswerte Kurt den Kindern zu, bevor er in normaler Lautstärke hinzusetzte: »Ich versuche nur zu helfen.«

»Wem?«

»So 'n paar Kindern.« Seine Hände wedelten hektisch einen Schwall Frischluft unter seine Strickjacke. Wahrscheinlich hoffte er, dass man auf diese Weise den Rauch nicht mehr roch. »Sie sind auf der Suche nach einem Schlafplatz und da dachte ich, ich schick sie rüber zu Walburga.«

»Da ist heut geschlossene Gesellschaft, du hirnrissiger Trottel!«, pfiff seine bessere Hälfte ihn an. »Und wenn du mir *einmal* zuhören würdest, dann wüsstest du das auch. Und jetzt komm gefälligst rein. Es wird kalt.«

Artig wie ein Kleinkind trabte Pfeifen-Kurt den Kiesweg entlang.

»Moment«, rief Elek ihm nach. »Wo finden wir diese Walburga?«

»Gasthof ZUR GOLDENEN NASE«, rief Mrs Kurt von der Tür. »Die Straße rauf und dann links. Der hässliche große Kasten am Ende der Sackgasse. Aber da werdet ihr, wie gesagt, heute kein Glück haben. Die sind komplett ausgebucht.«

Das Klappen der Haustür erstickte jede Rückfrage seitens der Kinder im Keim.

»Na super.« Spencer klopfte die noch immer qualmende Pfeife aus und trat nach der Glut. Dann steckte er das verräterische

Stück gut sichtbar in einen Geranientopf neben dem Tor. »Aber hingehen sollten wir trotzdem. Vielleicht lassen sie uns dort wenigstens telefonieren. Und ein kleiner Imbiss wäre auch nicht schlecht. Ich bin halb verhungert!«

Stimmt, dachte Blue mit einem Anflug von Erstaunen. Ich auch …

Die GOLDENE NASE war wirklich kinderleicht zu finden und wirkte von außen betrachtet auch durchaus einladend. Aus den Ritzen der Fensterläden sickerte warmes, heimeliges Licht auf den gepflasterten Vorplatz und dazu duftete es verheißungsvoll nach gegrilltem Fleisch und frisch gebackenem Brot.

Seltsamerweise rief der Anblick der grün lackierten Eingangstür in Blue trotzdem sofort wieder ein ungutes Gefühl wach.

»Alles klar?«, fragte Elek, dem ihr Zögern nicht entgangen war.

»Ich weiß nicht, warum«, flüsterte sie, »aber irgendwie ist mir dieser Ort nicht geheuer.«

Er nickte. »Geht mir genauso.«

»Wagen wir's trotzdem?«

»Ich fürchte, wir haben keine andere Wahl«, entgegnete Elek und stieß die Tür auf.

Sofort quoll ihnen der typische Kneipenlärm entgegen: kehlige Männerstimmen, die über Kartenspiele und Fußballergebnisse debattierten. Das Klappern von Besteck und das Klirren der Gläser auf dem Tablett der jungen Kellnerin.

Das Mädchen war höchstens sechzehn, doch die Anzahl der Bierkrüge, die sie durch das heillos überfüllte Lokal balancierte, hätte locker ausgereicht, um einen Gewichtheber ins Straucheln zu bringen. Trotzdem schien ihre Chefin, eine übergewichtige Blondine mit einer riesigen blauen Schleife um den Bauch, alles andere als zufrieden zu sein.

»Nun mach schon, Priena!«, herrschte sie das arme Mädchen an. »Oder willst du warten, bis unsere Gäste verdurstet sind?«

Die Angesprochene errötete und versuchte verzweifelt, ihr

übervolles Tablett an einer Gruppe minorianischer Kaufleute vorbeizusteuern. Doch die machten sich einen Spaß daraus, ihr immer wieder den Weg zu verstellen. Irgendwann war das Mädchen so entnervt, dass es stolperte. Und obwohl es sich nach Kräften bemühte, das Schlimmste zu verhindern, landeten drei der Krüge krachend und splitternd auf dem gefliesten Boden.

»Bist du des Wahnsinns, du ungeschicktes Ding?«, kreischte ihre Chefin. »Bier für zwei Taler den Krug zu verschütten? Aber das ziehe ich dir vom Lohn ab, verlass dich drauf! Und die Krüge ersetzt du mir auch!«

»Tut mir leid, aber es war so eng«, stammelte das Mädchen. »Und da …«

»Ich will nichts hören«, fiel die Wirtin ihr ins Wort. »Am Ende sind es wohl auch noch die Gäste schuld, dass du dich so dämlich anstellst, was? Aber ich habe ein für alle Mal genug von deiner Ungeschicklichkeit! Gleich morgen früh packst du deine Sachen und verschwindest hier, hast du mich verstanden?«

Blue sah, wie dem armen Mädchen die Tränen in die Augen schossen.

»Und jetzt geh und hol frisches Bier, du lahme Ente«, geiferte ihre Chefin unverdrossen weiter. »Und schick Johanna raus zu mir, damit sie hier aufwischt.«

»Ach, du Schande«, raunte Stella ihrer Freundin zu. »Wenn Miss Piggy sich weiter so aufregt, explodiert sie.«

Der Kopf der Wirtin ruckte herum. »Hast du irgendwas gesagt, Meleuten-Mädchen?«

Stella wich automatisch einen Schritt zurück. »Nein. Ich wollte nur …«

»Was?« Die Fette stemmte die Fäuste in ihre nicht vorhandene Taille und kam drohend auf die vier Neuankömmlinge zu. »Was genau wolltest du?«

Spencer trat schützend vor Stella. »Wir suchen ein Zimmer für die Nacht, wenn es Ihnen nichts ausmacht.«

Das Gesicht der Wirtin verschloss sich. »Tut mir leid, wir sind ausgebucht.«

Blue sah sich zweifelnd um. Das Restaurant war zwar voll, doch die meisten Gäste schienen Einheimische zu sein und das angrenzende Gästehaus war wirklich riesig. »Es müsste auch kein großes Zimmer sein«, setzte sie eilig hinzu. »Uns reicht eine Kammer.«

»Hast du Tomaten auf den Ohren, Mädchen?« Das Kinn der Frau war viergeteilt und die einzelnen Lagen schwabbelten wild übereinander. »Ich hab euch doch gerade erklärt, dass wir ausgebucht sind.«

»Aber warum denn so abweisend, Walburga?«, mischte sich ein glatzköpfiger Frimarier ein, der mit ein paar Freunden an einem der Ecktische Poker spielte. »Wieso gibst du unseren jungen Freunden hier nicht einfach die 204? Die Burschen sehen wirklich nicht aus, als ob sie leicht einzuschüchtern wären. Oder hast du das Prachtstück am Ende auch an deine komischen Geheimgäste vermietet?«

»Na, unter Garantie hat sie das!«, grölte der Sitznachbar des Glatzkopfs. »Wenn die Kasse stimmt, würde Walburga auch noch 'ne verdammte Besenkammer als Suite verkaufen, nicht wahr, meine Liebe?«

»Halt die Klappe und kümmer dich um deinen Kram, Emil!«, erwiderte die Wirtin sichtlich verärgert. Dann wandte sie sich wieder an die Kinder: »Wissen eure Eltern, dass ihr hier seid?«

Die Frage brachte Blue gehörig ins Schlingern. Doch bevor sie antworten konnte, schnappte sich Elek den Lederbeutel mit Spencers Knobikon und hielt ihn der verdutzten Walburga unter die Nase.

»Selbstverständlich wissen unsere Eltern Bescheid«, erklärte er, wobei er die Ösen und Nägel des Geduldspiels verheißungsvoll klimpern ließ. »Oder was glauben Sie, wer uns das hier mitgegeben hat?«

Die Augen der Frau saugten sich gierig an dem abgegriffenen

Leder fest. »Trotzdem dürfen Kinder unter fünfzehn Jahren Gasthäuser wie dieses nur in Begleitung eines Erwachsenen betreten«, entgegnete sie. Allerdings klang es nicht mehr ganz so abweisend wie zuvor.

»Da haben Sie natürlich völlig recht.« Elek erwiderte ihren Blick seelenruhig. »Es sei denn, die betreffenden Kinder verfügen über eine Aduleszenz-Bescheinigung.«

Die Kinnlade der Wirtin klappte verständnislos nach unten. »Über eine ... was?«

»Eine Aduleszenz-Bescheinigung.« Er schob seinen Ärmel zurück und präsentierte ihr ein unscheinbares kleines Tattoo an seinem linken Handgelenk. Es bestand aus mehreren ineinander verschlungenen Linien, die wie ein Schriftzeichen aussahen. »Ich nehme an, das genügt Ihnen«, setzte er selbstbewusst hinzu. »Oder soll ich zur Sicherheit vielleicht doch lieber meinem Onkel Bescheid geben?«

»Wieso deinem Onkel?«, blaffte die Wirtin.

»Na ja, genau genommen ist er nicht nur mein Onkel, sondern auch mein Vormund, wissen Sie?« Elek schien finster entschlossen, sie in Grund und Boden zu quatschen. »Allerdings störe ich ihn wirklich nur sehr ungern, wenn es sich nicht um einen absoluten Notfall handelt. Er kann es nämlich gar nicht leiden, wenn man ihn während einer wichtigen Sitzung aus dem Senatsausschuss holt.«

Beim Stichwort »Senatsausschuss« wurden Walburgas Pupillen weit. »Was soll's«, knurrte sie. »Geht mich nichts an, was andere Leute ihren Kindern erlauben und was nicht. Aber ein Zimmer kann ich euch wirklich nicht anbieten. Wir haben eine große Veranstaltung im Saal nebenan. Mit entsprechend vielen Übernachtungen.«

Blue überlegte, ob sie fragen sollte, was das für eine Veranstaltung war. Aber Eleks warnender Blick hielt sie davon ab. »Und was ist mit Abendessen?«, erkundigte sie sich stattdessen.

»Na gut, von mir aus«, versetzte eine sichtlich gezähmte Walburga. »Dahinten in der Ecke ist noch ein Tisch frei.«

»Vielen Dank.« Blue lächelte. »Wirklich sehr freundlich von Ihnen.«

Die Wirtin nickte. »Ich schicke euch Priena mit der Karte«, verkündete sie. Dann watschelte sie geschäftig an ihren Platz hinter dem Tresen zurück.

Kurz darauf erschien das junge Mädchen von eben mit einem Arm voller Speisekarten. »Leider nicht viel Auswahl heute«, erklärte sie, ohne auch nur ein einziges Mal den Blick zu heben. »Aber die betusischen Butterklopse sind ganz okay, die große Portion für zwei neunundneunzig.«

»Auf der Karte draußen stehen jede Menge Schnitzel«, protestierte Spence mit unverhohlener Enttäuschung.

»Ja, normalerweise schon.« Das Mädchen hob entschuldigend die Achseln. »Nur leider ist das ganze Fleisch für das Menü draufgegangen.« Ihr Kinn wies auf eine schmale Durchgangstür im hinteren Bereich des Gasthauses. »Ihr wisst schon, die geschlossene Gesellschaft, von der die Chefin gesprochen hat.«

»Na, dann nehmen wir eben viermal die Butterklopse«, entschied Blue. »Und eine Karaffe Leitungswasser mit vier Gläsern, falls das möglich ist.«

Das Mädchen lächelte ihr dankbar zu. »Na, klar doch. Gern«, nickte sie. »Das Wasser kostet auch nichts extra.«

»Prima.« Angesichts der guten Stimmung entschied Blue, es doch noch einmal mit einer Rückfrage zu versuchen: »Sag mal«, begann sie halb scherzend, halb ernst. »Ist das Hotel eigentlich wirklich ausgebucht oder hat deine Chefin nur was gegen Meleuten?«

Die junge Kellnerin begann zu kichern. »Falls ja, litte sie an akutem Selbsthass.«

Blue drehte sich staunend nach der Theke um. »Willst du damit sagen, dass sie …«

»Sie trägt eine Perücke«, flüsterte Priena vertraulich. »Das würde sie zwar nie zugeben, aber ich bin zufällig mal in ihr Zimmer gekommen, als sie noch beim Ankleiden war, und …« Sie gluckste. »Na ja, um ehrlich zu sein, sehen ihre Pilare aus, als ob die Motten drin gewesen wären.«

Allein die Vorstellung ließ Blues Kopfhaut jucken. Doch sie beherrschte sich.

»Aber ganz ernsthaft, ich hätte nie gedacht, dass es so schwer werden würde, hier ein Zimmer zu bekommen«, kam sie stattdessen noch einmal auf ihre Ausgangsfrage zurück.

»Normalerweise wäre das auch überhaupt kein Problem«, bestätigte das Mädchen. »Vor allem im Sommer ist hier wirklich *gar nichts* los.« Sie seufzte. »Aber ausgerechnet heute findet dieser komische Parteitag statt und ich glaube, Walburga will nicht, dass sich da irgendwas vermischt.«

»Ein Parteitag?« Elek beugte sich interessiert über den Tisch. »Welche Partei veranstaltet den denn?«

»Ach, ich weiß gar nicht, ob das überhaupt eine richtige Partei ist.« Das Mädchen blickte sich hastig um. »Sie nennen sich Pardella oder Pardesta oder so ähnlich. Aber um ehrlich zu sein, hatte ich vorher noch nie von denen gehört.«

Blue sah die Überraschung in den Gesichtern ihrer Freunde. Und auch sie selbst hielt automatisch die Luft an.

»Was ist?«, fragte Priena, die über die Reaktion ihrer Gäste sichtlich irritiert war. »Kennt ihr diese Leute?«

Blue schüttelte hastig den Kopf. »Nein, nein.«

Und Elek, der ihre Verunsicherung spürte, wechselte eilig das Thema: »Aber was ist denn eigentlich mit diesem Zimmer, von dem der Mann eben gesprochen hat? Zimmer 204? Wäre das nicht doch eine Möglichkeit für uns?« Seine dunklen Augen blitzten eindringlich, als er hinzufügte: »Wir bräuchten nämlich wirklich unbedingt ein Nachtquartier.«

»Mag sein«, nickte das Mädchen. »Aber in der 204 hat schon seit zwanzig Jahren keiner mehr übernachtet. Und ganz ehrlich? Ich würd' es euch auch nicht empfehlen!«

»Aber warum denn nicht?« Blues Interesse war geweckt. Und auch ihre Freunde klebten an Prienas Lippen. »Was ist so schlimm an diesem Zimmer?«

Die junge Kellnerin sah sich hastig um. »Spuken tut's da«, flüsterte sie. »Und nicht zu knapp. Die Zimmermädchen hören noch heute regelmäßig Stimmen, wenn sie auf dem Gang sauber machen. Obwohl das alles eigentlich schon mit Mr Bleegan begonnen hat ...«

Blue warf ihr einen aufmunternden Blick zu.

»Mr Bleegan arbeitete bei einer von diesen Minengesellschaften, die damals hier Haüyin abbauten«, fuhr Priena fort. »Und weil er keine Frau hatte, die für ihn kochte und putzte und all das, lebte er dauerhaft hier im Hotel.«

»In Zimmer 204«, schloss Spencer.

Das Mädchen bejahte. »Das war natürlich alles lange vor meiner Zeit, aber nach allem, was ich gehört habe, bekam Mr Bleegan ziemlich oft ziemlich merkwürdigen Besuch. Und es ging das Gerücht, dass er für den Geheimdienst arbeite.« Sie beugte sich vor, bis ihre Schürze die Tischkante berührte. »Allerdings war es den Gästen damals gar nicht erlaubt, auf den Zimmern Besuch zu empfangen, und Walburga war hinter ihm her wie ein Schießhund. Sie ist selbst noch ein ganz junges Ding gewesen, damals. Und Mr Bleegan hat sie fast in den Wahnsinn getrieben mit seinen Besuchern. Denn ganz egal, wie viele Fremde kurz zuvor in seinem Zimmer verschwunden waren: Wann immer Walburga unangekündigt zur Tür reinplatzte, traf sie ihn mutterseelenallein an.«

»Und was ist aus diesem Mr Bleegan geworden?«, fragte Spence, der sichtlich Gefallen an der Story fand.

»Ja, das war seltsam«, antwortete das Mädchen. »Eines schönen Tages war auch er spurlos verschwunden.« Sie zuckte die Achseln.

»Walburga hat sein Zimmer verschlossen und allen Angestellten verboten, es jemals wieder zu betreten. Und wann immer jemand nach Mr Bleegan fragte, sagte sie, er wäre auf Geschäftsreise und käme bald wieder. Allerdings«, Prienas Kulleraugen nahmen einen nachdenklichen Ausdruck an, »ist das jetzt mehr als zwanzig Jahre her.«

»Krass«, murmelte Spence. »Und seit damals hat nie wieder jemand dort gewohnt?«

Sie schüttelte den Kopf. »Nein, nie. Aber ...«

Leider kam sie nicht dazu, ihre Rede fortzusetzen, denn just in diesem Moment schrillte die Stimme ihrer Chefin wieder vom Tresen herüber: »Priiiiiiieeena!«

Das Mädchen fuhr herum.

»Was stehst du da schon wieder rum und quatschst, du faules Ding?«, quiekte Walburga quer durch den Raum. »Die Klopse für Tisch acht werden kalt!«

»Ich komme.« Priena raffte in aller Eile die Speisekarten zusammen. »Sonst benimmt sie sich eigentlich nicht so«, raunte sie den vier Freunden zu. »Zumindest nicht vor den Gästen. Aber diese Pardella-Leute nebenan scheinen sie irgendwie nervös zu machen.«

Blue hielt das Mädchen am Ärmel fest. »Wo genau ist nebenan?«

»Sie sind in dem großen Veranstaltungssaal, drüben im Gästehaus.«

»Kannst du uns zeigen, wie man da hinkommt?«

Die junge Kellnerin zögerte. »Ich weiß nicht, ob ...«

»Priiiiiiieeeeena!« Allmählich verlor Walburga die Geduld. »Mach voran, du faules Ding, oder ich prügele dich höchstpersönlich zurück in die Küche, hast du mich verstanden?«

»Bin schon unterwegs!« Priena beugte sich dicht an Blues Ohr und flüsterte: »Der Hauptzugang zum Saal befindet sich drüben im Hotel. Aber durch die Verbindungstür hinter den Toiletten kommt man auch hin ...«

Blue zwinkerte ihr zu. »Danke.«

»Keine Ursache.«

Sie wartete, bis das Mädchen durch die Schwingtür der Küche verschwunden war. Dann stand sie auf. »Ich muss sowieso mal aufs Klo. Und bei dieser Gelegenheit kann ich mich dann auch gleich ein bisschen umschauen.«

»Ich komme mit!«, rief Stella.

Doch Blue hielt sie zurück. »Das wäre viel zu auffällig«, sagte sie. Und als sie sah, dass auch Elek und Spence sich erheben wollten, setzte sie warnend hinzu: »Vergesst nicht, dass Walburga schon jetzt das reinste Nervenbündel ist. Und ihr wollt doch wohl nicht riskieren, dass sie Verdacht schöpft.«

»Aber warum du?«, zischte Elek.

»Weil ich ein Mädchen bin.«

»Na und?«

»Von Mädchen erwartet man, dass sie aufs Klo rennen, sobald sie länger als fünf Minuten irgendwo sind.«

»So ein Schwachsinn!« Elek verdrehte die Augen. »Ich wäre viel …«

»Ich bin gleich wieder da«, unterbrach ihn Blue fröhlich. »Und ihr drei versucht am besten einfach, so auszusehen, als ob ihr Spaß habt!«

In der Falle

Im Flur hinter dem Gastraum herrschte schummrige Düsternis. Zwei funzelige Lampen sorgten mehr schlecht als recht dafür, dass man sich orientieren konnte. Doch die Toiletten hätte Blue vermutlich auch mit verbundenen Augen gefunden. Sie brauchte einfach nur dem penetranten Fichtennadel-Gestank zu folgen, der offenbar Sauberkeit und Frische vortäuschen sollte. Und das war auch bitter nötig!

Blue sah sich um. Die altmodischen Blümchentapeten waren völlig vergilbt und aus der hölzernen Wandvertäfelung ragten an allen Ecken und Enden morsche Splitter heraus. Außerdem wies eine Reihe von unschönen Kränzen im Muster der Tapete darauf hin, dass die Wasserleitungen undicht waren.

Aus mehreren kleinen Lautsprechern an den Wänden quoll verzerrtes Unterhaltungsgedudel. Minorianische Schlager voller Herzschmerz und das Ganze auch noch in einem Dialekt, der einem wirklich und wahrhaftig die Schuhe auszog!

Main geliebptes waites Meer,
isch vermisse dich so se-he-her …

Blue schüttelte den Kopf.

Rechter Hand führte eine zweigeteilte Tür in die angrenzende Küche, wo sich zwei Männer lautstark in einer fremden Sprache stritten. Links davon befanden sich die Waschräume. Die Schilder an den Türen waren kaum mehr zu erkennen. Deshalb hatte man zur Sicherheit zwei Zettel unter die trüben Milchglaseinsätze geklebt.

Lächelnd öffnete Blue die Tür mit der Aufschrift Dahmen.

Dahinter befand sich eine echte Scheußlichkeit von einem Waschraum in gruseligem Altrosa. Wo die Reihe der Waschbecken endete, führte ein breiter Durchgang zu den angrenzenden Kabinen. Die kunstvoll geschwungenen Wasserhähne und die roten Samtreste, die hinter den halb blinden Spiegeln hervorlugten, zeugten davon, dass hier irgendwann mal jede Menge Geld hineingesteckt worden war, um es den Gästen des Hauses gemütlich zu machen. Doch inzwischen war im wahrsten Sinne des Wortes der Lack ab.

Aber wenn PARDESSA tatsächlich so mächtig ist, überlegte Blue, während die Tür zum Flur hinter ihr ins Schloss fiel und der minorianische Schlager von jetzt auf gleich verstummte, warum suchen sie sich dann einen so abgewrackten Tagungsort aus?

Weil sie nicht auffallen wollen, gab sie sich selbst zur Antwort. Und wo ließe sich eine Verschwörung besser vorbereiten als in dieser heruntergekommenen Haüyingräberstadt, die den Anschluss an die große weite Welt bereits vor Jahren verloren hatte?

Sie zuckte jäh zusammen, als einer der Wasserhähne vor ihr urplötzlich zu sprudeln anfing. Und nicht nur das: Das verdammte Ding sang auch!

Blue verzog das Gesicht. Was, um Himmels willen, war das? Etwa eine Opernarie?

Die schrillen Töne schnitten ihr schmerzvoll ins Trommelfell und erst mit ein paar Sekunden Verzögerung begriff Blue, dass sie diese Stimme schon einmal gehört hatte. Drüben im Gastraum! Sie nickte, während der Wasserstrahl aus dem Hahn allmählich dünner wurde. Gleichzeitig verstummte auch Walburgas Gekreische und eine männliche Stimme sagte: *Sie hörten einen Auszug aus dem brandneuen Album der sandringhaalischen Nachtigall Walburga Uhl. Die komplette CD erhalten Sie für lächerliche zweiundzwanzig Taler im Büro des Gasthauses ZUR GOLDENEN NASE. Viel Spaß damit!*

»Vielleicht sollte ich eine für Elek kaufen«, kicherte Blue. Doch schon im nächsten Moment war sie wieder todernst, denn auf dem Flur vor dem Waschraum wurden Schritte laut.

Zwei Frauen, unverkennbar.

Und sie steuerten geradewegs auf die Toiletten zu …

So schnell sie konnte, huschte Blue in die nächstbeste Kabine und zog die Tür hinter sich zu. Im Vorraum klapperten zwei Paar Damenabsätze über die gesprungenen Fliesen.

»… predige ich ihm schon seit Jahren, dass wir entschlossener gegen diese starrsinnigen alten Schwachköpfe vorgehen müssen«, hörte Blue eine der beiden Frauen sagen, doch die Stimme war dunkel und rau und hätte genauso gut einem Mann gehören können. »Aber er wollte ja nicht hören! Und was ist jetzt? Jetzt haben wir die Quittung!«

»Ruhig Blut, Gaine.« Ihre Begleiterin raschelte mit etwas, das verdächtig nach Bonbonpapier klang. »Was soll denn schon groß passieren? Selbst wenn sie ihre Schüler bis zum Sankt-Nimmerleins-Tag unterrichten … Sie werden schon noch herausfinden, dass es nicht mehr viel gibt, was sie ihnen vermitteln könnten.«

»Vorsicht«, widersprach die Frau mit der unsympathischen Stimme. »Es ist nach wie vor viel zu viel Wissen im Umlauf. Und jeder Monat, den sie länger nachdenken, ist gefährlich für uns.«

»Aber was willst du da tun?«, widersprach ihre Begleiterin. »Tiberius Bogrin wird sich kaum dazu überreden lassen, die Sache rückgängig zu machen.«

Tiberius Bogrin? Blue presste sich gegen das Sperrholz der Tür.

»Ich bin sicher, wir finden einen Weg, ihn umzustimmen.« Aus der Stimme der Wortführerin sprach kalte Zuversicht. »Ganz abgesehen davon, dass er die nächste Wahl sowieso nicht übersteht.«

»Das kann man nie wissen«, wandte die Frau mit dem Bonbonpapier ein. »Bis Herbst kann viel passieren.«

»Ach was«, schnappte die andere. »Gegen Tom Healy hat dieser alte Schwachkopf nicht den Hauch einer Chance. Immerhin hat

Tom die Prüfungsanforderungen an den Hochschulen um ganze achtunddreißig Prozent heruntergeschraubt.« Ihr Lachen ließ die alten Waschbecken erzittern. »Glaub mir, so was macht beliebt! Und wenn das Bildungsministerium erst mal in unserer Hand ist …« Sie ließ den Satz offen und drehte einen der Wasserhähne auf.

Gleich darauf erschallte wieder Walburgas grauenhaftes Gejodel.

»Was ist das denn für 'n Mist?«, fluchte die Frau, die sich Gaine nannte. »Kann man das irgendwie abstellen?«

Ihre Begleiterin antwortete nicht. Offenbar hatte Walburgas Gesang ihr die Sprache verschlagen.

Blue nutzte die Chance und ging auf die Knie, bis sie unter dem Spalt der Tür hindurchsehen konnte. Es kostete sie einige Überwindung, den schmutzigen Fliesen so nahe zu kommen. Aber sie musste unbedingt sehen, wer dort draußen im Vorraum stand!

Aus den Fugen stieg ihr ein zäher Gestank entgegen, Putzmittel und Urin. Doch sie versuchte, den Geruch auszublenden. Okay. Also … Da war der Waschraum. Kacheln. Und … Oh, mein Gott! Blue erstarrte. Frauenbeine in grauen Pumps!

Zitternd zog sie sich ein Stück zurück. Sie hatten doch eigentlich nur ein Quartier für die Nacht gesucht – und jetzt befanden sie sich mitten in der Höhle der Löwen!

Im Vorraum war Walburgas Gesang unterdessen verstummt und die Frau, die sich Gaine nannte, riss eine Ladung Papierhandtücher aus dem Spender neben der Tür.

Hoffentlich ist der Spuk jetzt vorbei, flehte Blue stumm.

Doch die Frauen dachten gar nicht daran, einfach zu verschwinden.

»Verdammt noch mal, Gaine, was suchst du denn dahinten?«, nörgelte ihre Begleiterin, während die Pumps geradewegs auf Blues Kabine zusteuerten. »Ich denke, du musst nicht aufs Klo.«

»Ich will nur sichergehen.«

Sichergehen? Blue hielt den Atem an. Worin denn sichergehen? Dass sie allein waren? Dass es für ihr hasserfülltes Gespräch keinen Zeugen gab? Jemanden, der ihnen und ihren Plänen gefährlich werden konnte?

So wie ich …

Blue fühlte, wie sich die feinen Härchen in ihrem Nacken aufstellten. Gebannt verfolgte sie das Klappern der Absätze, die systematisch die Reihe der gegenüberliegenden Kabinen abschritten.

Vor der letzten blieb die Fremde kurz stehen.

Dann wechselte sie auf Blues Seite und kam langsam zurück.

»Also wirklich, Gaine. Jetzt übertreibst du«, murrte ihre Begleiterin, die noch immer vorn bei den Waschbecken stand.

»Mag sein«, gab die Frau mit der tiefen Stimme zurück. »Aber wir befinden uns in einer heiklen Phase, vergiss das nicht.« Sie stieß ein entschlossenes Schnauben aus. »Unser Gang an die Öffentlichkeit steht unmittelbar bevor. Da kann man nicht vorsichtig genug sein.«

Blue stutzte. Ihr Gang an die Öffentlichkeit? War das die nächste Phase von PARDESSAS Verschwörung?

Mittlerweile waren die grauen Absätze ihrer Kabine bedrohlich nahe gekommen und am liebsten hätte Blue die Tür aufgerissen und wäre davongerannt. Doch das hätte wenig Aussicht auf Erfolg gehabt. Also hielt sie sich ganz still und lauschte.

Tack, tack.

Nur noch zwei Türen bis zu ihrer Kabine.

Tack.

Diese Schritte hatten etwas ungeheuer Brutales an sich! Blue schauderte. Als ob die Frau eine Gefängnisaufseherin wäre, die nur darauf lauerte, einen der Insassen bei einem Fluchtversuch zu erwischen …

PENG!

Nur eine knappe Armlänge entfernt krachte die Tür der Nachbarkabine gegen die hölzerne Trennwand. Die Wucht des Aufpralls ließ das dünne Sperrholz erzittern und Blue konnte sich gerade noch rechtzeitig die Hand vor den Mund schlagen, um nicht zu schreien.

Dann war es von jetzt auf gleich gespenstig still.

Blues Augen suchten den Türgriff. Als sie in die Kabine geflüchtet war, hatte sie ganz bewusst darauf verzichtet, den Riegel vorzuschieben, weil sie keinen Lärm machen wollte. Und das bedeutete, dass ihre Kabine von außen eigentlich frei aussehen musste …

Tack, tack.

Unter dem Spalt der Tür erschien ein Schatten.

Erschrocken wich Blue in die entgegengesetzte Ecke zurück. Doch der Schatten folgte ihr. Er kroch über die schäbigen Fliesen, erfasste den Fuß der Toilette, danach den Klorollenhalter und schließlich den Mülleimer. Erst unmittelbar vor Blues Fußspitzen stoppte er.

»GAINE, bitte!«

Unfähig, sich zu rühren, starrte Blue den verdunkelten Spalt an.

Die Frau mit der tiefen Stimme reagierte mit keiner Silbe auf die Nörgelei ihrer Begleiterin und doch hatte Blue den Eindruck, dass die beiden sich verständigten. Vielleicht gab Gaine ihrer Freundin mit Blicken zu verstehen, dass sie Gefahr witterte. Vielleicht gestikulierten sie auch. Jedenfalls breitete sich auf der anderen Seite der Tür eine neue, bedrückende Stille aus. Sie zwängte sich in den engen Raum zwischen den Kabinen wie Watte, die jemand in eine leere Kissenhülle stopfte, und Blue hatte das beklemmende Gefühl, nicht mehr atmen zu können.

Sie zog den Bauch ein und schob sich langsam aus ihrer Ecke heraus, zum toten Winkel hinter der Tür. Dabei ließ sie keinen Blick von der Klinke. Und die begann, sich in diesem Moment langsam zu senken …

Die Kabinen waren eng und eine tiefe Delle im Holz neben ihr verriet Blue, dass der Griff gegen die hölzerne Trennwand stieß, sobald man die Tür vollständig öffnete. Die Frage war, ob der dadurch entstehende Hohlraum groß genug war, um sich darin zu verstecken. Blue ging auf die Zehenspitzen, während das Holz der Tür unaufhaltsam auf sie zukam. Etwas Spitzes bohrte sich in ihren Rücken. Doch Blue ignorierte den Schmerz.

Zehn Zentimeter noch.

Fünf.

Drei …

Dann stieß die Klinke gegen das Holz.

»Na siehst du«, triumphierte die hellere der beiden Frauenstimmen, die ebenfalls ein ganzes Stück näher gekommen war. »Ich hab doch gleich gesagt, dass du wieder Gespenster siehst. Dadrin ist niemand.«

Doch ihre Freundin war noch immer nicht restlos überzeugt und verharrte lauernd im Schatten unter dem Türrahmen.

Wenn sie auch nur fünf Zentimeter weiter hereinkommt, hat sie mich!, hämmerte es hinter Blues Stirn. Verzweifelt presste sie sich noch enger gegen die harte Sperrholzwand und ihr Atem kam ihr selbst überlaut vor. Die Frau da draußen *konnte* eigentlich gar nicht anders, als sie zu hören …

Aber sie hatte Glück im Unglück: Gerade als die bedrohliche Gaine einen Schritt in die Kabine machte, wurde die Tür zum Waschraum aufgerissen und eine Männerstimme rief: »Hallo? Gaine? Seid ihr dadrin?«

»Verdammt, Garrick, das hier ist ein Damenklo«, dröhnte die unangenehm tiefe Stimme, nur Zentimeter von Blues Kopf entfernt.

»Ich weiß«, antwortete der Mann gänzlich unbeeindruckt. »Aber in einer Viertelstunde spricht Malia. Also beeilt euch gefälligst, sonst sitzen wir ganz hinten.«

Malia!

Der Name traf Blue wie ein Schlag in die Magengrube. Bis gestern hatte sie nicht mal gewusst, dass ihre Großmutter eine Todfeindin gehabt hatte. Und jetzt war diese Frau im wahrsten Sinne des Wortes zum Greifen nah ... Der bloße Gedanke lähmte sie bis ins Mark. Einzig ihr Kopf war kühl und klar.

»Zum Teufel mit deinem Verfolgungswahn«, pfiff die Frau mit der hellen Stimme ihre Freundin an, nachdem der Mann die Tür hinter sich geschlossen hatte. »Dabei wollte ich auch noch mal kurz aufs Zimmer.«

»Hör auf zu meckern und beeil dich«, entgegnete die misstrauische Gaine ohne jedes Schuldbewusstsein.

»Musst *du* gerade sagen«, versetzte die andere.

Doch das mit dem Beeilen schienen beide ernst zu nehmen.

Blue hörte das Klappern ihrer Absätze im Vorraum verschwinden. Gleich darauf knallte die Tür zu und Blue war wieder allein.

Der Parteitag des Grauens

Eine knappe Viertelstunde später warteten Elek und Blue vor dem Dienstbotenzimmer des Hotels, wo sie mit Priena verabredet waren. Nach langem Zögern hatte die junge Kellnerin zugestimmt, sie unauffällig in den Veranstaltungssaal zu schmuggeln. Doch mittlerweile war Blue nicht mehr sicher, ob das Mädchen überhaupt auftauchen würde.

»Wer sagt, dass wir ihr trauen können?«, knurrte Elek, dessen Gedanken in eine ähnliche Richtung zu gehen schienen.

Blue zuckte die Achseln. »Mein Instinkt.«

Er runzelte die Stirn. »Ach, du Schande.«

»Was hast du gegen Instinkte?«

»Nichts. Ich ...« Elek brach ab und zu Blues Überraschung lächelte er plötzlich. »Ich musste nur grad an jemanden denken.«

Bevor Blue genauer nachfragen fragen konnte, wurde im Gang hinter ihnen ein entferntes Quietschen laut.

Sofort war Eleks Körper bis zum Zerreißen gespannt. »Hörst du das?«

Sie drehten sich um, doch das, was das Geräusch auslöste, befand sich noch hinter der Ecke zum Gastraum.

Allerdings kam es näher ...

»Was jetzt?«, zischte Elek. »Verstecken wir uns?«

»Wo denn?«, gab Blue zurück.

Und sie hatte recht: Der lange Flur bot wenig Möglichkeiten. Also blieb ihnen nicht viel anderes übrig, als abzuwarten.

Wenigstens sind die Chronale in Sicherheit, dachte Blue, während ihre Augen wie gebannt an der Ecke klebten. Sie hatten die wertvollen Bücher bei Stella und Spence gelassen, die sie notfalls in Sicherheit bringen sollten, während Blue und Elek versuchten, mehr über PARDESSA und ihre Ziele in Erfahrung zu bringen. Doch das – Blue blickte unbehaglich den düsteren Korridor entlang – schien gar nicht so einfach zu sein!

Im selben Augenblick tauchte hinter der Ecke zum Gastraum ein monströser Teewagen auf. Die alten Räder quietschten über den verblichenen Teppich und auf mehreren Tabletts klirrten Gläser und Karaffen mit Wasser, ein Krug mit Orangensaft und Dutzende kleiner Schälchen mit Erdnüssen und anderen Knabbereien.

»Tut mir leid, dass es so lange gedauert hat«, entschuldigte sich Priena. »Aber dafür habe ich euch auch was mitgebracht.« Sie griff unter ihren Rock und zog ein Häubchen und eine Schürze für Blue sowie ein gestärktes weißes Hemd samt dunkler Hose für Elek hervor. »Das Silberzeug auf deinem Outfit würde unsere Parteifreunde vermutlich stutzig machen«, erklärte sie mit einem verschmitzten Augenzwinkern.

»Glaubst du?« Elek lachte. »Komisch. Bei uns auf dem Hochseil rennen alle so rum …«

Die Tatsache, dass er Artist war, beeindruckte Priena sichtlich. »Ihr könnt euch dadrin umziehen«, sagte sie und deutete auf die Tür zur angrenzenden Waschküche. Und mit einem tiefen Seufzer fügte sie hinzu: »Ich hoffe nur, dass alles passt.«

Während Blue sämtliche Haare und Pilare sorgfältig unter den Rand ihres Häubchens stopfte, zog sich Elek hinter einen der Wäschewagen zurück.

Als er wieder hervortrat, sah er ziemlich verändert aus.

»Donnerwetter«, rief Priena, der die Kostümierung sichtlich Spaß machte. »Wer hätte das gedacht! Aber ich finde, da fehlt noch etwas Gel. Setz dich mal!« Sie angelte eine Dose mit Pomade von einer der Ablagen und zog mit einem Stielkamm einen exakten Seitenscheitel in Eleks dichtes braunes Haar. »So«, nickte sie, nachdem sie seine Frisur mit reichlich Gel in Form gebracht hatte. »Jetzt kann man dich vorzeigen!«

»Ich sehe aus wie ein Bankangestellter«, beschwerte sich Elek mit einem entsetzten Blick in den Spiegel.

»Eher wie ein Oberkellner«, kicherte Blue.

»Na bitte!« Priena grinste. »Passt doch zu seiner Rolle!«

Blue zupfte ihre Schürze zurecht und trat zögerlich vor den großen Wandspiegel. Wie viel es ausmachte, wenn man ihre Haare und Pilare nicht sah! Dabei waren die Dinger doch nun wirklich mehr als farblos und …

»Oh Mann, du siehst total verändert aus«, entfuhr es Elek. »Wenn ich dir so da draußen auf dem Gang begegnet wäre, hätte ich dich unter Garantie nicht erkannt.«

»Ja, hammermäßig«, pflichtete Priena ihm bei. »Als ob man zwei verschiedene Personen vor sich hätte.«

Ich bin nicht sicher, ob das ein Kompliment ist, dachte Blue. Zugleich fiel ihr etwas ein, das Igelfly über ihre Großmutter gesagt hatte: *Wenn sie in eine Rolle schlüpfte, hatten selbst ihre engsten Freunde Mühe, sie zu erkennen …*

Der Gedanke erfüllte sie mit neuem Mut. Vielleicht hatte sie ja tatsächlich ein bisschen was von Josys Talent geerbt!

»Dann mal los«, mahnte Priena. »Sonst ist Walburga schon misstrauisch, bevor der Spaß so richtig begonnen hat.«

Blue und Elek folgten ihr einen langen finsteren Flur entlang.

»Die Glastür da drüben ist der Durchgang zum Hotel«, erklärte das Mädchen. »Und diese hier«, sie deutete auf eine unscheinbare Holztür in der Wand, »führt direkt aufs Podium, wo die Redner und die ganzen hohen Tiere sitzen.«

Blue zog erschrocken die Augenbrauen hoch.

»Der offizielle Eingang zum Saal ist dahinten«, fuhr Priena ungerührt fort. »Aber dann müssten wir durch den kompletten Zuschauerraum.«

Elek hob abwehrend die Hand »Viel zu gefährlich.«

»Denke ich auch. Also ... Seid ihr bereit?«

NEIN, hätte Blue am liebsten geschrien, ICH BIN NICHT BEREIT! Doch es gab auch kein Zurück mehr. Also nickte sie.

»Gut«, sagte Priena. »Haltet euch dicht hinter mir. Und auf mein Zeichen hin fangt ihr an und verteilt das Knabberzeug auf den Tischen. Alles andere mache ich zur Sicherheit lieber selbst. Und lasst euch bloß Zeit!« Sie stieß die Tür auf und holperte mit ihrem Teewagen über die Schwelle. »Ich werd 'ne ganze Weile brauchen, bis ich mit den Karaffen durch bin. Und bis es so weit ist, bleibt ihr am besten einfach im Hintergrund.«

Worauf du dich verlassen kannst!

Blue schloss die Augen und atmete tief durch. Trotzdem hatte sie das beklemmende Gefühl, dass jeder einzelne Mensch dadrinnen ihre Angst riechen konnte. Das Zittern ihrer Schultern unter der weißen Spitze sah. Das Pochen ihres Blutes hörte.

Unmittelbar hinter der Tür stand jede Menge Gerümpel.

Blue sah verstaubte Stoffblumen in riesigen Vasen. Kaputte Stühle. Und ein ausrangiertes Klavier ohne Deckel. Aus dem Dunkel über ihren Köpfen baumelten mehrere Seile herab, mit deren Hilfe man offenbar den Vorhang bedienen konnte, der zu beiden Seiten des Podiums angebracht war. Es schien ein richtiger Theatervorhang zu sein, mehrfach gerafft und aus schwerem rotem Samt gefertigt.

Dahinter brannte grelles Scheinwerferlicht.

»Unsere Zeit ist gekommen!«, rief der Redner, von dem Blue im Gegenlicht zunächst nichts als einen dunklen Umriss erkennen konnte. Und obwohl seine Stimme bereits ziemlich heiser klang, brüllte er wie ein Stier in sein Mikrofon. »Und deshalb, liebe Freude, lassen Sie uns handeln. Treten wir endlich heraus aus dem Schatten! Werden wir sichtbar – und bringen wir zu einem triumphalen Ende, was mit so großem Erfolg begonnen hat!«

Im Saal brandete Applaus auf, während sich der Mann hochzufrieden durch die völlig verschwitzten Haare fuhr. Offenbar hatte er erreicht, was er erreichen wollte.

Blue hob eine Hand an die Augen und blinzelte unter dem Licht der Scheinwerfer hindurch. Doch sie konnte nicht viel mehr als die ersten beiden Reihen erkennen. Die Zuhörer saßen dicht gedrängt und wirkten in ihren strengen dunkelblauen Anzügen und Kostümen wie Angehörige einer riesigen Klon-Armee.

»Los jetzt! Mir nach«, zischte Priena, als der Beifall ein wenig abebbte und ein neuer Redner ans Mikrofon trat.

Er war deutlich kleiner als der Schreihals von eben und etwa doppelt so alt. Trotzdem wirkte er um ein Vielfaches bedrohlicher. »Und damit, liebe Freunde«, kündigte er mit leiser Stimme an, »kommen wir zum absoluten Höhepunkt des heutigen Abends …«

Mit hochgezogenen Schultern huschte Blue hinter Priena her, die ihren Teewagen zielsicher hinter den Tischen der Funktionäre vorbei auf die andere Seite der Bühne steuerte.

Blue schielte nach rechts und sah eine Reihe von Aktentaschen, die ordentlich neben den Stühlen der Funktionäre standen.

Aktentaschen und noch mehr Beine in blauen Hosen …

»Wir sind stolz und glücklich, dass sie selbst jetzt, im Wahlkampf, die Zeit gefunden hat, uns persönlich zu beehren«, der Mann am Mikrofon breitete salbungsvoll die Arme aus, »um uns über die jüngsten Entwicklungen und die weiteren Pläne des Vorstandes in Kenntnis zu setzen.«

Die weiteren Pläne? Blue sah zu Elek hinüber, der bereits zwei Schälchen mit Knabbereien in der Hand hielt. Das klang, als ob sie gerade zur richtigen Zeit kämen!

»Wie Sie alle wissen, genießt sie nicht nur unser aller Wertschätzung«, fuhr der Mann am Mikrofon unterdessen fort, »sondern auch das Vertrauen unseres verehrten Koordinators, der es zutiefst bedauert, in dieser besonderen Stunde nicht persönlich zugegen sein zu können. Aber er hat mich ausdrücklich gebeten, Ihnen allen seine herzlichsten Grüße auszurichten!«

Die Zuhörer brachen in begeisterten Applaus aus, der sich – je länger er andauerte – immer mehr in ein erschreckend rhythmisches Klatschen verwandelte.

Die Schallwellen ließen den Bühnenboden erbeben und selbst noch das Wasser in Prienas Karaffen geriet ins Schwingen.

Das Ganze hatte eine solche Urgewalt, dass Blue sich am liebsten sofort wieder in das Dunkel der Seitenbühne geflüchtet hätte. Aber damit hätte sie sich vermutlich nur unnötig verdächtig gemacht. Also schnappte sie sich ebenfalls ein paar von den Knabberschälchen und schob sie zwischen den Rücken der Funktionäre hindurch auf den Tisch.

Dieser Koordinator scheint für diese Leute so etwas wie ein Gott zu sein, dachte sie, denn noch immer wollte der tosende Beifall nicht abebben.

Irgendwann hob der Mann am Mikro die Hände und bat um Ruhe. »Danke, liebe Freunde, danke sehr«, säuselte er. »Ich bin mir sicher, der Koordinator weiß Ihre Unterstützung zu schätzen. Aber nun gebe ich die Bühne frei für seine Stellvertreterin.« Er reckte seinen dürren, faltigen Hals und spähte in das Dunkel auf der anderen Seite der Bühne. »Meine Damen und Herren, liebe Freunde, begrüßen Sie unsere hochverehrte Malia Sordes …«

Aus dem Schatten am Bühnenrand löste sich eine Gestalt und Blue wich automatisch einen Schritt zurück. Dorthin, wo das Licht der Scheinwerfer nicht ganz so hell strahlte.

Was tust du?, fragten Eleks Augen.

Doch sie konnte nicht reagieren. Wie paralysiert starrte sie die schlanke, hochgewachsene Frau an, die mit geschmeidig-eleganten Schritten auf das Mikrofon zusteuerte. Malia Sordes trug einen exzellent geschnittenen dunkelblauen Hosenanzug, und obwohl sie die einstige Todfeindin ihrer Großmutter nur von hinten sah, hatte Blue das Gefühl, dass sich dort, wo sie stehen blieb, ein riesiges schwarzes Loch auftat. Ein Abgrund, der sie unbarmherzig anzog und der alle anderen Eindrücke einfach ausblendete.

Als gäbe es auf der ganzen Welt nur diese eine Stelle, die sie ansehen konnte …

Nur diese eine Frau in einem Saal voller Menschen.

»Danke, René.« Ihre Stimme war nicht unangenehm, sondern dunkel und leise. Dennoch verursachte sie Blue augenblicklich eine zentimeterdicke Gänsehaut. »Ich freue mich, heute Abend hier bei Ihnen zu sein. Allerdings muss ich gestehen, dass ich mich der Euphorie meines Vorredners nicht so ohne Weiteres anschließen kann.«

Im Saal war es von einer Sekunde zur anderen totenstill.

Als habe die Frau am Mikrofon einen unsichtbaren Stecker gezogen.

Einzig der Schreihals lief puterrot an. Offenbar ärgerte ihn die unverhohlene Kritik fast zu Tode.

»Zwar trifft es zu, dass wir in der Vergangenheit eine ganze Reihe von Erfolgen erzielen konnten«, fuhr Malia Sordes fort. »Aber leider sind die Quoten – vor allem in den westlichen Fürstentümern – noch immer nicht zufriedenstellend. Und solange selbst unbedeutende kleine Schulleiter wagen, sich derart haarsträubende Alleingänge zu leisten, sind wir wahrlich noch Lichtjahre entfernt von dem, was wir erreichen wollen.«

»Verzeihen Sie bitte, Madame …« Der Mann im Zweireiher trat vorsichtig auf das Rednerpult zu. »Aber gestatten Sie einen Kommentar aus dem Publikum?«

Malia Sordes' Augen wandten sich ihm zu und Blue hatte den Eindruck, dass sein Gesicht eine Spur blasser wurde. »Bitte sehr.«

Der Mann gab seinem Helfer ein Zeichen, woraufhin dieser ein Mikrofon an sich riss und die Treppe zum Saal hinunterrannte.

»Gaine Havelock vom Kreisverband Frimaria Ost, M'am«, schallte gleich darauf eine wohlbekannte Stimme aus den Lautsprechern neben der Bühne.

»Guten Abend.« Malia Sordes trat näher zum Bühnenrand, um ihre Gesprächspartnerin besser erkennen zu können. »Was haben Sie zu sagen, Miss Havelock?«

»Ich wollte nur anmerken, dass Sie völlig recht haben, M'am. Aber dass es diese ... nun ja, diese Probleme gibt ... Das liegt nicht an unserer Arbeit!«

»So?« Obwohl Blue Malia Sordes nach wie vor nur von hinten sah, glaubte sie, das frostige Brennen ihres Blickes zu spüren. »Und woran sollte es, Ihrer Meinung nach, sonst liegen? Etwa an der Arbeit des Koordinators?«

»Nein, nein. Natürlich nicht«, stolperte Gaine Havelocks Stimme aus dem Lautsprecher. »Wir verwehren uns nur dagegen, dass man den Fehler allein bei uns sucht. Immerhin können wir ja nur mit den Informationen arbeiten, die wir von den Ortsverbänden erhalten. Und wenn die fehlerhaft sind ...«

Der unvollendete Satz schwebte über dem Podium wie eine Drohung und dem Mann im Zweireiher schwante wohl, dass er handeln musste, bevor die angespannte Stimmung explodierte. Er stürmte auf den kleinen Projektor zu, der in der Mitte der Bühne stand, und drückte auf den Startknopf.

Auf der Großbildleinwand hinter den Funktionären erschien das Porträt eines weißhaarigen Mannes mit strahlend blauen Augen. Im selben Moment krachte nur wenige Meter neben Blue eine Schale mit Erdnüssen zu Boden ...

Die Puppenmacherin

»Spence!«

»WAS?«

Stella presste sich japsend eine Hand in die Seite. »Ich kann nicht mehr!«

Er drehte den Kopf. »Halt durch und komm weiter!«

»Aber diese gottverdammte Treppe nimmt einfach kein Ende …«

»Das ist echt wie verhext.« Spencer stoppte vor einem rostigen Schild an der Wand, auf dem eine frustrierende römische Eins prangte. »Dieses verdammte Haus hat fünf Stockwerke. Aber ganz egal, wie viele Treppen wir auch steigen, wir landen doch immer wieder hier, in der ersten Etage.«

»Vielleicht ist das Schild ja falsch oder doppelt und das hier ist in Wirklichkeit der dritte oder vierte Stock«, wandte Stella hoffnungsvoll ein.

»Nein.«

»Sicher nicht?«

Spencer schüttelte den Kopf. »Siehst du diesen Fleck da drüben an der Wand?«

Sie nickte.

»Den habe ich mir gemerkt, als wir das letzte Mal hier vorbeigekommen sind. Und es ist exakt derselbe wie eben.«

Stella stützte sich an der schmuddeligen Mauer ab. Sie war noch immer völlig außer Atem. »Aber wie finden sich denn die anderen Gäste hier zurecht?«

»Vermutlich, indem sie die Haupttreppe nehmen.« Er lauschte aufmerksam Richtung Treppenhaus. »Immerhin scheint das hier nur so eine Art Dienstbotenaufgang zu sein.«

»Denkst du, dass diese Typen uns noch immer folgen?«

»Wenn's so wäre, müssten sie eigentlich längst hier sein.«

Stella bedachte die graue Stahltür mit einem ängstlichen Blick. »Vielleicht lauern sie irgendwo auf dem Weg nach unten.«

»Möglich.« Spencer straffte die Schultern. »Warte hier. Ich sehe mal nach!«

»Nein, du …«

»Pssst!«

Sie presste sich dicht an die Wand und sah zu, wie er langsam auf die Tür zuschlich. Sie hatten eine gefühlte Ewigkeit auf ihre Freunde gewartet. Doch weder Blue und Elek noch Priena waren zurückgekehrt und irgendwann hatten sie beschlossen, selbst nach dem Rechten zu sehen. Nur leider hatten sie die Rechnung ohne den Argwohn der PARDESSA-Mitglieder gemacht.

»Was habt IHR BEIDE denn hier zu suchen?«, hatte ein grobschlächtiger Kerl im grauen Mantel sie angefaucht, kaum dass sie in den Gang vor dem Veranstaltungssaal eingebogen waren. »Das hier ist 'ne geschlossene Gesellschaft, klar?«

Spence hatte seine berühmte Unschuldsmiene aufgesetzt und behauptet, dass sie die Toiletten suchten. Doch das hatte ihnen der Typ nicht so ohne Weiteres abgekauft. »Wie heißt du, Junge?«, hatte er gefragt. Und als Spence nicht sofort antwortete, hatte er zwei seiner Schergen zu sich gewinkt und gebrüllt: »Überprüft sie!«

Seither waren sie auf der Flucht. Aber obwohl sie andauernd Treppen stiegen, kamen sie einfach nicht über diesen vermaledeiten ersten Stock hinaus!

»Siehst du was?«, flüsterte Stella.

Spencer beugte sich weit über das Treppengeländer und spähte die düstere Stiege hinunter. Doch nur Sekunden später zuckte er jäh zurück. »Los! Weg hier!«

Stella sprintete los, als sei der Teufel höchstpersönlich hinter ihr her. »Wohin denn?«, rief sie verzweifelt.

Spencers Blicke flogen den langen Korridor entlang. »In eins der Zimmer! … Schnell!«

Sie nickte und probierte es mit der 107. Die lag am nächsten. »Verdammt! Die Tür ist abgeschlossen!«

»Versuch's mit der nächsten.«

Doch auch die Tür zu Zimmer 109 gab keinen Millimeter nach.

Spencer hatte sich unterdessen die andere Seite des Flurs vorgenommen. Aber jedes einzelne Zimmer, bei dem er sein Glück versuchte, war verschlossen.

Nur wenige Meter hinter ihnen flog die Tür zum Treppenhaus auf.

»Lauf!«

Vor ihnen gabelte sich der Korridor.

Ohne lange zu überlegen, entschied sich Stella für rechts. Dabei hielt sie sich ganz bewusst dicht an der Wand. Doch kaum dass sie um die Ecke war, packte jemand ihren Arm und zog sie unsanft in einen Raum auf der rechten Seite.

Stellas Nackenwirbel krachten. Aus den Augenwinkeln sah sie, dass auch Spence am Kragen erwischt wurde. Dann flog die Tür zu und sie fanden sich in einem Zimmer wieder, das vom Boden bis zur Decke mit Puppen vollgestopft war. Es mussten Tausende sein: kleine und große, Babys, aber auch größere Kinder und sogar Erwachsene. Alle trugen prachtvolle Kleider aus den verschiedensten Fürstentümern und Epochen und ihre Porzellangesichter wirkten so echt, dass man sie glatt für lebendig halten konnte.

»Pssssssst«, zischte eine Frauenstimme dicht an Stellas Ohr. »Seid um Himmels willen still, sonst haben sie uns alle drei an den Hammelbeinen!«

Stella wagte nicht, sich umzudrehen, und auch Spence hielt sich ganz ruhig, während ihre Verfolger draußen auf dem Gang wüteten. Sie rüttelten an Klinken und hämmerten zornig gegen das

Holz. Und als sie merkten, dass sie auf diese Weise nicht weiterkamen, traten sie kurzerhand die Türen ein. Eine nach der anderen …

»Versteckt euch!« Es war eine alte Meleutin, sicherlich gut über neunzig Jahre alt. Aber rüstig und geistig hellwach.

Stella bemerkte eine Reihe von Pilaren, die aufwändige Schnitt- und Häkelmuster zeigten und mithilfe von zwei hölzernen Stricknadeln zu einem lockeren Knoten gesteckt waren. Gleich darauf wurde ihr auch schon ein rosafarbener Strohhut auf den Kopf gedrückt.

»Was tun Sie da?«

»Still, sag ich! Oder wollt ihr, dass sie euch finden?« Die Meleutin griff sich ein rosa Rüschenkleid und befestigte es in aller Eile mit Stecknadeln an Stellas T-Shirt, sodass sie zwischen den Puppen kaum mehr auffiel. Spencer bekam ein Matrosenkäppchen und eine entsprechende Uniform verpasst. »Setzt euch da drüben hin!« Ihre runzelige Hand wies auf ein Regal, in dem unzählige lebensgroße Kinderpuppen saßen.

Kaum dass Stella und Spence ihre Plätze eingenommen hatten, klopfte es auch schon an der Tür.

»Wer stört?«, rief die Alte und griff beherzt in einen Karton mit bunten Glasaugen. »Hier«, flüsterte sie den Kindern zu, »klemmt euch die Dinger zwischen die Lider, sonst fallt ihr auf. Am Ende sind es nämlich immer die Augen, die einen Menschen verraten.«

Stella und Spence taten, wie ihnen geheißen, während die Meleutin in aller Gemütsruhe zur Tür schlurfte.

»Das hier ist ein Privatzimmer«, erklärte sie dem verdutzten Mantelträger auf dem Gang ohne einen Hauch von Furcht. »Wenn Sie was zu trinken wollen, müssen Sie sich an das Hauspersonal wenden.«

»Wir wollen nichts trinken.« Das Glas in ihren Augen verzerrte Stellas Blick, doch immerhin erkannte sie, dass der Sprecher ziemlich groß war. »Wir sind auf der Suche nach zwei Meleutenkindern. Ein Junge und ein Mädchen.«

»Und was sollten die hier bei mir?«, giftete die Alte.

»Keine Ahnung.« Der Ton des Mannes war herrisch. »Aber Sie haben doch bestimmt nichts dagegen, wenn wir uns hier mal ein bisschen umsehen …«

»Oh doch, Sir, das hab ich.« Mit erstaunlicher Schnelligkeit hatte die alte Dame den Mann umrundet und baute sich vor ihm auf wie ein Preisboxer. »Und wenn Sie's ganz genau wissen wollen: Es interessiert mich einen feuchten Kehricht, was Ihresgleichen hier veranstaltet. Ich hab schon Gäste bedient, als Ihre Urgroßeltern noch in die Windeln gemacht haben. Und ich bin nicht mehr gewillt, mir von irgendwelchen hergelaufenen Fremden auf der Nase rumtanzen zu lassen, verstanden? Dafür ist jetzt meine Schwiegertochter zuständig. Also schwingen Sie Ihren arroganten Hintern aus meinem Zimmer und wenden Sie sich an Walburga, klar?« Und mit einem amüsierten Kichern fügte sie hinzu: »Sie finden sie unten in der Gaststube. Die fette Blonde mit der unangenehmen Stimme …«

Ihr Redeschwall schien dem Mann allen Wind aus den Segeln zu nehmen. Doch sein Begleiter hatte die Zeit genutzt, sich ein wenig umzusehen.

»Das sind verdammt viele Puppen, die Sie hier haben«, bemerkte er, während er seine Fischaugen aufmerksam über die bunten Kleidchen wandern ließ.

»Verdammt richtig«, gab Mrs Uhl senior zurück.

»Nähen Sie die Kleider alle selbst?«

»Nee, ich gieße sie aus Beton.« Sie prustete. »Na klar näh' ich die selbst. Dieses gekaufte Zeug sieht doch alles gleich aus.«

»Wirklich sehr beeindruckend, M'am.« Durch das gewölbte Glas über ihrem Auge konnte Stella seine Hand sehen, die direkt auf sie zukam. Gleich darauf bewegte sich die Seide ihres Kleides. »Und wie groß die sind …«

Er wird meine Körperwärme spüren, dachte Stella in wachsender Verzweiflung. Er wird merken, dass ich lebe. Und atme …

»Mamaaaaaaaaaaaaa«, quakte es just in diesem Moment zwischen zwei lebensgroßen Biedermeierpuppen hervor und erst nach einer weiteren Schrecksekunde realisierte Stella, dass es Spence war, der mit verstellter Stimme sprach.

Die Hand an ihrem Kleid zuckte zurück. »Was war das?«

»Ein paar von ihnen haben einen Sprechmechanismus.« Mit Unschuldsmiene hob Mrs Uhl eine braun gelockte Puppe aus dem Regal und zupfte an der Hundeleine, die an der Porzellanhand des Mädchens befestigt war.

»Liiiiebling.« Der Sprechmechanismus im Rücken der Puppe schleifte ein wenig, doch die Worte waren gut zu verstehen. »Komm Gassi. ... Wo ... ist ... denn ... mein ... süßer ... kleiner ... Liiiiiiiiieeeebling?«

»Reizend, nicht wahr?«, kommentierte Mrs Uhl mit einem hintergründigen Grinsen. »Aber ich habe auch eine, die ziemlich unfein fluchen kann. Oder die hier ...« Sie drückte dem verdutzten Mann eine von Kopf bis Fuß in Hellblau gekleidete Babypuppe in den Arm. »Na los, Mister, tätscheln Sie dem kleinen Armin mal die Wange!«

Der Mann hob abwehrend die Hände. »Vielen Dank, M'am. Aber ich glaube nicht, dass ich das ...«

Mehr bekam Stella nicht mit, denn vor lauter Stress hatte sie heftig zu schwitzen begonnen. Und da sie sich nicht bewegen konnte, war der Schweiß in ihre Wimpern gesickert und hatte ihr linkes Glasauge rutschen lassen, das nun mit einem leisen Plopp in den Rüschen ihres Kleides landete.

Stella hielt den Atem an. Doch zum Glück schienen die Männer von ihrem Malheur nichts mitbekommen zu haben. Ohne das Glasauge sah sie beide jetzt klar – ein Umstand, der sie nicht gerade beruhigte:

Nur eine Armlänge entfernt stand der Mann mit der Babypuppe. Sein Profil hatte scharfe Kanten, aus denen eine imposante Hakennase besonders herausstach. Doch das Erschreckendste an ihm waren seine Augen. Sie wirkten tatsächlich so tot, als gehörten sie zu einer von Mrs Uhls Puppen.

»Bitte, Sir, nur ein einziges Mal!« Mrs Uhl tat ihr Möglichstes, um ihren ungebetenen Besucher von der schutzlosen Stella abzulenken. »Mir zuliebe. Der kleine Armin hier ist nämlich wirklich ein ganz besonderes Schnuckelchen.« Ihre von Gicht gezeichneten Finger kämpften sich an dem Mann vorbei und strichen über die Wange des Babys, woraufhin ein dicker Wasserstrahl unter dem Hemdchen des Knaben hervorschoss.

Mr Hakennase ließ die Puppe fallen wie eine heiße Kartoffel und riss ein seidenes Taschentuch aus seinem Mantel. »Sehr witzig.«

»Und auch so lebensecht, nicht wahr?« Mrs Uhl lachte laut und ungeniert. »Oder haben Sie noch keine Kinder, Sir?«

Noch ist gut, dachte Stella.

Und auch Mr Hakennase fand die Bemerkung alles andere als komisch.

»Wissen Sie, dass mein Sohn das auch immer gemacht hat, als er klein war?«, schwatzte Mrs Uhl unverdrossen weiter. »Sie glauben es nicht, wenn Sie ihn heute sehen, aber er war winzig damals. Und er hat jedem, der ihn wickeln wollte, direkt ins Gesicht gepinkelt. Außer mir …«

»Jack!« Mr Hakennase stürmte wütend an ihr vorbei und auf seinen Begleiter zu. »Wir verschwinden hier!«

Der Angesprochene schien irritiert. »Und die Meleuten?«

»Kannst du die hier irgendwo sehen?« Die Fischaugen quollen ihm fast aus dem kantigen Schädel vor Ärger.

»Nein, ich …«

»Na, also!« Er drehte sich um und legte eine Hand auf die Klinke. »Und verzeihen Sie bitte die Störung, M'am.«

Mrs Uhl winkte fröhlich ab. »Kein Problem.«

Im nächsten Augenblick war die Tür zu und die Männer verschwunden.

»Was, in drei Teufels Namen, habt ihr ausgefressen, dass sie so hinter euch her sind?«, fragte Mrs Uhl, während sie Stella und Spence aus den geliehenen Kleidern schälte.

»Vielleicht haben ihnen unsere Gesichter nicht gefallen«, antwortete Spence, ohne eine Miene zu verziehen.

Ob sie ihm glaubte oder nicht, blieb Mrs Uhls Geheimnis. Doch sie stellte auch keine weiteren Fragen. Stattdessen zeigte sie auf Stellas Logipilaren. »Donnerwetter, was für ein Prachtexemplar! Darf ich mal?« Sie wartete nicht auf Erlaubnis, sondern griff einfach zu. »Du liebe Zeit, nun seht euch das an«, murmelte sie, während ihre Finger andächtig über die silbernen Formeln strichen, »so akkurat ausgebildet und mehr als außergewöhnlich in der Farbgebung. Du musst wirklich sehr gut sein in Mathematik.«

Stella errötete. »Na ja, Mathe ist eins meiner Lieblingsfächer.«

»Und musikalisch bist du offenbar auch!« Mrs Uhl zupfte vorsichtig einen weiteren Pilar aus Stellas Zopf. Im Gegensatz zu dem eher kühlstichigen Logipilaren schimmerte er in sanften Bronzetönen. »Spielst du ein Instrument?«

»Lyresse«, nickte Stella.

»Die Lunargeige?«, rief die alte Dame verzückt. »Oh, wie wundervoll. Aber … Ist das nicht ein allzu melancholisches Instrument für ein so junges Mädchen?«

»Nein, nein, das passt schon«, bemerkte Spence augenzwinkernd. »Sie ist nicht so der optimistische Typ.«

Mrs Uhl schmunzelte. »Jaja, Begabungen«, murmelte sie sinnend. »Oft gehen sie Hand in Hand mit den Vorlieben ihres Trägers. Aber natürlich gibt es auch unrühmliche Ausnahmen.« Ihr gütiges Gesicht wurde schlagartig finster. »Meine Schwiegertochter, zum Beispiel, kann ausgezeichnet rechnen. Vor allem, wenn's darum geht, ihren Gästen das Geld aus der Tasche zu ziehen. Aber für Musik fehlt ihr jegliche Begabung.«

Stella zog überrascht die Brauen hoch. »Ach, wirklich? Uns hat man erzählt, dass sie Gesangsstunden nimmt.«

»Ha!«, machte Mrs Uhl und sie schaffte es, eine Welt von Bedeutung in das unschuldige kleine Wort zu legen. »Der arme Ernesto tut wirklich sein Möglichstes, aber aus einem alten Esel macht selbst der beste Lehrer nun mal kein Rennpferd.« Sie überlegte einen Moment, bevor sie hinzufügte: »Genau genommen müsste der arme Tropf sogar noch Schmerzensgeld bekommen, denn die Töne, die Walburga von sich gibt, fallen zweifellos in den Bereich der Körperverletzung.«

Stella konnte sich das Lachen nur mit Mühe verbeißen.

Mrs Uhl bemerkte es und zwinkerte ihr zu: »Wirklich, die Ärmste klingt wie ein Ferkel, das zur Schlachtbank geführt wird. Aber wahrscheinlich hat mein Sohn sie genau aus diesem Grund geheiratet. Er liebt Schweine …«

Spence und Stella tauschten einen Blick.

»Apropos Schweine«, sagte Stella. »Wir haben gehört, dass erst kürzlich etwas sehr Merkwürdiges in Ihrem Stall passiert ist.«

»Das war nicht merkwürdig, sondern niederträchtig«, erklärte Mrs Uhl empört. »Und mein armer Sohn hat beinahe einen Herzinfarkt gekriegt, als er die Bescherung entdeckt hat. Klar, ich meine … Wer rechnet denn auch mit so was?«

Die Kinder sahen sie fragend an.

»Alle Schweine abgeschlachtet!«, erklärte ihre Gastgeberin schaudernd. »Der ganze Stall war getränkt mit ihrem Blut. Und das alles nur, damit mein Sohn erlaubt, dass diese Idioten hier tagen!«

Stella riss die Augen auf. »Sie meinen, PARDESSA hat Ihren Sohn erpresst, damit er ihnen seinen Veranstaltungssaal überlässt?«

Mrs Uhl hob überrascht den Blick. »Ihr wisst, wer diese Leute sind?«

Erst als sie Spencers entsetztes Gesicht sah, wurde Stella bewusst, dass sie sich verquatscht hatte, und sie senkte beschämt den Kopf.

»Keine Sorge, ich verrate euch nicht«, versicherte Mrs Uhl hastig. »Diese Leute verkörpern so ziemlich alles, wogegen ich je gekämpft habe. Ganz abgesehen von den Mafiamethoden, die sie anwenden, um ihre Ziele zu erreichen.« Sie gab ein missbilligendes Brummen von sich. »Mein Sohn und seine Angestellten haben die ganze Nacht geschuftet, um den Saal und die Zimmer herzurichten, und ich selbst mache auch drei Kreuze, wenn dieses Pack wieder aus dem Haus ist!«

Ihre Worte schienen Spencer davon zu überzeugen, dass sie eine Verbündete war, denn er fragte: »Könnten Sie uns eventuell verraten, wie wir hier rauskommen, ohne einem von denen in die Arme zu laufen? Wir fanden das Haus nämlich – gelinde gesagt – ziemlich unübersichtlich.«

»Du meinst die Sache mit dem Treppenhaus, hm?« Mrs Uhl kicherte. »Nun, das ist eine von Walburgas kleinen Schikanen.«

Die Kinder blickten sie fragend an.

»Meine sogenannte Schwiegertochter war reizend zu mir, bis sie erreicht hatte, was sie wollte«, erklärte Mrs Uhl. »Aber am Tag nach der Hochzeit hat sie meine Wohnung ausgeräumt und mich in diese«, sie blickte sich voller Empörung um, »diese Zumutung von einem Zimmer verfrachtet. Und damit die Angestellten nicht alle fünf Minuten zu mir raufkommen, um sich über sie zu beschweren, hat sie einen Architekten beauftragt, den Dienstbotenaufgang umzubauen.« Mrs Uhl hob vielsagend die Brauen. »Normalerweise entwirft der Mann Irrgärten für das charonische Fürstenhaus. Da ist es ja kein Wunder, dass sich hier niemand mehr zurechtfindet.«

Stellas Finger schlossen sich schützend um das Chronal, das ihre Freundin ihr anvertraut hatte. »Trotzdem müssen wir irgendwie hier raus, ohne aufzufallen.«

Mrs Uhl tätschelte ihren Arm. »Natürlich, mein Kind, das kriegen wir schon hin. Lasst mich nur machen …«

Zimmer 204

Die Köpfe der Funktionäre fuhren herum und auch Malia Sordes wandte argwöhnisch den Blick, während die Erdnüsse quer über den Boden kollerten.

»'tschuldigung«, stammelte Elek mit einem Lächeln, das seine Unschuld einzig und allein seiner jahrelangen Auftrittserfahrung verdankte. »War keine Absicht. Ich habe bloß ein Kabel übersehen.«

»Ungeschickter Idiot!«, zischte der Mann im Zweireiher, während Priena auf der anderen Seite der Bühne bereits Handfeger und Kehrblech unter der Decke über ihrem Teewagen hervorzerrte. »Kannst du nicht aufpassen, wo du hintrittst?«

»Tut mir wirklich leid, ich wollte Sie nicht stören«, beteuerte Elek, scheinbar voll und ganz damit beschäftigt, die verstreuten Nüsse aufzusammeln.

Doch Blue sah auch den unterdrückten Zorn in seinem Blick, der offenkundig mit dem Porträt zusammenhing, das noch immer übergroß auf der Leinwand hinter ihnen prangte.

Dem Bild des alten Mannes mit den strahlend blauen Augen …

Der Zweireiher gab einen unwilligen Laut von sich und drehte sich dann wieder seiner Rednerin zu. »Malia, meine Liebste, hätten Sie vielleicht die Güte, uns ein paar Worte zu unserem jüngsten Fang zu erläutern?«

Doch Malia Sordes dachte gar nicht daran, der Bitte zu entsprechen. Sie stand noch immer da wie festgefroren und fixierte Elek mit prüfendem Blick.

Sie hat Verdacht geschöpft, durchfuhr es Blue. Wir müssen hier raus!

Und auch Eleks Bewegungen wurden spürbar vorsichtiger. Zwar vermied er es ganz bewusst, den Kopf zu heben, aber sämtliche Muskeln unter seinem geliehenen Hemd waren gespannt wie Drahtseile.

Unten im Saal wurde das Publikum allmählich unruhig.

»Wie Sie vermutlich schon gehört haben, ist es einem unserer Spezialkommandos gelungen, einen der meistgesuchten Gelehrten der letzten Jahre festzusetzen«, ergriff der Zweireiher kurzerhand wieder die Initiative, bevor die Stimmung endgültig kippte. »Und ich finde, dieser große Erfolg ist Anlass genug …«

»Erfolg?« Das Wort peitschte durch den Raum wie der Schwanz einer Giftschlange. »Dieses gottverdammte Desaster nennen Sie allen Ernstes einen Erfolg?«

»Desaster?« Der Mann blickte völlig verdattert aus der Wäsche. »Aber ich …«

»Oh, ich weiß schon, was Sie sagen wollen«, unterbrach ihn Malia Sordes mit schneidender Schärfe. »Mit Artur Parrhesius befindet sich in der Tat zum ersten Mal ein Mitglied des trigonalen Rates in unserer Gewalt, was zweifellos eine erhebliche Schwächung unserer Feinde bedeutet.«

Parrhesius?

Blue erstarrte. Aber das war doch …

Sie sah zu Elek hinüber und er nickte kaum merklich.

»Nur leider, leider haben Sie in Ihrer Euphorie eine kleine, aber feine Tatsache übersehen«, fuhr Malia Sordes derweil fort.

»Die da wäre?«, pfiff der Zweireiher.

»Dass Artur Parrhesius sein Chronal nicht mehr bei sich hatte, als er verhaftet wurde.«

»Das war nicht unsere Schuld!«, dröhnte in diesem Moment wieder Gaine Havelocks unverwechselbare Stimme aus dem Zuschauerraum. Und selbst ohne ein Mikrofon war sie problemlos zu verstehen. »Wir haben unseren Job gemacht. Und zwar anständig. Aber irgendjemand muss den Professor gewarnt haben.«

Malia Sordes' Kopf fuhr herum. »Ich habe Ihren Bericht gelesen, Commander Havelock. Und ich bin sicher, dass er bei Weitem nicht alles enthält, was sich in jener unseligen Nacht in Trogg tatsächlich zugetragen hat …«

»Oh doch, das tut er«, klang es trotzig aus dem Dunkel zu ihren Füßen und Blue konnte nicht umhin, Gaine Havelock für ihren Mut zu bewundern. Bestimmt gab es nicht allzu viele Menschen, die es wagten, Malia Sordes zu widersprechen. »Als wir bei dieser Hütte angekommen sind, war der Professor allein. Und ab diesem Augenblick hatte er auch keine Gelegenheit mehr, irgendetwas verschwinden zu lassen. Dafür verbürge ich mich höchstpersönlich. So wahr ich hier stehe.«

Blue schielte wieder zu Elek, der mit versteinerter Miene vor Prienas Kehrblech kniete.

Und auch die Zuhörer im Saal waren mucksmäuschenstill.

Einzig das Klappern von Malia Sordes' Absätze auf dem rohen Bretterboden war zu hören, als sie mit fast schon aufreizender Langsamkeit ihr Rednerpult umrundete. »Und was, verehrte Miss Havelock, ist mit dem fliegenden Objekt, das gleich zwei Zeugen unabhängig voneinander in der Nähe dieser Lichtung beobachtet haben?« Sie warf einen flüchtigen Blick in ihre Notizen. »Etwa doppelte Adlergröße mit einem – ich zitiere – grünlichen Glanz auf den Schwingen wie bei einem Schmetterling …«

»Davon weiß ich nichts«, gab Gaine Havelock zurück.

»Ja, genau das ist Ihr Problem, Commander.« Malia Sordes klang wie eine geduldige Mutter, die mit ihrem quengelnden Kind spricht. »Denn mal ganz abgesehen davon, dass Sie offenbar zu blind sind, einen Hermioniden zu bemerken, selbst wenn er Ihnen direkt unter der Nase vorbeifliegt, wird seit jener Nacht auch noch ein junger Hochseilartist vermisst, dessen Zirkus in der Nähe gastierte.«

Verdammt!

Von einem Moment zum anderen schlug Blues Herz so schnell, dass sie das Gefühl hatte zu ersticken.

Reiß dich gefälligst zusammen, rief sie sich zur Ordnung. Du bringst euch noch alle in Gefahr!

»Um den Jungen haben wir uns schon gekümmert«, rief Gaine Havelock aus dem Dunkel des Zuschauerraums. »Sein Foto ist bereits weitergegeben und er steht zur Fahndung aus. Da ist es nur eine Frage der Zeit, bis er einem unserer Kommandos in die Hände fällt.«

Blue war so geschockt, dass sie am ganzen Körper zu zittern begann.

Und auch Prienas Gesicht hatte sämtliche Farbe verloren.

»Ihr Optimismus in Ehren, Miss Havelock«, versetzte Malia Sordes, »aber der Koordinator ist ganz und gar nicht der Ansicht, dass Sie einen guten Job gemacht haben. Und deshalb …« Sie machte eine bedrohliche Pause, »haben wir uns entschlossen zu handeln, bevor unsere Feinde sich neue Verstecke suchen und der ganze Ärger wieder von vorne beginnt.« Die Köpfe der Zuhörer ruckten hoch. Doch Malia Sordes brachte die Menge mit einer knappen Geste sofort wieder zum Schweigen. »Wie wir aus zuverlässiger Quelle erfahren haben, befindet sich das Chronal, das uns aufgrund Ihrer Unfähigkeit«, sie bedachte Gaine Havelock mit einem verächtlichen Blick, »durch die Lappen gegangen ist, gegenwärtig auf dem Weg in eine geheime Vervielfältigungsanstalt …«

»Aber das sind doch bloß Gerüchte!«, rief Gaine Havelock, die offenbar noch immer nicht gewillt war, sich so einfach zur Versagerin abstempeln zu lassen. »Dieses Gerede über angebliche geheime Vervielfältigungsanstalten der Hüter ist so alt wie unsere Organisation und doch gab es in all diesen Jahren nicht einen einzigen aussagekräftigen Beweis für die Existenz solcher Einrichtungen.«

»Etwas nicht beweisen zu können, bedeutet nicht zwangsläufig, dass es nicht existiert, Miss Havelock«, konterte Malia Sordes, ohne mit der Wimper zu zucken. »Ganz abgesehen davon, dass wir inzwischen nicht nur die Vorgehensweise unserer Gegner kennen, sondern auch den Ort, von dem aus sie den Großteil ihrer Aktivitäten koordinieren.«

Blue hielt erschrocken die Luft an. Diese Leute wussten von Scripton?

»Und wo soll das sein?«, erkundigte sich in diesem Moment auch ein Mann, den Blue im Dunkel des Zuschauerraums nicht erkennen konnte.

Malia Sordes' Antwort bestätigte ihre schlimmste Befürchtungen: »In Scripton.«

»Aber da haben wir uns doch schon x-mal umgesehen«, keifte Gaine Havelock umgehend aufs Neue los. »Ohne Erfolg!«

»Nun, dann haben Sie anscheinend nicht sorgfältig genug gesucht«, entgegnete Malia Sordes kühl. »Aber keine Sorge. Der Koordinator befindet sich bereits auf dem Weg nach Amnesia, um alle Vorbereitungen für einen Überraschungsangriff zu treffen. Und sobald ich den entsprechenden Befehl erhalte, werde ich ein Team von Spezialkräften nach Lox schicken, das nicht eher ruhen wird, bis die geheime Zentrale unserer Feinde aufgespürt und zerstört ist.«

Blue sah wieder zu Elek hinüber, der unauffällig die Hand hob. Das verabredete Zeichen, dass sie sich jetzt besser zurückzogen.

Priena nickte und stellte eine letzte Karaffe auf den Tisch der Funktionäre. Dann schob sie ihren Teewagen Richtung Ausgang.

Blue wartete, bis auch Elek an ihr vorbei war.

Dann folgte sie den beiden zur Seitenbühne.

»Ach übrigens, Commander Havelock«, hörte sie Malia sagen, während sie langsam auf den staubigen Vorhang zuging. »An Ihrer Stelle wäre ich froh und dankbar, dass der Koordinator sich dazu entschlossen hat, Ihnen noch eine allerletzte Chance zu geben. Ich glaube nicht, dass *ich* an seiner Stelle derart großzügig gewesen wäre.«

Ganz bestimmt nicht, dachte Blue bei sich. Und just in diesem Moment geschah das Unfassbare: Als ob sie ihre Gedanken laut ausgesprochen hätte, drehte Malia Sordes urplötzlich den Kopf und sah ihr direkt in die Augen.

Eine eisige Kälte erfasste Blue und je länger sie hinschaute, desto tiefer schien Malias Blick in ihren Körper zu dringen. Wie ein Skalpell, das sich mühelos durch Haut und Knochen schnitt, um direkt an ihr Innerstes zu gelangen. Ihre geheimsten Gedanken zu lesen. Ihre tiefsten Ängste zu erkennen.

Blue taumelte rückwärts.

»Komm weg hier!«, flüsterte Elek, der alles mitbekommen hatte.

Nur Momente später fühlte Blue seine warme Hand in der ihren.

Sie schloss die Augen und konzentrierte sich ganz auf die Kraft, die von dieser Hand ausging. Und dann spürte sie, wie die eisige Erstarrung sich löste.

»Das Mädchen da drüben …« Malia Sordes' Stimme bohrte sich in ihren Rücken wie ein Dolch. »Wer ist das?«

»Keine Ahnung«, hörte Blue den Mann im Zweireiher antworten. »Irgendeine Kellnerin.«

»Bringen Sie sie zurück!«

»Was meinen Sie?«

»Ich sagte, dass Sie das Mädchen zurückholen sollen!« Ihre Stimme war pötzlich schrill. »AUF DER STELLE!«

»Wie Sie wünschen, Madame.«

Gleich darauf hörte Blue energische Schritte hinter sich. Männerstiefel.

»Du da!«

Auf dem Podium wurden Stühle gerückt und direkt vor ihr öffnete Priena die Tür zum Gang.

»He, ihr da! Habt ihr nicht gehört? Ihr sollt stehen bleiben!«

»Das könnte euch so passen«, zischte Elek, indem er die Tür zuschlug und den Teewagen mit geschickten Griffen unter der Klinke verkantete.

»Aber wo sollen wir denn jetzt hin?«, wandte sich Blue voller Verzweiflung an Priena.

»Nehmt die Verbindungstür, rüber ins Hotel. Zimmer 204, ihr wisst schon.« Sie griff unter ihre Schürze und zog einen winzigen silbernen Schlüssel hervor. »Hier«, sagte sie. »Damit öffnet ihr jedes Schloss in diesem Haus.«

»Wir sollen in dieses ... dieses Spukzimmer?« Elek ließ die Tür zum Saal keine Sekunde aus den Augen. Wütende Tritte und Fausthiebe auf der anderen Seite ließen den Teewagen erzittern und aller Voraussicht nach würde es nicht mehr lange dauern, bis das behelfsmäßige Hindernis nachgab. »Denkst du wirklich, dass das eine gute Idee ist?«

»Ich wüsste keinen anderen Ort, wo ihr hinkönntet«, entgegnete das Mädchen. »Das Hotel ist vom Keller bis unters Dach voll mit diesen Leuten. Und gemessen an dem Aufstand, den die dadrin veranstalten, bin ich ziemlich sicher, dass ein paar von denen auch schon auf dem Weg in die Gaststube sind.«

Blue blickte den düsteren Flur hinunter. »Dann müssen wir Stella und Spence warnen.«

»Keine Sorge«, versicherte Priena, »das übernehme ich.« Sie drückte Blue den Schlüssel in die Hand und verschloss ihr die Finger. »Und jetzt verschwindet. Ich sorge dafür, dass eure Freunde heil da rauskommen!«

Die Treppe war alt und ächzte bedrohlich, als Blue und Elek die ausgetretenen Stufen hinaufstürmten.

»Nummer 204 ist da runter«, keuchte Elek nach einem kurzen Blick auf den Lageplan an der Wand.

Blue spurtete hinter ihm her. Auch hier oben, im zweiten Stock, war die Beleuchtung denkbar schlecht. Rechts und links des düsteren Flurs reihte sich Zimmer an Zimmer. Vor einigen der Türen standen Schuhe. Hier und da auch mal ein Tablett mit benutztem Geschirr.

»Hier ist es!« Elek stoppte vor der letzten Tür auf der linken Seite, die genauso nachlässig geweißt war wie die übrigen. »Zimmer 204.«

»Na, dann mal rein in die gute Stube.« Blue versuchte ein Lachen. »Sehen wir uns an, was seit angeblich zwanzig Jahren keiner mehr zu Gesicht gekriegt hat …«

Sie steckte den Schlüssel ins Schloss und drehte ihn vorsichtig herum. Und tatsächlich: Die Tür ließ sich problemlos öffnen.

Aus dem Inneren des Zimmers schlug ihnen der muffige Geruch eines Raumes entgegen, der schon seit einer halben Ewigkeit nicht mehr gelüftet worden war.

Eleks Hand tastete an der Wand neben der Tür nach einem Lichtschalter. »Glaubst du im Ernst, dass sich die Grauen von irgendeiner blöden Spukgeschichte davon abhalten lassen, hier drin nach uns zu suchen?«, fragte er.

»Nein.« Blue machte einen zögernden Schritt in den Raum hinein. Im Lichtkegel der Tür tanzten winzige Staubteilchen. »Vermutlich nicht.«

»Dann sollten wir uns auch gar nicht erst lange hier aufhalten.« Elek reckte den Hals. »Am besten, wir klettern aus dem Fenster.«

»Das hier ist der zweite Stock«, merkte Blue vorsichtig an.

»Na und?«, gab er zurück. »Vielleicht gibt es ja einen Balkon, von dem aus wir uns abseilen können. Oder zumindest einen Mauervorsprung oder so was.«

Blue dachte an das Felsplateau, auf dem sie nach ihrer Verfolgung des Glasmenschen gelandet waren. »Möglich …«

»Achtung, ich mache Licht!«

Sie zog instinktiv den Kopf ein, als an der Decke über ihnen ein riesiger Kristalllüster aufflammte. Doch nur Augenblicke später ertönte ein lauter Knall und das Licht verlosch wieder.

»Das war wohl ein Kurzschluss«, bemerkte Elek trocken.

Blue kniff die Augen zusammen. »Meinst du, es gibt noch andere Lampen?«

»Bestimmt. Ich habe eine neben dem Bett gesehen. Warte mal!«

Während er suchte, scannte Blue die Dunkelheit, die sie umgab, nach potenziellen Gefahren ab. Der kurze Moment der Helligkeit hatte nicht ausgereicht, um einen echten Eindruck von Zimmer 204 zu gewinnen. Trotzdem versuchte sie, die flüchtigen Details zu so etwas wie einem Gesamtbild zusammenzusetzen. Da war ein grün gekachelter Kamin an der Wand, links von ihnen. Sie nickte. Ein düsteres Ölbild mit einem Hirsch über dem Schreibtisch. Und auch … Ja, dachte Blue, eine höchst ungewöhnliche Tapete!

Wie aufs Stichwort flammten just in diesem Augenblick die beiden Nachttischlampen links und rechts des Doppelbettes auf und Blue sah, dass nahezu das komplette Zimmer mit der besagten Tapete ausgestattet war. Sie schien sehr alt und wertvoll zu sein und zeigte eine verwunschene Waldlandschaft: eine Reihe von hohen Stämmen, deren Kronen der Betrachter allenfalls erahnen konnte. Dichtes Unterholz. Und Farne, die ihre langen, fedrigen Blätter flach über den Boden streckten, als wollten sie nach dem Betrachter greifen.

Staunend blickte Blue sich um.

Anders als bei gewöhnlichen Tapeten, die maschinell bedruckt wurden, schien es bei dieser Wandverkleidung nirgendwo auch nur die geringste Wiederholung zu geben. Jedes Blättchen, jeder Ast schien in seiner Form und Ausrichtung absolut einzigartig zu sein. Als ob sie tatsächlich mitten im Wald stünden …

»Die sieht total echt aus, nicht wahr?«, flüsterte Elek neben ihr.

»Kann man wohl sagen.« Blue wandte den Kopf. »Alles klar bei dir?«

»Es ist gespenstisch, aber …« Er zögerte. »Ich habe das Gefühl, dass ich diesen Wald schon mal irgendwo gesehen habe.«

»Sehen Wälder nicht irgendwie immer so aus?«

Elek schüttelte den Kopf. »Oh nein, ganz und gar nicht. Und, glaub mir, ich war schon in vielen Wäldern. Trotzdem hatte jeder einzelne von ihnen seinen ureigensten Charakter. Seinen ganz spezifischen Geruch und Geschmack und …« Er unterbrach sich. »Sag mal, spürst du das auch?«

»Ja«, nickte Blue. »Es zieht.«

»Vielleicht ist die Tür nicht richtig zu.«

»Doch, ist sie. Ich habe …« Der plötzliche Druck von Eleks Hand auf ihrem Arm schnitt Blue das Wort ab und gebannt folgten ihre Augen seinem ausgestreckten Zeigefinger zur Wand, wo sich etwas verändert hatte.

Sie brauchte einen Moment, um zu begreifen, was es war, doch nachdem Elek die Lampen neben dem Bett ausgeknipst hatte, sah sie es auch: Da war Mondlicht, das durch die hohen Stämme schimmerte. Es fiel aus der Wand und zauberte geheimnisvolle Streifenmuster auf den alten Teppichboden zu ihren Füßen. Und mit einem Mal konnten sie den Wald auch riechen!

Blue schüttelte irritiert den Kopf.

Das gesamte Zimmer duftete nach Moos und Borke. Und wenn man sehr aufmerksam war, konnte man sogar die Tannennadeln riechen, über die ein sanfter Wind strich, und … Blues Atem stockte. An einem der Baumstämme krabbelte wirklich und wahrhaftig ein Käfer! Sein schwarzer Panzer schillerte im Mondlicht und selbst das leise Schaben seiner Beine auf der rauen Borke war in der Stille des Zimmers deutlich zu hören.

»Bitte sag mir, dass das irgendein komischer 3-D-Effekt ist«, raunte sie Elek ins Ohr, doch wie erwartet sagte er nichts, das irgendwie zu ihrer Beruhigung beigetragen hätte.

Dafür drang ein leises Rascheln aus dem Unterholz, gefolgt von einem unterdrückten Kichern, das Blue irgendwie bekannt vorkam …

»Stella?«, rief sie entgeistert. »Bist du das?«

»Meine sehr verehrten Damen und Herren, wir begrüßen Sie

in Zimmer 204, Ihrem ganz persönlichen Ich-bin-dann-mal-weg-Zimmer!« Mit feierlicher Miene trat ihre Freundin hinter dem Stamm einer dicken Eiche hervor. Spencer folgte ihr. »Oder sollte ich vielleicht besser sagen: Willkommen im Irrgarten des raffinierten Mr Bleegan?«

»Kein Wunder, dass Walburga hier nie irgendwen angetroffen hat«, murmelte Elek, der bereits voller Interesse die moosbewachsenen Stämme erkundete.

Als echtes Zirkuskind rechnete er schon von Haus aus praktisch nie mit echter Magie, sondern suchte selbst noch in den verblüffendsten Situationen sofort nach dem Trick, der einem bestimmten Effekt zugrunde lag. »Aber ... Wie, um Himmels willen, funktioniert so was?«

»Das kann ich dir leider auch noch nicht verraten«, entgegnete Spence mit einem breiten Grinsen. »Fest steht nur, dass es sich um eine Art Taschenspielertrick handelt – einen ziemlich perfekten, nebenbei bemerkt – und dass dieser Trick mit den Schaltern da drüben zu tun hat.«

Elek drehte sich um. »Die neben dem Bett?«

»Genau.« Spencer rückte den kleinen Nachtschrank zur Seite, um zu demonstrieren, was er meinte. »Mit den beiden äußeren Schaltern machst du die Nachttischlampen an und aus. Und der in der Mitte ist für die Tapete. Siehst du?«

Elek nickte.

»Wenn du hier draufdrückst, öffnet sich so etwas wie eine zweite Ebene«, fuhr Spencer eifrig fort. »Und wenn du noch mal drückst, hast du exakt zehn Sekunden, bevor sich das Ganze – oh Wunder! – wieder in eine stinknormale Tapete verwandelt.«

»Und was ist dahinter?«

»Du meinst hinter den Bäumen?« Spencer lachte. »Bäume.«

»Ernsthaft?«

»Ja, ernsthaft. Wir sind zwar nicht weit gegangen, aber dieser Wald war definitiv noch lange nicht zu Ende.«

Eleks Finger fuhr prüfend über die Blätter eines Farns. »Wisst ihr, woran mich das Ganze hier erinnert?«

Stella schüttelte den Kopf. »Nein. Woran?«

»An ein Spiegelkabinett.« Er strahlte. »Ihr wisst schon, so ein Zimmer, wo sich anscheinend immer neue Räume auftun und wo man trotzdem alle paar Meter gegen eine Wand rennt. Und irgendwo sitzt jemand in einem Kontrollraum und lacht sich kaputt, dass man sich so dämlich anstellt.«

Das Bild, das er skizzierte, erfüllte Blue mit Unbehagen, ohne dass sie einen konkreten Grund für ihre Empfindung ausmachen konnte. »Ich glaube nicht, dass ich da reinmöchte.«

»Ehrlich, es ist halb so schlimm«, versuchte Stella, sie zu beruhigen. »Ganz abgesehen davon, dass uns sowieso nichts anderes übrig bleibt. Wir haben die Fenster gecheckt, aber die liegen viel zu hoch, als dass wir da rauskämen. Außer Elek vielleicht«, setzte sie einschränkend hinzu, doch der winkte umgehend ab.

»Ohne euch gehe ich nirgendwohin.«

»Dann bleibt nur die Tapete«, entgegnete Stella mit einem entschuldigenden Blick in Blues Richtung.

»Wieso seid ihr eigentlich überhaupt hier?«, fragte Blue. »Hatten wir nicht ausgemacht, dass ihr in der Gaststube wartet?«

»Ja, schon.« Ihre Freundin zog schuldbewusst den Kopf ein. »Aber wir haben uns Sorgen gemacht, weil ihr nicht wieder aufgetaucht seid. Und dann sind wir zwei von DENEN in die Arme gelaufen und mussten abhauen …«

Ein Geräusch draußen auf dem Korridor ließ sie innehalten.

Jemand rannte …

»Schnell!«, rief Spence, eine Hand schon an den Schaltern. »Ab in den Wald mit euch!«

Doch Blue zögerte. Aus irgendeinem Grund hatte sie das Gefühl, dass es besser war, noch zu warten. Und die atemlose Stimme, die sich kurz darauf von der anderen Seite der Tür meldete, gab ihr recht: »Hallo, ihr beiden? Seid ihr dadrin? … Ich bin's, Priena!«

Blue rannte los und öffnete.

»Eure Freunde«, japste ihre junge Komplizin, kaum, dass sie geöffnet hatte. »Ich habe … alles getan, um sie zu finden … Aber sie … Sie waren nicht mehr da.«

»Keine Sorge«, lachte Blue. »Sie sind hier.«

»Wirklich?« Priena entspannte sich ein wenig. »Na, da bin ich aber froh. Ich dachte schon, DIE wären mir zuvorgekommen.«

»Nein, nein, alles in Ordnung. Und wie es scheint, haben wir sogar eine Möglichkeit gefunden, wie wir hier rauskommen.« Blue lief zum Bett und demonstrierte Priena die Sache mit den Lichtschaltern und der Wand.

»Das ist ja abgefahren«, staunte das Mädchen. »Aber woher wollt ihr wissen, dass es da drinnen in diesem … Wald … Ich meine, woher wollt ihr wissen, dass es dort einen Weg gibt, der nach draußen führt?«

»Es *muss* so sein«, sagte Stella, die sich – wie immer – voll und ganz auf die Gesetze der Logik verließ. »Immerhin hat kein einziger von Mr Bleegans Besuchern dieses Zimmer durch die Vordertür verlassen.«

»Das könnte rein theoretisch auch andere Gründe haben«, entgegnete Spence.

»Ach ja?«, fragte Stella. »Und welche?«

»Vielleicht hat Mr Bleegan seine Besucher ermordet und anschließend aufgegessen. So was soll vorkommen.«

»Idiot!« Blue knuffte ihn. »Hör gefälligst auf, uns solche Angst zu machen!«

»Still!« Elek schickte einen warnenden Blick Richtung Tür. »Hört ihr nicht? Da kommt schon wieder jemand …«

Und tatsächlich: Auf dem Flur vor ihrem Zimmer näherten sich Stimmen.

»Wir teilen uns auf!«, rief ein Mann.

Und ein anderer antwortete: »Gut, ihr nehmt diese Seite. Wir kümmern uns um die Räume da drüben.«

»Allerhöchste Zeit!« Blue sah Priena an. »Und du bist sicher, dass du uns nicht begleiten willst?«

Das Mädchen nickte. »Es ist viel unauffälliger, wenn ich hierbleibe. Und vielleicht kann ich sie sogar irgendwie ablenken.«

»Riskier nicht zu viel«, warnte Blue. »Diese Leute sind zu allem fähig.«

»Wer Walburga übersteht, übersteht auch alles andere«, entgegnete Priena mit einem verschwörerischen Augenzwinkern. »Und wenn es gar zu schlimm wird, flüchte ich zu Mrs U. Die ist in Ordnung.«

»Oh ja«, nickte Stella. »Das ist sie!«

»Wer ist Mrs U?«, fragte Blue, doch es blieb keine Zeit für eine Erklärung, denn die Stimmen auf dem Gang waren bereits bedrohlich nahe. »Gib acht auf dich«, flüsterte sie Priena ins Ohr.

Dann folgte sie den anderen in die Tapete.

Als sie unter den Bäumen stand, sah sie, wie Priena den Schalter betätigte. Doch überraschenderweise änderte sich dadurch rein gar nichts. Zumindest nicht aus dieser Perspektive. Blue konnte noch immer problemlos das Bett und den Kamin erkennen.

Wirklich krass, dachte sie.

»Komm weiter«, mahnte Stella.

Unter ihren Füßen knisterte Laub, als sie immer tiefer in den Wald liefen. Und es schienen tatsächlich ganz normale Bäume zu sein. Mit normaler Rinde und normalen Ästen. Trotzdem bewegte sich Blue überaus vorsichtig. Sie wurde das Gefühl nicht los, sich in einer riesigen Kulisse zu befinden. Als ob sie Teil einer gigantischen Inszenierung wären.

Der Gedanke gefiel ihr nicht.

»Verdammt«, fluchte Elek neben ihr. »Jetzt weiß ich auch endlich, woran mich dieser Wald erinnert!«

Sie blickte ihn fragend an.

»Es sieht hier fast genauso aus wie auf dem Weg zu dieser Lichtung«, erklärte er. »Die, auf der Parrhesius' Hütte stand.«

»Ist das gut?«, fragte Stella.

Doch niemand wagte, ihr zu antworten.

Nach und nach wurde der Wald immer dichter. Der Mond hatte sich hinter schwarzen Wolken versteckt und der Wind frischte spürbar auf.

Es wird regnen, dachte Blue. Höchste Zeit, dass wir irgendwo unterkriechen!

»Schaut euch mal die Felsen da drüben an«, flüsterte Elek und zeigte einen kleinen Abhang hinauf. »Sieht das nicht so aus, als ob da eine Höhle ist?«

Und wirklich tat sich mitten in dem dicht bewachsenen Hügel ein schmaler Spalt auf, der sich bei näherem Hinsehen als Zugang zu einem Stollen entpuppte.

Warum auch nicht?, dachte Blue. Immerhin ist das hier mal eine bedeutende Bergbauregion gewesen!

Allerdings schien die Mine, zu der der Stollen gehörte, schon längere Zeit nicht mehr genutzt zu werden, denn rund um den Eingang hatte sich jede Menge Schutt und loses Geröll angesammelt.

»Oh nein, da gehe ich auf gar keinen Fall rein!« Stellas angstvolle Augen schimmerten durch die Dunkelheit wie schwarze Perlen. »Ehrlich, Leute. Mein Bedarf an Tunneln ist für die nächsten zehn Jahre gedeckt und …« Sie brach erschrocken ab, als ein Blitz über den düsteren Nachthimmel zuckte und den Wald für ein paar Sekunden taghell erleuchtete.

Gleich darauf folgte ein ohrenbetäubender Donner.

»Okay. Einverstanden. Ihr habt mich überredet.« Stella warf einen vorwurfsvollen Blick in den Himmel. »Aber wir bleiben ganz hier vorne, ja?«

»Sicher doch. Hab keine Angst.« Spence streckte die Hand aus, um ihr über die Schotterhaufen am Eingang zu helfen.

Doch diese Blöße wollte sich Stella nun doch nicht geben. »Bemüh dich nicht«, entgegnete sie spitz. »Ich komme schon klar.«

Einer nach dem anderen krochen sie zwischen den niedrigen

Felsen hindurch, und als der nächste Blitz die Nacht erhellte, konnte Blue hoch über sich ein paar altersschwache Stützbalken erkennen.

»Ist doch urgemütlich hier«, befand Spence, der sich bereits auf einem Felsvorsprung niedergelassen hatte. »Fehlt nur noch was zu essen.«

»Du kannst gerne zurückgehen und deine Butterklopse holen«, zischte Stella, die noch immer beleidigt war, weil sie glaubte, eine schlechte Figur gemacht zu haben. »Alternativ könnte ich dir ein paar Tropfen von Giselas Nährlösung anbieten.«

»Lass gut sein«, lachte Spence. »Ich bin sowieso zu müde zum Essen.«

Ja, dachte Blue, ich auch …

Sie wählte einen Platz in der Nähe des Eingangs, weil sie den freien Blick in den Himmel so beruhigend fand. Und da es trotz des aufziehenden Regens nicht kalt war, zog sie ihre Jacke aus und legte sie auf die blanken Steine, um es wenigstens ein bisschen weich zu haben.

Neben ihr gab Stella ein überraschtes Quietschen von sich. »Huch! … Hier ist ja Heu!«

»Heu?« Blue runzelte die Stirn. »Wo sollte das denn herkommen?«

»Ja, aber fühl doch mal!« Stella tastete nach der Hand ihrer Freundin und führte sie zu einem Hohlraum zwischen zwei Steinen, in dem tatsächlich etwas steckte, das sich wie getrocknetes Gras oder getrocknete Blüten anfühlte. »Hier ist jede Menge von dem Zeug. Wartet, ich gebe euch was rüber.«

»Ich weiß ja nicht …« Blue hob die Fasern, die Stella ihr reichte, an die Nase. Sie rochen höchst unterschiedlich, manche süßlich und angenehm, andere eher muffig. Doch als der nächste Blitz den Stolleneingang erhellte, sah sie, dass es wirklich getrocknete Pflanzen waren. Lange Halme mit ausgedörrten Blüten an den Enden, grasartige Büschel und dergleichen mehr.

Sie polsterten den Boden rund um ihren Schlafplatz großzügig ab und wollten sich gerade wieder in ihre Jacken kuscheln, als sich ein neues Geräusch in das gleichmäßige Prasseln des Regens mischte. Es hörte sich an, als ob ein Fingernagel über eine Schiefertafel kratzte …

Blue hielt erschrocken die Luft an. »Was ist das?«

»Oh, Mann! Das ist ja nicht zu ertragen!«, schimpfte Spence, während Elek bereits einen Schritt weiter war und mit kampfeslustig geballten Fäusten vor dem Eingang zum Stollen stand.

»Was immer es ist«, drohte er, »ich werde es …«

»Elek …« Stellas Stimme klang ziemlich kläglich.

»Ja?«

»Du kannst dich wieder entspannen.«

»Wieso?«

»Weil das … Also, dieses … äh … Geräusch … Das … ist nichts Gefährliches.«

Elek ließ die Fäuste sinken. »Nicht?«

»Nein.«

»Sondern?«

»Na jaaaa, also das …« Das Heu raschelte, als Stella sich verlegen auf ihrem Lager hin und her wand. »Das macht sie manchmal, wenn sie … Es kommt nicht besonders oft vor, aber wenn es vorkommt, dann klingt es wie … Es ist …«

»Herrgott noch mal, sag doch einfach, was du sagen willst!«, fuhr Elek auf. »Das hier ist nämlich wirklich nicht die passende Situation, um …«

»Gisela niest, okay?«, fiel Stella ihm ins Wort.

An seiner Haltung sah Blue, dass Elek mit dieser Antwort komplett überfordert war. »Wer ist Gisela?«

»Meine Mücke.«

»Deine … was?«

»Meine Mücke«, wiederholte Stella. »Culex moskitotrophiens.«

»Ein Insekt«, beeilte sich Blue hinzuzufügen, bevor der arme

Elek endgültig den Verstand verlor. »Es lebt in Stellas Armbanduhr.«

»Aber sicher doch! Alles klar!« Er lachte laut und herzhaft, aber es klang trotzdem eher hilflos. »Ihr habt mich drangekriegt. Coole Idee, zugegeben. Und ECHT WITZIG. Aber jetzt würde ich doch ganz gern rauskriegen, was dieses haarsträubende Geräusch macht, falls niemand was dagegen hat, und …«

Er unterbrach sich, als Spence, der inzwischen auch für Licht gesorgt hatte, ihm kurzerhand Stellas Uhr unter die Nase hielt. »Sie haben keinen Witz gemacht«, erklärte er, wobei er sich die größte Mühe gab, eine möglichst große Distanz zwischen sich und die Mädchen zu legen. »Stella hält sich wirklich eine Mücke als Haustier. Und sie …. Na ja, sie lebt hier drin.« Er deutete auf das gewölbte Uhrenglas, das von Giselas heftigen Niesattacken völlig beschlagen war.

»Leider hat sie eine ziemlich böse Allergie«, ergänzte Stella. »Die hatte sie schon, als ich sie übernommen habe. Aber es ist viel besser geworden, ehrlich. Seit Gisela nicht mehr sticht, ist die Zahl ihrer Anfälle um mehr als achtzig Prozent zurückgegangen.« Sie warf dem blinden Uhrenglas einen liebevollen Blick zu. »Und wenn wir so weitermachen, hat sie irgendwann gar keine Probleme mehr.«

»Lasst mich das noch mal zusammenfassen …« Elek sank entnervt auf sein improvisiertes Nachtlager zurück. »Nur damit ich das richtig verstehe: Stella hält sich eine Mücke als Haustier, die zwar nicht sticht, aber dafür unter einem tierischen Heuschnupfen leidet. Und bei diesem komischen Kreischen, was wir hier andauernd zu hören bekommen, handelt es sich um … ihre Nieser?«

Stella strahlte ihn an. »Ja. Genau.«

Er schüttelte den Kopf. »Und ich dachte immer, Zirkusleute wären schräg …«

»Ich verstehe das nicht, die Ärmste war nun schon so lange beschwerdefrei«, murmelte Stella, ohne auf seine Bemerkung einzugehen. »Aber vermutlich liegt es an diesem komischen Kräuterzeug, das hier überall verteilt ist. Das Zeug riecht echt intensiv.«

»Sollte Gisela dann nicht lieber draußen schlafen?«, stichelte Elek, während Blue und Spencer bereits wieder lagen. Und etwas leiser fügte er hinzu: »Wo sie im Übrigen auch hingehört …«

»Auf gar keinen Fall«, entgegnete Stella eifrig. »Die Ärmste würde umkommen vor Angst ohne Kontakt zu ihrem Rudel. Mücken sind nämlich viel sozialere Tiere, als man gemeinhin glaubt, und wenn man sie allein lässt, sind sie furchtbar leicht zu …«

»Gute Nacht«, unterbrach Spence, dem die Sache allmählich zu bunt wurde.

»Nacht.« Die getrockneten Blüten raschelten, als Stella sich zu Tode beleidigt in ihre Jacke kuschelte. »Mach dir nichts draus, Gisela«, hörte Blue sie flüstern, »diese Ignoranten können gar nicht ermessen, was es bedeutet, sich in einem fremden Lebensraum zurechtzufinden. Aber du machst das wirklich ganz super, meine Süße. Ehrlich. Und … Was meinst du? … Ja, das wünsche ich dir auch. Und schlaf schön!«

Blue schüttelte nachsichtig den Kopf. Manchmal war ihre Freundin echt speziell!

Sie sah hinauf in den tief hängenden Himmel und allmählich ließen auch Giselas Kreischer nach, sodass sie schließlich einer nach dem anderen in einen tiefen, erschöpften Schlaf fielen, den nicht einmal mehr das Toben des Donners stören konnte.

Miss Luckocks Gewerbe

Als Blue aufwachte, war es helllichter Tag. Doch das Licht war keineswegs das Erste, was sie wahrnahm. Viel wichtiger war die Erkenntnis, dass sie sich nicht bewegen konnte.

Sie brauchte eine Weile um sich darüber klar zu werden, dass die Starre, die sie empfand, nicht an ihr lag. Dann allerdings war sie sicher: Sie war nicht gelähmt, sie war gefesselt!

Voller Schreck wollte sie nach ihren Freunden rufen. Doch auch das gelang ihr nicht. Da war ein Klebeband, quer über ihrem Mund. Ein Stück Plastik, das ihren Schreckensschrei in ein dumpfes Zischen verwandelte.

»Aha, wach!«, triumphierte eine fremde Stimme ganz in ihrer Nähe. Im nächsten Moment landete etwas auf ihrem Brustkorb, das sich wie ein großer Affe anfühlte. »Unmögliche Jugend, daff. Kein Reffpekt vor nichz, daff.« Das Gesicht ihres Angreifers schwebte so dicht über ihrem, das Blue praktisch nichts erkennen konnte. »Keine Achtung vor anderer Leute Eigentum. Nicht wiffen, waff gehört fich.«

Blue gab einen erstickten Laut von sich.

»Waff fagxt du?«

Sie schielte nach dem Klebeband über ihren Lippen.

»Ach fo, daff.« Die Gestalt wich ein paar Zentimeter zurück und Blue erkannte ein Paar tief liegende, von unzähligen Falten umrahmte Augen. Dann schob sich ein erschreckend krummer Finger unter den Rand ihrer Mundfessel und riss das störrische Plastik in einem einzigen Rutsch herunter.

»Aua!«

»Oh nein, kein Mitleid nicht. Nicht deine Höhle, daff.«

Noch immer konnte Blue ihren Angreifer nicht in voller Größe sehen. Allerdings saß dieses seltsame Ding ganz klar auf ihrem Brustkorb. Und DAS wurde allmählich echt unbequem! »Entschuldigung?«

»Warum du fragen daff? Bifft du nicht ficher, daff du meinft, waff du fagxt?«

»Entschuldigung!«, wiederholte Blue, dieses Mal mit einem deutlich hörbaren Ausrufezeichen am Ende.

Doch auch das nützte ihr wenig. »Nicht zu entfuldigen, daff«, befand das Wesen, das gemessen an seinen Falten ungefähr dreihundert Jahre alt sein musste. »Zerftören Fachen, die. Arbeit von Wochen, daff.«

»Wir haben nichts kaputt gemacht«, empörte sich Blue. »Wir haben hier nur übernachtet.«

»Und waff ifft daff?« Die Gestalt hielt ihr vorwurfsvoll ein Bündel trockenes Gras unter die Nase. »Ruiniert fie haben meine fönen Flanzen. Gefamte Ernte von Minnie Luckock!«

Blue schüttelte verständnislos den Kopf. »Ernte?«

»Heilkräuter daff, feeeeehr wertvoll.«

Sie schielte nach ihren Freunden, konnte aber nur Eleks Jacke entdecken, die auf einem Felsvorsprung lag. »Oh, daff …« Himmel, noch mal, diese komische Sprache machte einen ja völlig irre! Blue räusperte sich. »Das lag ganz gewiss nicht in unserer Absicht«, versicherte sie. »Ganz ehrlich. Wir haben nur Schutz gesucht. Vor dem Gewitter. Und es war auch schon dunkel, als wir ankamen.«

»Hmmmmmmmm …« In den trüben braunen Augen Minnie Luckocks schimmerten erste Zweifel. »Ficher, daff?«

»Ganz ficher«, nickte Blue. »Und jetzt färe es echt toll, wenn Sie mich losbinden könnten. Mir werden nämlich allmählich die Finger taub.«

Die Gestalt stöhnte und machte sich dann widerwillig an ihren Fesseln zu schaffen. Es war tatsächlich eine Frau, uralt und knorrig wie eine Mangrovenwurzel. Entsprechend schwer tat sie sich mit den festen Knoten, die Blues Füße zusammenhielten.

»Wo sind meine Freunde?«

Minnie Luckock richtete sich auf und zeigte hinter sich, wo Stella kopfüber von der Decke baumelte. Ihr Gesicht war bereits knallrot angelaufen und verdächtig geschwollen und ihre Augen flimmerten unter den geschlossenen Lidern, als ob die arme Stella mitten in einem schrecklichen Albtraum stecke.

»Um Himmels willen«, rief Blue entsetzt. »Was haben Sie mit ihr gemacht?«

»Einbrecher fie find«, keifte die Alte. »Heilkräuterdiebe!«

»Ich versichere Ihnen hoch und heilig, dass wir nicht vorhatten, Ihnen irgendetwas wegzunehmen.« Blue hatte alle Mühe, ruhig und sachlich zu bleiben. Aber sie wollte Minnie Luckock auch nicht unnötig reizen, solange ihre Hände gefesselt waren. »Und falls wir, ohne es zu wollen, irgendeinen Schaden angerichtet haben sollten, werden wir ihn selbstverständlich ersetzen.«

»Wie daff?«

»Ich habe Geld.«

Die Alte stieß ein verächtliches Kichern aus und zog den Geldschein aus der Tasche, den Blue von ihrem Vater bekommen hatte. »Fünffig Dukaten, daff! Denkxt du im Ernft, daff reicht für Minnies wertvolle Kräuter, daff?«

»Nicht?« Blue bedachte die unscheinbaren Pflanzenfasern auf dem Boden mit einem erstaunten Blick. »Ich ...«

»Unfätzbare Werte, daff«, murmelte die Alte und aus irgendeinem Grund musste Blue an das Beispiel denken, das Igelfly ihr gegeben hatte: *Nehmen wir mal an, du bist krank und es gibt auf der ganzen Welt nur eine einzige Medizin, die dir helfen kann. Wenn du nicht weißt, wo du die Pflanze, die dich heilen kann, findest, hast du Pech, nicht wahr?*

Sie musterte die Bewohnerin der Höhle mit neuem Interesse. Ob Minnie Luckock vielleicht sogar eine Hüterin war? Aber in diesem Fall hätte sie sich doch für mein Chronal interessiert, widersprach Blue sich selbst. Immerhin hatte Minnie auch den Geldschein gefunden und an sich genommen. Doch das Chronal steckte nach wie vor in Blues Tasche. Sie konnte es fühlen, wenn sie sich bewegte.

»Blue ...«

Das war Spencer!

»Hilfe!«

Blue wandte alarmiert den Kopf und entdeckte die beiden Jungs an der hinteren Stollenwand. Auch sie waren an den Fußgelenken aufgeknüpft und Elek schien halb ohnmächtig zu sein. Zumindest rührte er sich nicht. Spencer hingegen zappelte wie ein Fisch auf dem Trockenen und sein Gesicht war noch röter als Stellas ...

»Miss Luckock, BITTE!« Blue zerrte an ihren Fesseln, die leider noch immer bombenfest saßen. »Machen Sie meine Freunde los! Wenn Sie sie noch länger da hängen lassen, verlieren sie das Bewusstsein.«

»Nicht mein Problem«, entgegnete die Alte ohne Mitleid.

Blue wollte gerade den Mund öffnen, um etwas Passendes zu entgegnen, als sie einen Schatten bemerkte, der aus dem schummrigen Halbdunkel hinter Minnie Luckock geschossen kam. Dem Schatten folgte ein dumpfer Schlag und ein kurzes Handgemenge.

Dann lag die selbst ernannte Kräutersammlerin am Boden und Elek kniete drohend über ihr.

»Laff lof, du Bengel!«, schimpfte die Alte, während sie erfolglos versuchte, wenigstens ihre Arme zu befreien. »Wehrlofe Frauen hauen, daff!«

»Wehrlos?« Elek stieß ein spöttisches Lachen aus. »Das ist ja wohl nicht Ihr Ernst, Lady! Wer hat denn hier wen gefesselt?«

»Felbftverteidigung ifft ein Grundrecht in diefem Land«, empörte sich Minnie. »Vor allem, wenn halbwüxige Chaoten über arme, alte Frauen herfallen.«

»Mir kommen gleich die Tränen«, versetzte Elek und fesselte gewissenhaft ihre Arme und Beine. Erst dann stand er auf, löste Blues Handfessel und wandte sich anschließend auch Stella und Spence zu.

»Niemand löfen Knoten von Minnie.« Die Alte ließ ein leises Wimmern hören, das wohl an Eleks Mitgefühl appellieren sollte. »Befondere Technik, daff.«

»Doppelte alexandrinische Gordialschlinge.« Elek machte eine abfällige Handbewegung. »Ist eine von den einfachsten Fesselungen, die man machen kann.«

Aus Minnie Luckocks Augen schossen wütende Funken. »Woher du wiffen daff, Bubi, waff? Wer zum Teufel bifft du, daff du dir anmaft, zu reden wie ein arroganter Affe?«

»Wieso arrogant?«, verteidigte sich Elek. »So ein lächerliches Ding kriegen ja sogar die Assistentinnen meines Vaters hin. In zwei Minuten.«

»Waff ifft dein Vater? Feefahrer?«

»Nein, Illusionskünstler.«

»Oooohhhhh .... « Die braunen Augen weiteten sich voller Anerkennung. »Zirkuff, waff? Daff die Fache ändert!«

»Ach ja?« Elek verzog das Gesicht. »Und wieso, wenn ich fragen darf?«

Die Alte stieß einen verzückten Seufzer aus. »Minnie Luckock liebt den Zirkuff.«

»Und wenn ich Sie losbinde, hauen Sie mir eine runter, stimmt's?« So leicht war Elek nicht zu überzeugen. »Nein, nein. Das wollen wir doch lieber nicht riskieren.«

Blue warf ihm einen flehenden Blick zu. »Bitte, Elek, mach sie los. Ich denke, sie ist wirklich harmlos.«

»Klugeff Mädchen daff«, lobte Minnie. »Fiemlich klug und fiemlich rothaarig.«

Ja, toll! Blue warf ihr einen vernichtenden Blick zu. Vielen Dank auch! Diesen Hinweis hätte es jetzt wirklich nicht gebraucht!

Die Alte schien ihre Gedanken zu erraten und grinste. »Bifft du fauer?«

»Nein.« Blue biss sich auf die Lippen. »Ich mag meine Haarfarbe bloß nicht besonders.«

Über Minnie Luckocks runzeliges Gesicht goss sich Unverständnis. »Wiefo? Föne Farbe daff ifft. Wenige haben.«

Ja, dachte Blue. Genau das ist es ja, was mich so daran stört! Ich hasse es, aus dem Rahmen zu fallen …

»Rot nie nur die Farbe ifft«, fuhr die Alte indessen sinnend fort. »Eff ifft immer auch eine Frage def Charakterf …«

Blue sah Elek an. »Könntest du sie bitte losbinden, bevor ich sie erschlage?«

»Aber sie hat dich bestohlen«, wandte er ein.

»Nicht beftohlen«, protestierte Minnie und deutete mit dem Kinn in Richtung von Blues Fünfziger. »Erfatz daff ifft, für den Faden, den ihr angerichtet habt.« Ihre Augen wanderten weiter zu den Pflanzenresten, die überall am Boden lagen. »Heilkräuter für den Bazzarillio, die.«

»Bazzarillio?« Elek horchte auf. »Reden Sie etwa von dem berühmten Markt in der Altstadt von Hayan Baba?«

»Gewiff, daff«, nickte die Alte. »Minnie verkauft ihre Kräuter da. Jeden fweiten Tag. Gutef Geld, daff ifft. Viiiiieeel mehr alf lächerlicheff Geld von lächerlicheff rothaarigeff Mädchen dort.«

Treib es nicht zu weit!, dachte Blue. Doch sie wurde abgelenkt. Elek gestikulierte wie wild und winkte sie zur Seite.

»Hast du nicht gehört?«, flüsterte er aufgeregt. »Wir sind hier ganz in der Nähe von Hayan Baba.«

Sie sah ihn verständnislos an. Hayan Baba? … Hayan Baba … HAYAN BABA! Na, klar! Blue schlug sich mit der flachen Hand gegen die Stirn. »Du meinst *das* Hayan Baba von deiner Landkarte?«

Elek nickte. »Die Stadt liegt direkt an der Grenze zu Lox. Und laut meiner Zeichnung ist es von dort nur noch ein Katzensprung bis nach …« Er sprach das Wort SCRIPTON nicht aus.

Aber Blue wusste auch so, was er meinte. »Mag sein, dass es von der Entfernung her nicht allzu weit aussieht«, bemühte sie wieder einmal ein wohlbekanntes Argument. »Nur leider liegen zwischen Hayan Baba und Du-weißt-schon-wo immer noch die Weißen Berge. Wie, bitte, sollen wir die ohne eine entsprechende Ausrüstung überqueren?«

»Da muss es noch eine andere Möglichkeit geben.« Elek zog seine Frühstücksflockenkarte aus der Hosentasche. »Siehst du das hier?« Er tippte auf eine fein gestrichelte Linie, die Anton Hellmann quer über einen Bergrücken gezeichnet hatte. »Dieser Strich ist durchgezogen bis Hayan Baba. Und danach geht er gestrichelt weiter bis auf die andere Seite der Berge …«

Blue beugte sich über die Pappe. »Ein Pass vielleicht?«

»Glaub ich nicht.«

»Aber was sollte es sonst sein?«

Elek sah sie an. »Genau das müssen wir herausfinden.« Er drehte sich um und wandte sich wieder an Minnie Luckock, die noch genauso vorwurfsvoll am Boden hockte wie zuvor. »Wie weit ist es von hier bis nach Hayan Baba?«

»Fümfehn Meilen.«

»Und die gehen Sie jeden zweiten Tag zu Fuß?«, fragte Elek ungläubig.

»Blödfinn!«, schimpfte die alte Dame los. »Waff glauft du, wie alt Minnie ifft?«

Elek wollte nicht uncharmant sein und begann aus Verlegenheit zu husten.

»Falbei«, nickte die Alte.

»Wie bitte?«

»Gegen Huften hilft Falbei.« Sie streckte ihm auffordernd ihre noch immer gefesselten Hände entgegen. »Und den beften Falbei bekommft du bei Minnie.«

»Salbei«, dolmetschte Blue.

»Ich weiff«, entgegnete Elek zerstreut.

Die Alte grinste. »Alte Leute wie Minnie rennen nicht durch die Gegend wie die angeftochenen Hafen, alte Leute fahren.«

Elek hob erfreut den Kopf. »Sie haben ein Auto?«

»Fo ähnlich, daff«, bestätigte Minnie Luckock mit einem schmeichelnden Lächeln.

»Fein«, sagte Elek. »Dann fahren Sie uns hin.«

»Wann?«

»Jetzt.«

Die Alte rieb sich die Hände. »Muff laden Wagen, erft. Viel Aufwand für eine alte Frau, daff.«

»Wir helfen Ihnen«, versicherte Elek, und an die anderen gewandt, fügte er leise hinzu: »Das ist *die* Chance, schnell und unauffällig bis zur Grenze zu kommen. Ich meine … Seht sie euch an! … Gibt es eine bessere Tarnung als diese komische Alte mit ihren Kräutern?«

Blue blickte sich nach Minnie um, die bereits mit diversen Fläschchen und Stiegen zugange war. Vielleicht, dachte sie mit einem leisen Frösteln, ist diese Frau weit mehr als eine wirre alte Kräutersammlerin … Doch sie sprach ihre Gedanken nicht aus. Sie hatten ohnehin keine andere Wahl, wenn sie vor den Grauen in Scripton sein wollten und … Blue stutzte, als ihr siedend heiß etwas einfiel. »Elek«, raunte sie.

»Ja?«

»Hast du dein Chronal noch?«

Zu ihrer Erleichterung begann er umgehend zu nicken. »Es steckt noch genau dort, wo ich's reingeschoben habe«, bestätigte er. »Offenbar hat sie's nicht angerührt.«

Das beruhigte Blue ein wenig.

»Waff ifft?«, rief Minnie. »Wolltet ihr da rumftehen und fwätzen? Oder helft ihr mir beim Aufladen?«

Blue stöhnte. »Wir sind schon unterwegff.«

Hayan Baba

Die Weißen Berge bestanden aus einer Kette erloschener Vulkane, deren bizarr geformte Krater sich gegen den rotgoldenen Abendhimmel abzeichneten wie eine Prozession geheimnisvoller Fabelwesen. Das imposante Gebirge bildete die natürliche Grenze zwischen den drei benachbarten Fürstentümern Frimaria, Charon und Lox, wobei die charonische Hauptstadt Pollux von Hayan Baba aus vergleichsweise bequem über den gut ausgebauten Hollmen-Pass zu erreichen war. Sämtliche Wege nach Lox hingegen verliefen zunächst eine ermüdende Weile parallel zu den Bergen, sodass man in jedem Fall enorme Umwege in Kauf nehmen musste, wenn man das untergegangene Fürstentum jenseits der Gipfel besuchen wollte.

Blue warf einen resignierten Blick auf die Uhr.

Sie hatten gefühlte dreieinhalb Stunden gebraucht, um Minnies Ware – Dutzende von Holzstiegen mit Tütchen, Gläsern und Schachteln – auf einen altersschwachen Karren zu laden, und noch einmal mindestens genauso lange, um einen schneeweißen Esel namens Hocks einzuspannen, der nach einer anfänglichen Totalverweigerung inzwischen zwar sein Möglichstes tat, im Angesicht des voll beladenen Wagens aber trotzdem kaum vom Fleck kam. Minnie fluchte und schimpfte auf dem Kutschbock, während Elek und Spence hinter dem Fuhrwerk herliefen und sich beim Schieben abwechselten.

Das breite Stadttor wurde von einer eindrucksvollen Reihe von Pechfackeln erleuchtet. Doch die einladende Helligkeit täuschte, denn Hayan Baba stand seit jeher in dem Ruf, neben dem bedeutendsten Basar der Region, dem sogenannte Bazzarillio, auch allerlei zwielichtiges Gesindel zu beherbergen.

Die Architektur war bereits deutlich vom orientalisch angehauchten Stil der östlichen Fürstentümer geprägt: Aus einem wilden Gewirr enger Gassen stachen zahlreiche Kuppeln und Türmchen heraus, die an Minarette oder Pagoden erinnerten. Dagegen machten die normalen Wohnhäuser eher den Eindruck, als ob ein übereifriges Riesenkind weiße Bauklötzchen in das ansteigende Gelände gestapelt hätte.

Von überallher drangen Stimmen an Blues Ohr und der berühmte Markt, der sich über mehrere Straßenzüge erstreckte, lockte mit Wohlgerüchen wie aus Tausendundeiner Nacht. Blue roch Curry und Zimt sowie den süßen Duft von Vanille, Jasmin und Ingwer. Dazu gesellten sich gebratene Ente, Couscous und jede Menge Zitrusfrüchte.

Fische jeder Größe wurden auf riesigen Eisblöcken feilgeboten und in den kesselartigen Töpfen kochten Suppen und verschiedene Gemüse vor sich hin. Außerdem gab es Stände mit Schmuck und Kunsthandwerk und jede Menge lebende Tiere, deren sehnsüchtige Rufe nach Freiheit sich mit den Liedern der zahlreichen Straßenmusiker mischten.

»Weg da, Idiot, daff«, schimpfte Minnie und trieb Hocks an einem liegen gebliebenen Moped vorbei um die Kurve. Der turmhoch beladene Karren neigte sich bedrohlich zur Seite, doch irgendwie brachten sie es fertig, nicht umzukippen.

Je näher sie dem Zentrum kamen, desto enger wurden die Gassen. Doch Minnie schien keinerlei Berührungsängste zu kennen. Manchmal passte kaum mehr ein Blatt Papier zwischen ihr Fuhrwerk und die nächste Hauswand, und was immer dem Gespann im Weg stand, wurde gnadenlos zur Seite gefegt.

An Minnies Stammplatz angekommen, wurden sie von den Besitzern der Nachbarstände mit großer Herzlichkeit begrüßt. Die

Männer halfen Elek und Spence beim Ausrichten des Karrens, während Blue und Stella Minnie beim Aufbau der Waren zur Hand gingen.

»Manchmal doch ganf brauchbar, Mädchen die«, grunzte Minnie, als sie fertig waren. »Gute Arbeit, daff.«

»Danke sehr.« Blue nahm das Baumwolltuch, das die Alte ihr reichte, und wischte sich die Schweißperlen von der Stirn. »Aber jetzt müssen wir uns leider verabschieden. Wir haben noch einen weiten Weg vor uns.«

Die Augen der Alten füllten sich mit Neugier. »Wohin wollt ihr eigentlich, daff?«

Einen Moment pendelte Blue zwischen Misstrauen und dem Wunsch, vielleicht einen Tipp hinsichtlich der Reiseroute zu bekommen. Denn mit Mr Hellmanns komischer Strich-Linie konnte sie sich – zugegeben – noch immer nicht so recht anfreunden. »Wir müssen rüber nach Lox«, begann sie vorsichtig, während sie die Reaktion der Kräutersammlerin genau beobachtete.

»Lokfff?«, wiederholte Minnie, als hörte sie den Namen heute zum ersten Mal.

»Ja, Lox. Genauer gesagt nach Scripton.«

Die Alte hatte sich hervorragend im Griff. Trotzdem konnte Blue deutlich sehen, wie sie stutzte.

Stella, die das kurze Geplänkel mitbekommen hatte, warf ihr warnende Blicke zu.

Doch Blue entschied sich dafür, einfach abzuwarten, während ihre unerwartete Eröffnung hinter Minnie Luckocks Stirn arbeitete.

»Warum Frictpon, hm?«, murmelte sie nach einer Zeit, die den beiden Mädchen wie eine Ewigkeit vorkam. »Totef Gebiet, daff. Junge Menffen, ihr. Warum follten junge Menffen den Wunff haben, eine alte, untergegangene Stadt zu befuchen?«

»Unsere Gründe haben Sie ja wohl kaum zu interessieren«, versetzte Stella mit dem ihr eigenen diplomatischen Geschick.

»Einigen wir uns vielleicht einfach darauf, dass es wirklich wichtig ist, ja?«, beeilte sich Blue, die Bemerkung ihrer Freundin zu entschärfen, denn Minnie Luckock holte bereits zu einer Entgegnung aus. »Und wir … Na ja, wir müssen wirklich so schnell wie möglich auf die andere Seite.«

»Fnell?« Die Alte schüttelte mitleidig den Kopf. »Drei Tagefreifen, daff. Um die Berge herum. Voraufgefetzt, daff ihr Geld für den Zug habt.«

Blue senkte vertraulich die Stimme. »Gibt es keinen schnelleren Weg?«

Minnie Luckock gab ein unverständliches Brummen von sich und starrte die enge Gasse hinunter, die vor Menschen nur so wimmelte.

Oh ja, allerdings!, las Blue aus ihrem Schweigen. Es gibt einen!

»Kein Weg für euch, daff«, knurrte Minnie und drehte den Kopf. »Ach, waff fag ich? Kein Weg für niemanden nicht. Fowiefo nur Gerüchte, daff. Dummeff Gerede.«

Blue umrundete die Kräutersammlerin und zwang sie auf diese Weise, ihr wieder in die Augen zu sehen. »Was für Gerüchte meinen Sie?«

Die Alte kräuselte die Lippen. »Eff gab mal eine Abkürzung, heift eff. Aber daff ifft lange vorbei. Verloren daff Wiffen von geheimen Pfaden unter den Bergen ifft.«

Ihre Formulierung ließ Blue aufhorchen. »Sie meinen, es gab einen Weg, der *unter* den Weißen Bergen hindurchführt?«

»Vielleicht ja, vielleicht nein«, antwortete Minnie Luckock ausweichend. »Bin ihn felft nie gegangen. Und kenne auch keinen, der ihn je gegangen wäre.« In ihren Augen spiegelten sich die Lichter der umliegenden Marktstände. »Alte Fmugglerpfade, daff. Fehr nützlich zu Zeiten, in denen der Handel befränkt war …«

»Unter den Bergen durch?« Stella schüttelte sich. »Oh, nein! Vergiss es! OHNE MICH!«

»Keine Forge, Memmen-Kind«, grinste Minnie. »Vergeffen diefe Wege find.«

»Aber es gibt doch bestimmt noch alte Landkarten, oder?«, fragte Blue, obwohl sie natürlich wusste, was Elek von Mr Hellmann erfahren hatte.

Und tatsächlich warf ihr Minnie Luckock einen sehr seltsamen Seitenblick zu. »Nix Alteff du findeft in diefem Land«, knurrte sie. »Alleff aktualifiert wird. Vereinfacht. Ein einziger Weg zu einem einzigen Ziel. Und der, nach dem du fragft, dauert drei Tage.« Sie wandte sich brüsk ab. »Punkt. Auf. Ende der Durchfage.«

»Aber das«, Blue betonte das nächste Wort sehr bewusst, »WISSEN um diese alten Wege könnte doch trotzdem noch immer irgendwo vorhanden sein, oder? Wenn man zum Beispiel wüsste, wen man fragen muss …«

Minnie Luckock fuhr herum. »Niemanden du fragft danach!«, fuhr sie Blue an und ihre Augen sprühten Funken vor Zorn und Angst. »Dumm du wärft. Dumm und leichtfinnig. Auferdem ifft Wiffen wie daff viel zu teuer für dummeff rothaarigeff Mädchen.«

»Ha!«, rief Stella triumphierend. »Jetzt haben Sie sich aber verquatscht, Lady!«

Die Alte glotzte sie an. »Wiefo?«

»Sie haben gesagt, das bewusste Wissen wäre zu teuer für uns. Und wenn etwas zu teuer sein kann, bedeutet das automatisch, dass es auch existiert.«

Minnie Luckock schob ärgerlich die Lippen vor. »Wiffen wie daff koftet mehr alf diefe lächerlichen fümfig Dukaten, die ihr habt«, fauchte sie. »Viel mehr. Nicht handeln kann man mit dem Herrn der Zeit …« Sie unterbrach sich und machte einen drohenden Schritt auf Blue zu. »Dumm du wärft«, wiederholte sie eindringlich. »Und jetft hau ab von hier. Fofort! Minnie muff arbeiten!«

Im Verlauf des Gesprächs war sie immer lauter geworden und die Besitzer der umliegenden Stände reckten bereits neugierig die Hälse.

Blue blickte sich unbehaglich um. Kein Zweifel, die Leute hier hielten zusammen. Und wenn einem von ihnen Ärger drohte, würden sie vermutlich nicht zögern, den Störenfried anzugreifen.

Wie um ihre Befürchtung zu bestätigen, zog einer der Männer just in diesem Moment einen Baseballschläger unter der Theke seines Verkaufswagens hervor und streichelte demonstrativ über den blanken Holzkopf. »Irgendwas nicht in Ordnung, Minnie?«

»Doch, doch. Alles bestens, nicht wahr?« Blue schenkte Minnie Luckock ein entwaffnendes Lächeln. Doch die Alte blickte durch sie hindurch, als ob sie Luft wäre.

»Ich schätze, wir sollten jetzt gehen«, raunte Stella, während die Händler drohend näher kamen.

Blue zögerte. Trotz der explosiven Stimmung war sie tief in ihrem Inneren davon überzeugt, dass Minnie Luckock es gut mit ihnen meinte. Mehr noch: Sie war ziemlich sicher, dass die Alte ihnen gerade einen ziemlich nützlichen Hinweis gegeben hatte. Die Frage war nur …

»Komm schon, Blue!« Stella griff sorgenvoll nach ihrem Arm. »Verschwinden wir hier.«

Die Blicke der Händler folgten ihnen, bis die Menschenmassen auf der Gasse die vier Freunde verschluckt hatten.

Während Stella, Spence und Elek über die nächsten Schritte diskutierten, trottete Blue tiefnachdenklich hinter ihnen her. Warum, um alles in der Welt, hatte die Alte sie so plötzlich loswerden wollen? Und was hatte sie noch gleich gesagt, bevor sie derart wütend geworden war?

»Hey!«, rief sie triumphierend. »Jetzt verstehe ich auch, was sie gemeint hat!«

Stella sah sie an. »Wer?«

»Minnie.« Blue blieb stehen. »Mag sein, dass sie uns rausgeworfen hat, aber eine wichtige Erkenntnis haben wir trotzdem gewonnen …«

»Ach ja?«, spöttelte ihre Freundin. »Welche denn? Dass es vielleicht einen alten Schmugglerpfad gibt, den wir aber leider nicht benutzen können, weil er nirgendwo verzeichnet ist?«

»Oh nein«, widersprach Blue. »Ganz im Gegenteil: Dass es jemanden gibt, der sehr genau weiß, wo wir diesen Schmugglerpfad finden.«

»Du meinst doch nicht etwa dieses wirre Gerede über den Herrn der Zeit?«

»Genau.«

»Bist du sicher, dass das nicht bloß irgendeine komische Metapher war?«

Blue schüttelte den Kopf. »Nein, dafür hat Minnie das alles viel zu seltsam betont. Sie sprach über diesen Kerl ganz klar so, als ob es ihn wirklich gibt.«

»Vielleicht ist das der Typ, der die Turmuhr da oben in Schuss hält«, schlug Spencer mit Blick auf die imposante Kirche vor, die den weitläufigen Marktplatz überragte.

»Oder er ist ein Uhrenhändler.« Elek blickte sich um. »Immerhin befinden wir uns hier auf einem Basar.«

»Stimmt!«, rief Blue aufgeregt. »Na los, Leute, hören wir uns mal ein bisschen um!«

Sie fragten jeden, den sie trafen, Junge und Alte, Händler und Passanten. Doch die meisten zuckten einfach nur gleichgültig mit den Achseln. Eine Frau mit Kinderwagen nannte ihnen ein Schmuckgeschäft, in dem man ihres Wissens nach auch Uhren kaufen könne. Doch der genannte Laden entpuppte sich ebenso als Flop wie der mit Krimskrams und billigen Plastik-Importen vollgestopfte Stand eines Kroniers, den man Stella empfohlen hatte.

Die Kinder wollten gerade aufgeben, als Elek von hinten am Ärmel gezupft wurde.

Er drehte sich um und blickte in die kohlrabenschwarzen Augen eines ungefähr achtjährigen Mädchens. Zumindest konnte man annehmen, dass es sich um ein Mädchen handelte, denn das

Kind trug einen zerlumpten Rock über seiner dunklen Segeltuchhose. Die pechschwarzen Locken der Kleinen waren hingegen raspelkurz geschnitten wie bei einem Jungen, was ihre abstehenden Ohren noch betonte.

»Ich hab gehört, dass ihr eine Uhr kaufen wollt«, begann die Kleine ohne Scheu und auch ihre Stimme verriet nun, dass es sich um ein Mädchen handelte.

»Nein, nicht direkt«, antwortete Stella, der es grundsätzlich furchtbar schwerfiel, nicht exakt bei der Wahrheit zu bleiben. »Wir suchen bloß jemanden, der mit Uhren handelt.«

Die Kleine betrachtete sie eine Weile nachdenklich. Dann hellte sich das dunkle Gesichtchen plötzlich auf. »Ihr wollt Informationen kaufen, stimmt's?«

Ihre Scharfsicht machte die vier schlichtweg sprachlos.

Blue fing sich als Erste. »Du hast recht«, nickte sie. »Wir sind auf der Suche nach jemandem, den wir nach einer bestimmten Sache fragen können. Allerdings hat man uns gesagt, dass es ziemlich teuer wäre, seine Dienste in Anspruch zu nehmen.«

Die Mädchen ließ Elek nicht aus den Augen. Offenbar gefiel er ihr. Trotzdem hörte sie aufmerksam zu. »Ihr sucht den Herrn der Zeit«, befand sie, als Blue geendet hatte. »Aber das könnt ihr vergessen an einem Abend wie diesem.«

»Warum?«, fragte Stella. »Hat dieser … Herr keinen Stand, an dem man ihn finden kann?«

»Einen Stand?« Das Mädchen kicherte. »Bestimmt nicht! Dann hätten sie ihn doch sofort am Kragen.«

»Wer?«

»Na, die Polizei«, antwortete das Kind, als handele es sich um die selbstverständlichste Sache der Welt. »Und das Ordnungsamt. Und die Stadtgarde. Und …«

»Der Mann, den wir suchen, ist also lichtscheu«, unterbrach Elek, weil er befürchtete, dass ihre Aufzählung noch lange nicht zu Ende war.

Das Mädchen strahlte ihn aus kohlschwarzen Perlenäuglein an. »Sagen wir, er trägt seine Waren lieber am Körper und wechselt mehrmals täglich den Standort.« Sie machte Elek ein Zeichen, sich zu ihr herunterzubeugen, und setzte dann flüsternd hinzu: »Manche Leute sagen, dass er beim Geheimdienst gewesen ist.«

Blue suchte Eleks Blick. *Dasselbe haben sie über diesen Mr Bleegan auch gesagt …*

Er nickte kaum merklich. *Ich weiß!*

»Aber ich kann ihn vielleicht für euch finden«, fuhr das Mädchen fort. »Kostet euch bloß zehn Dukaten, Freundschaftspreis.«

»Zehn Dukaten für einen einfachen Botendienst?«, fuhr Stella auf. »Du warst wohl zu lange in der Sonne!«

Die Kleine warf ihr einen vernichtenden Blick zu. »Ihr könnt euer Glück natürlich auch selbst versuchen«, entgegnete sie mit einem erstaunlich abgebrühten Lächeln. »Ich dränge meine Dienste niemandem auf.«

»Zehn Dukaten sind schon okay«, ergriff Elek die Gelegenheit beim Schopf. »Aber es ist wirklich eilig, klar?«

»Fünf jetzt, die anderen fünf, wenn wir uns wiedersehen«, nickte die Kleine und streckte die Hand aus.

Seufzend trat Blue an einen nahen Obststand und wechselte ihren Fünfziger in vier Zehner und zwei Fünfer.

Zufrieden nahm die Kleine einen der Scheine entgegen und ließ ihn in ihrer Hosentasche verschwinden. Dann drehte sie sich zu der nahen Turmuhr um. »Wir treffen uns in einer Stunde da unten, vor dem Eingang zur Galerie Moussadi«, erklärte sie und zeigte auf ein Gebäude auf der anderen Seite des Platzes. »Falls ich noch nicht da sein sollte, wartet auf mich. Ich komme auf jeden Fall!«

Ehe Blue auch nur Luft geholt hatte, war das Mädchen bereits in eine Gruppe verschleierter Frauen getaucht, die gerade an ihnen vorbeikam.

»He!«, rief Elek ihr nach. »Verrat uns wenigstens deinen Namen!«

»Raya«, lachte es glockenhell zwischen den bodenlangen Gewändern hervor. »Aber meine Freunde sagen Mignon zu mir.«

»Die sehen wir unter Garantie nie wieder«, knurrte Stella.

»Ich glaube doch«, widersprach Elek.

»Wieso? Weil sie ihre zweiten fünf Dukaten will?«

Er lachte. »Das auch.«

»Ich möchte ja keinen auf Spielverderber machen, Leute«, sagte Spence. »Aber vergesst ihr bei der ganzen Sache nicht eine Kleinigkeit?«

»Die da wäre?«

»Angenommen, es würde der Kleinen tatsächlich gelingen, uns den Herrn der Zeit anzuschleppen ... Wovon sollen wir ihn bezahlen?«

»Du hast recht.« Blue senkte ertappt den Blick. »Wenn Minnie Luckock die Wahrheit gesagt hat, ist dieser Typ verdammt teuer.«

Spencers Finger klimperten an seinem Knobikon herum. »Ich hab in dem kleinen Park da vorn ein paar professionelle Yonghi-Spieler gesehen«, bemerkte er in beiläufigem Ton. »Wie wär's, wenn ich mein Glück versuche?«

Stella starrte ihn an. »Und wenn du verlierst?«

»Mit vierzig Dukaten Einsatz könnte ich gut und gern zweitausend die Stunde machen«, gab Spence selbstbewusst zurück.

»Ja«, sagte Blue. »*Falls* du gewinnst.«

»Bei einem Spiel nicht zu gewinnen, macht keinen Sinn«, grinste Spence. »Ganz abgesehen davon, dass ich ziemlich gut bin in Yonghi.«

Tja, das ließ sich leider nicht leugnen! Blue senkte resigniert den Blick. Immerhin hatte ihr Freund seine Kameraden schon im Kindergarten dazu überredet, in den verschiedensten Würfel- und Glücksspielen gegen ihn anzutreten. Auf diese Weise hatte er Unmengen von Spielzeugautos, Buntstiften und sogar Dreiräder in seinen Besitz gebracht, was seine Mutter wiederum zu dem Trugschluss verleitet hatte, ihr Sohn sei ein notorischer Dieb. Also war sie mit Spencer zu einem Psychologen gegangen. Doch spätestens nachdem Spence mithilfe der Typisierungskarten, mit denen der Doktor eigentlich seine Persönlichkeit entschlüsseln sollte, dessen Armbanduhr, die Brille der Assistentin sowie dreiundachtzig Mini-Tüten Gummibären gewonnen hatte, hatte sich Mrs Rhyme davon überzeugen lassen, dass ihr Sohn nicht unter Kleptomanie litt, sondern lediglich ein enormes Talent für Gesellschafts- und Strategiespiele aller Art besaß.

»Okay«, stöhnte Blue. »Du bekommst zehn Dukaten.«

Spencers Augen blitzten. »Der Mindesteinsatz sind zwanzig.«

»Kommt gar nicht infrage«, protestierte Stella. »Das wäre die Hälfte unseres restlichen Geldes.«

»Ach, wirklich?« Spence verschränkte grinsend die Arme vor der Brust. »Du bist echt gut im Rechnen.«

»Ich finde, er sollte es versuchen«, sprang ihm in diesem Moment überraschend Elek bei. »Mit vierzig Dukaten kommen wir sowieso nicht weit. Und da scheint es mir durchaus vernünftig, einen Teil davon in eine Chance zu investieren.«

Spencer warf ihm einen dankbaren Blick zu und Blue zerrte schicksalsergeben zwei Zehner aus der Tasche. »Na schön, von mir aus. Aber untersteh dich, das Geld zu verlieren!«

Ihr Freund hob salutierend die Hand zur Stirn. »Zu Befehl, Frau Finanzminister.«

»Ich mein's verdammt ernst«, drohte Blue.

Doch sie konnte ihm sowieso nie lange böse sein.

Gemeinsam machten sich die vier Freunde auf den Weg zu der kleinen Parkanlage, von der Spence gesprochen hatte, wobei das Wort »Park« für die traurige Ansammlung schummriger Grünpflanzen wirklich zu hoch gegriffen war.

An fünf nebeneinander aufgereihten Steintischen wurde zeitgleich gespielt. Im Vorbeigehen studierte Blue die verwitterten Gesichter der Profispieler, denen hoffnungsfrohe Glücksritter jeder Nationalität gegenübersaßen. Auf kleinen Schiefertafeln vor dem jeweiligen Tisch waren mit Kreide die Quoten sowie die aktuellen Spielstände notiert.

»Der da drüben«, entschied Spence und deutete auf den Tisch ganz rechts, hinter dem ein ausgemergelter Typ mittleren Alters hockte. Sein Gegner war ein fetter Geschäftsmann ohne Hals, dessen grau meliertes Haar ihm in fettigen Strähnen hinter den Ohren klebte. Die Anspannung in seinem Blick verriet, dass er gegen den gerissenen Profi bereits kräftig verloren hatte. Doch noch war der Dicke offenbar nicht bereit, klein beizugeben, denn gerade wies er die Geberin an, eine neue Runde zu verteilen.

Während er die drei Karten aufnahm, tat er sein Bestes, sich nichts anmerken zu lassen. Doch eine winzige Veränderung in seiner Körperhaltung verriet Blue, dass sein Blatt dieses Mal gar nicht so schlecht ausgefallen war.

»Allez«, rief die Geberin und drehte die kleine Sanduhr am Rand des Spieltisches um.

Sofort schob der Dicke einen seiner Soldaten auf das grüne Feld in der Mitte des Tisches und drückte auf den Knopf, der den Zug abschloss.

Sein Gegner hingegen tat zunächst erst mal gar nichts. Er starrte unverwandt auf das Spielbrett und Blue musste unwillkürlich an ein Reptil denken. Dabei wusste sie, dass es beim Yonghi durchaus auch um Schnelligkeit und Zeit ging. Doch der Profispieler dachte gar nicht daran, sich zu beeilen.

In aller Seelenruhe fischte er sich eine neue Spielkarte vom Stapel der Geberin, schob dafür eine andere unter den Soldaten seines Gegners und nahm einen Schluck von seinem Wasser.

Erst dann betätigte er den Zeitknopf.

»Ihr Zug«, verkündete die Geberin und der Dicke zog triumphierend seine Beute unter dem Soldaten hervor. Es war eine doppelte Dame, die zweithöchste Karte im Spiel.

Die Umstehenden quittierten seinen Erfolg mit einem anerkennenden Raunen.

»Allez«, ertönte der Ruf der Geberin aufs Neue und auf das Zeichen des Profispielers hin schob sie beiden Kontrahenten drei weitere Karten zu.

Dieses Mal entschied sich der Dicke für einen Winkelzug mit einer Figur, die »die Burg« genannt wurde, gefolgt von einer raffinierten Charade, die ihm eine weitere Doppel-Dame sowie drei rote Könige einbrachte.

Der Profi musste sich hingegen mit einer schwarzen Zehn zufriedengeben, die in der Endabrechnung kaum Punkte brachte.

»Das sieht doch gar nicht so schlecht aus, oder?«, flüsterte Stella neben Spence, doch der starrte nur unverwandt auf den Kartenstapel der Geberin, der Zug um Zug in sich zusammenschmolz.

Die Sanduhr war inzwischen fast abgelaufen und der Profispieler erhöhte das Tempo. Doch das wertete Blue eher als Akt der Verzweiflung, um über den Zeitfaktor vielleicht doch noch den einen oder anderen Zentimeter Boden gutzumachen.

»Bitte sehr, Monsieur. … Ihr Zug!« Immer schneller peitschten die Kommandos der Geberin durch die schwüle Abendluft und der Dicke griff mit zitternden Fingern nach seiner letzten verbliebenen Figur: dem Goldenen Rad.

Mit dem finalen »En garde« forderte die Geberin die beiden Kontrahenten auf, ihre bislang verdeckt gehaltenen Karten umzudrehen. Aufseiten des Dicken waren das drei schwarze Könige, ein Karo-Ass und elf rote Zehnen. Nach Anrechnung des Verdoppelungs-Faktors, den der Einsatz des Goldenen Rades mit sich brachte, kam der Graumelierte so auf nahezu uneinholbare 224 Punkte. Entsprechend groß war die Freude derer, die ihr Geld auf seinen Sieg gesetzt hatten.

»Monsieur Scudo?« Die Geberin warf dem Mann mit den tiefliegenden Augen einen fragenden Blick zu.

Doch der griff erst mal wieder nach seinem Wasser.

»Oah, Scheiße!«, entfuhr es Spence, kaum dass die Lippen des Mannes den Rand seines Glases berührten.

»Wieso?«, raunte Stella. »Ist doch gut, wenn er verliert. Das bedeutet, dass man ihn durchaus schlagen kann und …«

»Er *hat* aber nicht verloren«, fiel Spence ihr ins Wort, während sich seine Sommersprossen vor Ehrfurcht tiefrot färbten.

»Nicht?«, fragte Stella verblüfft.

Im selben Augenblick streckte sich die wettergegerbte Hand des Profispielers nach dem kleinen Lederbecher aus, unter dem jeder Spieler zu Beginn der Partie eine seiner Figuren platzieren durfte. Soweit Blue wusste, war es erlaubt, die gewählte Figur im Verlauf des Spiels dreimal auszutauschen. Eine Möglichkeit, von der der Profi auch Gebrauch gemacht hatte. Sie sah den Schmutz unter den Fingernägeln des Mannes, als er den Becher anhob und eine kleine knallbunte Figur herauszog.

Durch die Umstehenden fuhr ein Ruck. Und als der Mann seine letzte verbliebene Karte umdrehte, eine Pik-Zwei, entlud sich die allgemeine Anspannung in einem ohrenbetäubenden Stimmengewirr.

»Was ist passiert?«, brüllte Stella, die mit den Regeln des Spiels nicht vertraut war. »Hat dieser Typ die Partie tatsächlich noch gewonnen?«

Spence nickte. »Das, was da vor ihm auf dem Tisch liegt, ist das Haus des Schicksals«, erklärte er. »Damit stichst du alle anderen Karten aus.«

Stellas Miene spiegelte völlige Verständnislosigkeit. »Aber müsste der Dicke nicht gewusst haben, dass die Karte noch im Spiel ist? Wenn er sie nicht selber hatte …«

»Das Haus des Schicksals ist keine Karte, sondern eine Kombination«, flüsterte Spence, der vor Aufregung kaum sprechen konnte. »Die drei niedrigsten Karten überhaupt, gepaart mit einem Umkehr-Narren. Das ist die kleine bunte Figur da … Aber …« Er schüttelte ehrfürchtig den Kopf. »Oh, Mann, so was ist echt riskant. Das klappt vielleicht einmal in tausend Partien und …«

»Le petit Monsieur?« Die Hand der Geberin wedelte einladend

über dem frei gewordenen Sitz hin und her. »Nur Mut, mein Junge, die nächste ist deine Partie!«

»Sag bloß, du hast dich schon angemeldet?«, zischte Blue vorwurfsvoll.

»I-i-ich«, stotterte ihr Freund. »A-a-angesichts unserer Verabredung dachte ich, es sei eine gute Idee, keine unnötige Zeit zu verschwenden.«

»Bitte sehr, Junge, nimm Platz!« Die Geberin lächelte Spence aufmunternd an. »Und Sie, meine Herrschaften«, wandte sie sich an die Umstehenden, »darf ich nun bitten, Ihren Einsatz zu machen. Auf welchen der beiden Gegner setzen Sie dieses Mal? Auf unseren ausgebufften Profi? Oder vielleicht doch lieber auf den sommersprossigen jungen Herrn hier, der es wagt, den erfahrenen Monsieur Scudo herauszufordern? Nur zu, meine Damen und Herren, entscheiden Sie sich! Machen Sie Ihren Einsatz!«

Die Zuschauer musterten Spence mit einer Mischung aus Neugier und Mitleid, als er auf dem steinernen Hocker Platz nahm. Und auch die Augen des Profis blitzten kurz über dem Rand seiner ausgemergelten Wangenknochen auf. »Wie alt bist du, Kumpel?«

Spence griff lässig nach dem Wasserglas, das die Geberin ihm reichte. »Alt genug, um vierzig Dukaten auf meinen Sieg zu setzen.«

Vierzig???

Blue tauschte einen Blick mit Stella.

Doch die zuckte nur hilflos die Achseln.

Lasst ihn doch einfach mal machen, signalisierte Elek stumm. *Ich denke schon, dass er weiß, was er tut!*

»Da wäre ich mir nicht so sicher«, murmelte Blue. Doch sie bemühte sich, Zuversicht auszustrahlen, während die Geberin die Partie mit einem knappen »Allez« eröffnete.

Erwartungsgemäß rechneten die Zuschauer dem jungen Herausforderer nicht die allergrößten Chancen aus, schon gar nicht so kurz nach Scudos Coup mit dem Haus des Schicksals. Und so lagen die Quoten, die der eifrige Schriftführer auf der Tafel vor dem Spieltisch notierte, schließlich bei entmutigenden 38:1.

Spence nahm seine ersten drei Karten entgegen und griff sich dabei flüchtig an den Kopf. Bei großen Turnieren trug er stets ein Basecap, damit ihn das Spiel seiner Pilare nicht verriet. Aber hier und jetzt hatte er keine Kopfbedeckung dabei.

Blue trat unbehaglich von einem Fuß auf den anderen. Täuschte sie sich oder war ihr Freund nervöser als sonst?

Das hier darf auf gar keinen Fall schiefgehen, flehte sie stumm. Denn wenn Spence verliert, haben wir gar nichts mehr. Kein Geld für den Zug. Keinen Plan. Und erst recht keine Chance, rechtzeitig nach Scripton zu kommen, um die Hüter zu warnen.

Sie schob die Hände in die Taschen ihrer Jeans und kreuzte beschwörend Zeige- und Mittelfinger.

Die ersten Spielzüge verliefen noch mehr oder minder harmlos. Doch dann nahm die Partie allmählich Fahrt auf. Spencer schlug sich tapfer, verlor jedoch langsam, aber kontinuierlich an Boden, während der finstere Scudo eine Trumpfkarte nach der anderen in seinen Besitz brachte: vier rote Könige, drei Doppel-Damen und sieben von zwölf möglichen Zehnen. Dazu besaß er bereits sämtliche Soldaten des Spiels und gerade schob ihm die Geberin auch noch das Goldene Rad hin.

»Das wird nichts«, flüsterte Stella ihrer Freundin ins Ohr.

Blue rieb ihre schweißnassen Hände an den Oberschenkeln ihrer Jeans trocken. »Wart's doch erst mal ab.«

»Aber er …«

»Wart's ab«, wiederholte Blue, während die Geberin mit unbewegter Miene ein allerletztes Mal mischte.

Elek und die beiden Mädchen starrten die Sanduhr an. Den kläglichen Rest im oberen Teil des Gehäuses, der unbarmherzig Richtung Mitte rutschte.

Drei weitere Karten für jeden.

Dann war Schluss.

Die Züge des Profispielers waren wie in Stein gemeißelt. Doch als seine schmutzigen Finger die zuletzt gegebenen Karten ans Licht hoben, sah Blue für einen kurzen Augenblick die Befriedigung in seinen Augen. Die Gewissheit, dass ihn die flüchtige Gunst des Glücks auch in diesem letzten Zug nicht verlassen hatte.

»Was ist mit dir, Junge?«, wandte sich die Geberin an Spence. Aber der winkte dankend ab und die Aufmerksamkeit der Frau konzentrierte sich wieder auf seinen Gegner: »En garde!«

Der finstere Mr Scudo ließ sich viel Zeit mit dem Aufdecken und beobachtete genau, wie sein Gegner auf die imposante Ansammlung an Trümpfen reagierte.

»Cinquante ... Cent ... Deux cent«, zählte die Geberin.

Noch immer verzog Spencers Gegner keine Miene. Seine fleckigen Finger griffen unter den Lederbecher neben seinem Glas, der Kitt genannt wurde, und er zog seine letzte verbliebene Spielfigur heraus: die Königin des Lichts.

Blues Augen suchten Spencers Nacken und sie bemerkte, wie sich die schmalen Stränge seiner Muskeln anspannten.

»Le petit Monsieur?« Die Augen der Geberin nahmen einen mitleidigen Ausdruck an, als Spencer sich anschickte, nun seinerseits offenzulegen, was er im wahrsten Sinne des Wortes noch unter dem Deckel hielt.

Mag sein, dass ihn hier alle unterschätzen, dachte Blue, aber dieser Scudo weiß um seine Gefährlichkeit!

Tatsächlich verhielt sich der Profispieler grundlegend anders als in der Partie gegen den Dicken. Da war eine andere Art von Aufmerksamkeit in seinem Blick. Eine andere Art von Respekt.

Spencer rutschte auf seinem Sitz nach vorne, bis er ganz an der Kante saß. Sein Blatt war nicht schlecht, doch der Wert, den die Geberin den aufmerksamen Zuschauern vorrechnete, lag dennoch weit unter dem seines Gegners.

Blue hielt die Luft an, als sie sah, dass ihr Freund sich anschickte, ebenfalls unter seinen Lederbecher zu greifen.

Auf der anderen Seite des Tisches öffnete Scudo den Mund, als wolle er Widerspruch einlegen. Doch er besann sich anders und schleuderte seine drei Trumpf-Damen wütend in die Mitte des Spielfeldes. »Ich mach mal kurz 'ne Pause, Georgette«, erklärte er und seine Stimme klang, als müsse sie sich mühsam durch die winzigen Lücken zwischen seinen Zähnen zwingen. »Zehn Minuten.«

Dann war er fort.

Rings um den Tisch herrschte betretenes Schweigen. Nur hier und da murmelte jemand etwas von wegen »Jugend und Glücksspiel« und »Sieg aberkennen« und erst jetzt verstanden auch die anderen, was gerade geschehen war.

»Hast du wirklich und wahrhaftig gewonnen?«, fragte Elek, als Spence sagenhafte 1.520 Dukaten Preisgeld entgegennahm.

»Ich hab doch gesagt, es macht keinen Sinn zu verlieren.«

»Das ist ja Wahnsinn, du ausgebuffter Idiot!«, rief Stella und fiel zuerst Spencer und dann Blue um den Hals. »Aber wie kannst du es wagen, uns so auf die Folter zu spannen? Ich bin fast gestorben vor Angst.«

»Sei so gut und steck das weg.« Mit einer knappen Geste drückte Spence ihr das Bündel Geldscheine in die Hand. »Und jetzt lasst uns verschwinden. Sonst überlegen die sich das am Ende noch anders.«

Seine Eile gab Blue zu denken. »Hast du wirklich gewonnen?«, fragte sie, als sie außer Hörweite waren.

»Klar.«

»Lüg mich nicht an!«

»Hör zu, ich …« Die Haut unter seinen Sommersprossen färbte sich verdächtig dunkel, als er einen Hauch zu forsch hinzufügte: »Ist das nicht eigentlich egal?«

»Nein«, gab Blue zurück. »Das ist nicht egal. Ich will die Wahrheit wissen.«

Ihr Freund vergewisserte sich hastig, dass die beiden anderen nichts mitbekamen. Dann flüsterte er: »Ich hab geblufft, okay?«

»Aber …« Blue schüttelte fassungslos den Kopf. »Wie hast du diesen Scudo dazu gebracht, das hinzunehmen?«

Spencer grinste. »Indem ich ihm gedroht habe.«

»Du hast ihm …. waaaas?« Automatisch blickte sich Blue nach Verfolgern um. »Womit, um Himmels willen, droht man einem Typen wie diesem Scudo?«

Anstelle einer Antwort griff ihr Freund in seine Hosentasche und zog eine kleine knallbunte Figur heraus.

»Der Umkehr-Narr?«, fragte Blue verblüfft.

»Einer von zwei Umkehr-Narren, um genau zu sein.«

»Aber … Ich dachte immer, beim Yonghi kommt jede Figur – mit Ausnahme der Soldaten – nur einmal vor.«

»Korrekt«, bestätigte Spence. »Und exakt aus diesem Grund konnte ich dem guten Scudo auch unmissverständlich klarmachen, dass man nicht mit Steinen werfen sollte, wenn man im Glashaus sitzt.«

»Das dürfte ihm kaum geschmeckt haben«, merkte Blue vorsichtig an.

Ihr Freund nickte. »Darum wäre es mir auch – ehrlich gesagt – lieber, wenn sich unsere Wege nicht so bald wieder kreuzen würden.«

Blues Augen suchten die Turmuhr. »Na, dann hoffen wir mal, dass unsere kleine Tippgeberin den Herrn der Zeit gefunden hat.«

Der Herr der Zeit

Raya wartete bereits vor dem Eingang der Galerie Moussadi. »Da seid ihr ja endlich«, rief sie, als sie Blue und Spencer entdeckte. »Ich hab schon gedacht, ihr hättet mich vergessen.«

»Eine Stunde kann ziemlich lang sein, was?« Augenzwinkernd überreichte Elek dem Mädchen einen zerknitterten Fünfer. »Aber irgendwie hatte ich dunkel in Erinnerung, dass wir dir noch was schuldig sind.«

Die Kleine schob den Schein in die Tasche ihrer Segeltuchhose und strahlte ihn mit ihren blendend weißen Zähnen an. »Danke schön. Sehr freundlich.«

»Jetzt bist du an der Reihe«, drängte Stella. »Hast du rausgekriegt, wo wir den Herrn der Zeit finden?«

Das Mädchen nickte.

»Und? Rückst du die Informationen freiwillig raus oder müssen wir sie mit Gewalt aus dir rausquetschen?«

Ironie war offenbar etwas, mit dem die Kleine noch nicht vertraut war, denn sie machte einen erschreckten Schritt rückwärts.

»Stella macht bloß Witze«, lachte Elek.

»Stella ist doof«, antwortete das Mädchen.

Das, dachte Blue, wollen wir jetzt bitte nicht weiter ausführen! »Wir sind dir wirklich sehr dankbar für deine Hilfe«, ergriff sie eilig die Initiative. »Sag uns einfach, wo wir hinmüssen.«

Die Kohleaugen des Mädchens wandten sich ihr zu.

»Ihr müsst nirgendwohin. Der Mann, den ihr sucht, ist schon da.«

Sie sah nach rechts und wies mit dem Kinn zu einem finsteren Hinterhof auf der anderen Seite des Platzes. »Ich kann nichts erkennen«, knurrte Blue, als sie im Dunkel zwischen den Häusern plötzlich einen flüchtigen Glanz bemerkte.

Ein fernes Augenpaar, das sie anstarrte.

Oder war das nur ein Gefühl?

»Der Herr der Zeit ist sehr vorsichtig«, bemerkte Raya mit einem wissenden Nicken. »Und wenn er auch nur einen Moment lang das Gefühl hat, dass ihr ihn reinlegen wollt, ist er weg und ihr seht ihn nie wieder. Also seid um Himmels willen vorsichtig, wenn ihr euch ihm nähert.«

Blue warf ihr einen erstaunten Blick zu. »Kommst du denn nicht mit uns?«

Das Kind schüttelte den Kopf. »Ich bin doch nicht blöd. Aber keine Sorge, er hat euch lange genug beobachtet, um euch einschätzen zu können. Also geht einfach rüber und versucht euer Glück.«

Sie wollte davonrennen, doch Blue hielt sie auf. »Hast du irgendeine Ahnung, wie viel er üblicherweise für seine Dienste verlangt?«, fragte sie.

»Das kommt ganz auf die Informationen an, die ihr haben wollt.« Auf Rayas Stirn bildete sich eine tiefe Falte. »Wie gefährlich sie sind, meine ich …«

»So teuer kann das, was wir wissen wollen, nicht werden«, brummte Stella. »Denn alte Schmugglerpfade fallen ja wohl kaum in die Kategorie Staatsgeheimnis, oder?« Sie stieß ein freudloses Lachen aus, doch die kleine Raya horchte augenblicklich auf.

»Der alte Bengtson-Pfad?«, flüsterte sie mit angstvoll geweiteten Augen. »Ist es das, worauf ihr es abgesehen habt?«

Blue passte es gar nicht, dass ihre Freundin sich verquatscht hatte. Aber leider war es auch nicht mehr zu ändern. Also nickte sie. »Falls dieser Mr Bengtson ein Schmuggler war und sein Weg rüber nach Lox führt – ja.«

»Und warum fahrt ihr nicht um die Berge rum? So wie alle …«

»Unsere Sache«, antwortete Elek freundlich, aber bestimmt.

Das Mädchen schob beleidigt die Unterlippe vor. »Dann ist es auch eure Sache, wenn der Olch euch in die Finger kriegt«, gab sie trotzig zurück. »Aber ich wünsch euch trotzdem viel Glück! Ihr werdet's brauchen!«

Blue griff nach der Tunika des Mädchens, um die Kleine aufzuhalten. Doch das Stück Stoff, das sie erwischte, entpuppte sich als Schal, der sich wie schwerelos vom Oberteil des Kindes löste und sanft zu Boden schwebte, während die Kleine über das ausgetretene Kopfsteinpflaster davonrannte.

»Wer oder was ist der Olch?«, fragte Stella entgeistert.

»Das«, entgegnete Blue, »wird uns hoffentlich unser geschätzter Herr Uhrenhändler verraten können. Vorausgesetzt, er ist noch da, wenn wir da drüben ankommen.«

Tatsächlich war es gar nicht so leicht, den Platz zu überqueren, zumal sich die Menschen zwischen den Ständen in erstaunlich fest gefügten Bahnen bewegten. Wie Wasser, das die Hindernisse der Marktbuden umspülte, schoben sie sich an den Auslagen vorbei, und solange man mit dem Strom schwamm, funktionierte das hervorragend. Aber wehe, man versuchte es zur Abwechslung mal in der Gegenrichtung!

Blue stammelte eine Entschuldigung, als sie im Eifer des Gefechts einer älteren Dame auf den Fuß trat. Aber die Frau nahm nicht einmal Notiz von ihr.

Dafür schmierte ein kleiner Junge Stella mit seiner Eistüte voll.

»Wo mag der Kerl hin sein?«, fragte Elek, als sie die schummrigen Höfe auf der anderen Seite erreichten.

»Wahrscheinlich wartet er irgendwo dahinten auf uns …« Blue zeigte auf das Dunkel zwischen zwei Torbögen, von wo aus ihnen der Gestank von Abfall entgegenwehte.

»Gut.« Elek straffte die Schultern. »Ich rede mit ihm. Wartet hier.«

»Oh, nein«, widersprach Blue. »Wir gehen alle.«

»Aber das ist viel zu …«

Sie blitzte ihn an. »Wolltest du irgendwas sagen?«

»Schon gut«, stöhnte er. »Aber ich führe die Verhandlungen.«

Das, dachte Blue, werden wir ja dann sehen!

Die umliegenden Gebäude schienen keine Fenster zu haben. Zumindest keine zum Hof. Und so war das spärliche Licht, das vom Markt aus hereinfiel, das Einzige, was ihnen zur Orientierung blieb.

Elek ging voraus. Sein Atem klang ruhig und gleichmäßig und doch konnte sich Blue beim besten Willen nicht vorstellen, dass er keine Angst hatte.

Vor einer dreckigen Backsteinwand rosteten mehrere große Müllcontainer vor sich hin und die Luft zwischen den düsteren Mauern war so dick, dass man sie problemlos in Stücke schneiden konnte.

Blue hielt erschrocken inne, als ein paar Meter rechts von ihr irgendetwas zu Boden schepperte.

»Ratten«, flüsterte Spence.

Na super!

Vermutlich hatten die umliegenden Gebäude deshalb keine Fenster.

»Wartet kurz.« Elek tauchte beherzt in das Dunkel zwischen den Containern. »Ich bin gleich wieder da.«

Seine Schritte entfernten sich rasch und Blue kniff suchend die Augen zusammen. Wie groß war dieser Hof? Wie viele Winkel barg er? Wie viele Verstecke? Oder war der Mann, den man den Herrn der Zeit nannte, längst über alle Berge?

Sie wollte sich gerade wieder zu ihren Freunden umdrehen, als sie ihn entdeckte. Eine hagere Gestalt, die direkt vor ihr an der Mauer lehnte.

Wie aus dem Boden gewachsen …

»Guten Abend«, begrüßte sie eine tiefe Männerstimme.

»Abend«, stotterte Blue. »Sind Sie der … Herr der Zeit?«

»So nennt man mich. Aber ihr könnt auch Jack zu mir sagen, wenn euch das leichterfällt.«

»Ist das Ihr richtiger Name?«

Lachen. »Natürlich nicht.«

Er trat aus dem Schatten der Mauer und jetzt sah sie auch sein Gesicht. Es war erstaunlich jung, auch wenn die scharfen Linien um seinen Mund verrieten, dass er längst nicht nur gute Zeiten erlebt hatte. Seine Augen waren milchig und schienen überhaupt keine Farbe zu haben. Doch das konnte natürlich auch am schlechten Licht liegen. Blues Blick glitt von seinem Gesicht abwärts. Trotz der Schwüle der Nacht trug der Mann einen Tweedmantel mit violettem Innenfutter. Und dazu schwarze Basketballstiefel mit seltsamen, tattoo-ähnlichen Applikationen.

»Was kann ich für euch tun?«

»Wir interessieren uns für die alten Schmugglerpfade, die von hier aus durch die Berge führen«, antwortete Blue. »Rüber nach Lox …«

»Lox?« Das Wort schwebte wie eine Bedrohung zwischen den düsteren Mauern. »Und wohin in Lox wollt ihr?«

»Belassen wir es der Einfachheit halber doch dabei, dass wir nach Lox wollen.« Elek trat aus dem Dunkel der Container und offenbar war er entschlossen, sich nicht einschüchtern zu lassen. »Also … Können Sie uns helfen oder nicht?«

»Selbstverständlich kann ich das. Die weitaus interessantere Frage ist: Könnt ihr mich bezahlen?«

»Kommt drauf an, wie viel Sie verlangen.«

Der Herr der Zeit verschränkte die Arme. »Zweitausend.«

»Zweitausend Dukaten?« Elek stieß ein höhnisches Lachen aus. »Für eine simple Wegbeschreibung?«

»Du sagtest doch Scripton, nicht wahr?«, wandte sich der Uhrenhändler lächelnd wieder an Blue.

»Nein«, antwortete Elek an ihrer Stelle. »Sie sagte Lox.«

»Aber gemeint hat sie Scripton.« Von jetzt auf gleich war sein Ton gefährlich. »Und komm bloß nicht auf die Idee, mir irgendwas anderes weismachen zu wollen, Junge. Dafür bin ich viel zu lange im Geschäft.«

Elek lag etwas auf der Zunge. Doch er entschied, es für sich zu behalten. Stattdessen sagte er: »Wir haben aber keine zweitausend Dukaten.«

»Richtig.« Das Grinsen des Mannes entblößte eine Reihe fauliger Zahnstümpfe. »Ihr habt nur eintausendfünfhundert und ein paar Zerquetschte. … Nun denn, sei's drum. Die zwanzig, die unterm Strich übrig bleiben, lass ich euch, damit ihr euch Proviant kaufen könnt. Schließlich bin ich kein Unmensch.«

Wie lange beobachtet dieser Typ uns schon?, durchfuhr es Blue. Seit wann weiß er von unserem Interesse an dem alten Schmugglerpfad? Und wer außer ihm weiß davon?

Sie schaute sich nach dem Torbogen um, der zur Straße führte.

Der Gedanke, dass Raya und dieser schmierige Typ sie vielleicht in eine Falle gelockt hatten, erfüllte sie mit Angst. Aber sie kämpfte ihre Bedenken nieder und sah dem Mann direkt in die Augen.

»Was ist?«, fragte er mit einem Anflug von Ungeduld. »Sind wir jetzt im Geschäft oder nicht?«

Blue nickte. »Aber zuerst sagen Sie uns, was Sie wissen. Sonst können wir wohl kaum darüber entscheiden, ob Ihre Informationen ihren Preis wert sind.«

Sein Grinsen verbreiterte sich. »Ich fürchte, euch wird nichts anderes übrig bleiben, als mir zu vertrauen.«

»Bestimmt nicht«, zischte Elek.

Blue hingegen zögerte.

»Nun, kleines Fräulein? Was ist mit dir?«

Sie konnte sein Aftershave riechen, als er auf sie zutrat. Ein herber Duft nach Moschus und frisch gemähtem Gras.

»Du siehst aus wie jemand, der tief blicken kann. Darum entscheide dich: Schenkst du einem alten Haudegen wie mir dein Vertrauen?«

Du bist nicht alt, hielt Blue ihm in Gedanken entgegen, während ihr aus den Falten seines Mantels ein vielstimmiges Ticken entgegendrang. Uhren. Zeit, die ablief. »Ich habe ja wohl kaum eine andere Wahl, oder?«

»Kluges Kind.«

Blue fasste nach dem Arm ihrer Freundin und Stella verstand sofort und zog das Geld heraus, das Spencer gewonnen hatte.

»Hier«, sagte Blue, indem sie ihm das dicke Bündel reichte. »Damit haben wir unseren Teil der Abmachung erfüllt. Jetzt sind Sie am Zug.«

»Tja, der alte Bengtson-Weg …« Der selbst ernannte Herr der Zeit ließ die bunten Scheine routiniert durch seine Finger laufen. »Der ist eigentlich gar nicht so schwer zu finden, wenn man's genau nimmt.«

»Na, fantastisch«, murmelte Elek vor sich hin. »Dann hat sich unsere Investition ja echt gelohnt!«

Der Uhrenhändler würdigte ihn keines Blickes. »In den Bergen, etwa drei Meilen von hier, gibt es ein Dorf namens Rabah Sha«, fuhr er fort. »Der Weg dorthin ist beschwerlich und es lebt auch schon lange niemand mehr dort. Aber die alte Kirche des Ortes existiert noch immer.« Er machte eine wohlbedachte Pause. »Von dort aus führt eine steinerne Stiege tief in den Fels hinunter und dann kreuz und quer durch die Vulkanhöhlen, hinüber auf die andere Seite«, erklärte er dann. »Die wenigen Leute, die von ihr wissen, nennen sie die Grundlose Treppe.« Sein schlaksiger Körper schüttelte sich vor Lachen. »Ein köstliches Wortspiel, nicht wahr? Aber lassen wir das.« Sofort war er wieder ernst. »Der Zugang erfolgt über eine Falltür neben dem rechten Seitenschiff. In den Deckel, der die Tür verschließt, ist ein Symbol eingeritzt, von dem niemand so recht weiß, was es bedeuten soll. Aber falls ihr es tatsächlich zu Gesicht kriegt, werdet ihr's bestimmt erkennen …«

Blue bemerkte, wie Stella und Spence die Köpfe hoben.

Bestimmt das Schmetterlingssymbol!

Die Milchaugen des Mannes wandten sich ihr zu. »Ihr kennt die Stelle?«, folgerte er mit einem Scharfblick, der Blue erschreckte.

»Nein.«

»Verarsch mich nicht, Kleine.«

Nach kurzem Zögern entschied sich Blue für ein Teilgeständnis. Dieser Kerl war viel zu abgebrüht, als dass man es sich leisten konnte, sich bei einer allzu offensichtlichen Lüge erwischen zu lassen. »Wir haben schon mal eine ganz ähnliche Tür gesehen wie die, die Sie beschreiben.«

»So?« Von einem Moment auf den anderen klang er gelangweilt. »Wo denn?«

»Nicht hier.«

Der Herr der Zeit fixierte sie eine Weile stumm. »Es heißt, der letzte Pfarrer der Gemeinde habe die Stiege errichten lassen für den Fall, dass die Bewohner des Ortes mal Anlass zur Flucht haben«, fuhr er in gleichgültigem Ton fort. »Aber in Wahrheit wollte er wahrscheinlich bloß Geld machen. Und das gelang ihm vortrefflich, nach allem, was man so hört. In der Zeit der großen Blockade fanden viele verbotene Waren den Weg über diese Stufen, und Simsalabim – urplötzlich hatte die alte, unbedeutende Kirche ein paar äußerst dekorative neue Fenster …« Aus dem Dunkel unter seinem Mantel erklang eine kleine Melodie. Wie von einer Spieluhr. Blue hatte das Gefühl, das Lied zu kennen, doch noch bevor sie auf den Namen kam, griff der Uhrenhändler unter den rauen Stoff und schaltete den Mechanismus aus.

»Wie lange braucht man auf die andere Seite, wenn man die Grundlose Treppe nimmt?«, fragte sie.

»Zwei Stunden, maximal drei«, antwortete der Uhrenhändler mit einer wegwerfenden Handbewegung. »Aber die Zeit ist in diesem Fall nicht euer Problem.«

Blue versuchte, seinen Blick festzuhalten. »Sondern?«

»Na, was wohl? … Der Olch!« Sein Lachen schwoll an, als er ihre verständnislosen Gesichter sah. »Ach du Schande, ihr habt tatsächlich nicht die leiseste Ahnung, worauf ihr euch da einlasst, stimmt's?«

»Wie wär's, wenn Sie uns aufklären?«, versetzte Elek, der mit dem zwielichtigen Typen einfach nicht warmwurde.

»Ich denke gar nicht daran.«

»Aber …«

Der Herr der Zeit hob gebieterisch die Hand. »Die Frage, wegen der ihr gekommen seid, ist beantwortet. Und für mehr habt ihr nicht bezahlt.«

»Oh nein, Mister, so haben wir nicht gewettet!« Elek stieß sich von der Mauer ab und ging ohne Vorwarnung auf den Händler los. Doch noch bevor seine Freunde die Situation erfasst hatten, klebte Elek bereits mit dem Rücken an der Mauer und seine Füße zappelten einen guten halben Meter über dem Boden.

»Niemand legt sich an mit dem Herrn der Zeit, mein Junge«, zischte der Uhrenhändler und die Wut ließ die Adern an seiner Stirn hervortreten, als wollten sie jeden Augenblick platzen.

Elek kämpfte verbissen, wand sich und trat, doch es nützte nichts. Der Herr der Zeit hielt ihn mit eisernem Griff, wobei er zu Blues Erstaunen einzig und allein seine rechte Hand benutzte. Er musste wirklich über enorme Kräfte verfügen!

»Lassen Sie ihn auf der Stelle los«, schrie sie und sprang den Mann von hinten an.

Stella und Spence taten es ihr gleich, doch obwohl sie zu dritt waren, hatten sie nicht den Hauch einer Chance. Ihre wütenden Schläge prallten an dem Uhrenhändler ab, als ob da eine unsichtbare Wand wäre zwischen ihnen und ihm.

Aber dann ließ er Elek plötzlich völlig überraschend fallen und packte Stella am Arm. »Was ist das für eine Uhr, die du da hast?«

»Das geht Sie einen feuchten Dreck an«, fauchte Stella und riss so kräftig an ihrem Handgelenk, dass es knackte.

»Was für ein hochinteressantes Stück«, murmelte der Mann, völlig unbeeindruckt von ihrem Widerstand. »Darf ich mal?«

Er löste den Verschluss des ledernen Armbands, während Elek, Spence und Blue mit vereinten Kräften auf ihn einprügelten.

»Finger weg, du Mistkerl!«, schrie Stella. »Diese Uhr kriegst du nur über meine Leiche!«

Die Zombieaugen des Mannes leuchteten höhnisch auf. »Führ mich nicht in Versuchung, Mädchen. Ich hab nämlich überhaupt kein Problem, mich mit Minderjährigen anzulegen. Also ... Her damit!«

Hilflos mussten Blue und die anderen mit ansehen, wie er Giselas Zuhause an sich nahm und das Gehäuse gegen das spärliche Licht hielt. »Eine Kuppel aus Spezialglas«, flüsterte er so andächtig, als spräche er ein Gebet. »Kratzfest und absolut bruchsicher, nicht wahr? ... Und was haben wir hier? ... Wozu ist das?« Er kniff die Augen zusammen und spähte interessiert durch das winzige Loch über der Zwölf. »Wer hat diese Uhr gebaut, hm?«

»Der nickende Tom.« Stellas Schultern bebten vor unterdrückter Wut. »Und jetzt geben Sie sie mir zurück, bitte.«

»Bitte?«, höhnte der Mann, während er die Uhr umdrehte, um die Gravur an der Unterseite zu studieren. »Das sind ja ganz neue Töne! ... Aber weißt du, was? Verarschen kann ich mich alleine.«

Stella schluckte. »Ich habe ...«

»Du hast mich belogen«, fiel der Händler ihr gleich wieder ins Wort. »Denn der nickende Tom hat dieses Wunderding unter Garantie nicht gebaut! ... Jaja, ich weiß schon, er versteht sein Handwerk. Aber er ist nicht ... Wie nennt man das? ... Kreativ! ... Und um so eine Uhr zu entwickeln, braucht es eine Menge Kreativität.« Er hob das Schmuckstück abermals dicht vor die Augen. Doch dann schleuderte er es plötzlich weit von sich und stieß wilde Flüche aus. »Du kleines Miststück! Was hast du gemacht? Was, zum Teufel, ist dadrin?« Er taumelte rückwärts und hielt sich dabei stöhnend das rechte Auge, das bereits zuschwoll. » Oh, Scheiße, ich glaub, ich werde blind!«

»Gisela!«, keuchte Stella, die die Gunst der Stunde genutzt und ihre geliebte Uhr vom Boden aufgeklaubt hatte. »Alles klar, mein Mädchen? Bist du verletzt?«

»Komm weg hier!«, schrie Blue und riss sie mit sich fort.

Elek und Spence rannte voraus.

»Oh, mein Gott«, wimmerte Stella. »Ich fürchte, Gisela hatte einen Rückfall …«

»Das war kein Rückfall«, widersprach Blue atemlos. »Sie hat an unserer Seite gekämpft und ihr Rudel verteidigt. Und jetzt mach endlich voran, sonst erwischt er uns!«

Der weitläufige Platz empfing sie mit beruhigender Belebtheit.

Doch Stella konnte sich einfach nicht beruhigen: »Und das Lombard'sche Fieber?«, schniefte sie voller Verzweiflung. »Gisela ist zwar nun schon eine ganze Weile abstinent, aber ich kann natürlich nicht garantieren, dass sie nicht doch noch ansteckend ist …«

»Ist doch nicht unser Problem, wenn dieser Mistkerl sich Sachen aneignet, die ihm nicht gehören«, versetzte Elek, noch immer stinkwütend.

»Aber wenn sich das rumspricht …« In Stellas Augen schimmerten Tränen. »Dann machen sie wieder Jagd auf Giselas Artgenossen. Und es gibt doch schon jetzt nur noch zweihundert Exemplare.«

»Ich glaube kaum, dass dieser Typ irgendwem verrät, wo er sein Fieber herhat, falls er tatsächlich krank werden sollte«, sagte Spence und legte ihr beruhigend den Arm um die Schultern. »Typen wie der halten sich bei so was grundsätzlich bedeckt.«

Stella lächelte ihn dankbar an. »Aber tapfer war es schon von ihr, sich mit so einem Kerl anzulegen, oder?«

Die anderen nickten.

»Ich schätze, das gibt einen Extra-Tropfen Futter heute Abend, was, mein Häschen?«

Ein zufriedenes Grunzen aus dem Inneren des Gehäuses verriet, dass Gisela mit dieser Aussicht mehr als einverstanden war.

»Apropos Futter …« Spencer blickte sich sehnsüchtig zwischen den Buden um. »Wie wär's, wenn wir dem Rat dieses Idioten folgen und unsere letzten zwanzig Dukaten in Proviant investieren?«

»Gute Idee«, sagte Elek.

»Ich meine«, Spence zögerte, »ich könnte natürlich auch noch mal mein Glück versuchen und sehen, ob ich nicht …«

»Untersteh dich!«, herrschte Blue ihn an. »Wir kaufen uns was zu essen und dann machen wir, dass wir hier wegkommen.« Sie blickte sich unbehaglich in den überfüllten Gassen um. »Ich habe nämlich nicht Gefühl, dass es besonders gesund wäre, wenn wir uns noch länger hier aufhalten.«

Der Schlund des Olches

Sie übernachteten im Schutz einer verlassenen Scheune. Doch sofort bei Anbruch der Dämmerung machten sie sich auf den Weg. Dieser führte anfangs zwar noch über eine geteerte Straße, aber schon kurz hinter der Abzweigung nach Rabah Sha wurde es richtig unbequem: Der Pfad war holprig und schlang sich in abenteuerlichen Kurven den Hang hinauf. Und als er endlich einmal wieder bergab führte, verengte er sich so sehr, dass die vier Freunde nur noch hintereinandergehen konnten. Links und rechts des Weges wucherten Dornen, die sich regelmäßig in ihren Kleidern verfingen, und auch die armdicken Wurzeln, die quer über den Boden liefen, bildeten gefährliche Fallstricke.

Elek ging voran, gefolgt von Blue und Stella.

»Dann sichere ich mal die Rückfront«, verkündete Spence und er nahm seine Aufgabe mehr als ernst: Immer wieder blieb er zurück, um zu kontrollieren, dass ihnen niemand folgte.

Etwas, das Blue ganz und gar nicht behagte. »Pass auf, dass du nicht den Anschluss verlierst«, mahnte sie.

»Keine Sorge«, antwortete Spence. »Zur Not haltet ihr Gisela eins meiner Taschentücher unter den Stachel und lasst sie nach mir suchen.«

»Ha, ha!«, herrschte Blue ihn an. »Wirklich überaus witzig!«

Aus der Tiefe des ehemaligen Vulkankraters quollen ihnen dichte Nebelschwaden entgegen und die Sicht wurde stetig schlechter.

Blues Sohlen rutschten über den steinigen Untergrund und

einmal hätte sie fast den Halt verloren, wenn Elek sie nicht geistesgegenwärtig am Arm erwischt hätte.

»Gute Reaktionen«, stammelte sie mit einem Anflug von Verlegenheit.

Er grinste. »Konzentration ist eines von den ersten Dingen, die man auf dem Hochseil lernt. Und ganz ehrlich? Wenn es links und rechts von dir acht Meter in die Tiefe geht, kommt die eigentlich von ganz allein …«

»Könntet ihr freundlicherweise aufhören, von Abgründen zu sprechen?«, beschwerte sich Stella mit einem bangen Blick in die Nebelsuppe zu ihrer Rechten. »Ich möchte nämlich nach Möglichkeit gar nicht erst darüber nachdenken, wie tief es hier nach unten geht.«

»Seit wann?«, stichelte Blue mit Blick auf ihre Erfahrung am Wasserfall.

Doch die Reaktion ihrer Freundin beschränkte sich auf ein beleidigtes Murren.

»Dieses ganze verdammte Gebirge besteht im Grunde aus Vulkankratern.« Elek sah sich um. »Deshalb sind die Trichter so eng und das Gestein so porös.«

»Und seit wann sind die Dinger erloschen?«, fragte Spence, der gerade wieder einmal zu ihnen aufgeschlossen hatte. »Ich meine … Sie sind doch hoffentlich erloschen, oder?«

Elek lachte. »Ja, seit ungefähr 13.000 Jahren.«

»Ist das viel?«

»Nicht wirklich, bei Vulkanen.«

Spencer starrte ihn an, als habe er den Verstand verloren. »Willst du damit sagen, das Ding könnte wieder ausbrechen?«

Elek rettete sich mit einer vagen Handbewegung. Doch ein mahnender Blick von Blue brachte die Jungs zum Schweigen. »Hört ihr das?«

»Ja«, nickte Spence. »Es plätschert.«

Das Geräusch verstärkte sich, als sie um die nächste Kurve bogen. Und wie von Geisterhand lichtete sich plötzlich auch der Nebel: Aus dem Grau, das ihren Weg verschleiert hatte, tauchten die Stämme mächtiger Bäume auf. Allenthalben ragten Wurzeln wie knotige Finger aus dem Boden und weiter vorn war ein Teil des Hangs herausgebrochen. Aus dem losen Geröll quoll Wasser hervor, das sich in einem Becken sammelte. Allerdings nicht wie bei einer Quelle.

Es sah vielmehr aus, als ob der Berg blute ...

»Guck mal, ein Frosch!« Stella zeigte auf einen Stein in der Mitte des Beckens, auf dem eine kleine grasgrüne Kröte hockte. »Und da ist noch einer. Und noch einer ...«

Blue starrte in die schimmernde Wasserfläche hinunter, in der sich die Blätter der umstehenden Bäume spiegelten. Doch plötzlich kippte das Bild und im schimmernden Grün erkannte Blue das Spiegelbild eines Jungen. Er war vielleicht fünf oder sechs Jahre alt und trug ein langes weißes Hemd. Blue hob erstaunt den Kopf und sah gerade noch, wie das Kind hinter den Büschen verschwand.

»He, du!«, rief Elek, der den Jungen ebenfalls entdeckt hatte. »Warte!«

Der Kleine drehte sich nicht um, sondern rannte einfach weiter, tiefer und tiefer ins Unterholz. Er hatte den Kopf voller glänzender hellblonder Locken und bewegte sich so geschickt, dass selbst der sportliche Elek seine liebe Not hatte, ihm zu folgen. Aber schließlich erwischte er den Jungen doch am Kragen.

»Keine Angst, ich tue dir nichts«, versicherte er, indem er das Kind zu sich umdrehte. »Ich möchte dich nur was fragen, okay?«

Der Junge blickte ihn aus großen blauen Kinderaugen an. Überraschenderweise schien er überhaupt keine Angst zu haben. Er sah vielmehr aus, als ob er jeden Moment in schallendes Gelächter ausbrechen wolle.

»Sprichst du meine Sprache?«

Der Kleine nickte. »Ich spreche jede Sprache.«

»Das ist super«, entgegnete Elek zerstreut. »Und ... Kennst du dich zufällig hier aus?«

Wieder Nicken.

»Wie heißt du?«

»Tobiah.«

»Okay, Tobiah. Kannst du uns sagen, wie wir nach Rabah Sha kommen?«

Der Junge griff nach seiner Hand. »Klar. Komm mit.«

Elek rief nach den anderen und gemeinsam folgten sie dem Kleinen querfeldein den steilen Hang hinunter. Am Himmel setzte sich unterdessen immer mehr die Sonne durch und von Zeit zu Zeit konnten sie über sich den Pfad sehen, den sie zuvor gegangen waren. Der lockere Boden gluckste und schmatzte unter ihren Füßen, aber dann traten die Bäume plötzlich zurück und gaben den Blick auf einen riesigen smaragdgrünen See frei.

»Da ist es«, verkündete Tobiah strahlend. »Rabah Sha.«

»Aber das ist ein See«, entgegnete Blue irritiert. »Und wir suchen ein Dorf. Mit einer Kirche und Häusern ...«

... und einer Treppe.

Tobiah nickte. »Ich weiß schon«, sagte er. Und mit einem tiefen Seufzer fügte er hinzu: »In den Neunzigern haben sie unten im Tal zwei neue Fabriken gebaut. Und die brauchten eine Menge Wasser für ihre Turbinen. Also haben sie einfach den Fluss aufgestaut, der den Krater entwässert ...«

Blue ging neben ihm in die Knie.

»Und Rabah Sha?«

»Eines Tages tauchte ein Mann auf und sagte, wir hätten vierundzwanzig Stunden, um unsere Sachen zu packen«, antwortete der Junge. »Und am nächsten Morgen kamen sie mit Bussen und holten alle ab. Sie hatten Namenslisten bei sich, aber auf denen tauchten viele von uns gar nicht auf.« Er rieb sich die Nase, die offenbar juckte, und blinzelte in die helle Sonne. »Es war ein riesiges Durcheinander. Aber die Wachleute wollten keine Zeit verschwenden und sagten den Leuten einfach, dass ihre Angehörigen schon in den anderen Bussen säßen.«

»Aber das taten sie nicht?«, fragte Elek mit echter Bestürzung.

»Nein«, antwortete Tobiah traurig. »Das taten sie nicht. Und dann kam das Wasser …«

Stella ging neben ihm in die Knie. »Und es ist niemand gekommen, um den Leuten zu helfen?«

»Nein, wir sind zur Kirche gerannt und wollten Pater John um Hilfe bitten, weil er doch …« Tobiah schniefte. »Er hatte doch diese Treppe gebaut.«

Blue und Elek tauschten einen Blick.

»Aber er …« Aus den großen Augen kullerten Tränen. »Er war schon weg und der Zugang war verschlossen.«

Stella war so gerührt, dass sie sich neben den Jungen in den Kies kniete und tröstend die Arme um seine Schultern schlang. Tobiah stand ganz still und sah die spiegelnde Wasserfläche an, während seine Kinderfinger sacht über die Formeln auf Stellas Pilaren strichen.

Blue winkte unterdessen Elek zur Seite. »Sag mal, ist dir an dem, was er erzählt hat, irgendwas aufgefallen?«

Elek zuckte die Schultern. »Was meinst du?«

Blue antwortete mit einer Gegenfrage: »Wann, sagte er, hätten sie noch gleich diese Fabrik gebaut?«

»In den Neunzigern.«

Sie nickte. »Das ist fünfundzwanzig Jahre her …«

»Ja, ungefähr. Und?«

Blues Augen kehrten vielsagend zu dem blond gelockten Kindergesicht zurück.

Und endlich begriff Elek, was sie meinte. »Ach, du Schande!«, fuhr es aus ihm heraus. »Soll das heißen, dass dieser Junge«, er senkte die Stimme, »tot ist?«

»Also auf mich macht er einen ziemlich lebendigen Eindruck«, entgegnete Blue.

Elek überlegte. »Eins jedenfalls steht fest«, knurrte er. »Dieser Mistkerl von einem Uhrenhändler hat uns gelinkt. Ich wette, er wusste ganz genau, dass das Dorf – und mit ihm die Treppe – schon vor Jahrzehnten in den Fluten versunken ist und dass wir unseren Plan somit vergessen können ...«

»Nicht unbedingt«, unterbrach ihn Tobiah, der eigentlich viel zu weit entfernt stand, um sie hören zu können.

Blue stürzte auf den Jungen zu. »Nicht?«

»Nein«, entgegnete Tobiah. »Die ersten Treppenstufen sind zwar unter Wasser, aber wenn man weit genug hinuntertaucht, gelangt man in eine Luftkammer. Und von dort führt ein System von Höhlen und Gängen auf die andere Seite der Berge.«

Elek packte ihn bei den Schultern. »Weißt du das sicher?«

»GANZ SICHER«, nickte der Junge. »Aber ihr dürft da trotzdem nicht runter.«

»Wieso nicht?«

»Weil sie euch töten würden.«

Blue starrte ihn an. »Wer?«

»Die Luftschnapper.«

Allein das Wort erfüllte sie mit tiefer Beklemmung. »Luftschnapper?«

»Manche behaupten, sie wären bloß eine Legende«, erklärte Tobiah mit ernster Miene. »Aber ich habe sie selbst gesehen. Sie lauern in der Tiefe und sie haben lange stachelartige Rüssel. Damit saugen sie jedem, der es wagt, in diesem See zu tauchen, den Sauerstoff aus den Lungen.« Auf seinen nackten Ärmchen bildete sich eine dicke Gänsehaut.

»Einmal habe ich zwei Männer beobachtet, die auch zur Grundlosen Treppe wollten«, fuhr Tobiah fort. »Sie waren sehr gut vorbereitet und hatten Rucksäcke voller verbotener Waren und sogar Taucherhelme dabei. Aber kurz nachdem sie im Wasser verschwunden sind, gab es einen furchtbaren Zwischenfall. Die Oberfläche hat wie wild geblubbert und dann tauchten plötzlich die Helme der Männer auf. Und anschließend auch ihre Rucksäcke …«

Blue zog die Stirn kraus. »Und die Männer selbst blieben verschwunden?«

Tobiah nickte. »Niemand überlebt dieses Wasser. Und wen die Luftschnapper nicht erledigen, den schnappt sich unter Garantie der Olch …«

»Von dem haben wir auch schon gehört«, stöhnte Stella. »Aber wer oder was ist das?«

Zu Blues Überraschung schien Tobiah mit der Antwort auf diese Frage überfordert zu sein. »Ich weiß nur, dass es ihn schon gab, als das hier noch ein ganz normaler Dorfteich war«, antwortete er nach kurzem Zögern. »Es hieß, dass er über das Trinkwasser wacht und dass er für seine Dienste einmal im Jahr ein Opfer verlangt. Deshalb haben die älteren Frauen aus dem Dorf jedes Jahr zur Sommersonnenwende eine riesige Menge Pfannkuchen gebacken und sie dem Olch ans Ufer gestellt. Und wenn sie am nächsten Morgen kamen, um nach ihren Tellern zu sehen, waren sie immer bis auf den letzten Krümel leer gefressen.«

»Klar.« Spencer verscheuchte eine Fliege, die um seinen Kopf surrte. »Wahrscheinlich wimmelt es hier nur so von Wasserratten.«

»Nein«, protestierte Tobiah, »das waren keine Ratten! Der Olch hat sie geholt! Mein Vater hat gesagt, dass er fast zweihundert Jahre alt ist. Und so klug, dass ihn niemand je zu Gesicht gekriegt hat.«

»Wie auch immer«, entschied Elek, dem die Sache allmählich zu lange dauerte. »Wir müssen jetzt los.«

»Nein, bitte, tut das nicht!«, schluchzte der Junge und klammerte sich voller Angst an Stellas Beinen fest. »Ihr dürft da nicht runter!«

Stella tätschelte seine bebenden Schultern. »Keine Sorge, Tobiah. Rein statistisch gesehen kommen auf eine Million Tauchgänge lediglich 4,7 tödliche Unfälle. Das ist ein extrem niedriger Wert, verglichen mit anderen Sportarten. Und wenn man diese Zahlen auf unsere derzeitige Situation überträgt, dann heißt das nichts anderes, als dass wir alles in allem gute Chancen haben …«

… abgesehen von Luftschnappern, Olchen und weiteren Wesen, die bei normalen Tauchgängen jetzt nicht sooo eine Rolle spielen, ergänzte Blue in Gedanken. Aber sie wollte ihrer Freundin auch nicht in die Parade fahren, denn Stellas Fakten schienen Tobiah tatsächlich zu beruhigen.

»Kann ich noch irgendwas für euch tun?«, fragte er leise.

Blue zwinkerte ihm zu. »Drück uns die Daumen, okay?«

»Okay. Aber …« Das kleine Gesichtchen hellte sich auf. »Moment! Ich hab da vielleicht doch noch was, das euch helfen könnte.«

Er verschwand im nahen Schilf und kehrte gleich darauf mit einer bunt bedruckten Plastiktüte zurück.

»Was ist das?«, fragte Elek.

»Luftballons.« Tobiah strahlte. »Meine Mama hat sie gekauft, kurz bevor die Männer mit den Bussen kamen. Eigentlich waren sie für die Party zu meinem sechsten Geburtstag. Aber die«, er zuckte die Achseln, »hat ja dann nicht stattgefunden.«

»Wie's aussieht, sind nur vier davon überhaupt noch zu gebrauchen«, verkündete Spence, nachdem er die Ballons untersucht hatte. »Alle anderen sind leider porös.«

»Reicht doch«, entgegnete Elek. »Wenn jeder von uns seinen eigenen Ballon hat, sollten wir mit dem Sauerstoff auf jeden Fall bis zu dieser Luftkammer kommen.«

»Und die Chronale?«, flüsterte Blue. »Wie sollen wir verhindern, dass sie auf dem Weg zur Treppe nass werden?«

Elek überlegte einen Moment. Dann deutete er auf die Plastiktüte in Tobiahs Hand. »Ich weiß, es ist unverschämt, aber … Dürften wir die auch noch haben?«

»Aber klar«, strahlte der Junge. »Wenn sie euch hilft.«

»Ich fürchte, das werden wir erst sehen, wenn wir auf der anderen Seite sind«, murmelte Elek und untersuchte das Plastik. Es schien stabil zu sein, also riss er die Tüte in zwei Hälften und gab eine davon an Blue weiter. »Ist eine Notlösung. Aber wir müssen es probieren.«

Sie setzten sich auf einen nahen Baumstamm und wickelten ihre Chronale sorgfältig in das Plastik ein. Anschließend fixierten sie das Ganze mit einer dicken Schicht Seerosenblätter, von deren wachsartiger Oberfläche das Wasser einfach abtropfte.

Vom Ufer aus führte ein Steg in den See, der irgendwann nach Rabah Shas Untergang gebaut worden sein musste. Mit einem überaus flauen Gefühl in der Magengegend folgte Blue ihren Freunden auf die langen Planken hinaus.

Die Sonnenstrahlen ließen das Wasser durchsichtig erscheinen und Schatten winziger Fische zuckten wie Silberpfeile durch das moosige Grün. Sie ballten sich zu unübersichtlichen Knäulen und wirbelten wild durcheinander, um sich gleich darauf wieder in alle Himmelsrichtungen zu zerstreuen. Zwischen den schimmernden Schatten entdeckte Blue ihr eigenes Gesicht, das ihr verzerrt aus der gekräuselten Wasseroberfläche entgegenblickte. Und darüber standen wie eine düstere Bedrohung die gezackten Schatten der Tannen, die das Ufer umrahmten.

»Das ist total unheimlich, was?«, flüsterte Spence, der ebenfalls stehen geblieben war und in die grün glitzernde Tiefe blickte.

Blue nickte. »Wo ungefähr ist diese Treppe?«, rief sie Tobiah zu, der sie vom Ufer aus beobachtete.

Der Junge zeigte auf eine Stelle nicht weit von Blue entfernt. Und mit einem Mal glaubte sie, inmitten der glitzernden Wellen Stufen zu erkennen.

Alte, ausgetretene Steinstufen, die in die Tiefe führten …

Sie schloss die Augen, und als sie sie wieder öffnete, waren die Stufen verschwunden.

»Ich muss mir auch noch was für Gisela überlegen«, sagte Stella neben ihr. »Wenn das Uhrenglas voll Wasser läuft, ertrinkt sie.«

»Warum klebst du nicht einfach die Ausfluglöcher zu?«, schlug Elek vor. »Mit Kaugummi, zum Beispiel.« Er griff in seine Jackentasche und reichte ihr einen Streifen Spearmint. »Hier, versuch's damit!«

»Danke.« Stella schob den Streifen in den Mund und kaute ihn kräftig durch, bevor sie ihn sorgfältig um das Gehäuse ihrer Uhr wickelte. »Glaubst du, das hält dicht?«

Elek betrachtete das gewölbte Glas, wo Gisela ihm aus schillernden Insektenaugen ängstlich entgegenblickte. »Ich denke schon.«

»Wir schaffen das, was, mein Häschen?«, flüsterte Stella aufmunternd. »Wir müssen einfach nur optimistisch bleiben. Und wenn ... Wie bitte? ... Ja, na klar kann ich schwimmen!«

Blue suchte noch immer nach der Stelle, wo sie die Stufen gesehen hatte. Doch gerade als sie glaubte, die grauen Steine wiedergefunden zu haben, schob sich eine Wolke vor die Sonne und verwandelte den See von einem Moment auf den anderen in eine riesige bleigraue Platte. Es war, als ob das Wasser unter ihren Augen erblindete.

Erschrocken hielt Blue den Atem an.

Aber das bekamen ihre Freunde schon nicht mehr mit: Wenige Meter neben ihr landete Stella mit einem entschlossenen Platscher im Wasser. Und auch Spencer hob selbstbewusst den Daumen und sprang mit seinem prall gefüllten Ballon hinterher. Dann holten beide noch einmal tief Luft und tauchten hinab in die Tiefe.

Fasziniert beobachteten Blue und Elek, wie die Umrisse ihrer Freunde immer unschärfer wurden und schließlich ganz in der grünen Tiefe verschwanden.

»Willst du zuerst?«, fragte Elek, indem er Blue einen luftgefüllten Ballon reichte.

Sie schüttelte den Kopf. »Geh ruhig vor. Ich komme nach.«

Das Wasser spritzte bis auf den Steg, als Elek hineintauchte.

Blue sah seinen roten Ballon tiefer und tiefer sinken. Dann war sie allein. Sie blickte sich zu Tobiah um, doch dort, wo er bis vor wenigen Augenblicken gestanden hatte, watschelten nur zwei Enten über den sonnenwarmen Kies.

Sie fasste ihren Ballon noch fester und ließ sich von den morschen Planken fallen. Gleich darauf fühlte sie die Kühle des Wassers auf ihrer Haut und eine neue, tiefere Stille umfing sie. Das Blätterrauschen, das Quaken der Enten, das Flüstern des Windes riss ab, als halte jemand der Welt den Mund zu.

Dafür wurde das Wasser um sie herum allmählich immer dunkler.

Wie Rauchglas, das sich immer mehr eintrübte.

Im Sinken sah Blue, wie hoch über ihr wieder die Sonne aus den Wolken hervorbrach. Winzige Luftbläschen lösten sich aus ihren Kleidern und stiegen hinauf in das Licht, während sie sich im freien Fall befand. Zumindest sah es aus dieser Perspektive so aus. Ihr Haar wehte hinter ihr her wie rotbraunes Seegras und aus der Tiefe ragte ihr versunkenes Astwerk entgegen. Mulchige Schatten ohne Farbe und Kontur. Blue presste angespannt die Lippen aufeinander. Trotz der Luft in ihrem Ballon und des damit verbundenen Auftriebs sank sie rasch tiefer. Und noch immer schien unter ihr kein Ende in Sicht.

Schlammgrüne Bodenlosigkeit.

Seltsamerweise schien sich hier unter Wasser sogar die Zeit zu verlangsamen! Voller Faszination beobachtete Blue ihre Arme. Die Bewegungen wirkten träge und ungelenk. Als ob sie in Zeitlupe abgespielt würden.

Sie nahm einen tiefen Atemzug aus ihrem Ballon. Wo waren ihre Freunde?

Die Fische?

Das Licht?

Ihre Augen suchten das düstere Grünbraun, das sie umfing,

nach Anzeichen einer Gefahr ab. Doch sie konnte nichts Außergewöhnliches entdecken. Unter ihr schien ein Algenfeld zu sein. Lange Stränge knotigen Seegrases streiften Blues Beine und die sanfte Strömung bewegte die Pflanzen harmonisch hin und her. Es sah fast aus, als ob die Algen tanzten. Eigentlich wunderschön, dachte Blue und schwamm mit kräftigen Zügen in die Richtung, wo sie die Stufen vermutete.

Sie war erst ein paar Meter weit gekommen, als sie rechts von sich auf einmal eine Bewegung wahrnahm. Eine winzige Unregelmäßigkeit im gleichmäßigen Wogen der Algen, die ... Blues Herz hämmerte. Die befürchten ließ, dass sich im Schutz der Pflanzen irgendetwas an sie heranpirschte!

Ob das diese gefürchteten Luftschnapper waren?

Vielleicht jagten sie im Rudel ...

Der Gedanke lähmte augenblicklich jede Faser ihres Körpers. Du darfst nicht in Panik geraten, rief Blue sich selbst zur Ordnung. Panik verbraucht Sauerstoff. Und Sauerstoff wird langsam knapp.

Sie schielte nach ihrem Ballon, der sich mittlerweile in eine schlaffe gelbe Hülle verwandelt hatte. Noch zwei oder drei Atemzüge. Dann war ihr Vorrat aufgebraucht.

Mach voran!

Irgendwo da drüben muss es sein!

Blue spähte in die Finsternis hinter dem Seegras. Konnte das dahinten nicht ein Kirchturm sein? Dieser Schatten dort, wo die Tentakel der Algen nicht ganz so dicht wucherten?

Mit neuem Mut tauchte sie darauf zu. Und obwohl das düstere Wasser kein Geräusch zuließ, hätte Blue schwören können, dass das Gras unter ihr plötzlich zu rascheln begann.

Sie blickte unter sich und zuckte jäh zurück, als direkt vor ihr eine schwarz glänzende Gestalt aus dem dichten Algengeflecht schnellte. Sie war nicht viel größer als ein ausgewachsener Meleute, doch die fächerartigen Schwimmhäute, die von ihren Handgelenken bis hinunter zu den Füßen reichten, ließen sie um ein Vielfaches länger wirken. Wie eine riesige Unterwasser-Fledermaus. Die Augen der Gestalt hatten einen kalten, fischigen Schimmer und von dort, wo bei normalen Wesen ein Mund war … Blue erstarrte. Von dort ragte ihr ein spitzer, hohler Dorn entgegen!

Vor lauter Schreck ließ sie ihren Ballon los und begann, wie wild zu strampeln, während dicht über ihr die Schatten zweier weiterer Luftschnapper auftauchten. Zu dritt begannen sie, ihr Opfer zu umkreisen, wobei sie gierig nach den Resten von Blues Atemluft schnappten, die wie eine Kette winziger Perlen Richtung Oberfläche stieg.

Unterdessen legte sich ein schier unerträglicher Druck auf Blues Ohren. Er war so stark, dass Blue das Gefühl hatte, ihr Trommelfell könne jeden Augenblick platzen. Vielleicht, überlegte sie, verständigen sich diese Viecher mit einer Art Ultraschall?

Die Kreise der Luftschnapper wurden derweil immer enger. Und dann gab einer der drei mit einem ohrenbetäubenden Zischen das Zeichen zum Angriff!

Blue fühlte, wie sie von hinten gepackt wurde, und voller Panik schrie sie sich auch noch die allerletzte Luft aus den Lungen. Das modrige Wasser drang ihr gewaltsam in Mund und Nase, als wolle der See sie von innen ertränken, während die messerscharfen Saugstachel ihrer Angreifer von allen Seiten an ihren Kleidern zerrten.

Das war's, dachte Blue, während sich eine gespenstische Kühle über ihren Körper legte. Das ist das Ende …

Im selben Moment sah sie ihn. Er musste es sein!

Ein gigantischer braungrüner Schatten, der in majestätischer Ruhe aus der moosigen Tiefe emporstieg. Nach und nach materialisierte sich ein riesiger, seitlich etwas abgeflachter Körper mit langen Bartfäden rund um ein zahnloses Maul. Darüber ein Auge, dessen Linse ein Stück weit aus der Pupille herausragte, kreisrund und golden wie die Abendsonne. Und auf diesem Monster …

Blue blinzelte ungläubig in das finstere Wasser. Auf diesem Monster thronte Elek, so selbstbewusst, als ob er auf einem Zirkuselefanten durch die Manege ritte!

Vor lauter Schreck vergaß sie sogar ihre Angst und allmählich schienen nun auch ihre Angreifer zu merken, was Sache war: Das hochfrequente Fiepen verdichtete sich zu einem ohrenbetäubenden Kreischen, während das Riesenmonster drohend und blubbernd näher und näher kam. Blue wurde herumgewirbelt, fing sich kurz und geriet gleich darauf erneut ins Trudeln. Dann schossen die schwarz glänzenden Körper davon, als sei der Teufel höchstpersönlich hinter ihnen her, und Blue fühlte, wie ihr ein luftgefüllter Ballon an die Lippen gehalten wurde.

Ruhig bleiben!, signalisierte Elek ihr per Zeichensprache. *Atme einfach ganz normal ein und aus, bis du wieder klar siehst!*

Blue blickte sich angstvoll um. *Sind sie weg?*

Er nickte. *Aber wir müssen uns trotzdem beeilen! Sie könnten Verstärkung holen …*

Blues Pupillen wurden weit.

Keine Panik! Mit jedem Wort lösten sich neue Luftbläschen von Eleks Lippen. *So schnell geht das nun auch wieder nicht!* Er lächelte. *Geht's?*

Blue wollte gerade nicken, als sich hinter Elek unvermittelt ein riesiges tiefschwarzes Loch auftat. Noch viel schwärzer als das Seewasser. Mächtige Kiefer gähnten ihr entgegen und darüber stand ein erstarrtes Goldauge, das alles andere als freundlich dreinblickte …

Elek! Vorsicht! Blue strampelte wie wild. *Dieses Monster verschlingt uns!*

Elek warf einen Blick über seine Schulter und hob gebieterisch die Hand, woraufhin sich der Riesenfisch bereitwillig drehte und ihnen seine garagentorgroße Flosse als Steigbügel anbot.

Ich träume, dachte Blue, während Elek ihr abermals seinen halb leeren Ballon an die Lippen presste. Das alles passiert gar nicht wirklich. NIEMAND, nicht einmal ein total durchgeknallter Twah-Junge, könnte so ein Riesenteil von einem Seemonster zähmen. Schon gar nicht innerhalb von fünf Minuten. Das alles spielt sich einzig und allein in meiner Fantasie ab, weil mein Gehirn nicht mehr richtig mit Sauerstoff versorgt wird. Und …

Weiter kam sie nicht, denn der Koloss unter ihnen setzte sich zuckend und rumpelnd in Bewegung. Blues Finger krallten sich erschrocken in die harten Schuppen. Langsam und gemächlich steuerten sie auf ein tiefdunkelgrünes Algenfeld zu, während sich ihr Kopf mehr und mehr mit Watte füllte.

Inmitten des Schwindels erkannte Blue die Schatten von Gebäuden. Kleine, geduckte Häuser mit verrotteten Fensterläden. Mit Muscheln bewachsene Straßenlaternen. Und einen Kirchturm, dessen Mauern erstaunlich gut erhalten schienen.

B-L-U-E!

Sie drehte sich zu Elek um, während ihr Monstertaxi Meter um Meter nach unten sank.

Er deutete auf eine verrostete Falltür zwischen den wuchernden Algen. Und die stand – zu Blues größtem Erstaunen – offen!

Ist das die Treppe, die wir suchen?, fragte sie stumm.

Elek nickte und signalisierte, dass Stella und Spence bereits hindurch getaucht waren. *Schaffst du's allein?*

Blue nickte ebenfalls. Doch ihre Arme und Beine wollten ihr nicht länger gehorchen. Bereits nach den ersten vorsichtigen Schwimmzügen verwandelten sich sämtliche Muskeln in ihrem Körper in Pudding.

Dann wurde ihr schwarz vor Augen.

Als sie wieder zu sich kam, lag sie auf einem schmalen Felsvorsprung. Um sie herum rieselte Wasser von den Wänden. Aber wenigstens konnte sie wieder frei atmen.

»Sie ist wach«, stellte Stella mit ihrem unnachahmlichen Sinn für Logik fest, während sie zur Überprüfung ihrer Feststellung Blues Augenlider hochzog.

»Lass das, ich bin okay!«

Blue wischte sich die klatschnassen Locken aus der Stirn und richtete sich auf.

»Aber als diese Dinger auf mich zukamen …« Sie schüttelte sich. »Oh Mann, ich dachte echt, ich sterbe!«

»Viel hat da auch nicht gefehlt«, entgegnete Elek, dem die Anstrengung noch ins Gesicht geschrieben stand. »Diese verdammten Biester sind echt gefährlich.«

Blue sah Spencer und Stella an. »Haben sie euch auch angegriffen?«

»Mich zuerst nicht«, antwortete ihre Freundin. »Aber als Spence dazukam, waren sie da.«

»Allerdings haben sie sich durch Elek erst mal wieder ablenken lassen«, ergänzte Spence. »Keine Ahnung, was an dem so viel leckerer aussieht als an uns.«

Elek grinste. »Tja«, sagte er. »Diese Drecksbiester haben eben Geschmack. Aber noch mehr als auf Zirkusleute stehen sie offenbar auf Rothaarige.«

Blue war zu erschöpft, um ihm an die Gurgel zu gehen. Aber einen bösen Blick in seine Richtung brachte sie immerhin zustande. »Und dieses … dieses Vieh, das sie vertrieben hat? War das der Olch?«

»Der Name nervt ihn ganz schön«, erklärte Elek, ohne eine Miene zu verziehen. »Was ich, ehrlich gesagt, nachvollziehen kann. Immerhin klingt das Wort nach etwas total Schleimigem …«

»Aber was genau ist dieser Olch?«, unterbrach ihn Blue. »Ein Fisch?«

»Jap.« Elek grinste. »Eine zweiundneunzig Jahre junge, nicht besonders mitteilungsfreudige und leider auch ziemlich unverträgliche Persönlichkeit von einem Karpfen.«

»Ein Karpfen«, wiederholte Blue, die sich verschaukelt fühlte. »Alles klar!«

»Ernsthaft.«

Sie warf ihm einen spöttischen Blick zu. »Ich hab schon Karpfen gegessen. Und der passte auf eine Servierplatte.«

»Das muss wohl an diesem vulkanischen Wasser liegen.« Elek hob die Achseln. »Karl sagt, sein Vater war auch schon so groß.«

Blue starrte ihn an. »Karl?«

Wieder Achselzucken. »Ja, das ist sein richtiger Name.«

Sie kniff die Augen zusammen. Dieser Mistkerl nahm sie doch auf den Arm!

»Übrigens war es auch Karls Vater, der diese Sache mit den Pfannkuchen eingeführt hat«, fuhr Elek ungerührt fort. »Karl sagt, dass sie jedes Jahr einen Mordsspaß beim Stibitzen hatten. Bis die Männer mit den Bussen kamen ...«

»Und hat dir dein fischiger Freund zufällig auch verraten, wie wir auf die andere Seite der Berge kommen?«, fragte Blue spitz.

Anstelle einer Antwort zeigte Elek auf eine Reihe von Stufen in ihrem Rücken. »Bitte sehr, die Dame, hier, direkt hinter Ihnen, befindet sich die Grundlose Treppe. Schmugglerpfad, Fluchtweg und überdies ein Meisterwerk der Architektur, denn – wie Sie zweifellos bemerkt haben werden – man bekommt hier unten nicht mal nasse Füße. Und das, obwohl wir uns mindestens fünfundzwanzig Meter unterhalb der Wasseroberfläche befinden.«

Blue schüttelte ehrfürchtig den Kopf. »Aber wie ist so was möglich?«

»Keine Ahnung«, knurrte Stella, die es noch viel mehr als Blue hasste, wenn sie etwas nicht auf Anhieb verstand. »Aber offenbar sind die Hüter verdammt clever.«

»Seid ihr denn sicher, dass es die Hüter waren, die diesen Durchgang gebaut haben?«, fragte Blue mit einem bangen Blick auf die ausgetretenen Stufen.

»Auf der Luke war zumindest das Schmetterlingssymbol«, entgegnete Spence. »Und bevor uns noch irgendein fieses Wesen angreift, schlage ich vor, dass wir uns auf den Weg machen. Oder ...« Er stutzte. »Willst du lieber wieder zurück?«

»Durch den See?«, rief Blue entsetzt. »Ganz bestimmt nicht! Da kriegen mich keine zehn Pferde mehr rein. Aber wo …« Ihre Hände tasteten panisch über ihre leeren Jackentaschen. »Wo ist mein Chronal? Ist es etwa verloren gegangen?«

»Keine Sorge, alles da.« Elek reichte ihr das noch immer in Plastik und Seerosen gewickelte Chronal ihrer Großmutter. »Ich habe mir nur erlaubt, es an mich zu nehmen, nachdem du in Ohnmacht gefallen warst.«

»Ich BIN NICHT in Ohnmacht gefallen«, protestierte Blue. Und überhaupt: Wie bescheuert klang *das* denn?!

»Nachdem du dich spontan dazu entschlossen hattest, mitten im See ein kleines Nickerchen zu machen«, korrigierte sich Elek mit unverhohlener Schadenfreude.

»Idiot!«

»Karottenkopf!«

Sie funkelte ihn an. »Sag das noch ein einziges Mal und ich werfe dich deinem komischen Fisch-Freund da draußen zum Fraß vor!«

»Also ich finde rote Haare total schön«, versuchte sich Stella ausnahmsweise mal als Vermittlerin.

Doch davon wollte Blue nichts hören. »Niemand auf diesem verdammten Planeten möchte freiwillig rothaarig sein«, versetzte sie ärgerlich.

»Aber …«

»NIEMAND.« Sie rappelte sich hoch, schnappte sich das Chronal und stapfte wütend auf die Treppe zu. »Und jetzt los, sonst ist unser tapfer erkämpfter Vorsprung dahin!«

Das Haus vor der Stadt

Die Villa lag ein paar Kilometer außerhalb der Stadtgrenze von Amnesia und war von einem weitläufigen Park umgeben.

Julian Caban schaltete einen Gang zurück und spähte angestrengt durch die staubige Frontscheibe. Diese verdammte Zufahrt nahm aber auch wirklich kein Ende!

Andererseits war Caban gar nicht sicher, ob er sein Ziel überhaupt erreichen *wollte.* Zwar übertrug ihm sein Vorgesetzter immer mal wieder Kurierfahrten wie diese, die eine willkommene Abwechslung zum trüben Gefängnisalltag bildeten. Aber auf die Fahrt heute, das konnte Caban nicht leugnen, hätte er liebend gern verzichtet!

Er schielte in den Rückspiegel und kam zu dem Schluss, dass es Pierre Roquelor auf dem Rücksitz nicht viel anders ging. Zwar war die Miene des Verhörspezialisten gewohnt ausdruckslos, doch Caban entging nicht, dass Roquelors kräftige Kiefer vor Aufregung mahlten.

Während der gesamten Fahrt hatten sie noch kein Wort gesprochen.

Nicht einmal, als sie das mächtige, mit Überwachungskameras und Stacheldraht gesicherte Haupttor passiert hatten.

Mit verkniffenen Lippen hatte Roquelor einen achtstelligen Zugangscode in das Tastenfeld neben der Einfahrt getippt. Daraufhin hatten sich die beiden schmiedeeisernen Torflügel geöffnet und seither fuhren sie diese schnurgerade Auffahrt hinauf zu einem Haus, von dem man die furchterregendsten Dinge hörte …

Cabans Finger schlossen sich fester um das Lenkrad. Nicht, dass er besonders zimperlich gewesen wäre. Und in den Gefängnissen, in denen er gearbeitet hatte, war es ganz bestimmt auch nicht immer nett und freundlich zugegangen. Aber die wenigen Menschen, die jemals einen Fuß in dieses Haus gesetzt hatten, waren bei ihrer Rückkehr in einem Ausmaß eingeschüchtert gewesen, wie Caban es nie zuvor erlebt hatte.

Er reckte den Hals und spähte um die nächste Kurve. Am meisten irritierte ihn die Tatsache, dass sie noch keine Menschenseele zu Gesicht bekommen hatten, seit sie durch das streng gesicherte Tor gefahren waren. Dabei müsste es auf einem Anwesen dieser Größenordnung von Angestellten nur so wimmeln, dachte Caban. Gärtner, Dienstboten, Leute, die sich um die Autos und den Tennisplatz und den Fischteich kümmerten …

Aber es war weit und breit niemand zu sehen.

Nicht einmal ein Vogel.

Dabei wurde die Auffahrt fast auf der gesamten Strecke von hohen Bäumen beschattet und bereits wenige Meter dahinter begann der Wald. Doch selbst dem schienen an diesem brütend heißen Tag die Worte zu fehlen: Zwischen den tief hängenden Zweigen war es totenstill.

Caban warf einen flüchtigen Blick auf die Uhr neben der Tankanzeige. Wenigstens waren sie pünktlich!

Und endlich tauchte hinter der ersten Biegung, die die Straße vollführte, nun auch das Haus auf. Es war vom Keller bis zum Giebel in dunklem Basaltstein erbaut und hatte eine Reihe spitz zulaufender Bogenfenster. Und obwohl das Gebäude von den Blumenkästen neben dem Eingang bis zu den Fensterrahmen tadellos in Ordnung war, vermittelte es einen seltsam intensiven Eindruck von Niedergang und Verfall.

»So, Sir.« Caban hatte alle Mühe, seine Angst zu verbergen, als er den Wagen exakt vor der Mitte der Treppe zum Stehen brachte. »Da wären wir.«

Pierre Roquelor öffnete die Seitentür und trat ins Freie. »Sie begleiten mich!«

»Aber …« Caban schluckte. Roquelor war ein Mann, mit dem er noch nie gern allein gewesen war. Und erst recht nicht, wenn der gefürchtete Verhörspezialist so drauf war wie heute. Aber dazu auch noch ein Besuch in einem Haus wie diesem? Caban schüttelte den Kopf. Oh nein, da konnte er gut drauf verzichten! »Bei allem Respekt, Sir«, sagte er fest. »Meine Anweisung lautet, Sie hierherzufahren. Nichts weiter.«

Pierre Roquelor stieß einen warnenden Pfiff aus, aber Caban spürte auch die Angst, die sich dahinter verbarg. »Sie kommen mit mir!«, wiederholte er unmissverständlich endgültig. »Der Koordinator erwartet uns.«

Uns?!

Caban zog die Stirn in Falten. Aber er wagte es auch nicht, Pierre Roquelor ein weiteres Mal zu widersprechen.

Brav wie ein Schoßhündchen folgte er dem Verhörspezialisten die breiten Stufen hinauf zur Haustür, die sich lautlos öffnete, kaum dass die Sohlen der beiden Männer die oberste Stufe berührten.

Im Inneren des Gebäudes war es düster und roch nach Krankenhaus. Nach Arztseife und Desinfektionsmitteln. Und irgendwie auch nach Tod.

Caban schauderte.

Dann stiegen sie wortlos die Treppe in den ersten Stock hinauf.

Einzig das Schleifen von Roquelors Klumpfuß durchbrach die drückende Stille.

Der Verhörspezialist ging voraus. Offenbar wusste er ganz genau, wo sie hinmussten.

Die Treppe war aus schwerem dunklem Holz gefertigt und bis in die letzten Ritzen des gedrechselten Geländers blitzsauber. Und doch war auch hier nirgends ein dienstbarer Geist zu entdecken.

Keine Haushälterin.

Kein Stubenmädchen.

Nicht einmal eine Putzfrau.

Cabans Unbehagen verstärkte sich.

Sein Begleiter stoppte unterdessen vor einer dunkel lackierten Holztür, die einen Spalt weit offen stand.

»Pierre, mein Lieber?«, rief eine männliche Stimme, noch bevor Roquelor Gelegenheit zum Klopfen hatte. »Sind Sie das?«

»Jawohl, Sir.«

»Kommen Sie rein, mein Freund! Kommen Sie rein!«

Caban sah, wie sich die Muskeln unter dem Stoff von Roquelors Jackett verspannten. Der Mann im Zimmer klang durchaus nicht bedrohlich. Aber das bedeutete gar nichts. Im Gegenteil: Die meisten dieser Leute sprachen mit ausgesuchter Höflichkeit. Und doch hatte Caban immer das Gefühl, dass ihm ein Hauch von Eis entgegenwehte, sobald sie den Mund aufmachten.

»Kommen Sie mit!«, zischte Roquelor, aber dieses Mal klang es fast, als ob er Verstärkung suche.

Caban trabte hinter ihm her.

Vor einem der Fenster saß ein Mann im Rollstuhl und blickte regungslos in den sonnenüberglänzten Garten hinunter. Zu Cabans Erstaunen trug er trotz der Wärme einen dicken Kapuzenumhang und leider kehrte er ihnen den Rücken zu, sodass sie sein Gesicht nicht sehen konnten.

Roquelors Schritte wurden mit jedem Meter, den sie sich der unheimlichen Gestalt näherten, zögerlicher. Ein paar Armlängen hinter dem Rollstuhl blieb er stehen. »Sie wollten mich sprechen, Sir?«

»Ganz recht, mein Lieber, ganz recht.«

»Ich nehme an, es geht um den Professor?«

Der Mann nickte, ohne sich umzudrehen. »Wie ich höre, erweist sich die Vernehmung des Gefangenen als unerwartet schwierig.«

Unerwartet wohl kaum, dachte Caban, doch er hütete sich, das laut zu sagen.

»Wir benötigen einfach noch ein bisschen Zeit«, antwortete unterdessen Roquelor. Und nach einer kurzen Pause setzte er hinzu: »Wie Ihnen vermutlich bekannt ist, weist Artur Parrhesius extrem hohe Resilienzwerte auf.«

Die Gestalt unter der Kapuze kicherte. »Natürlich tut er das … Unsere Feinde würden eine derart wichtige Aufgabe niemals einem Mann anvertrauen, der nicht über in jeder Hinsicht außergewöhnliche Fähigkeiten verfügt.«

Roquelor entspannte sich ein wenig. »Dann entspricht es also der Wahrheit, dass uns mit Artur Parrhesius ein Mitglied des trigonalen Rates der Hüter ins Netz gegangen ist?«

»Ich mag diesen Ausdruck nicht«, zischte es unter der Kapuze hervor und die Worte schnitten sich wie winzige Rasiermesser in Cabans Ohr. »Hüter … Das klingt so positiv! Als ob diese alten Spinner irgendetwas Gutes bewirken würden!«

Aus den Augenwinkeln sah Caban, wie Roquelors Mundwinkel zuckten.

»Sind Sie anderer Meinung, mein Lieber?«, säuselte der Mann im Rollstuhl, dem die Bewegung ebenfalls nicht entgangen war.

»Durchaus nicht, Sir«, beeilte sich Roquelor zu versichern. »Ganz im Gegenteil.«

»Hm …« Die Stimme unter der Kapuze war nun wieder weich und mild. »Wie auch immer: Wir haben es jedenfalls für eine gute Idee gehalten, dass *Sie* sich unseres Gastes annehmen. Immerhin kennen Sie den Professor noch aus Studientagen, nicht wahr?«

»Ich habe damals einige Vorlesungen bei ihm gehört«, räumte Roquelor mit spürbarem Widerwillen ein.

Die Antwort peitschte mit einer solchen Urgewalt durch den Raum, dass Caban instinktiv einen Schritt zurückwich. »Nein, haben Sie nicht! Sie waren im Schachteam Ihrer Studentenverbindung und haben mit schöner Regelmäßigkeit gegen Parrhesius' Leute verloren.«

Roquelor machte ein Gesicht, als ob man ihm eine unreife Zitrone in den Mund geschoben hätte. Doch er wagte auch nicht zu widersprechen.

»Aber lassen wir das …« Der Mann im Rollstuhl hüstelte. »Ich hatte wirklich gehofft, diese Sache bei meiner Rückkehr erledigt zu finden. Doch leider«, seine Stimme wurde scharf, »haben Sie bislang weniger als GAR NICHTS erreicht.«

»Solche Dinge brauchen Zeit«, wiederholte Roquelor hilflos.

Caban hatte den Verhörspezialisten noch nie schwitzen sehen. Doch jetzt zog Pierre Roquelor ein Taschentuch heraus und wischte sich über die Stirn.

»Apropos«, begann der Mann im Rollstuhl und noch immer drehte er sich nicht zu ihnen um, »darf ich fragen, warum Sie dem Professor noch nicht die Freuden Ihrer Spezialbehandlung haben angedeihen lassen?«

»Das hätte bei ihm keinen Sinn.«

»So? Glauben Sie?«

»Bei allem Respekt, Sir.« Roquelors Stimme zitterte. »Einem Mann wie Artur Parrhesius kommt man nicht mit körperlichen Qualen bei. Er würde, ohne mit der Wimper zu zucken, in den Tod gehen und sein Wissen um die geheimen Verstecke unserer Feinde mit ins Grab nehmen. Und dann hätten wir gar nichts erreicht.«

»Nun gut, in diesem Fall wird es sich wohl kaum vermeiden lassen, dass ich mich der Sache persönlich annehme.« Die Gummiräder des Rollstuhls quietschten, als die Gestalt das Gefährt ein Stück zurücksetzte. Dabei konnte Caban einen flüchtigen Blick auf die Hände des Mannes werfen, die schneeweiß und völlig vernarbt waren. Als ob sie irgendwann einmal komplett zerquetscht gewesen und anschließend aus den Überresten neu zusammengesetzt worden wären. »Bereiten Sie unverzüglich die Überstellung des Gefangenen hierher auf meinen Landsitz vor. Und zwar noch heute Nacht.«

Caban starrte den Rollstuhl an, der rückwärts auf sie zugerollt kam.

»Wie Sie wissen, sind unsere Feinde trotz der Aussichtslosigkeit ihres Kampfes erstaunlich gut informiert«, fuhr die Stimme unter der Kapuze säuselnd fort. »Deshalb werden Sie beim Transport des Gefangenen jegliches Aufsehen vermeiden. Warten Sie, bis die Spätheimkehrer in ihren Betten und die Straßen vollkommen leer sind. Das sollte etwa gegen halb fünf in der Frühe der Fall sein.« Die Wende, die der Rollstuhl vollführte, war so rasant, dass Caban und Roquelor vor Schreck sogar das Luftholen vergaßen. »Nun, mein lieber Pierre, glauben Sie, das ließe sich einrichten?«

Caban taumelte rückwärts, bis er gegen einen düsteren Ledersessel prallte.

»S-s-s-elbstverständlich, Sir, gar kein Problem«, hörte er Roquelor stammeln. Doch die Stimme des gefürchteten Verhörspezialisten klang, als käme sie aus einer anderen Welt. »Sie können sich darauf verlassen, dass alles zu Ihrer Zufriedenheit erledigt wird.«

»Nun, das hoffe ich«, zischte es und die alten Räder quietschten über den Boden, als sich der Rollstuhl langsam abwandte und auf die riesige blaue Tür zusteuerte, die Caban bislang noch gar nicht aufgefallen war. »Enttäuschen Sie uns nicht noch einmal!«

Scripton

»Aber das sind ja wirklich nur Ruinen!«, rief Stella entgeistert, als sie nach drei Stunden Fußmarsch in der ehemaligen Hauptstadt des Fürstentums Lox standen. »Wo, bitte, soll denn hier so etwas wie eine Zentrale versteckt sein?«

Blue blickte sich zwischen den steinernen Mauerresten um. Der größte Teil der Stadt war tatsächlich dem Erdboden gleich – und den wenigen Gebäuden, die überhaupt noch als solche zu erkennen waren, fehlte entweder das Dach oder die Rückfront. Oder gleich beides. Überall standen hohe Torbögen und Skulpturen aus rotem Sandstein wie Fremdkörper in der weiten Landschaft und durch die Gassen, durch die einst die großen Karawanen gezogen waren, pfiff ein heißer, trostloser Wüstenwind.

»Wenigstens sind die Grauen noch nicht hier.« Elek war auf eine der wenigen verbliebenen Säulen geklettert und suchte den Horizont nach verdächtigen Bewegungen ab. »Falls sie überhaupt auftauchen!«

»Sie werden schon kommen«, entgegnete Blue. »Irgendwas ist los mit diesem Ort. Ich spüre es.«

»Also, *ich* spüre nur meine Füße«, beschwerte sich Stella, die auf eine Mauer gekraxelt war. »Aber die Architektur ist voll cool!«

Blue kletterte zu ihrer Freundin hinauf und tatsächlich: Von diesem erhöhten Standpunkt ließ sich die einstige Pracht der alten Ruinenstadt erst so richtig erahnen. Breite, gepflasterte Straßen führten aus allen vier Himmelsrichtungen nach Scripton hinein.

Wo sie sich trafen, hatte sich früher einmal der Regierungspalast befunden. Zwar waren von dem imposanten Bauwerk nur noch ein paar Grundmauern übrig, doch die zwölf mächtigen Statuen, die einst über den Eingang gewacht hatten, standen noch immer und blickten mit strengen Gesichtern über die trostlosen Reste der vergessenen Metropole.

Blue hielt sich eine Hand an die Stirn, um ihre Augen vor der tief stehenden Sonne zu schützen.

Nicht nur die beiden Hauptachsen, sondern auch das umliegende Straßennetz war absolut symmetrisch aufgebaut. Wie Strahlen, die von einem gemeinsamen Mittelpunkt aus in die Landschaft führten, reihten sich Ruinen und Mauerreste aneinander, begrenzt nur von der mächtigen Ringstraße, die die Stadt einst umschlossen hatte.

Ein Stück links von ihnen lag das ehemalige Amphitheater, ein ausladendes Rund mit verwitterten Tribünen, das einmal von einem hohen Säulengang umgeben gewesen war. Doch mittlerweile waren die meisten Säulen umgestürzt oder abgebrochen. Zwischen den gezackten Resten säuselte der Wind eine schaurig schöne Melodie.

Wie kann ein ganzes Land derart in Vergessenheit geraten?, überlegte Blue mit einem Anflug von Traurigkeit, während sie ihr Gedächtnis zugleich vergeblich nach weiteren Informationen über das verbotene Fürstentum durchforstete. Sie erinnerte sich dunkel, in der fünften Klasse ein paar Gedichte gelesen zu haben, die aus der Feder eines loxischen Poeten stammten. Doch allzu viel war davon leider nicht hängen geblieben …

»Sehen wir uns mal weiter unten im Stadtkern um«, entschied Elek und kletterte flink von seiner Säule.

Doch auch das brachte die vier Freunde nicht weiter. Es gab kein einziges Gebäude, das noch intakt gewesen wäre. Und auch sonst fanden sie nicht den geringsten Hinweis auf Leben.

»Hier ist unter Garantie schon seit Urzeiten niemand mehr

gewesen«, seufzte Spence, der sich eine alte Tempelanlage vorgenommen hatte. »Was auch immer eure Malia da erzählt hat …«

»Und wenn uns die Grauen doch zuvorgekommen sind?«, fragte Stella. »Vielleicht waren sie ja bereits hier und haben die Hüter verschleppt.«

»Aber wir haben nirgendwo Anzeichen eines Kampfes gesehen«, widersprach Elek. »Und nach allem, was wir über sie gehört haben, kann ich mir beim besten Willen nicht vorstellen, dass sich die Hüter so einfach ergeben hätten.«

Ganz bestimmt nicht, dachte Blue und ließ sich auf dem Rand eines erfreulicherweise noch völlig erhaltenen Wasserbeckens nieder. Doch als sie gerade einen Schluck daraus trinken wollte, hörte sie plötzlich ein leises Rascheln.

Unwillkürlich blickte sie sich nach Stella um, aber die stand ein ganzes Stück entfernt und studierte eine alte, in den Stein gemeißelte Inschrift.

Dafür wiederholte sich das Rascheln und verblüfft stellte Blue fest, dass das Geräusch aus der Innentasche ihrer Jacke kam!

Mit zittrigen Fingern zog sie das Chronal ihrer Großmutter heraus und schlug es auf, wobei sie einmal mehr darüber staunte, dass trotz ihres Unterwasserabenteuers weder die Schrift noch die Zeichnungen verwischt waren. Im Gegenteil: Das Geschriebene schien im warmen Licht der untergehenden Sonne noch plastischer hervorzutreten. Wie ein Relief, das aus dem Weiß der Seiten hervorstach und dabei immer klarer und erhabener wurde.

Fasziniert betrachtete Blue eine detailreich gezeichnete Blütenknospe, die aussah, als wolle sie jeden Augenblick aufspringen.

Doch dann erfasste ein plötzlicher Windstoß die Seiten und schlug sie um.

Aber … Blue hielt die Luft an. Was war *das* denn?

Zwischen den dicht gedrängten Zeilen blitzte etwas Goldenes auf. Wie ein dünner Faden, der sich quer über die Seite spannte,

Wellen schlug und sich schließlich zu einer Reihe winziger Buchstaben formte.

WORTE!

Blue griff sich stöhnend an den Kopf, als ein stechend heißer Schmerz ihre Kopfhaut erfasste. Es fühlte sich an, als ob ihre Pilare lichterloh in Flammen stünden, und für einen flüchtigen Moment musste Blue an Mrs Gangbart denken. Doch schon im nächsten Augenblick zog die geheimnisvolle Schrift abermals ihre gesamte Aufmerksamkeit auf sich: In geradezu halsbrecherischem Tempo verspann sich der goldene Faden zu immer neuen Worten und Sätzen. Manchmal riss er auch kurzzeitig ab, setzte aber sofort wieder aufs Neue an und wurde dabei immer heller und leuchtender.

»Was, um Himmels willen, tust du da?«, fragte Stella, die eilig herbeigelaufen kam. »Du machst ein Gesicht, als ob dir der Teufel persönlich begegnet wäre!«

Anstelle einer Antwort hielt Blue ihrer Freundin das Chronal unter die Nase. »Bitte sag mir, dass du das auch lesen kannst.«

Stella kniff die Augen zusammen. »Omnia ponti surrexit«, buchstabierte sie stockend, »supra l' eau perreira qu... Wie auch immer man das ausspricht! Ich verstehe es jedenfalls genauso wenig wie gestern.«

»Nein, nein«, flüsterte Blue. »Ich meinte nicht das neben den Zeichnungen. Ich meine ... das andere ...«

Ihre Freundin sah sie an, als habe sie den Verstand verloren. »Welches andere?«

»Das, was da noch steht. Zwischen den Zeilen. In ...« Blue senkte die Stimme. »In unserer Sprache.«

»Aber da steht REIN GAR NICHTS, was ich lesen könnte«, versicherte Stella, nachdem sie noch einmal ganz genau hingesehen hatte.

Blue war überrascht. »Du meinst, du siehst diese Goldfäden nicht?«

»Welche Goldfäden?«

Der Schmerz in Blues Kopf schwoll an, als sie einen neuen Versuch unternahm zu erfassen, was sie da vor sich sah. »Das Tempo ist zu hoch, als dass ich irgendwas entziffern könnte, aber … Siehst du wirklich nicht diese goldene Schrift?«

»Nein, verdammt.« Stella stöhnte. »Ich sehe nur Schwarz auf Weiß.«

»Lass dich nicht verunsichern«, flüsterte Elek, der die Sache mitbekommen hatte. »Lies einfach vor, was da steht, okay?«

»Okay. Da steht …« Blue biss die Zähne zusammen. Die goldenen Schriftzeichen strahlten und funkelten so hell, dass ihre Augen vor Schmerz tränten. Aber sie gab nicht auf. Und tatsächlich: Langsam, aber sicher ergab das, was sie sah, einen Sinn! »Oh, mein Gott«, flüsterte sie voller Ehrfurcht, »ich glaube, das ist so was wie ein Gedicht!«

Elek trat hinter sie. »Bleib ganz ruhig und mach weiter.«

Blue tat ihr Bestes, aber es war wie verhext: Sobald sie ein Wort entziffern wollte, schien es sich unter ihren Augen aufzulösen. Dabei hüpfte und tanzte es und drehte sich schließlich wie wild um die eigene Achse. Blue kam sich vor wie in einem Kettenkarussell, das schneller und schneller rotierte, während sie verzweifelt versuchte, im Vorbeifliegen die Schlagzeile auf einem blöden Plakat zu lesen. Trotzdem war sie ganz sicher, dass sie verstehen konnte, was da geschrieben stand. Dass es ihre Sprache war.

Konzentrier dich!

»Um fünf«, las sie, wobei sie alles tat, um den stechenden Schmerz in ihren Augen zu ignorieren. »Nein, wartet! Die Zeile ist noch nicht vollständig! Es heißt … Ja, es heißt: Um fünf nach vier!«

»Klingt wie eine Zeitangabe«, murmelte Stella, die jedes einzelne Wort, das ihre Freundin von sich gab, auf einem fleckigen Zettel notierte.

»Weiter!«, forderte Elek voller Ungeduld.

»Um fünf nach vier, von keinem … Nein! … Unsinn! … Es heißt KLEIN nicht KEIN …« Blue rieb sich die Stirn. »Von klein zu groß, verborgen in Art … Arte … Moment! … Was, zur Hölle, soll das heißen? … Artem…«, startete sie einen neuen Versuch. »ARTEMIS! … Jetzt hab ich's! … Da steht: Verborgen in Artemis' Schoß!«

»Artemis ist eine Gestalt aus der griechischen Mythologie«, erklärte Stella, die in solchen Dingen geradezu erschreckend gebildet war. »Genauer gesagt ist sie die Tochter von Zeus und Leto. Der Sage nach ist sie die Göttin des Waldes, der Jagd und des Mondes. Und ich glaube, sie beschützt auch Frauen und Kinder …«

Spencer blickte sich um. »Vielleicht ist damit eine von diesen kaputten Statuen gemeint, die hier überall rumstehen.«

»Lies weiter«, flüsterte Elek.

Blue zwang sich, ihre Augen wieder auf die grellgoldenen Buchstaben zu richten, die zwischen den Zeilen blitzten. »Du findest … in Ellen …«

»Wer ist Ellen?«, unterbrach Spence.

»Woher soll ich das wissen?« Blue rieb sich verzweifelt die Augen. »Ich lese nur, was hier steht. … Also noch mal: Du findest in Ellen … drei … mal … vier …« Sie stutzte. »Vier? Das ergibt doch keinen Sinn!«

»Vielleicht doch!« Stellas Finger trommelten aufgeregt auf den Steinen herum. »Wenn Ellen gar keine Person wäre, sondern …«

»Was?«, fragte Spence.

Stella zog die Nase kraus, während sie nachdachte. »Ellen … Ellen … Wo habe ich das Wort schon mal gehört? … Eine Elle. … Ja, na klar! Ellen! … Das ist eine Maßeinheit!«

Blue warf ihr einen zweifelnden Blick zu.

»Doch, ganz sicher«, beharrte ihre Freundin. »Früher haben zum Beispiel Schneider damit gemessen und eine Elle bezeichnete dabei den Abstand zwischen Ellenbogen und Mittelfinger.«

Elek deutete auf Blues Chronal. »War das alles?«

Sie schüttelte den Kopf. »Nein. Nicht ganz. Da … Ja, da steht noch was. … Augenblick!« Das Stechen in ihren Augen verstärkte sich bis zur Unerträglichkeit, als sie versuchte, den immer schneller werdenden Fluss des Goldfadens zu verfolgen. »Hier steht noch: Der Weg … Nein: de*n* Weg. … Den Weg zu unter … Falsch! Nicht *unter.* … Es heißt *uns'rer.* Mit Apostroph. Die letzte Zeile lautet: Den Weg zu uns'rer Zuflucht Tür.«

Kaum hatte sie das letzte Wort laut ausgesprochen, verschwand der leuchtende Faden. Als ob jemand eine Lampe ausgeknipst hätte. Zurück blieben die dicht beschriebenen Seiten, die sie so gut kannte.

Blue lehnte den Rücken gegen die aufgeheizten Steine und strich sich erschöpft eine rote Haarsträhne aus dem Gesicht. »Tut mir leid, Leute, aber ich schätze, das war alles.«

Elek sah Stella an. »Lies vor, was du mitgeschrieben hast!«

Um fünf nach vier, von klein zu groß,
verborgen in Artemis' Schoß,
du findest in Ellen, drei mal vier,
den Weg zu uns'rer Zuflucht Tür.

Stella ließ ihren Zettel sinken. »Kann einer von euch was damit anfangen?«

»Klingt wie ein Rätselspruch.« Eleks Gesicht war umwölkt von Sorge. »Aber er muss irgendwie mit den Hütern zusammenhängen.«

»Wieso?«, fragte Spence. »Wegen der Sache mit der Zuflucht?«

Elek nickte. »Das ist das Einzige, was Sinn ergeben würde.«

Stella sah ihn an. »He!«, rief sie aufgeregt. »Vielleicht steht ja in deinem Chronal auch noch was …«

»Es ist Parrhesius' Chronal«, korrigierte Elek.

»Du hast echt ein Rad ab mit dem Alten«, gab Stella beleidigt zurück. »Aber wie dem auch sei: Wenn ich du wäre, würde ich mal nachsehen!«

Zu viert beugten sie sich über das Buch, das Elek von Artur Parrhesius erhalten hatte. Doch ganz egal, wie lange sie auch hin und her blätterten: Zwischen den Zeilen dieses Chronals tat sich gar nichts …

Blue konnte Elek die Enttäuschung ansehen. »Vielleicht funktionieren die Dinger ja nur bei jemandem, der mit dem früheren Besitzer verwandt ist«, schlug sie vor.

Doch auch das konnte ihn nicht trösten.

»Dann müssen wir eben mit dem auskommen, was wir haben«, beschloss Stella und nahm sich wieder ihre Notizen vor. »Also los, Leute. Gehen wir die Sache mal mit Systematik an. Um fünf nach vier …«

»Das ist leider schon rum«, bemerkte Spence nach einem Blick auf die Uhr.

»Ich glaube nicht, dass damit wirklich eine Uhrzeit gemeint ist«, winkte Stella ab. »Aber woran, zum Teufel, erinnert mich das?« Ihre Augen glitten ziellos den Hang hinauf und blieben schließlich an der Mauer hängen, auf der Blue und sie vorhin gestanden hatten. »Oh, Mann, na klar!«, entfuhr es ihr. »Das ist es!«

»Was?«, fragte Spencer.

Doch Stella war viel zu aufgeregt, um zu antworten. »Wie blind kann man sein?«, murmelte sie, während sie zielstrebig auf die bröckligen Mauerreste zusteuerte. »Dabei ist die Sache so dermaßen eindeutig, dass man …«

Blue packte ihren Arm. »Stella!«

»Was denn?«

»Es wäre echt toll, wenn du uns Normalbegabte in deine Erkenntnisse einweihen könntest.«

Ihre Freundin drehte sich zu ihr um. »Es sind die Straßen!«

»Hä?«, machte Spence, der zu den beiden aufgeschlossen hatte.

Stella lachte. »Kommt mit, ich zeige euch, was ich meine.« Sie rannte den Hang hinauf und kletterte auf die Mauer. »Seht ihr diese Ringstraße?«, fragte sie, nachdem ihre Freunde es ihr gleichgetan hatten.

Die drei anderen nickten.

»Gut. Jetzt stellt euch vor, das Ganze wäre ein Zifferblatt. Und die beiden Hauptstraßen markieren die Zwölf und die Sechs beziehungsweise die Drei und die Neun …«

Blue verstand sofort, was sie meinte. »Demnach wäre fünf nach vier ungefähr dort drüben«, flüsterte sie und zeigte auf zwei Straßen, die im spitzen Winkel von dem gedachten Mittelpunkt abzweigten.

Ihre Freundin nickte. »Und zwar von klein zu groß. Das bedeutet, wir müssen in der Straße beginnen, die für den Stundenzeiger steht, denn der ist bekanntlich kürzer als der Minutenzeiger.« Sie sprang von der Mauer und stürmte los. »Wenn mich mein Gedächtnis nicht täuscht, müsste da vorn eine Gasse sein, von der aus man in Richtung des Minutenzeigers abzweigen könnte«, rief sie den anderen zu, die hinter ihr herrannten. »Und … Hey, seht mal da vorne!« Sie stoppte vor einem steinernen Bildnis, das ungefähr doppelt so groß war wie ein erwachsener Mensch. »Nun sieh doch mal einer an! Wen haben wir denn da?«

»Artemis, nehme ich an«, keuchte Spence, der schon nach dieser kurzen Strecke völlig außer Atem war. »Aber … Puh, die Dame guckt ja ganz schön streng aus der Wäsche!« Er stemmte sich eine Faust in die Flanke und begutachtete die Statue mit kritischem Blick. Sie schien im Gegensatz zu vielen der anderen Bildnisse völlig unversehrt zu sein und auch dem steinernen Hirschkalb, das die Göttin am Halsband führte, fehlte lediglich ein winziges Stück vom linken Ohr. »Also ich würde mich definitiv vor ihr fürchten, wenn ich das Kalb wäre.«

Blue lachte. »Ihr Blick soll Ernst und Würde ausstrahlen, du Kulturbanause.«

»Mag sein«, gab Spence zurück. »Aber mir gefällt sie trotzdem nicht.«

»Du sollst sie ja auch nicht heiraten.«

»Leute!« Elek hob mahnend die Hand. »Können wir weitermachen, bitte?«

Blue und Spencer senkten ertappt den Blick.

»Du findest in Ellen drei mal vier«, wiederholte Stella unterdessen noch einmal aus ihren Notizen, »den Weg zu uns're Zuflucht Tür.«

»Drei mal vier ist zwölf«, rechnete Elek. »Und eine Elle ist der Abstand zwischen Ellenbogen und Mittelfinger, sagst du?«

»Bei einem erwachsenen Mann«, wandte Stella ein. »Also schlag noch mal gut zehn Zentimeter drauf.«

»Also etwa sechzig bis achtzig Zentimeter, hm?« Er nickte. »Dann muss ich ziemlich große Schritte machen. Die Frage ist: In welche Richtung?«

»Viel Auswahl gibt es hier doch gar nicht«, befand Blue. Und das stimmte: Die Artemis-Statue stand an der Ecke zu einer Sackgasse und obendrein auch noch in einer Nische, sodass man von diesem speziellen Ausgangspunkt aus nur sehr eingeschränkte Möglichkeiten hatte, zwölf Schritte in ein und dieselbe Richtung zu gehen.

»Da drüben«, rief Elek, nachdem er sich noch einmal gründlich umgesehen hatte. »Das könnte es sein!«

Er zeigte auf einen Mauerrest, der sich auf derselben Straßenseite wie die Statue erhob. Er bestand wie der Rest der Stadt aus rotem Sandstein. Doch wer immer diese Wand errichtet hatte, schien die Vorderseite behandelt zu haben, denn sie war vollkommen glatt und annähernd quadratisch.

Blue tastete die erstaunlich ebene Fläche sorgfältig nach einem verborgenen Mechanismus ab. Ein Hebel, der den Stein zur Seite gleiten ließ, oder dergleichen. Aber leider wurde sie nicht fündig.

Als sie den kalten Stein jedoch wieder losließ, geschah etwas völlig Irrwitziges: Die kahle rote Mauer begann, Wellen zu schlagen! Erschrocken wich Blue einen Schritt zurück. Genau wie bei dem Spiegel ihrer Großmutter geriet die Oberfläche plötzlich in Bewegung, bildete Strudel und wurde dabei immer transparenter und tiefer …

»Was ist das denn?«, rief Spence entsetzt und in diesem Moment wusste Blue, dass die anderen genau dasselbe sahen wie sie.

»Cool bleiben«, raunte sie. »Lasst mich das übernehmen. Mit solchen Dingern kenne ich mich bestens aus!«

Ihre ausgestreckte Hand näherte sich der wogenden Mauer, die mittlerweile an eine rostrote Schlammlawine erinnerte. Doch inmitten all der Turbulenzen schimmerte … Blue hätte fast gejauchzt vor Glück … Eine Türklinke!

Das hier war ein Eingang!

»Vorsicht!«, warnte Elek. »Ich an deiner Stelle würde da lieber nicht reinfassen.«

Doch Blues Arm war bereits bis zur Schulter in der sprudelnden Mauer verschwunden. Steinerne Wellen umspülten ihre Haut und zerrten an ihren Fingern, aber es gelang ihr trotz allem, die Klinke zu erwischen. Und kaum dass sie das kühle Metall spürte, drückte Blue es mit aller Kraft nach unten.

Was dann geschah, raubte nicht nur ihr, sondern auch ihren Freunden den Atem: Eine verborgene Tür glitt zur Seite und gleißendes Licht fiel durch die rechteckige Öffnung auf das uralte Pflaster. Es war heller als alles, was Blue je gesehen hatte, und doch vermochte sie ohne Schmerzen hineinzuschauen.

»Ich werd nicht mehr!« Mit offenem Mund starrte Spencer in einen Raum, der wie eine riesige Kathedrale aufgebaut war. Aber links und rechts des breiten Mittelgangs gab es keine Altäre oder Heiligenbilder, sondern eine Unzahl achteckiger Kammern, die sich entlang der hohen Wände stapelten wie Waben in einem Bienenstock.

In jeder einzelnen von ihnen stand ein Schreibtisch mit Federkielen, einer gewaltigen Lupe und mehreren Lampen, die für dieses helle und dennoch so überaus angenehme Licht sorgten. Und an jedem dieser Schreibtische saß ein Schreiber über ein Blatt Papier gebeugt, während gläserne Riesen, wie Blue, Stella und Spence sie bereits in der Halle der Sprinter getroffen hatten, über ein Geflecht aus Leitern von Wabe zu Wabe sausten.

Sie verteilten Papiere und zerfledderte Bücher, denen man die Strapazen jahrelanger Zensur ansah, auf den Tischen der Schreiber und nahmen die fertigen Blätter wieder mit hinunter ins Mittelschiff. Dort standen Männer und Frauen in orangefarbenen Overalls vor bunt lackierten Holztischen und banden und leimten die losen Seiten sorgfältig zusammen.

»Ah, Miss Carson! Da sind Sie ja!«

Blue fuhr herum.

»Kommen Sie doch herein. Wir haben Sie bereits erwartet!« Aus einem etwas abseits gelegenen Büro trat ein kleiner weißhaariger Mann auf sie zu. Er trug ein langes cremefarbenes Gewand mit Kragen und Manschetten und auf seiner markanten Hakennase saß eine Brille mit kreisrunden Gläsern. »Ich bin Zadik Hasseki«, stellte er sich vor, »der Freund eines Freundes und obendrein ein alter Bewunderer Ihrer verehrten Frau Großmutter. Und Sie, mein junger Freund«, wandte er sich an Elek, ohne auch nur Luft zu holen, »müssen Mr Thinozon sein.«

Elek war so verblüfft, dass er selbst noch zu nicken vergaß.

»Man hat uns von Ihrem heldenhaften Einsatz im Trogger Wald berichtet und ich muss schon sagen …« Die Augen des Mannes glänzten gerührt. »Für einen Jungen Ihres Alters haben Sie wirklich ganz außerordentlichen Mut bewiesen.«

Mit einer gewissen Genugtuung beobachtete Blue, wie sich eine flammende Röte über Eleks Züge goss. »Wir bringen Ihnen die beiden Chronale, die durch einen seltsamen Zufall in unseren Besitz gelangt sind«, erklärte sie. »Aber was noch viel wichtiger ist: Wir kommen auch, um Ihnen zu sagen, dass Sie diesen Ort auf der Stelle verlassen müssen.«

»Das ist sehr freundlich von Ihnen«, entgegnete der Mann im cremefarbenen Gewand mit einem sanften Lächeln. »Aber in einem Punkt muss ich Sie leider korrigieren …«

»Ach ja?« Seine Gelassenheit irritierte Blue. Genau wie die Tatsache, dass er sie so erwachsen behandelte. Von den Lehrern in der Schule wurden sie zwar auch gesiezt, doch das nahm eigentlich niemand wirklich ernst.

Und genauso klang es dann auch …

»Meiner Erfahrung nach beruht praktisch nichts, was uns im Leben begegnet, auf bloßem Zufall.« Zadik Hasseki entblößte eine Reihe blütenweißer Zähne. »Aber darf ich Ihnen vielleicht eine kleine Erfrischung anbieten? Eine Tasse Tee vielleicht? Oder einen Kakao gegen den Hunger?«

Elek schüttelte den Kopf. »Dazu bleibt uns keine Zeit, Sir. Wir haben gesicherte Informationen, dass die Grauen Brigaden von diesem Scriptorium wissen und dass sie entschlossen sind, es zu zerstören.«

»Wahrscheinlich sind sie bereits auf dem Weg hierher«, ergänzte Blue. Und mit einer fast schon entschuldigenden Geste fügte sie hinzu: »Ich fürchte, Sie wurden verraten.«

»Verrat ist ein hässliches Wort«, entgegnete Hasseki, der erstaunlicherweise noch immer nicht im Mindesten besorgt schien. »Deshalb gehe ich persönlich grundsätzlich sehr sparsam damit um. Aber es stimmt: In der letzten Zeit sind viele unserer Mitglieder in die Fänge der Feinde geraten. Und leider verfügen nicht alle Menschen über so ausgeprägte Widerstandskräfte wie unser lieber Parrhesius …«

Bei der Erwähnung des vertrauten Namens hob Elek wie elektrisiert den Kopf.

»Heißt das, Sie haben Kontakt zu ihm?«

»Nun ja, Kontakt …«

»Wissen Sie, wie es ihm geht?«, bestürmte ihn Elek. »Ist er noch am Leben?«

Die Miene des Hüters umwölkte sich. »Ja, soweit ich weiß, lebt er noch. Allerdings ist mir zu Ohren gekommen, dass der Koordinator sich des Falls inzwischen persönlich angenommen hat. Und deshalb«, sein ausdrucksvolles Gesicht spiegelte Betrübnis, »müssen wir wohl leider mit dem Schlimmsten rechnen.«

»Dann müssen wir ihn eben befreien, bevor sie ihm etwas antun!«, rief Elek so laut, dass die Schreiber in den Waben überrascht die Köpfe drehten. »Wir wissen, dass man ihn nach Amnesia gebracht hat. Also müssen wir nur noch rauskriegen, wo genau sie ihn gefangen halten. Und wenn wir das wissen, finden wir bestimmt auch einen Weg, wie wir ihn da rausholen können!«

»Oh nein, mein lieber Mr Thinozon«, widersprach Hasseki ihm ruhig, aber bestimmt. »Wir werden nichts dergleichen versuchen.«

Die Empörung ließ Elek hörbar nach Luft ringen. »Und wieso nicht?«

In den runden Brillengläsern spiegelte sich das Licht der umliegenden Schreibtische. »Weil wir uns penibel an den Plan halten werden, den wir vor langer Zeit gefasst haben. Für Fälle wie diesen.«

»Wer hat diesen Plan gefasst?«, kam Blue einer entsprechenden Frage Eleks zuvor.

Zadik Hasseki erwiderte ihren Blick offen und freundlich. »Artur Parrhesius, unsere hochgeschätzte Kollegin, Frau Professor Li, und meine Wenigkeit.«

»Heißt das, Sie drei leiten diesen Laden hier? Das ist ... Autsch!« Spencer verzog das Gesicht, als Stellas Ellenbogen ungebremst in seine Rippen krachte. »Ich ... ähm ... meinte natürlich die Organisation der Hüter?«

»Wir bevorzugen den Begriff Verbindung«, entgegnete Hasseki lächelnd. »Aber es stimmt, wir drei sind gewissermaßen die Dinosaurier unter den Wissenshütern. Die letzten Überbleibsel einer unwiederbringlich verlorenen Zeit.« Er bedachte Blue mit einem melancholischen Blick und aus irgendeinem Grund hatte sie das Gefühl, dass er an ihre Großmutter dachte. Doch der Anflug von Sentimentalität währte nur kurz. »Wie auch immer«, setzte Hasseki seine Rede mit neuer Entschlossenheit fort, »wir drei haben bereits vor Jahren einen detaillierten Flucht- und Evakuierungsplan ausgearbeitet. Und wir haben einen heiligen Eid geschworen, uns an diesen Plan zu halten, ganz egal, wie es im Fall der Fälle um unsere persönlichen Gefühle bestellt sein mag.«

Obwohl er noch immer völlig gleichmütig dreinsah, spürte Blue die tiefen Emotionen, die in ihm wühlten. Und mit einem Mal tat er ihr aufrichtig leid.

»Das Gefährliche an Ausnahmesituationen ist, dass niemand mehr klar denken kann«, fuhr er sinnend fort. »Und leider sind auch wir Entscheidungsträger nicht davor gefeit, uns in solchen Momenten aus Mitleid oder gar Angst zu unvernünftigen Handlungen hinreißen zu lassen …«

»Einen Freund zu befreien, kann man ja wohl kaum als unvernünftige Handlung bezeichnen«, schnaubte Elek, der sich nicht länger bremsen ließ.

Hassekis Lächeln bekam etwas Schmerzvolles. »Glauben Sie mir, Mr Thinozon, es bricht mir das Herz, meinen alten Freund seinem Schicksal zu überlassen. Aber viele Jahrtausende lang haben die Völker dieser Welt nur aus einem einzigen Grund überlebt: Weil sie wichtige Entscheidungen nicht unter Druck und aus dem Bauch heraus, sondern mithilfe ihres Verstandes und ihrer Vernunft getroffen haben. Und falls es Ihnen entgangen sein sollte: Ich bin nicht nur Arturs Freund, sondern ich trage auch – genau wie er – eine immense Verantwortung.« Seine Blicke glitten vielsagend über die Waben mit seinen Schreibern. »Unzählige Menschen sind gestorben für das, was wir hier und anderswo zu bewahren versuchen. Andere wurden ihrer Familien beraubt. Ihrer Ehre oder ihrer Heimat.« Hassekis Augen kehrten zu Elek zurück. »Und um ihrer aller Schicksal willen können wir es uns nicht leisten, unsere Kraft zur Befreiung eines Einzelnen einzusetzen und damit das große Ganze zu gefährden.« Er holte tief Luft und fügte sehr leise hinzu: »So lieb uns dieser Einzelne auch sein mag.«

»Sparen Sie sich Ihr hochtrabendes Geschwätz!« Eleks Stimme zitterte vor Zorn. »Immerhin ist Artur Parrhesius auch einer von denen, die Sie hier gerade als Entschuldigung für Ihre Untätigkeit vorschieben. Auch er war bereit, ein enormes Opfer zu bringen. Für Sie und Ihre sogenannte Sache. Und statt hier rumzustehen und Däumchen zu drehen, sollten Sie lieber …« Er unterbrach sich und starrte finster zu Boden. »Ach, was! Ist doch egal!«

Blue wollte ihn beruhigen, doch er schlug ihre Hand weg.

»Lass gut sein«, zischte er. »Dann sollen sie sich eben an ihren tollen Evakuierungsplan halten. Ich für mein Teil brauche erst mal frische Luft!«

Das blaue Licht

Hasseki blickte Elek nach, bis er durch die Pforte verschwunden war. »Wirklich ein überaus starker Charakter«, bemerkte er voller Anerkennung.

»Er wollte bestimmt nicht unhöflich sein«, nutzte Blue die Gelegenheit, ein bisschen Boden gutzumachen. »Es ist nur … Ich glaube, er fühlt sich persönlich verantwortlich für Ihren Freund.«

Ihr Einwand schien den Hüter zu überraschen. »Verantwortlich? Für Artur?«

»Immerhin hat Professor Parrhesius ihm seinen größten Schatz anvertraut. Und das nimmt er überaus ernst.«

Hasseki lächelte. »Oh ja, unser lieber Artur hatte schon immer einen hervorragenden Blick für den Charakter eines Menschen«, nickte er. »Aber leider ist es tatsächlich völlig unmöglich, jemanden zu befreien, der sich bereits in der Gewalt des Koordinators befindet. Eine solche Aktion würde in einem fürchterlichen Blutvergießen enden.«

»Sie meinen so wie damals?« Blue versuchte, seinen Blick festzuhalten. »Auf dem Schiff?«

Hasseki sah hoch und für einen kurzen Moment dachte Blue, er würde die Bemerkung einfach übergehen. Doch dann antwortete er doch noch: »Ich gebe zu, dass wir uns von diesem Schicksalsschlag nie ganz erholt haben«, räumte er ein. »Aber natürlich haben wir unsere Schlüsse gezogen aus dem, was damals passiert ist.« Er schwieg einen Moment. »Einer dieser Schlüsse ist der Plan, über den ich eben sprach.«

»Und was sind die anderen?«, fragte Blue fasziniert.

»Zum Beispiel die Entscheidung, fortan den Weg des indirekten Widerstands zu gehen«, erwiderte der Hüter. »Den Weg in den Untergrund.«

»Trotzdem sollten wir jetzt langsam mal handeln«, drängte Stella mit Blick auf die Schreiber, die nichts ahnend in ihren Waben hockten und Schriften kopierten. »Sonst gibt es hier bald nichts mehr, das wir evakuieren könnten.«

»Ich verstehe Ihre Sorge«, entgegnete Hasseki zerstreut. »Allerdings sind wir hier bislang immer absolut sicher gewesen. PARDESSAs Spähtrupps haben diese Stadt schon mehrfach bis in den letzten Winkel durchkämmt. Aber es ist ihnen nie gelungen, den Zugang zu diesen Räumen zu finden.« Seine leicht schräg stehenden Augen füllten sich mit Stolz. »Apropos … Darf ich fragen, wie es Ihnen gelungen ist, die Wogende Wand zu überwinden?«

»Das war Blue.« Stella präsentierte ihre Freundin wie eine stolze Mutter ihr neugeborenes Baby. »Sie hat im Chronal ihrer Großmutter geblättert. Und dann war da plötzlich dieser Rätselspruch …«

»Den *du* fast im Alleingang gelöst hast«, gab Blue das Kompliment eilig zurück.

»Das Lesen zwischen den Zeilen ist eine Kunst, die nur wenige beherrschen«, bemerkte Hasseki mit bedeutungsvoller Miene. »Umso glücklicher sind wir, dass Sie zu uns gefunden haben.«

»Aber Stella hat recht«, sagte Blue. »Sie müssen fort von hier. Und ganz egal, wie sicher Sie hier in der Vergangenheit auch gewesen sein mögen … Damit ist es ein für alle Mal vorbei.«

Er warf ihr einen fragenden Blick zu.

»Laut unseren Informationen hat PARDESSA einen Insider-Tipp bekommen«, erklärte Blue. »Und glauben Sie mir: Malia Sordes klang verdammt siegessicher, dass sie dieses Mal fündig werden.«

Hassekis Kopf ruckte herum. »Heißt das, Sie … sind ihr … begegnet?«

Blue nickte. »Ja, auf dem Parteitag in Sandringhaal.«

»Und hat Malia *Sie* dort ebenfalls gesehen?« Der Blick des Hüters war so eindringlich, dass Blue Mühe hatte, nicht vor ihm zurückzuweichen.

Dennoch zögerte sie.

Das Mädchen da drüben … Wer ist das?

Die unangenehme Erinnerung beanspruchte Blues ganze Aufmerksamkeit. Und als sie wieder klar denken konnte, stellte sie erfreut fest, dass Stella dem Hüter bereits von ihren Abenteuern in der GOLDENEN NASE berichtete.

»Und dann ist Priena auf die Idee gekommen, dass Blue und Elek sich als Kellner verkleiden könnten«, sagte sie gerade. »Und so konnten sie sich ganz unauffällig in diesem Saal bewegen.«

Hassekis Blick hingegen war noch immer auf Blue gerichtet. »Und Malia Sordes?«, fragte er noch einmal und wieder richtete sich die Frage ganz unmissverständlich an sie. »Hat sie in irgendeiner Weise Notiz von Ihrer Anwesenheit genommen?«

»Nein, hat sie nicht.« Blue hatte keine Ahnung, warum sie ihn anschwindelte. Aber die Wahrheit schien ihr irgendwie gefährlich zu sein. »Aber sie hat ausdrücklich betont, dass sie nur noch auf einen entsprechenden Befehl des Koordinators warte, um den Überfall auf Scripton in die Wege zu leiten«, setzte sie hastig hinzu, als sie sah, dass Stella angesichts ihrer Lüge verwundert die Stirn krauste. »Und ich bin absolut sicher, dass die Grauen Brigaden bereits hierher unterwegs sind.«

»Sagen Sie, wer ist das eigentlich, dieser Koordinator?«, fragte Spence und Blue wäre ihrem Freund am liebsten um den Hals gefallen dafür, dass er Hasseki von dem unangenehmen Thema ablenkte. »Ist das so was wie der Obermacker dieser Blindgänger?«

»Gewissermaßen.« Hassekis Finger strichen gedankenverloren über die Kante des Bindetischs. »Bei ihm laufen noch immer sämtliche Fäden zusammen, auch wenn er sich bereits vor Jahren fast ganz aus der Öffentlichkeit zurückgezogen hat.«

Stella schnaubte verächtlich. »Warum? Ist der Kerl so hässlich, dass er sich nicht mehr vor die Tür traut?«

Die Bemerkung entlockte dem Hüter immerhin ein Schmunzeln. »Er soll vor einiger Zeit in einen schweren Unfall verwickelt gewesen sein. Und angeblich ist er seither zu schwach für öffentliche Auftritte. Aber was das angeht, wäre ich sehr vorsichtig.« Er seufzte. »Lüge und Desinformation sind wichtige Instrumente auf dem Weg an die Macht. Aber …« Hasseki unterbrach sich und schien eine Entscheidung zu treffen. »Wahrscheinlich haben Sie recht: Wir sollten kein unnötiges Risiko eingehen. Und deshalb werden wir umgehend mit der Evakuierung beginnen.«

Sein plötzlicher Sinneswandel gab Blue zu denken. Doch bevor sie fragen konnte, hatte er bereits unter den Tisch gegriffen und zog ein riesiges Megafon hervor.

»Warten Sie!«, rief Stella erschrocken. »Wollen Sie nicht erst mal … Ich meine … Haben Sie keine Angst, dass hier eine Riesenpanik ausbricht?«

»Keine Sorge, Miss McGinny«, entgegnete Hasseki vergnügt. »Wir sind längst nicht so unvorbereitet, wie wir vielleicht wirken. … Sehen Sie?« Er hob das Megafon an die Lippen und gleich darauf schallte seine um ein Vielfaches verstärkte Stimme durch den weitläufigen Raum: »Achtung, Achtung! … Code Grey! … Alle Anwesenden werden gebeten, sich unverzüglich auf ihre Positionen zu begeben … Fluchtroute 3, Strich 2,4 … Ich wiederhole: Code Grey.«

Hasseki hatte das Megafon noch nicht abgesetzt, als es bereits aus allen Waben Papier zu regnen begann. Unten im Mittelschiff liefen unterdessen die Gläsernen mit großen, falsch herum aufgespannten Regenschirmen umher und fingen die halb fertigen Dokumente auf, während ein paar ihrer Kollegen sämtliche Papierschnipsel, die bereits am Boden oder auf den Tischen lagen, aufklaubten und in ihre Rucksäcke stopften. Sobald ein Schreiber seinen Schreibtisch geräumt hatte, kletterte er über die Leitern hinunter ins Mittelschiff, in das zum Erstaunen der Kinder eine Art U-Bahn-Waggon eingefahren war. Seine Ankunft hatte nicht das geringste Geräusch gemacht, sodass sie erst auf ihn aufmerksam wurden, als die Türen bereits aufsprangen und ganze Armeen von Schreibern hineinströmten. Doch trotz der Menschenmassen vollzog sich auch das Einsteigen und Verladen der Dokumente vollkommen lautlos.

»Krass«, murmelte Stella. »Ich komme mir vor, als ob ich Fernsehen ohne Ton gucke.«

Hasseki bedachte sie mit einem wohlwollenden Seitenblick. »Glauben Sie, dass Sie mir ein wenig zur Hand gehen könnten?«, bat er dann. »Ich habe noch verschiedene Gegenstände in meinem Büro, die ich auf keinen Fall zurücklassen möchte.«

»Natürlich, kein Problem«, nickte Stella. »Sagen Sie uns einfach, was wir tun sollen.«

Blue griff zaghaft nach Zadiks Ärmel. »Wäre es okay für Sie, wenn ich inzwischen mal nach Elek sehe?«

»Du willst noch mal da raus?«, rief ihre Freundin entsetzt.

»Na und?« Blue sah sie an. »Elek ist auch da draußen.«

»N-natürlich, das …«, stotterte Stella, während sich der Waggon in ihrem Rücken lautlos in Bewegung setzte. Doch kaum dass er die Halle verlassen hatte, fuhr bereits der nächste ein. »Ich wollte nur sagen, dass du dich nicht unnötig … Ich meine … Sei vorsichtig, ja?«

»Bin ich doch immer«, entgegnete Blue leichthin, doch als sie zur Tür wollte, hielt Hasseki sie auf.

»Sie müssen Ihren Freund unbedingt dazu bringen, uns zu begleiten«, flüsterte er. »Was immer er glaubt, tun zu müssen … Glauben Sie mir: Es wäre viel zu gefährlich. Also bringen Sie ihn bitte einfach hierher zurück, ja?«

Blue seufzte. »Ich versuche mein Bestes …«

Dann kämpfte sie sich an den Massen der Schreiber vorbei, Richtung Pforte.

Draußen war es inzwischen fast dunkel geworden. Einzig auf den Gipfeln der Weißen Berge lag noch ein letzter Schimmer der untergegangenen Sonne.

Seltsamerweise schien mit dem Licht auch der Wind verschwunden zu sein.

Die klare Wüstenluft stand vollkommen still. Fast so, als habe jemand ein fernes Gebläse abgestellt.

Blue beschloss, es zunächst weiter oben beim Amphitheater zu versuchen. Als sie an der Artemis-Statue vorbeikam, bekam sie einen fürchterlichen Schrecken, denn für einen flüchtigen Augenblick sah die Figur tatsächlich aus, als ob sie sich bewege. Doch dann erkannte Blue, dass es nur eine Wolke war, die sich vor den Mond geschoben hatte.

Ein Schatten vom Himmel …

Erleichtert schlich sie weiter, doch in dieser vollkommenen Windstille war es gar nicht so leicht, kein Geräusch zu machen! Dabei hatte Miss Gendly, ihre Lehrerin in der fünften und sechsten Klasse, immer behauptet, Blue könne »ihre Präsenz regelrecht abschalten« und schleiche dann »still und körperlos umher wie ein Gespenst«.

Die Erinnerung entlockte Blue ein Kichern. Klar, dachte sie, immerhin musste die Ärmste ja irgendwie rechtfertigen, dass sie sich immer wieder vor mir erschreckt!

Trotzdem hing Miss Gendlys Beschreibung ihr bis heute nach, und wenn Stella ihre Freundin mal so richtig ärgern wollte, nannte sie Blue »die unauffällige Rote«.

»Tja«, flüsterte Blue grimmig, »bei Malia Sordes hat das mit der Unauffälligkeit ja ganz besonders toll funktioniert!«

Das Mädchen da drüben, flüsterte es ihr prompt aus dem Dunkel zwischen den Trümmern entgegen, obwohl sich noch immer kein Lüftchen regte. *Wer ist das?*

Blue schüttelte sich. Wie echt das klang!

Fast so, als ob SIE tatsächlich da wäre …

MALIA.

Die fünf Buchstaben standen vor ihrem inneren Auge wie eine Warnung und Blue überlegte einmal mehr, wodurch sie sich auf dem Parteitag verraten hatte. Oder hatte Malia Sordes einfach besonders ausgeprägte Sensoren? Immerhin war sie Schauspielerin. Blue nickte. Das wäre eine Erklärung!

Die meisten Theaterleute verfügten über hervorragende Instinkte, auch deshalb, weil es ein selbstverständlicher Teil ihres Berufes war, ihre Umgebung zu beobachten, Gesichter zu studieren, Reaktionen und Bewegungsabläufe. Blues Vater, zum Beispiel, konnte stundenlang auf einer Bank in der Fußgängerzone sitzen und den vorbeieilenden Leuten zusehen. Und wenn er dann irgendwann wieder nach Hause zurückkehrte, hatte er jede Menge neue Ideen für seine Nummern im Gepäck …

Trotzdem schämte sich Blue irgendwie dafür, Malia Sordes' Aufmerksamkeit erregt zu haben. Und noch viel mehr schämte sie sich für die Lüge, die sie Hasseki aufgetischt hatte.

Hat Malia Sie dort gesehen?

Warum nur hatte sie Hasseki nicht einfach erzählt, was vorgefallen war? Dass Malia sie hatte verfolgen lassen. Dass sie geflüchtet waren? Blue biss sich von innen auf die Wange. Was, um Himmels willen, hatte sie davon abgehalten, ihm zu sagen, wie es wirklich gewesen war?

Nachdenklich ging sie weiter und erreichte den Platz vor dem Amphitheater, wo sie sich sorgfältig umsah. Die Säule, die Elek vorhin erklommen hatte, zeichnete sich gestochen scharf vor dem Nachtblau des Himmels ab. Doch niemand stand dort oben und blickte in die weite Landschaft hinaus. Und auch das kleine Mäuerchen, auf dem sie gesessen und in ihrem Chronal geblättert hatte, ragte einsam und verlassen in das wechselvolle Mondlicht.

Und jetzt?

Blue blieb unschlüssig stehen. Vielleicht hatte Elek sich ja wirklich auf den Weg nach Amnesia gemacht, um Parrhesius im Alleingang zu befreien. So etwas war ihm durchaus zuzutrauen!

Also zurück zum Scriptorium?

Das war unter den gegebenen Umständen vermutlich das Vernünftigste …

Ohne rechte Überzeugung schlug Blue den Rückweg ein, während am Himmel über ihr immer neue, bizarr gezackte Wolkenschatten durch das nächtliche Blau jagten. Seltsam eigentlich, dachte Blue, wo es doch heute vollkommen windstill ist …

Oder doch nicht?

Was war das für ein eigenartiges Zischen?

Sie hielt abermals inne. Vor ihr lag die Nische mit der Artemis-Statue. Aber die sah irgendwie anders aus als noch vor fünf Minuten!

Zögernd ging Blue auf das übergroße Frauenbild zu.

Die starren Züge blickten ihr durchdringend entgegen. Hohle Augen in einem verschlossenen, feindseligen Gesicht. Der Kopf der Göttin war noch genauso stolz erhoben wie zuvor. Und auch an der Haltung der Statue schien sich nichts verändert zu haben. Blues Finger fuhren über den noch immer sonnenwarmen Stein. Natürlich nicht! Immerhin war das verdammte Ding aus Stein!

Ihr Blick glitt am Hals der Göttin abwärts. In der einen Hand hielt die Figur eine Lyra.

Und in der anderen …

Blue schlug sich voller Entsetzen eine Hand vor den Mund. Oh, mein Gott, durchfuhr es sie, wo ist das Hirschkalb? Dort, wo einmal der Kopf gewesen war, stand nur noch das steinerne Halsband vom Rumpf der Göttin ab und … Ein neuerlicher Schrecken durchzuckte Blue wie eine Ladung Starkstrom. War das etwa Blut dort am Bein der Figur?

Aus den Augenwinkeln sah sie, wie sich die Lippen der Statue öffneten …

»LAUF!«

Wie bitte?

Ihr Herz schlug so schnell, als wollte es ihren Brustkorb von innen zerreißen.

»Hinter dir!«

Blue wirbelte herum und entdeckte ein Stück hinter sich ein blaues Licht. Es kam die Gasse hinuntergekrochen wie eine Flechte, die sich unbarmherzig über die alten Steine breitete, um ihnen die Luft zu nehmen.

»Lauf weg!«, flüsterte die steinerne Göttin in ihrem Rücken, während sich am oberen Ende der Gasse eine Gestalt aus dem Schatten der Häuser löste. Sie war schlank und hochgewachsen und das kalte Blau ihrer Augen schien ohne Umwege direkt in Blues Seele zu dringen.

Das Mädchen da drüben …

Holt sie zurück!

Vor lauter Schreck hatte Blue das Gefühl, selbst zu Stein zu werden, während Malia Sordes langsam und siegessicher auf sie zukam. Hinter ihr tauchten weitere Schatten auf. Männer und Frauen in grauen Mänteln.

»Blue!«

Das war Elek!

Sie schaute sich um.

»Hier rüber! Schnell!«

Ohne nachzudenken, rannte Blue die lange Gasse hinunter und dann nach rechts, direkt auf die Wogende Wand zu.

Elek war bereits mit dem Türmechanismus beschäftigt. »Dieses verdammte Mistding geht nicht auf!«, rief er verzweifelt. »Weißt du noch, wie du das gemacht hast?«

»Du musst sie loslassen«, keuchte Blue.

»Was?«

»Die Wand … Lass sie einfach los!«

Er zog die Hand zurück und starrte die kahle Mauer an. Und

tatsächlich: Die alten Steine begannen zu flimmern. Und wie eine Luftspiegelung in der Wüste tauchte kurze Zeit später auch die Klinke wieder auf.

»Mach schon!« Elek blickte voller Sorge hinter sich, wo das blaue Licht bereits bis auf wenige Meter herangekommen war. »Rein da!«

Blue schlüpfte an ihm vorbei in den rettenden Raum hinter der Pforte.

Elek folgte ihr und knallte die Tür zu. »Das hält sie hoffentlich eine Weile auf.«

Doch davon war Blue keineswegs überzeugt. In einiger Entfernung entdeckte sie Hasseki, der gerade mit einem kleinen Aktenkoffer aus seinem Büro kam.

»PARDESSA«, schrie sie ihm entgegen, während sie, so schnell sie konnte, auf den Hüter zustürmte. »Sie sind da!«

Wie um ihre Worte zu unterstreichen, begann in diesem Moment der alte Steinboden, unter ihren Füßen zu wackeln. Ganz sacht zuerst, doch dann immer stärker und stärker, bis sich die stetig anschwellende Schockwelle schließlich in einem ohrenbetäubenden Knall entlud.

»Was war das?«, rief Elek.

Anstelle einer Antwort zeigte Hasseki zur Decke der Kathedrale, über die sich in Windeseile ein gefährlicher Riss gebreitet hatte.

Zugleich tauchte hinter den hohen Seitenfenstern ein diffuses Flackern auf.

»Ihr hattet recht«, stöhnte der Hüter. »Dieses Mal wissen sie wirklich ganz genau, was sie tun müssen, um hier reinzukommen.«

Von außen flogen indessen faustgroße Steine gegen das bunte Glas der Fenster.

Zehn.

Zwanzig.

Hunderte.

Blue hörte ein Knirschen. Dann prasselte ein Regen winziger Glasscherben auf ihre Köpfe nieder.

»In die Waggons«, rief Hasseki ihr zu. »Los doch, beeilen Sie sich!«

Blue bekam seine Schulter zu fassen. »Und unsere Freunde?«

»Da drüben!« Er zeigte auf den vorderen Waggon und tatsächlich entdeckte Blue Stellas schreckensbleiches Gesicht hinter der spiegelnden Scheibe. »Und jetzt kommen Sie endlich! Uns bleibt nicht mehr viel Zeit!«

Elek rannte hinter ihnen her. »Wohin fahren diese Züge?«

»Wir haben uns im Laufe der Jahre mehrere Rückzugsmöglichkeiten geschaffen«, erklärte Hasseki. »Die wichtigste ist Imagon und deshalb habe ich Befehl gegeben, dass wir …«

Ein scharfes Zischen schnitt ihm das Wort ab.

Blue blickte über sich und musste erschreckt feststellen, dass die Grauen Brigaden Brandpfeile einsetzten. Die Geschosse stürzten sich aus den zerstörten Fenstern herab wie ein Schwarm wütender Raubvögel und das alte Holz der Tische fing augenblicklich Feuer.

»Sind die Schreiber in Sicherheit?«, fragte Hasseki einen Mann, der offenbar als Ordner fungierte.

»Ja, Sir. Die ersten beiden Züge sind schon weg und diese hier warten nur darauf, dass Sie und Ihre Gäste einsteigen.«

»Ihr habt gehört, was er gesagt hat«, wandte sich Hasseki wieder an Blue. Und den Ordner wies er an: »Schicken Sie Professor Li unverzüglich einen Hermioniden, der sie über unsere bevorstehende Ankunft informiert. Und sagen Sie den Lokführern, dass sie sofort starten sollen.«

Der Mann sprach etwas in das Mikrofon an seinem Kragen, woraufhin sich der vordere der beiden Wagen lautlos in Bewegung setzte. Dann kletterte er selbst in den zweiten Waggon, bei dem nur noch die hintere Tür geöffnet war. »Sir?«, rief er, als er sah, dass Hasseki zögerte.

Der Hüter sah Blue an. »Sie beide zuerst«, bestimmte er mit einer misstrauischen Geste in Eleks Richtung.

»Aber …«

»Keine Widerrede!«

Blue erklomm die steilen Stufen, während rechts und links von ihnen immer neue Pfeile niederkrachten. Sie schlitterten über den Boden und entfachten überall neue Brände, die die Glasmenschen mit Wolldecken und Löschschaum zu ersticken suchten.

Doch es waren einfach zu viele.

In dem engen Raum vor dem Abteil drängten sich bereits Dutzende Schreiber, aber trotz der bedrohlichen Lage benahmen sich alle äußerst diszipliniert. Blue griff nach einer Hand, die sich ihr helfend entgegenstreckte. Dann drehte sie sich zu Elek um, der hinter ihr eingestiegen war und sich nun flach an die Wand drückte, um Hasseki an sich vorbeizulassen.

Gleich darauf ertönte ein Pfeifen. Offenbar das Signal zur Abfahrt.

Blue bemerkte, wie Eleks Körper sich anspannte.

»Mach keinen …«, setzte sie an, doch es war bereits zu spät: Mit einer blitzschnellen Bewegung stieß Elek den Hüter zur Seite und sprang aus dem Wagen.

»Tut mir leid, Sir!«, rief er dem entsetzten Hasseki zu. »Aber ich kann nicht mit Ihnen gehen. Nicht jetzt. Ich muss erst noch einem Freund helfen. … Hier! Nehmen Sie das!« Er langte in seine Tasche, zog Parrhesius' Chronal heraus und schleuderte es durch die noch immer spaltbreit geöffnete Tür ins Innere des Waggons.

»Das ist Wahnsinn!«, schrie Hasseki und wollte Elek festhalten, doch der wich seinem Griff geschickt aus und rannte über die umgestürzten Tische und Stühle hinweg davon.

»Dieser Narr!« Die Finger des Hüters gruben sich verzweifelt in das Gummi der Türdichtung. »Diese Barbaren werden ihn töten!«

»Ich fürchte, er hatte keine Wahl«, flüsterte Blue. Und mit tiefster innerer Überzeugung fügte sie hinzu: »Genauso wenig wie ich.«

»Oh nein, Sie werden auf gar keinen Fall da raus ...« Die zuschnappenden Türen kappten Hassekis Rede mitten im Satz.

Blue sah die Lippen des Hüters, die stumme Flüche ausstießen, während Hasseki wie wild gegen das stabile Türglas hämmerte. Doch da hatte sich der Wagen bereits in Bewegung gesetzt.

»Tut mir echt leid«, schrie sie gegen das dröhnende Inferno rings um sich an. »Bitte sorgen Sie dafür, dass meine Freunde heil nach Hause kommen!«

Dann folgte sie Elek in das brennende Seitenschiff.

Wahrheit oder Pflicht?

Eine Welle von Hitze fauchte durch den Raum und Blues Augen brannten vom Ruß, als sie einer brennenden Leiter auswich, die krachend zu Boden schlug. Noch immer regnete es Glas und Asche, aber von der Tür her kam ihnen bereits ein grau gekleidetes Kommando entgegen.

Die Eindringlinge konzentrierten sich zunächst darauf, auf die fliehenden Glasmenschen zu schießen. Doch wann immer einer von ihnen getroffen wurde, verwandelte er sich innerhalb von Millisekunden in einen riesigen Wassertropfen, der auf dem aufgeheizten Boden zischend und dampfend in Rauch aufging.

Einer der Mantelträger fluchte: »Verdammt! So wird das nichts!«

Und sein Anführer schrie: »Verfolgt sie!«

Die werdet ihr niemals erwischen, frohlockte Blue und tauchte in den Schatten der Empore, wo ihr Elek eine angekohlte Leiter hinaufhalf. Von dort aus kletterten sie an einem samtenen Vorhang hinauf auf das nächstgelegene Fenstersims.

Auch hier war die Scheibe zerschlagen und aus dem Rahmen stachen ihnen messerscharf gezackte Glasreste entgegen. Elek trat ein paar von ihnen heraus, sodass sie unverletzt nach draußen gelangten. Doch dort wartete bereits die nächste unangenehme Überraschung, denn vor ihnen tat sich ein mehr als zwanzig Meter tiefer Abgrund auf.

»Ich hatte keine Ahnung, dass wir so hoch sind«, flüsterte Blue mit einer Mischung aus Erstaunen und blankem Entsetzen.

»Warte hier«, raunte Elek ihr zu. »Ich bin gleich wieder da!«

Mit einem eleganten Satz landete er wieder auf dem brennenden Absatz und riss eine der Vorhangkordeln von der Wand. So ausgerüstet kehrte er auf das Sims zurück und befestigte ein Ende des Seils an einem Ring in der Mauer. Die Flammen kitzelten seinen Rücken und die alten Steine wurden bereits bedenklich warm. Doch Elek ließ sich nicht beirren.

»Was hast du vor?«, fragte Blue.

»Na, was schon?« Er zurrte den Knoten fest. »Wir klettern runter.«

»Das kannst du vergessen.«

»Wieso?«

Anstelle einer Antwort deutete Blue in die Gasse hinunter, wo just in diesem Augenblick ganze Massen von Grauen zusammenliefen. Sie bildeten eine Kette um das gesamte Gebäude herum und hatten offenbar Befehl, alle eventuell auftauchenden Flüchtenden unverzüglich festzusetzen.

»Verdammter Mist!« Elek presste den Rücken gegen die Mauer. »Damit ist unser einziger Fluchtweg abgeschnitten.«

Blue befeuchtete ihre ausgedörrten Lippen. Diese Hitze wurde wirklich immer unerträglicher!

Doch plötzlich schoss aus dem Dunkel der gegenüberliegenden Ruinen ein schwarzer Schatten auf sie zu.

Instinktiv ging Blue in Deckung.

Elek fuhr herum. »Was ist?«

Sie hob schützend den Arm vors Gesicht, als ein mächtiger Flügel ihre Pilare streifte. Kurz darauf rieselte feiner grüner Glitzerstaub zu ihnen herab.

»Das Seil!«, flüsterte eine vertraute Stimme von oben. »Gib es mir!«

Blue riss dem verdutzten Elek die Vorhangkordel aus der Hand, knotete das Ende zu einer Schlinge und schleuderte sie hoch in die Luft, wo Igelfly das Seil mit seinen kräftigen Fängen packte.

Dann steuerte er die bröcklige Fassade auf der gegenüberliegenden Seite der Gasse an.

»Hoffentlich ist die verdammte Kordel lang genug«, flüsterte Elek mit beschwörend gekreuzten Fingern. Und nachdem es Igelfly tatsächlich gelungen war, das Seilende an einer rostbraunen Zinne zu befestigen, versetzte er Blue einen triumphierenden Klaps auf den Rücken. »Bingo! Dieser Vogel ist echt brauchbar!«

Die Aktion kostete Blue beinahe das Gleichgewicht. »He!«, rief sie empört. »Spinnst du?«

»Ich hab mich nur gefreut, dass wir nicht sterben ...«

»Na, toll!«, fauchte Blue. »Dann sag mir doch bitte, dass wir auch NICHT balancieren werden.«

Elek verzog das Gesicht.

»Oh nein!«, fuhr Blue auf. »Ohne mich!«

»Glaub mir, Seiltanz wird total überschätzt.« Sein Lächeln war absolut entwaffnend. »Es heißt ja immer, dass das so furchtbar viel Körperbeherrschung erfordere. Aber im Grunde genommen kann das eigentlich fast jeder.«

Im Grunde genommen, eigentlich, fast ...

Blue starrte das schwankende Seil an. Das sollte wahrscheinlich ermutigend klingen, aber bei ihr bewirkte es das genaue Gegenteil!

»Vertrau mir«, flüsterte Elek ihr ins Ohr. »Es ist ganz leicht, wenn man sich ein bisschen konzentriert.«

»Ach ja?«

»Ehrlich.«

Blue sah ihm fest in die Augen. »Wie lange hast du trainiert, bevor du zum ersten Mal aufs Hochseil durftest?«

»Ach, weißt du ...« Er wich ihrem Blick nicht aus, aber tief in seinen Augen schien eine Tür zuzufallen. »Ich bin da echt nicht so der Maßstab ... Ich meine, ich war schon immer eher langsam im Lernen und ...«

»Quatsch nicht!«, unterbrach ihn Blue. »Wie lange?«

Elek gab einen unbestimmten Laut von sich.

»Gut. Fein. Alles prima.« Sie stieß einen Schwall Luft durch die Zähne. »Weißt du, was wir jetzt machen?«

Er schüttelte den Kopf.

»Ganz einfach: Du tust, was du am besten kannst, balancierst da rüber und verschwindest.«

»Und was ist mit dir?«

»Ich ... Na ja, ich ...« Blues Hände wischten ziellos durch die Nacht. »Ich bleibe hier sitzen, bis die Gefahr vorbei ist. Irgendwann werden sich die da unten schon wieder vom Acker machen. Und dann kann ich ganz bequem und in Ruhe ...«

»Nein!« Es war nur ein einziges Wort, aber Elek schaffte es, eine Welt von Nachdruck hineinzulegen.

»Aber ich ...«

»Ich lasse dich auf gar keinen Fall hier zurück. Schluss. Aus. Ende der Durchsage.« Seine Augen brannten. »Also konzentrier dich jetzt gefälligst auf das verdammte Seil und guck dir an, wie ich die Füße aufsetze. Und sobald ich drüben bin, kommst du hinterher.«

Trotz des Ernstes ihrer Lage fing Blue an zu lachen. »Ja, na klar«, prustete sie. »Gar kein Problem! Das mache ich jeden Morgen vor dem Frühstück. Gleich nachdem ich meinen Halbmarathon gelaufen bin.«

»Okay, wenn du es so haben willst, dann lösen wir das eben auf die harte Tour!« Elek sah verdammt entschlossen aus. »Du lässt mir leider keine andere Möglichkeit.«

Er griff in seine Hosentasche und zog ein Paar Handschellen hervor. Und ehe Blue begriffen hatte, was los war, hatte er sie auch schon an sich gekettet.

»Was machst du da?«, fauchte sie. »Was soll das werden?«

»Du willst nicht alleine gehen. Okay. Akzeptiert. Dann gehen wir eben zusammen. Gemeinsam. Als Duo.«

Sie starrte ihn an. »Hast du sie noch alle?«

»Ich erkläre dir jetzt, wie das laufen wird«, entgegnete er so sachlich, als verlese er die Nachrichten. »Punkt eins: Wenn du das Gleichgewicht verlierst oder zu sehr zitterst, stürzen wir ab. Und zwar beide.«

Blue schnappte nach Luft, doch ein Blick von Elek genügte, um sie zum Schweigen zu bringen.

»Punkt zwei: Wenn du in Panik gerätst und schreist, werden die da unten auf uns aufmerksam, was den Vorteil hätte, dass sie uns vermutlich schon erschossen haben, bevor unsere Körper auf dem Pflaster aufschlagen, falls du das als Vorteil begreifst ...«

»Ich glaube nicht, dass ich Punkt drei hören möchte«, stöhnte Blue, bevor er aufs Neue loslegte.

»Nicht?«

Sie blitzte ihn an. »Nein, du arroganter Idiot! Und ich bin auch kein bescheuerter Karpfen, den du mit deinem komischen Twah-Blick zähmen kannst. Also nimm mir jetzt AUF DER STELLE diese bescheuerte Handschelle ab und verschwinde!«

Elek verzog keine Miene. »Wirklich schade, dass du dich so uneinsichtig zeigst«, sagte er. Dann zog er sie mit einem beherzten Ruck hinaus auf das schwankende Seil. »Aber leider ist das hier nicht zu ändern.«

»Jaja, im Moment hast du vielleicht Oberwasser«, fluchte Blue vor sich hin, während sie angstvoll einen Fuß vor den anderen setzte. »Aber weißt du, was? ... Dinge können sich ändern! ... LEBENSSITUATIONEN können sich ändern! ... Und ich schwöre dir, wenn ich jemals lebendig von diesem gottverdammten Seil runterkomme, dann trete ich dir so dermaßen in deinen gottverdammten Hintern, dass du nie wieder ... und ich meine NIE wieder sitzen kannst, mein Freund!«

Elek schnalzte vergnügt mit der Zunge. »Donnerwetter, ich hatte ja keine Ahnung, was du für böse Worte kennst!«

»Und ob, du Arsch!«, schimpfte Blue. »Es gibt verdammt viel, was du noch nicht über mich weißt. Aber du wirst mich schon noch kennenlernen, wenn wir hier runter sind, verlass dich drauf. Und dann, mein Lieber, wirst du dir wünschen, dass du mir nie begegnet wärst …« Sie hielt erschrocken den Atem an, als eine plötzliche Windbö ihren Körper erfasste.

Doch Elek schaffte es durch eine geschickte Verlagerung seines Schwerpunkts, die bedrohliche Schwingung auszugleichen.

Blue atmete tief ein. Ein und wieder aus.

Sieh auf gar keinen Fall nach unten!

Sie ließ die Augen gerade so weit geöffnet, dass sie sich orientieren konnte, und nach einer gefühlten Ewigkeit tauchte vor ihnen endlich die Balustrade des gegenüberliegenden Hauses auf. Nur noch ein paar wacklige Schritte, dann hatten sie endlich wieder festen Boden unter den Füßen.

Erleichtert krallte sich Blue an einem Mauervorsprung fest.

»Wolltest du mir nicht in den Hintern treten?«, fragte Elek mit dem unverschämtesten Grinsen, das sie je gesehen hatte.

»Nur keine Eile«, versetzte Blue. »Ich warte nur noch rasch, bis die Übelkeit nachlässt, damit ich die Sache auch so richtig genießen kann.«

Der Knall einer gewaltigen Explosion ließ die Fensterhöhlen auf der anderen Straßenseite erzittern. Kurz drauf rieselten feine Aschepartikel aus der aufgeheizten Wüstenluft und voller Schrecken realisierte Blue, dass auch angekokelte Fetzen von Buchseiten dabei waren.

Die Arbeit von vielen Wochen, vernichtet in weniger als einer Viertelstunde.

»Pssssssst, ihr zwei!« Im Dunkel hinter einem kaputten Kamin funkelte ein bernsteinfarbenes Augenpaar. »Kommt hier rüber!«

Mit tränenden Augen kletterten sie darauf zu.

»Elek, das ist Igelfly«, übernahm Blue die Vorstellung. »Igelfly, das ist Elek.«

»Ich glaube, wir hatten schon mal kurz das Vergnügen«, sagte Elek.

Der Hermionid nickte. »Damals war leider keine Zeit für Höflichkeiten. Und auch jetzt sollten wir lieber erst mal verschwinden, bevor die da unten feststellen, dass ihre Ausbeute längst nicht so üppig ausfällt, wie sie gehofft hatten.«

Er wollte sich abwenden, doch Blue bekam ein paar seiner Federn zu fassen. »Ist es Hasseki und den anderen gelungen, sich in Sicherheit zu bringen?«, fragte sie bang.

»Sagen wir, sie haben es geschafft, heil aus diesem brennenden Chaos herauszukommen«, antwortete der Vogel. »Aber ich fürchte, ihr Vorsprung ist nicht allzu groß. Und so ein Fugadukt ist leider auch nicht die schnellste Möglichkeit, sich fortzubewegen.«

»Fugadukt«, wiederholte Elek. »Ist das so eine Art antikes U-Bahn-Netz?«

»Ja, ich glaube, das beschreibt es ganz gut.« Das Gefieder des Hermioniden raschelte. »Ein Teil des Systems wurde schon vor mehr als dreitausend Jahren angelegt, aber nur eine Handvoll spezialisierter Archäologen wusste davon. Und die wurden schlechterdings für verrückt erklärt, als sie die Ergebnisse ihrer Forschungen vor vielen Jahren einer breiten Öffentlichkeit präsentierten.« Seine Bernsteinaugen blitzten. »Einzig die Hüter schenkten ihnen Glauben und aus gegebenem Anlass begannen sie, die Überreste dieses alten Verkehrsnetzes zu restaurieren und auszubauen.«

»Und diese Glasmenschen?«, fragte Blue. »Wir haben gesehen, wie einige von ihnen getötet wurden.«

»Oh, keine Sorge«, entgegnete Igelfly. »Ihre Optik mag ein bisschen in die Irre führen, aber bei Vitraten, wie unsere gläsernen Freunde im Fachjargon genannt werden, handelt es sich keineswegs um fühlende Wesen.«

Elek starrte ihn an. »Wollen Sie damit sagen, diese Glasdinger sind … Maschinen?«

»Hochleistungscomputer in Menschenoptik«, nickte der Hermionid. »Ihre Funktion ähnelt der von Neurotransmittern im

Gehirn, die Informationen über ein komplexes Netzwerk von A nach B transportieren.«

Blue öffnete staunend den Mund. »Und ich dachte, die Hüter wären alt und hilflos!«

»Alt vielleicht«, lachte Igelfly. »Aber definitiv nicht von gestern.«

Sie wollten sich eben an den Abstieg machen, als ein neuerlicher Knall, gefolgt von einem schrecklichen Rumpeln, die alten Gemäuer ringsum erzittern ließ.

»Das Scriptorium«, flüsterte Blue mit Tränen in den Augen, »es stürzt ein!«

Tatsächlich waren die altehrwürdigen Mauern dem Ansturm der Flammen nicht länger gewachsen. Knirschend brachen an allen Ecken und Enden Steine weg, Balken und andere tragende Bauteile stürzten krachend in sich zusammen. Und tief unter ihnen, in der Gasse, brachen die Grauen in tosenden Jubel aus.

Jemand schrie: »Tod den Hütern und allen, die sie unterstützen!«

»Sie sollen brennen«, setzte eine kreischende Stimme hinzu. »Genau wie ihre Schriften!«

Blue hätte sich am liebsten die Ohren zugehalten. Doch vor den schaurigen Rufen gab es kein Entrinnen.

»Hoch lebe PARDESSA!«, brüllte die aufgepeitschte Menge. »PAR-DES-SA! ... PAR-DES-SA! ... PAR-DES-SA!«

Die doppelten »S« fauchten zwischen den bröckligen Steinen hin und her wie außer Kontrolle geratene Feuerwerkskörper und sorgten bei Elek und Blue trotz der milden Nachtluft für eine dicke Gänsehaut.

»Kommt jetzt!« Igelflys Pupillen waren geweitet vor Aufregung. »Weg hier!«

Elek kletterte voran, das Fassadengerippe hinunter. Hier und da saß ein Stein gefährlich locker, doch zum Glück fand sich überall eine sichere Alternative.

Igelfly beobachtete ihren Abstieg aus sicherer Distanz. Doch kaum, dass sie den Boden erreicht hatten, war er wieder da.

»Hier entlang«, hörte Blue ihn flüstern. »In den umliegenden Gassen wimmelt es nur so von denen.«

»Ob Sie's glauben oder nicht, wir hatten nicht vor, hier Wurzeln zu schlagen«, bemerkte Elek leichthin.

Der Hermionid fixierte ihn mit argwöhnisch zusammengekniffenen Augen. »Wieso habe ich das Gefühl, dass ich mir bei dir Sorgen machen muss?«

»Sorgen? Um mich?« Elek lachte. »Ach was. Unkraut vergeht nicht. Aber wo wir schon mal dabei sind: Sie könnten uns einen Tipp geben, wie wir von hier aus am schnellsten nach Amnesia kommen ...«

»Das ist ja wohl nicht euer Ernst!«, donnerte Igelfly und seine Brauenfedern zogen sich zu einem dichten Büschel zusammen.

»Doch«, gab Elek zurück und einmal mehr staunte Blue, wie wenig er sich von Autoritäten beeindrucken ließ. »Und es gibt absolut nichts, was uns davon abhalten könnte. Also ... Mich zumindest.«

»Mich auch nicht«, versicherte Blue eilig.

Aus der Kehle des Hermioniden drang ein mahnendes Grollen. »Was ihr da vorhabt, ist Wahnsinn.«

»Dasselbe hat Hasseki auch gesagt.« Blue warf ihm einen flehentlichen Blick zu. »Aber leider können wir nicht anders. Und deshalb gibt es, so wie ich die Sache sehe, nur zwei Möglichkeiten ...«

»Die da wären?«

»Entweder Sie verraten uns, wie wir am schnellsten nach Amnesia kommen.« Sie versuchte dasselbe Lächeln, mit dem sie früher ihren Vater um den Finger gewickelt hatte. »Oder aber wir müssen den Weg im Alleingang finden. Was natürlich viel umständlicher ist.«

»Und auch viel gefährlicher«, setzte Elek eifrig hinzu.

Der Vogel stieß ein missfälliges Brummen aus. »Niemandem ist es je gelungen, einen Gefangenen aus den Mauern von Amnesia zu befreien, noch dazu …«

Elek schob angriffslustig das Kinn vor. »Und wie viele haben es versucht?«

Doch der Hermionid ignorierte den Einwurf. »… noch dazu, wo sich der Koordinator der Sache inzwischen persönlich angenommen hat«, fuhr er ungerührt fort. »Vermutlich ist der arme Parrhesius nicht einmal mehr dort, wenn ihr ankommt.«

Blue sah ihn fragend an.

»Ich habe heute ein Gespräch zweier Wachmänner belauscht«, erklärte er, als sei das die selbstverständlichste Sache der Welt, »in dem von einer Lieferung die Rede war, die in den frühen Morgenstunden nach Bellereve gebracht werden soll.«

»Bellereve?« Elek zog die Stirn kraus. »Was ist das?«

»Der Landsitz des Koordinators. Er liegt ungefähr drei Meilen außerhalb der Stadtgrenze von Amnesia.«

Elek krallte die Finger in Blues Jacke. »Das ist es!«, rief er. »Da bringen sie ihn hin!«

Sie nickte und wandte sich wieder an den Hermioniden. »Können Sie uns sagen, wie wir da hinkommen?«

»Nicht zu schaffen«, knurrte Igelfly und hüpfte davon.

Doch Blue schnitt ihm den Weg ab. »Oh doch«, befand sie nach einem prüfenden Blick in seine Bernsteinaugen. »Das ist sehr wohl zu schaffen! Sie wollen nur keine Schuld haben, falls wir erwischt werden. Aber wir werden es so oder so versuchen. Machen Sie sich, was das angeht, überhaupt keine Illusionen!«

Der Hermionid zierte sich, doch irgendwann sah er ein, dass er keine Chance hatte. »Seht ihr den Hügel da drüben?«, fragte er.

Blue nickte.

»Dahinter befindet sich eine Bahnstation. Sie ist von hier aus nicht zu sehen und die Strecke wird auch nur noch für den Güterverkehr genutzt, aber Nacht für Nacht fahren da vier bis fünf

Züge durch. Sie transportieren Lebensmittel und Baumaterial nach Charon und enden immer in Amnesia. Allerdings …«

»Was?«, fragte Blue.

Seine Krallen scharrten unschlüssig über den sandigen Boden. »Das Problem ist, dass die Züge hier nicht *halten.* Sie drosseln bloß das Tempo, weil die Strecke an dieser Stelle eine scharfe Kurve beschreibt, die die langen Güterwaggons nur im Schritttempo bewältigen können.« Er seufzte. »Wenn also jemand einen dieser Züge benutzen wollte …«

»… dann müsste er wohl oder übel aufspringen«, ergänzte Blue.

»Na, das klingt doch prima!«, rief Elek.

Blue schüttelte den Kopf. »Oh nein, klingt es nicht.«

»Du musst es ja nicht gut finden. Du musst es nur TUN.«

Sie verdrehte die Augen. Dann sah sie wieder Igelfly an. »Sonst noch etwas, das wir beachten müssen?«

Er nickte. »Hütet euch vor den Zugbegleitern. Die gehen nach der Ankunft in Amnesia noch mal durch den ganzen Zug, um die Ladung zu überprüfen. Und die meisten von ihnen haben Hunde dabei.«

»Hunde sind unser kleinstes Problem«, entgegnete Blue todernst. »Dieser Irre hier«, sie zeigte auf Elek, »kann nämlich ziemlich gut mit Tieren.«

Der Hermionid drehte würdevoll den Kopf weg. »Das ist mir neu.«

»Damit wären wir schon zwei, die gegen diesen komischen Twah-Blick immun sind«, stellte Blue zufrieden fest.

Im Nebel

Nach einer ebenso abenteuerlichen wie unbequemen Fahrt in einem Güterwaggon voller gackernder Hühner erreichten Blue und Elek den Landsitz des Koordinators. Im Osten kündigte ein erster blassgrauer Streif am Horizont den nahenden Tag an. Doch ansonsten war es noch vollkommen finster.

Über dem gesamten Gelände lag eine tiefe, unheimliche Stille und unwillkürlich musste Blue an die alten Märchen denken, die ihr Vater ihr früher oft vorgelesen hatte. An Geschichten von Schlössern, die mitsamt ihren Bewohnern in einen hundertjährigen Schlaf sanken. Oder unter meterdicken Eisschichten verschwanden.

Sie bewegten sich im Schutz des Waldes, parallel zur Hauptzufahrt, die das Gelände wie ein Lineal durchschnitt. Die Bäume reichten fast überall bis an die penibel gepflegten Rasenflächen heran und Nebelschwaden zogen wie körperlose Geister über Gras und Asphalt.

Eleks Miene spiegelte finstere Entschlossenheit und Blue fand, dass er mindestens fünf Jahre älter aussah, als er war. Sie hatten nicht viel gesprochen, seit sie sich von Igelfly verabschiedet hatten. Wozu auch? Es war ja alles gesagt, und obwohl keiner von ihnen es zugegeben hätte, lastete die Anspannung wie ein Bleigewicht auf ihren Schultern.

Blue pflückte sich eine verirrte Feder vom T-Shirt. Ob Stella und Spence es tatsächlich geschafft hatten, dieses andere Versteck zu erreichen, von dem Hasseki gesprochen hatte? Imagon? Und wann würden sie einander wiedersehen?

Elek warf ihr einen prüfenden Seitenblick zu. »Was ist los?«

»Nichts. Alles klar.«

Er verstand sofort, dass sie nicht reden wollte, und wechselte das Thema: »Wir müssen es irgendwie fertigbringen, den Gefangenentransporter zu stoppen, bevor er das Haus erreicht«, flüsterte er. »Denn dort gibt es unter Garantie zusätzliches Personal, das den Wärtern zu Hilfe eilen würde.«

»Vermutlich.« Blue zog fröstelnd die Schultern hoch. Ganz abgesehen davon, dass das Fürstentum Charon ein ganzes Stück weiter im Osten lag, hatte es sich über Nacht auch empfindlich abgekühlt. »Aber was machen wir, wenn es zu viele sind, die den Transport begleiten?«, fragte sie bang. »Und wenn sie bis an die Zähne bewaffnet sind?«

»Wir haben den Überraschungseffekt auf unserer Seite«, entgegnete Elek. Ein Argument, das Blue – gelinde gesagt – ziemlich optimistisch fand. »Und ich gehe auch nicht davon aus, dass mehr als zwei Wärter dabei sind.« Er sah auf die Uhr. »Immerhin haben wir erst halb fünf in der Frühe.«

»Na und?«

Elek machte eine wegwerfende Handbewegung. »Das ist ja wohl kaum eine Zeit, in der man damit rechnen muss, vielen Leuten zu begegnen.«

»Aber der Koordinator weiß um Parrhesius' Bedeutung«, widersprach Blue. »Und er bekommt auch ganz sicher nicht jeden Tag einen der drei Oberhüter frei Haus auf seine Datscha geliefert.«

»Datscha ist gut!« Im Gehen klaubte Elek einen dicken und reichlich verzweigten Ast vom Boden auf. »Dieses Anwesen hat locker die Größe einer Kleinstadt.«

Blue nickte. »Umso erstaunlicher, dass hier nirgendwo eine Menschenseele zu sein scheint, findest du nicht?«

Sie hatten es zunächst vorn an der Hauptzufahrt versucht, aber an dem schmiedeeisernen Tor mit seinen Überwachungskameras und den hohen, mit Stacheldraht versehenen Mauern war absolut kein Durchkommen gewesen. Doch dann hatte Elek hinter einem verwilderten Rhododendron einen alten, völlig zugewucherten Lieferanteneingang entdeckt, dessen marodes Schloss zu knacken nur noch eine Frage von Geduld gewesen war. Und von diesem Moment an …

»Blue!«

»Was ist?«

In Eleks Augen lag ein alarmiertes Funkeln. »Da kommt ein Auto!«

Blue spitzte die Ohren, doch sie konnte nichts hören.

»Komm schon! Wir haben nicht viel Zeit!«

»Was hast du vor?«, rief Blue, als Elek quer über die weite Rasenfläche Richtung Auffahrt spurtete.

»Frag nicht! Komm!«

Das Gras war feucht vom Nebel und quietschte unter ihren Sohlen. Im Rennen riss Elek sich seine Jacke vom Körper und wickelte sie geschickt um den Ast, den er noch immer bei sich trug. Die Zweige spannten den Stoff auf wie eine primitive Zeltkonstruktion und mit ein bisschen Fantasie konnte man durchaus glauben, dass da noch immer ein Körper in dem Kleidungsstück stecke.

Elek platzierte das merkwürdige Gebilde mitten auf der Zufahrtsstraße. Nur einen Atemzug später blitzte hinter ihm das Licht zweier Scheinwerfer auf.

Mit einem leisen Fluch auf den Lippen stieß er Blue in den Graben neben der Straße.

Blues Füße rutschten über den aufgeweichten Boden, sie verlor den Halt und landete ziemlich unsanft auf dem Hintern. »Ich mag dich auch«, knirschte sie, ein Büschel feuchtes Gras vor Augen. »Aber was das Zu-Boden-Werfen angeht, sind wir jetzt wirklich allmählich mal quitt!«

Eleks Zähne schimmerten im Mondlicht, als er grinste.

Dann mussten sie auch schon in Deckung gehen, um nicht von dem heraneilenden Lichtkegel erfasst zu werden.

Es war ein schlichter Transporter mit Allrad-Antrieb. Der fensterlose Laderaum trug die Aufschrift: TONYS FISCHKONSERVEN.

Kurz bevor es Eleks Jacke erreicht hatte, stoppte das Fahrzeug.

Gleich darauf hörten Blue und Elek, wie die Beifahrertür aufgestoßen wurde.

»Was ist das?«, rief der Fahrer über den Lärm des Motors hinweg.

»Keine Ahnung«, antwortete sein Kollege, der ausgestiegen war. »Aber ich schaue mir das lieber mal an!«

Hinter dem Licht der Scheinwerfer tauchte eine Silhouette auf. Der Wachmann war nicht allzu groß, aber bullig und obendrein ziemlich durchtrainiert. Er trug dunkle Lederstiefel, die auf dem nassen Asphalt klapperten, als er zielstrebig auf Eleks Jacke zuging.

»Und?«, rief der Fahrer. »Kannst du was erkennen?«

»Das ist seltsam.« Der Bullige löste eine Taschenlampe von seinem Gürtel und beleuchtete das graue Stoffgebilde von allen Seiten. Dann schob er den Fuß unter Eleks Jacke und legte den darunterliegenden Ast frei.

Blue sah, wie er stutzte.

»He, Frank!«, drängte der Fahrer. »Was, zur Hölle, treibst du da?«

Anstelle einer Antwort griff der Bullige in seinen Hosenbund und zog eine Pistole hervor.

Im selben Moment bemerkte Blue, wie Elek ein Stück von ihr wegrobbte.

»Ich lenke sie ab«, raunte er. »Kümmer du dich um Parrhesius!«

Waaaaaaaaaas?!

Blue öffnete den Mund.

Mit einem unerschrockenen Hechtsprung landete Elek auf der Straße, direkt neben dem Transporter. »Suchst du vielleicht mich, du Penner?«

Der Bullige wirbelte herum und Blue hörte ein metallisches Klicken, als er seine Waffe entsicherte. »Bleib sofort stehen!«

Eleks Lachen geisterte durch die Luft wie ein Irrlicht. »Ich denk ja gar nicht dran«, rief er fröhlich. »Fangt mich doch, falls ihr könnt!«

Dann rannte er los. Zur Rasenfläche auf der anderen Straßenseite, die ausgerechnet an dieser Stelle erschreckend breit und schutzlos war …

»Ruf die Zentrale«, wies der bullige Frank seinen Kollegen an, während er mit schweren Schritten hinter Elek herstürmte. »Sie sollen Verstärkung schicken!«

Kurz darauf zerriss der erste Schuss die Stille des anbrechenden Morgens.

Und gleich darauf noch einer.

Und noch einer.

Entgegen aller Vorsicht richtete Blue sich auf und entdeckte Elek auf der Wiese, etwa auf halbem Weg zum Waldrand. Er rannte wie der Teufel und schlug atemberaubende Haken, während links und rechts von ihm die Kugeln seines Verfolgers vorbeizischten.

Nun mach schon, dachte Blue, er hat gesagt, du sollst dich um Parrhesius kümmern!

Sie kämpfte sich die steile Böschung hinauf und huschte, so leise sie konnte, zur Hecktür des Transporters. Wo war der zweite Wärter? Noch immer im Führerhaus?

Der Motor jedenfalls lief nach wie vor …

Vorsichtig schob Blue den Kopf um die Ecke und sah Franks Kollegen in der geöffneten Fahrertür stehen. Er hielt ein Funkgerät an den Lippen.

»… haben uns überfallen«, drang es über das Surren des Motors hinweg an ihr Ohr. »Und wenn wir … krrrrzzzz … sicherheitshalber … krrrrrr … dringend Verstärkung.«

Blues Finger berührten den Türgriff, der warm war vom Dampf

der Abgase. Das stumpfe Metall gab ein leises Knirschen von sich, als sie es vorsichtig nach unten drückte. Aber sie hatte Glück: Die Hecktür ließ sich öffnen!

Aus der Schwärze des Wageninneren leuchtete ihr ein himmelblaues Augenpaar entgegen. Wie von einem Tier, das sich scheu in eine dunkle Ecke verzogen hatte.

»Professor Parrhesius?«

»Wer bist du?«

»Mein Name ist Blue Carson und ich bin zusammen mit meinen Freunden …« Sie unterbrach sich und schüttelte unwillig den Kopf. Was um Himmels willen tat sie da? Das hier war ja wohl kaum der Augenblick für umständliche Erklärungen! »Elek schickt mich«, kürzte sie die Sache ab, während sie inständig hoffte, dass der Fahrer noch immer mit der Zentrale sprach, denn hören konnte sie ihn inmitten des Motorengedröhnes nicht mehr. »Wir sind gekommen, um Sie zu befreien.«

Der alte Herr schien zu lächeln. »Ich wusste, der Junge hat was auf dem Kasten!«

»Sind Sie irgendwo festgekettet?«

»Nein, nein.« Er hustete. »Aber sie haben mir Handschellen angelegt, bevor wir losgefahren sind.«

»Darum kümmern wir uns später. Jetzt müssen wir erst mal zusehen, dass wir Sie von diesem Auto wegbringen.« Blue streckte ihm die Hand entgegen und der alte Herr nahm sie dankbar an. Trotz seiner wachen Augen wirkte er schwach und angeschlagen. Vermutlich hatten diese Mistkerle ihn gefoltert!

»Warten Sie kurz.« Blue linste vorsichtig um die Ecke.

Die Fahrertür stand noch immer offen. Doch von dem Fahrer fehlte jede Spur.

Ob er seinem Kollegen gefolgt war?

Ihre Augen suchten wieder die Wiese, deren hinteres Ende komplett in Nebel gehüllt war. Die Dunstschleier türmten sich vor dem Waldrand zu einer riesigen hellgrauen Wand auf und Blue musste unwillkürlich an eine riesige Welle denken. Direkt davor entdeckte sie Elek, der geradewegs auf die Nebelwand zurannte.

Aus der Richtung, in der das Anwesen liegen musste, näherte sich derweil eine ganze Armee schwer bewaffneter Männer. Alle trugen dunkelblaue Uniformen und jeder zweite von ihnen führte einen Hund mit sich. Es war eine Rasse, die Blue noch nie zuvor gesehen hatte, und die geifernden Tiere zogen und zerrten ungeduldig an ihren Leinen.

»Das ist die Leibgarde des Koordinators«, flüsterte Parrhesius, der Blues Blick gefolgt war.

Sie nickte und schob eilig ihren Arm unter seinen. »Kommen Sie«, flüsterte sie. »Wir müssen schleunigst weg von hier!«

Doch eine Stimme hinter ihnen ließ ihr das Blut in den Adern gefrieren. »Oh nein, Mädchen, ihr beide bleibt schön, wo ihr seid!«

Blue fuhr herum.

Vor ihr stand der Fahrer. »Habt ihr wirklich geglaubt, dass ihr hier so einfach rein- und rausspazieren könnt, wie ihr gerade lustig seid?«, fragte er in höhnischem Ton. »Noch dazu mit einem unserer wertvollsten Gefangenen im Schlepptau?«

»Ich ...«

»Halt den Mund!« Quer über seine Stirn zog sich eine dicke, v-förmige Narbe. »Und keine falsche Bewegung, klar? Heb die Hände hinter den Kopf, sodass ich sie sehen kann, und knie dich hin!«

»Aber ...«

»Ich zähle bis drei.« Erst jetzt sah Blue die Pistole, deren Lauf sich direkt auf ihren Brustkorb richtete. »Eins ...«

»Schon gut, schon gut. Ich mache alles, was Sie wollen. Aber ...«

»Zwei!« Sein Ton war barsch und offenbar traute er ihr nicht über den Weg, denn er machte einen Schritt auf den Professor zu und hielt dem alten Mann den Lauf der Waffe an die Schläfe.

»Nein, BITTE!« Blue ließ sich auf die Knie fallen und riss die Hände hoch. »Tun Sie ihm nichts, ich ...«

Zzzzzzzzzzing!

Blue erstarrte, als etwas silbrig Glänzendes nur wenige Millimeter an ihrer Nase vorbeiflog. Unmittelbar darauf stieß der Narbige ein schmerzvolles Zischen aus und die Waffe, die eben noch auf Parrhesius gerichtet gewesen war, schlitterte über den Asphalt zu seinen Füßen.

Was, um Himmels willen, war das gewesen?

Blue blickte sich um. Ein Messer?

Im nächsten Moment flog bereits der nächste Dolch an ihr vorbei. Und anschließend noch einer. Und noch einer. Und noch einer ...

Dschinnnnnnnn! ... Dschinnnnnnnn! ... Zzzzzzzing!

Die Messer bohrten sich mit verblüffender Präzision rechts und links von dem Narbigen in die Verkleidung der Hecktür, wo sie wippend und zitternd stecken blieben. Der Wachmann hingegen traute sich nicht einmal mehr zu blinzeln.

»Die Pistole«, rief eine Männerstimme aus der Dunkelheit hinter dem Wagen. »Nimm sie an dich und wirf sie in den Straßengraben!«

Blue tat, wie ihr geheißen.

Erst dann wagte sie, sich umzudrehen.

Vor ihr stand ein Mann mit schwarzem Schnurrbart und Augen, die an zwei glühende Kohlen erinnerten. Der Fremde war groß, verdammt groß sogar, und trug eine elegante schwarze Bundfaltenhose mit Goldstickerei.

»Du musst Blue sein«, stellte er mit einem wohlwollenden Lächeln fest. Und an der Melodie seiner Sprache erkannte Blue nun auch die Verwandtschaft.

»Und Sie sind Eleks Vater, nicht wahr?«

Er nickte. »Ein ziemlich aufgeregtes Vögelchen hat uns gezwitschert, dass ihr vielleicht ein bisschen Hilfe brauchen könntet.« Ein vielsagendes Augenzwinkern. »Etwa doppelte Adlergröße mit Glitzerpuder auf den Schwingen.«

Blue strahlte. Doch dann wurde sie sofort wieder ernst. »Aber jetzt müssen Sie sich unbedingt erst mal um Elek kümmern«, flehte sie. »Die Leute von der Leibgarde schießen auf ihn. Und es werden immer mehr.«

Tatsächlich wimmelte es auf der Straße hinter ihnen inzwischen nur so von Uniformierten. Eine kleinere Abordnung steuerte im Gleichschritt auf den Transporter zu. Die übrigen hatten Eleks Verfolgung aufgenommen und schossen blind in die Nebelsuppe am Waldrand.

»Ihr beide bleibt hier hinter dem Wagen in Deckung«, flüsterte Bazon, während er eine Handschelle – so etwas gehörte in Eleks Familie wohl zur Grundausstattung! – aus der Tasche zog und den noch immer völlig verschreckten Wachmann an die offene Hecktür kettete. Anschließend pflückte er in aller Seelenruhe seine Messer aus der zerfetzten Innenverkleidung. »Und keine Angst: Wir sorgen schon dafür, dass sie gar nicht erst bis in eure Nähe kommen.«

»Ja, aber ELEK!«, schrie Blue. Dieser Mann hörte einfach nicht richtig zu! »Sehen Sie denn nicht, dass Ihr Sohn in ERNSTEN SCHWIERIGKEITEN steckt?«

»Sei unbesorgt, das ist schon in Arbeit«, antwortete Bazon. »Außerdem weiß mein Sohn in aller Regel ziemlich genau, was er tut.«

»Ach ja?« Seine Gelassenheit brachte Blue total aus dem Konzept. »Also ich weiß ja nicht, wie das für Sie aussieht, Sir. Aber ich würde sagen, er rennt da mutterseelenallein im Nebel rum, während eine ganze Armee von schwer bewaffneten Männern drauf und dran ist, ihn …«

»Mag sein, dass er im Nebel herumrennt«, unterbrach sie Bazon. »Aber in einem Punkt kann ich dich beruhigen: Er ist keineswegs allein.«

Sie starrte ihn an. »Nicht?«

Anstelle einer Antwort legte Eleks Vater einen Finger gegen die

Lippen. Und auf einmal hörte Blue es auch: Das Geräusch war ebenso gewaltig wie furchterregend und es klang, als rolle ein gigantisches Erdbeben auf sie zu. Oder ein Tsunami. Passend dazu begann der Boden unter ihren Füßen zu vibrieren.

Blues Augen suchten die Wiese. Doch Elek war längst in der Nebelwand verschwunden. Seine Verfolger waren ihm dicht auf den Fersen und pflügten mit ihren geifernden Hunden über die Wiese. Aber …

Was, zur Hölle, war *das* denn?

Fasziniert beobachtete Blue, wie die Nebelschleier, die Elek verschluckt hatten, wie von Geisterhand in Bewegung gerieten. Wabernd türmte sich der Dunst immer höher auf und strömte dabei vorwärts, direkt auf die Gruppe der Verfolger zu. Zugleich schien die gesamte Erde zu erzittern unter dem Gewicht dessen, was da nahte.

Blue presste sich noch enger an die schützende Rückwand des Transporters. Aus den Augenwinkeln sah sie, wie Parrhesius zu nicken begann.

»Was ist das?«, flüsterte sie.

Anstelle einer Antwort wies seine Marmorhand auf den wabernden Dunst direkt vor ihnen.

Und dann konnte Blue sie sehen: Ihre voluminösen Körper schossen aus der Nebelwand und donnerten dann wie eine blauschwarze Lawine über den gepflegten Rasen, der unter den Schlägen der bratpfannengroßen Hufe ächzte. Blue sah, wie ganze Placken von Gras aufspritzten. Und auch den schneeweißen Atem, der aus den wild schnaubenden Mäulern quoll.

»Gottverdammte Scheiße, das sind Marrakhener!«, schrie einer der Leibgardisten, während seine Kameraden bereits den Rückzug antraten. Und selbst die eben noch so blutrünstigen Hunde rissen sich quietschend und jaulend von ihren Leinen los und stoben in alle Himmelsrichtungen davon.

Auf Bazons Zeichen hin erhoben sich überall aus dem Straßengraben Männer und Frauen in prachtvollen bunten Kostümen. Manche von ihnen trugen silberne Keulen oder Lassos bei sich. Andere thronten auf dem Rücken von Tigern oder Elefanten. Doch so gefährlich all diese Wildtiere auch sein mochten, keines von ihnen schien den Truppen des Koordinators auch nur im Entferntesten eine solche Angst einzujagen wie die riesigen blauschwarzen Wildpferde, die in losen Formationen über die Wiese galoppierten und dabei immer wieder gezielt hinter den Flüchtenden hersetzten, bis auch der letzte graue Mantel im Dunkel des Waldes verschwunden war.

»Wahrhaft prachtvolle Tiere«, stellte Parrhesius voller Ehrfurcht fest. »Hatte bislang nie welche in Aktion gesehen. Aber ich muss schon sagen: Das hat was!«

Blue konnte nicht antworten. Sie war viel zu fasziniert von der Eleganz, mit der sich die Tiere trotz ihrer immensen Größe bewegten. Und von der Kraft und dem Feuer ihrer Blicke. Doch während sie noch staunte, löste sich plötzlich ein besonders imposanter Hengst aus der Gruppe und kam mit donnernden Hufen auf sie zugaloppiert. Und Blue traute ihren Augen nicht, als sie erkannte, wer auf seinem Rücken saß!

»Elek???«

»Hi!«, rief er und streckte ihr einladend die Hand entgegen. »Lust auf einen Ausritt? Ich hab da noch ’ne kleine Überraschung für dich!«

»Aber …« Sie zögerte. »Was ist mit dem Koordinator? Jemand muss zu diesem Haus und dafür sorgen, dass …«

»Mein Vater und seine Leute sind schon auf dem Weg dorthin«, versicherte Elek. »Falls der Koordinator noch dort ist, werden sie dafür sorgen, dass er nicht entkommt.« Er beugte sich noch tiefer vom Rücken des Pferdes herunter, bis er fast auf Höhe des mächtigen Bauches baumelte. »Und jetzt mach endlich! Ich will dir was zeigen!«

Blue fühlte seine Finger an ihrem Handgelenk, um sich gleich darauf zweieinhalb Meter höher auf einem Pferd wiederzufinden, für das man eigentlich Spagat können musste …

»Ich weiß wirklich nicht, ob das eine gute Idee ist!«, rief sie, während ihr Steißbein höchst unsanft über fußballgroße Wirbel holperte. »Dieses Vieh ist … Aua! … Oh, Mist! Ich glaube, ich kann nie wieder sitzen!«

»Heiliger Strohsack, nun stell dich doch nicht so an!« An seiner Stimme hörte sie, dass Elek fast umkam vor Lachen. »Bis vor ein paar Sekunden hätte ich geschworen, dass du nicht so eine typische Mädchen-Memme bist.«

»Bin ich auch nicht!«, schrie Blue ihm ins Ohr, während sie krampfhaft versuchte, sich an seinem Rücken festzukrallen.

»Ach nein?«

»NEIN, VERDAMMT!«

»Dann heul auch nicht!«

»Idiot!«, schimpfte Blue, und als ob ihre Lage nicht schon misslich genug wäre, löste sich in diesem Moment auch noch ihr Haargummi, sodass ihre Pilare frei und ungeschützt im Wind flatterten.

»So hast du mich schon bei unserer allerersten Begegnung genannt«, kicherte Elek.

»Weil es wahr ist!«, gab sie wütend zurück. »Und, bei Gott, ich schwöre dir, wenn ich jemals von diesem blöden Zossen runterkomme, hau ich dir so eine rein, dass du …«

»Vergiss nicht, dass du mir erst noch in den Arsch treten musst.«

»Wenn ich mich recht erinnere, sagte ich Hintern«, fauchte Blue. »Aber keine Sorge. Ich werde es ganz bestimmt nicht vergessen. Und wenn du nicht auf der Stelle …« Der Rest ihres Satzes blieb ihr im Hals stecken, denn Elek vollführte eine gekonnte Vollbremsung und kam unmittelbar neben einem schrottreifen Reisebus mit verspiegelten Scheiben zum Stehen, der neben der Zufahrtstraße parkte.

»Was, bitte, ist DAS JETZT WIEDER?«, fragte Blue, die ihre

Umgebung vor lauter Schimpfen und Festhalten komplett ausgeblendet hatte.

»Ein Bus.«

»Das sehe ich.«

Elek glitt vom Rücken des Hengstes, der jetzt so ruhig stand, als ob er aus Beton wäre. »Ich glaube, da möchte dich jemand begrüßen.«

Er schnippte mit den Fingern, woraufhin der vordere Einstieg schmatzend aufsprang.

Heraus trat Stella.

Blue war so überwältigt, dass sie beinahe vom Pferd fiel. Aber … Herrgott, wie hoch war dieses verdammte Monstrum eigentlich?

»Brauchst du Hilfe?«, grinste Elek.

Sie warf ihm einen vernichtenden Blick zu. »Bemüh dich nicht, ich komme schon klar.«

»Bist du sicher?«

»GANZ SICHER.« Mit geradezu selbstzerstörerischer Entschlossenheit schwang Blue das rechte Bein vom Rücken des Hengstes, rutschte mit dem Gesicht an der muskulösen Schulter hinunter, um gleich darauf unsanft auf dem Asphalt zu landen.

»Autsch«, machte Spence, der Stella gefolgt war.

»Sie kommt schon klar«, bemerkte Elek, ohne eine Miene zu verziehen.

Doch selbst die fieseste Stichelei hätte Blue in diesem Augenblick nicht die Laune verderben können. Mit einem Seufzer der Erleichterung sank sie in die Arme ihrer Freundin und drückte anschließend auch dem verdutzten Spence einen freudigen Schmatz auf die Wange.

»Aber jetzt erzählt mal«, drängte sie. »Wieso seid ihr hier? Und wie …« Sie unterbrach sich abermals, als Zadik Hassekis markantes Profil in der Türöffnung erschien. »Ach du Schande, was tun Sie denn hier?«, entfuhr es ihr.

Der Hüter lächelte. »Ich fürchte, ich hatte keine Wahl«, entgegnete er in Anspielung auf ihre Flucht aus dem U-Bahn-Waggon. »Denn wie ich Ihnen bereits sagte, empfinde ich durchaus so etwas wie Verantwortung gegenüber denen, die mir – auf welche Weise auch immer – anvertraut sind. Und außerdem …« Die Augen hinter der randlosen Brille blitzten. »Hat ein überaus weiser junger Mann mir erst vor Kurzem sehr glaubhaft versichert, dass die Befreiung eines Freundes – unabhängig vom zu erwartenden Widerstand – keineswegs eine Eselei, sondern vielmehr ein Akt der Vernunft ist.«

Elek senkte verlegen den Blick. »Tut mir leid, Ihnen Unannehmlichkeiten gemacht zu haben, Sir«, murmelte er.

»Schwamm drüber.« Hasseki trat interessiert näher. »Übrigens ein sehr schönes Tier, was Sie da haben. Casalinischer Marrakhener?«

Elek nickte und Blue hätte am liebsten ein Foto geschossen von dem Gesicht, das er dabei machte.

»Darf ich mal?« Völlig unerschrocken trat der Hüter an das Wildpferd heran und berührte sanft dessen Nüstern, was der Hengst zu Blues Überraschung völlig widerstandslos geschehen ließ. »Wirklich, sehr außergewöhnlich. Aber vermutlich nicht leicht zu reiten?«

Blue gab ein schmerzvolles Knurren von sich.

»Ich weiß gar nicht, was du willst«, lachte Elek. »Du solltest erst mal Warffy sehen. Die ist sturer als eine Herde Esel und noch mal mindestens einen Kopf größer als Indigo.«

Ich kann's kaum erwarten, dachte Blue.

Und wie aufs Stichwort hin näherten sich just in diesem Moment neue Hufschläge.

»Mama!«, strahlte Elek, nachdem die zierliche Reiterin mit den geheimnisvollen Augen vom Rücken ihrer Stute gestiegen war. »Schön, dich zu sehen.«

»Die Freude ist ganz auf meiner Seite«, lächelte die Angesprochene.

»Komm her, ich möchte dir meine Freunde vorstellen.«

Brav einer nach dem anderen reichten Stella, Spence und Blue Elda Thinoa die Hand.

Bei Blue verweilten die Augen der Twah einen Tick länger als bei den anderen und Blue hatte das unbequeme Gefühl, einer Prüfung unterzogen zu werden. »Dein Vater ist übrigens auch hier«, erklärte Elda schließlich mit einer Stimme, deren sonore Tiefe angesichts ihres zierlichen Körperbaus überraschte.

»Wirklich?«

Sie nickte. »Er durchsucht gemeinsam mit meinem Mann das Haus.«

Blue und Elek tauschten einen Blick.

»Wir sehen mal kurz nach Parrhesius«, verkündete Elek.

Doch seine Mutter hielt ihn zurück. »Um den kümmern sich Irve und ihre Schwestern.«

»Aber wir …«

»Du gehst NICHT in dieses Haus.« Elda Thinoa sprach ganz ruhig und doch war es eine unmissverständliche Warnung.

Elek senkte den Blick.

»Ich habe dich nicht verstanden«, beharrte seine Mutter. Und vorsichtshalber wiederholte sie gleich noch einmal: »Du gehst auf GAR KEINEN FALL in dieses Haus!«

»Ja, Mum.«

Blue hob erstaunt den Kopf. *Ja, Mum?* Wow, dachte sie, offenbar muss ich dringend was an meiner Überzeugungskraft tun!

»He, Elek, du musst dir diesen Bus ansehen«, versuchte Spence unterdessen, seinen Kumpel aus dieser mehr als peinlichen Lage zu befreien. »Von außen macht er nicht viel her, aber warte, bis du das Innenleben zu Gesicht kriegst.«

Elek lief puterrot an und folgte seinem Retter Richtung Bus.

»Kommst du auch mit?«, fragte Stella.

»Klar.« Blue nickte so unschuldig, wie sie es unter den gegebenen Umständen zustande brachte. »Geh schon mal vor. Ich bin sofort da.«

Leider kannte Stella ihre Freundin viel zu gut, als dass sie sich so einfach täuschen ließ. »Oh nein, das wirst du nicht tun!«, fuhr sie auf. »Ich sehe genau, was du vorhast. Aber das wirst du schön bleiben lassen. Weil es viel zu gefährlich ist und ...« Sie unterbrach sich, als sich von der Straße her eine Gruppe Zirkusleute näherte.

»Papa!« Mit einer Mischung aus Freudengeheul und Schluchzen fiel Blue ihrem Vater in die Arme. »Wo kommst du denn jetzt auf einmal her? Geht es dir gut? Bist du verletzt?«

Mr Carson ließ den Ansturm seiner Tochter über sich ergehen wie eine Eiche, während sich die harten Zirkuskerle das Grinsen kaum verkneifen konnten. »Keine Sorge«, sagte er, als Blue sich ein wenig beruhigt hatte, »uns geht's prima.«

»Und der Koordinator?«

Ihr Vater schüttelte den Kopf. »Keine Chance«, knurrte er. »Als wir ankamen, war keine Menschenseele mehr da.«

»Keine Ahnung, wie die das so schnell geschafft haben«, schnaubte Bazon neben ihm. »Wir können sie maximal um ein oder zwei Minuten verpasst haben.« Seine tiefdunklen Züge verfinsterten sich noch mehr. »Und doch sieht's in dem Haus aus, als ob da schon seit Jahren niemand mehr gewohnt hätte.«

»Ja, total unheimlich«, pflichtete Mr Carson ihm bei. »Sämtliche Möbel sind mit weißen Laken abgedeckt. Wie in einem Ferienhaus, das nur alle paar Jahre mal vermietet ist. Und alle Uhren in dem verdammten Kasten stehen still.«

Blue zog fröstelnd die Schultern hoch. Das klang ja wirklich wie im Märchen!

»Allerdings haben wir ein paar Dokumente und Tonbänder gefunden, die unsere grauen Freunde in der Eile des Aufbruchs zurückgelassen haben.« Eleks Vater schwenkte eine bunte Plastiktüte. »Wir hatten natürlich noch keine Zeit, sie uns anzusehen, aber ...« Er trat auf Hasseki zu. »Vielleicht hilft Ihnen das irgendwie weiter.«

Mit einer leisen Verbeugung nahm der Hüter die Tüte entgegen. »Vielen Dank, Sir. Das ist sehr freundlich von Ihnen. Wir werden uns so schnell wie möglich darum kümmern. Doch jetzt müssen wir uns leider verabschieden.« Sein Blick glitt zum Waldrand, wo ein prachtvoller roter Schimmer den bevorstehenden Sonnenaufgang ankündigte. »Ich fürchte, wir haben noch einen weiten Weg vor uns. Und meine armen Schreiber sind noch immer halb tot vor Angst.«

Er wollte sich abwenden, doch Blue rannte ihm nach. »Warten Sie.« Sie griff in ihre Jackentasche und zog das Chronal ihrer Großmutter heraus. Es fiel ihr verdammt schwer, das Büchlein aus der Hand zu geben, aber sie wusste auch, dass es zu gefährlich war, die Aufzeichnungen zu behalten. »Das hier sollten Sie auch mitnehmen!«

Mr Carson, der ihr gefolgt war, starrte das schwarze Leder an. »Woher hast du das?«, fragte er tonlos.

»Aus Großmutters Schminkspiegel«, antwortete Blue, wobei sie sich innerlich bereits für die donnernde Strafpredigt wappnete, die ihr zweifellos bevorstand.

Doch ihr Vater schimpfte nicht. Stattdessen sah er Hasseki an. »Haben Sie deshalb Kontakt zu ihr aufgenommen?«

Der Hüter hob entschuldigend die Achseln. »Unter den gegebenen Umständen«, er deutete auf Parrhesius, der auf der Veranda eines der Zirkuswagen saß und von drei hübschen jungen Mädchen in grünen Glitzerkostümen umsorgt wurde, »schien es uns leider unumgänglich zu sein.«

Uns?

Blue wollte fragen. Doch der Ausdruck auf dem Gesicht ihres Vaters hielt sie ab. Obwohl er keinen Ton sagte, merkte sie, dass er wütend war. Eine Reaktion, die Blue sich beim besten Willen nicht erklären konnte.

Nach einer Zeit, die ihr unendlich lang vorkam, nahm ihr Vater das Chronal an sich und reichte es an Hasseki weiter. »Nun«, sagte er mit gepresster Stimme, »dann haben Sie ja jetzt, was Sie wollten.«

Der Hüter nahm das Chronal an sich, ohne eine Miene zu verziehen.

»Lassen Sie sich nicht aufhalten«, sagte Mr Carson und drehte sich weg. »Wie Sie ganz richtig bemerkten, haben Sie noch einen weiten Weg vor sich.«

Blue bedachte den Rücken ihres Vaters mit einem prüfenden Blick. Normalerweise war er ein überaus freundlicher und zuvorkommender Mensch. Doch irgendetwas schien zwischen ihm und Hasseki abzulaufen. Etwas, das sie nicht mal im Ansatz verstand …

»Auf Wiedersehen, Miss Blue.«

Blue sah hoch und bemerkte, dass Hasseki ihr die Hand hinstreckte. »Hat mich sehr gefreut, Sir«, stammelte sie.

Das Lächeln des Hüters richtete sich wieder an ihren Vater. »Ich kenne Ihre Tochter zwar erst seit ein paar Stunden, aber sie ist wirklich ein sehr besonderes Mädchen mit sehr besonderen Fähigkeiten.«

Obwohl das zweifellos als Kompliment gemeint war, reagierte Mr Carson alles andere als erfreut. »Ich weiß«, knurrte er. »Aber reden Sie ihr bloß nichts ein, haben Sie mich verstanden? Sie ist zu jung für solche Dinge.«

Solche Dinge?

Blue riss die Augen auf.

Doch im selben Moment ließ Hasseki ihre Hand los. »Gib acht auf dich«, flüsterte er und Blue brauchte einen Moment, um zu verstehen, dass der Hüter sie geduzt hatte. Zum ersten Mal, seit sie einander kannten.

Sie öffnete den Mund, doch Hasseki machte auf dem Absatz kehrt und verschwand ohne ein weiteres Wort im Inneren des altersschwachen Busses. Gleich darauf wurde der Motor angelassen und das seltsame Gefährt setzte sich ächzend und ratternd in Bewegung.

Blue blickte sich nach Parrhesius um, doch die Veranda vor dem Zirkuswagen war leer und die Mädchen in den Glitzerkostümen standen ein Stück entfernt bei Elda Thinoa. Blue blinzelte, als sich in das Bild der einträchtig schwatzenden Frauen urplötzlich etwas anderes mischte. Ein anderes Bild.

Zuerst war es verschwommen, doch nach und nach wurde es schärfer und klarer: eine Treppe aus dunklem Holz. Ein hohes Fenster, hinter dem noch die Schwärze der zurückliegenden Nacht klebte. Und davor ein altmodischer Rollstuhl mit Gummireifen.

Blue rieb sich die Augen, doch die Bilder verschwanden nicht.

In dem Rollstuhl saß eine Gestalt. Ihr Gesicht lag im Schatten einer mächtigen Kapuze. Aber das war bei Weitem noch nicht das Unheimlichste an dem Mann. Viel unheimlicher war die Tatsache, dass er sich plötzlich erhob. Dass er aufstand … Blue hielt den Atem an. Der Mann konnte tatsächlich laufen!

Er schob seinen Rollstuhl zur Seite und ging dann mit eiligen Schritten auf eine unauffällige Tür in der Wand zu …

»Blue!« Stellas Hand schob sich unter ihren Arm. »Was ist mit dir?«

Blue schüttelte den Kopf. »Nichts. Es … Ich glaube …«

Ihre Freundin zog die Stirn in Falten. »Du machst ein Gesicht, als ob du einen Geist gesehen hast.«

»Ja«, flüsterte Blue. »Vielleicht habe ich das.«

Ein neues Schuljahr beginnt

Am ersten Schultag nach den Sommerferien herrschte ein wahres Bilderbuchwetter. Dabei waren noch in der Nacht heftige Gewitter über das Land gefegt. Doch ein kräftiger Westwind hatte die Wolken vertrieben und Blue genoss die frische, klare Morgenluft, als sie in den langen Säulengang vor der Aula einbog.

Der Rest ihrer Ferien war erstaunlich ruhig verlaufen, doch das war vor allem der Tatsache geschuldet, dass ihr Vater sich jedem klärenden Gespräch verweigert hatte. »Ich möchte nicht, dass du jemals wieder Kontakt zu diesen Leuten hast«, war alles, was er sich zu dem Thema noch hatte entlocken lassen.

Und das auch nur ein einziges Mal.

Seither waren die Hüter und die Geschehnisse jener Nacht genauso tabu wie Blues Fragen nach dem Schicksal ihrer Großmutter.

Einem unbestimmten Bauchgefühl folgend, hatte sie am Tag nach ihrer Rückkehr eines von Josys Fotos aus der Esszimmerschublade stibitzt. Eine vergilbte Aufnahme, die ihre Großmutter mit rotblonder Flechtfrisur auf den Stufen irgendeines Theaters oder Konzerthauses zeigte. Und wie sich herausstellte, hatte sie verdammt gut daran getan, das Foto an sich zu nehmen, denn als sie die Schublade ein paar Tage später noch einmal aufgezogen hatte, waren sämtliche Bilder verschwunden gewesen.

Dafür hatte Blue in der Woche vor Schulbeginn ein schuhschachtelgroßes Päckchen ohne Absender erhalten, in dem sich nichts als eine altmodische Tonbandkassette befand. Und die steckte nun in ihrer Schultasche.

»Morgen, Miss Blue.«

Sie lächelte. »Guten Morgen, Mr Hince. Alles klar?«

»Jawohl, es ist alles bereit, Miss Blue.« Über das faltige Gesicht des Hausmeisters glitt ein Anflug von Sorge. »Und Sie sind wirklich sicher, dass Sie …«

Blue nickte. »Ganz sicher.«

Hince seufzte und humpelte davon, während Blue im Gedränge vor der Aula nach Spence und Stella Ausschau hielt. Wie nicht anders zu erwarten, hatten viele ihrer Mitschüler an diesem Morgen ihre aufgebrachten Eltern im Schlepptau. Und ein paar dieser Eltern wurden zusätzlich von ihren Anwälten begleitet, was Blues Mission nicht gerade leichter machte.

Sie drehte sich wieder zu Hince um.

Doch der Hausmeister war bereits hineingegangen.

Über die Ferien waren – in St. Andrews wie auch im zuständigen Ministerium – unzählige Beschwerden eingegangen. Der Anwalt eines Primaners hatte ein Amtsenthebungsverfahren gegen Miss Sanchez in die Wege geleitet. Zwei weitere hatten die Schulleiterin wegen Machtmissbrauchs verklagt. Und auch Familie Gangbart hatte an diesem Morgen juristischen Beistand dabei.

»Blu-hue! Hi!«, kreischte Melissa aufgekratzt und das Erste, was Blue auffiel, war, dass sie neue Extensions hatte. Ein pilarer Albtraum in Pink und Gold, der so unecht aussah, dass man glatt Mitleid kriegen konnte. »Und? Wie waren deine Ferien? Hast du was Aufregendes erlebt?«

»Nicht wirklich«, entgegnete Blue.

Melissa warf ihr einen bedauernden Blick zu. »*Wir* waren zum Tauchen in Hurrarau«, berichtete sie. »Und die Strände da sind wirklich der Wahnsinn! Ich bin total braun geworden.« Sie strich Beifall heischend über ihr Dekolletee, was nicht nötig gewesen wäre, denn das leuchtende Krebsrot unter ihrer Uniformjacke war beim besten Willen nicht zu übersehen.

»Zu viel Sonne verursacht Hautkrebs«, sagte Stella, die unbemerkt zu ihnen getreten war.

Melissa bedachte ihre Lieblingsfeindin mit einem gehässigen Funkeln. »Nur kein Neid, Frischkäse«, schnappte sie. »Meine Ferien waren jedenfalls toll. Und als Nächstes klären wir die Geschichte mit diesem unseligen Verlängerungsjahr.«

Wir?!

Blue sah sich nach Mr Gangbart um, der ein Stück entfernt stand und nervös auf die Uhr blickte. Offenbar erwartete er noch jemanden.

»Mein Dad hat unseren Anwalt beauftragt, gegen diesen Irrsinn mit allen juristischen Mitteln vorzugehen«, sprudelte Melissa derweil in ihrer unnachahmlich dämlichen Art weiter. »Und damit die Sache auch die nötige Aufmerksamkeit bekommt, hat er uns prominente Unterstützung besorgt.« Sie zeigte auf einen Ü-Wagen, der im Schatten der Bäume parkte. »Seht ihr? Die Leute vom Fernsehen sind schon da und ... Hey, da ist er ja!«

Blue und Stella konnten gar nicht so schnell gucken, wie Melissa sie stehen ließ und auf den groß gewachsenen Anzugträger zustürzte, der soeben ihren Vater begrüßte. Der Mann war blond und trug seine Pilare militärisch akkurat auf der Seite gescheitelt.

Blue sah ihre Freundin an. »Ist das nicht ...«

»Tom Healy«, nickte Stella und ihre Stimme klang, als müsse sie sich jeden Augenblick übergeben. »Oahhhh .... Wie billig ist *das* denn?« Sie verzog das Gesicht. »Guck dir an, wie sich die affektierte Kuh bei diesem Schwätzer einschleimt ... Das ist ECHT widerlich! ... Und dieser Spinner ist sich auch für nichts zu schade, wenn es um seinen schmutzigen Wahlkampf geht!«

Die Frage ist, wie weit ihm das im Endeffekt noch nützt, dachte Blue mit einem siegessicheren Lächeln.

»Warum lachst du?«, fragte Stella.

»Wart's ab«, flüsterte Blue und stieß die Tür zur Aula auf.

Dort war bereits eine heftige Diskussion im Gange. Miss Sanchez stand auf dem Podium und verteidigte sich tapfer. Doch es war alles andere als leicht, sich bei den aufgebrachten Eltern und Schülern überhaupt Gehör zu verschaffen.

Erst als Tom Healy mit seinem Gefolge wie ein Panzerwagen durch den Mittelgang gepflügt kam, verstummte der Protest.

»Meine sehr verehrten Damen und Herren, liebe Schülerinnen und Schüler«, begann der Studienbeauftragte der Landesregierung, indem er der Hausherrin wie selbstverständlich das Mikrofon aus der Hand riss. »Ich bin heute Morgen hier, um Ihnen zu versichern, dass ich Ihre Aufregung und Ihren Ärger vollauf verstehen kann. Denn das, was an dieser Schule läuft und in der Vergangenheit gelaufen ist, ist nicht länger hinnehmbar!«

Die angespannte Stimmung entlud sich in tosendem Applaus.

»Die Komplexität der modernen Zeit fordert ihren Tribut«, fuhr Tom Healy fort, als der Beifall wieder ein wenig abgeflaut war. »Und dieser Entwicklung dürfen wir uns nicht länger verschließen. Wir müssen ihr – im Gegenteil – aktiv begegnen, indem wir unsere Kinder entlasten und ihnen eine frühzeitige und nachhaltige Spezialisierung erlauben. Und zwar auf die Themen, die für unsere heutige moderne Gesellschaft wichtig sind.«

»Und welche Themen wären das Ihrer Meinung nach?«, rief Miss Sanchez dazwischen.

Doch Tom Healy überging die Frage. »Komplexität bedeutet Überforderung«, spulte seine unangenehm schnarrende Stimme ab, was er sich zu sagen vorgenommen hatte. »Und Überforderung macht krank. Deshalb müssen wir schnellstmöglich rückgängig machen, was die Vertreter einer überkommenen Gesellschaftsordnung Ihnen so perfide als Ideal einer universellen Bildung zu verkaufen suchen.«

Ein neuerlicher Beifallssturm unterbrach seine Ausführungen.

Miss Sanchez senkte resigniert den Kopf.

»Aber keine Angst, meine sehr verehrten Damen und Herren!« Tom Healy grinste wie eine Katze, die gerade einen Riesentopf

Rahm gefressen hatte. »Ich – als Vertreter einer neuen Generation von Bildungspolitikern – bin heute hierhergekommen, um Ihnen einen neuen Weg aufzuzeigen. Den Weg in eine bessere Zukunft, für den ich Ihrer aller Unterstützung brauche, und darum …« Er hielt inne, als Blue mit entschlossenen Schritten den Mittelgang entlangkam. »Keine Sorge, Mädchen«, bemerkte er in herablassend arrogantem Ton. »Es gibt gleich im Anschluss an meine Rede noch eine kleine Fragerunde. Und in der kannst du dich gern zu Wort …«

»Ich glaube bestimmt, dass die Leute hier noch ein paar Fragen an Sie haben werden, Sir«, entgegnete Blue und zu ihrer eigenen Überraschung war sie auf einmal völlig cool. »Vor allem, nachdem sie gehört haben, was Sie wirklich bezwecken …«

»Was soll das heißen?«, fuhr Healy sie an, während seine Augen hasserfüllt an dem »Wählt-Tiberius-Bogrin«-Sticker kleben blieben, den Blue sich auf dem Weg zur Bühne angesteckt hatte. »Was meinst du damit, was ich wirklich bezwecke?«

Anstelle einer Antwort hob Blue die Hand, woraufhin der alte Hince einen altmodischen Kassettenrekorder auf das Podium schob, den er in ihrem Auftrag bereits gestern Abend heimlich an die Hausanlage angeschlossen hatte.

Gleich darauf ertönte wieder Healys unverkennbare Stimme. Doch dieses Mal kamen seine Worte vom Band: »… und das Allerbeste ist, dass diese dämlichen Idioten nicht mal merken, wie sehr wir sie zum Narren halten«, knarrte es aus den Lautsprechern, die überall entlang der Seitenlogen angebracht waren. »Man muss es ihnen einfach nur schmackhaft verpacken. Sie wollen faul sein? … Prima, dann sorgen wir dafür, dass sie faul sein können! Nehmt ihnen alles ab, was beschwerlich ist, und schaut anschließend in Ruhe zu, wie sie immer fetter und unbeweglicher werden.«

»Was soll das?«, schäumte Healy, während der Rest des Saales in steinernem Schweigen verharrte. »Woher hast du das?«

Blue erwiderte seinen Blick, ohne mit der Wimper zu zucken. »Wollen Sie leugnen, dass das Ihre Stimme ist, Sir?«

Healy fuhr herum. »Schalten Sie das auf der Stelle ab, Sie alter Narr!«, schrie er den armen Hince an.

Doch der Hausmeister lächelte nur und drehte den Ton noch lauter.

Und so schepperte Healys Bandstimme gnadenlos weiter: »Die Leute trauen ihren Kindern nichts mehr zu? … Fein! Bestärkt sie darin! … Versichert ihnen, dass Fleiß ungesund und eine eigene Meinung absolut unnötig ist. Erzählt ihnen, dass es pure Energieverschwendung ist, etwas zu lernen, was man innerhalb von Millisekunden nachschlagen kann. Und beschäftigt sie immer hübsch mit Dingen, die uns nicht gefährlich werden können: Sport. Shopping. Freizeitvergnügen. Denn die Hauptsache ist doch, dass sie ihre Klappe halten und für unser Wissen eines Tages teuer bezahlen …«

Mit einem ohrenbetäubenden Knall landete das Tonbandgerät auf dem Boden und die Stimme verstummte.

»Wie können Sie es wagen«, Tom Healy packte Hince beim Kragen und schüttelte den alten Mann wie ein wütendes Kind seine Puppe. »Das ist eine hinterhältige Kampagne! Ein Ausbund von Lügen und … WAS IST?!« Sein puterrotes Gesicht fuhr herum, als zwei seiner Leibwächter ihn von hinten packten und mit Beschwörungen wie »Sir, bitte! … Denken Sie doch an Ihren Ruf! … Kommen Sie, Sir! … Das hier bringt doch nichts« von der Bühne zogen.

Die Schüler und Eltern verfolgten den unrühmlichen Abgang des Nachwuchspolitikers mit eisigem Schweigen.

Einzig Melissas dünnes Stimmchen flüsterte: »Wo will Mr Healy denn hin, Dad?«

»Halt die Klappe!«, fauchte Mr Gangbart.

Dann war es wieder still.

Blue hob das Mikrofon auf, das bei Healys Wutausbruch zu Boden gefallen war, und schob es wieder in die Halterung an der Rampe. »Ich weiß, dass viele von euch in dieses neue Schuljahr starten mit dem Gefühl, betrogen worden zu sein«, begann sie zaghaft, während sich die Blicke der Anwesenden nach und nach auf sie richteten. »Aber was meine Freunde und ich in diesen Ferien erlebt haben, hat uns die Augen geöffnet.« Blue schluckte. »Wir werden tatsächlich betrogen. Nur von anderen Leuten, als wir dachten. Und das dürfen wir uns nicht länger gefallen lassen.« Sie hielt kurz inne, aber in der weiten Aula regte sich kein Laut. »Wir müssen den Mut haben zu kämpfen«, fuhr sie fort. »Für freien Zugang zu freien Informationen. Damit jeder von uns die Chance hat, sich ein Bild von der Welt zu machen, wie sie wirklich ist. Und nicht, wie andere sie uns verkaufen wollen …« Sie machte einen Schritt rückwärts und wartete auf eine Reaktion.

Doch noch immer herrschte völlige Stille.

Ich hab's vermasselt, dachte Blue verzweifelt. Es ist mir nicht gelungen, sie zu überzeugen. Voller Neid dachte sie an Malia Sordes. Wie souverän und überzeugend sie reden konnte und wie spielend leicht es ihr gelang, die Leute um den Finger zu wickeln. Aber ich, dachte Blue, ich habe es einfach nicht, dieses gewisse Etwas. Ich bin bloß die unauffällige Rothaarige, von der niemand auch nur die geringste Notiz nimmt …

Als sie sich gerade umdrehen und das Podium verlassen wollte, begann in einer der hinteren Reihen plötzlich jemand zu klatschen. Ein Zweiter stimmte ein und dann noch einer und noch einer, bis der gesamte Saal in begeisterten Jubel ausbrach, der erst wieder verstummte, als ein riesiger, mit einem bunten Tuch verhüllter Leiterwagen durch den Seitenausgang holperte.

Wodurch er angetrieben wurde, blieb sein Geheimnis. Aber die hutzlige grüne Gestalt, die sich mit einem vorwurfsvollen Stöhnen von der Bank hinter der Deichsel schwang, entlockte selbst der noch immer geschockten Blue ein Schmunzeln.

»Typisch meleutische Arroganz, dieser Bau!«, schimpfte Kassandra über das Geraschel ihrer Löckchenperücke hinweg. »Diese verdammten Stufen sind für jeden Normalsterblichen 'n Kilometer zu hoch. Und an dieses Mikro kommt man ja wohl auch bloß dran, wenn man 'n verdammten Flugschein besitzt!«

Eilig riss Blue das Mikrofon aus der Halterung und reichte es der Minorianerin, die sich jedoch noch immer nicht beruhigen konnte.

»Wenn ihr mich fragt, ist das 'ne echte Diskriminierung, die Architektur hier. Aber mich fragt ja keiner.«

»Wen wundert's«, raunte Stella aus der zweiten Reihe. Doch auf den flehenden Blick ihrer Freundin hin fügte sie versöhnlich hinzu: »Schon gut, schon gut, ich halte mich zurück. Aber nur für die Sache.«

»Ist das an?«, fragte derweil Kassandra und klopfte ein paarmal kräftig auf den Tonkopf des Mikros, was die Zuhörer mit einem schmerzvollen Aufschrei quittierten. »Oh? Offenbar ja. Na, grandios! … Ich schicke Blumen!« Sie räusperte sich. »Also, meine Herrschaften, dann darf ich mich vielleicht erst mal kurz vorstellen, denn die meisten von Ihnen werden mich nicht kennen. Was kein Wunder ist, da die Herrschaften heutzutage ja so selten den Weg in die Bibliothek finden.« Ihre moosgrünen Augen funkelten vorwurfsvoll ins Publikum. »Aber lassen wir das. Also …« Erneutes Räuspern. »Mein Name ist Kassandra. Mit 'nem Ka wie Chlorsalbe am Anfang.« Sie unterbrach sich und blickte sich erwartungsvoll um. Doch niemand lachte. »Das ist 'ne minorianische Göttin gewesen«, fuhr die Bibliothekarin mit einem vernichtenden Blick in Blues Richtung fort. »Ist so was Ähnliches wie eine Hellseherin gewesen. Mit 'nem Orakelteich in ihrem Garten, aus dem den ganzen Tag lang irgendwelche komischen Dämpfe aufgestiegen sind. Aber das tut nichts zur Sache …«

Stella verdrehte die Augen.

»Wie auch immer«, fuhr Kassandra fort. »Meine große Freundin hier meinte, der eine oder andere von Ihnen würde vielleicht gern eins von den neuen Büchern lesen, die in den letzten Tagen bei uns in der Bibliothek eingetrudelt sind.« Sie drehte sich zu

Blue um. »Da war so 'n komisches Glasding da, groß wie 'n Panzer, mit 'nem verdammten Rucksack auf 'm Rücken und … Was ist?«

»Beschränken wir uns doch bitte einfach auf die Bücher«, flüsterte Blue mit einem entwaffnenden Lächeln.

»Na, schön.« Die Minorianerin biss ihre imposanten Zähne zusammen. »Wie du meinst. Also: Ich hab hier 'n Stapel Leseausweise und wer einen haben will, kommt gleich im Anschluss zu mir und füllt einen Antrag aus, klar? Denn ohne Antrag …«

Der Rest ging unter im Ansturm der Schüler, die sich lärmend auf den Leiterwagen stürzten, wo der alte Hince sein Möglichstes tat, die Mädchen und Jungen in Schach zu halten.

»Kein Benimm, diese Pilarenträger!«, wetterte Kassandra, während sie in erstaunlichem Tempo die Stufen zur Bühne hinunterkletterte. »Aber ich werde mir die feinen Herrschaften schon zurechtbiegen! So wahr ich Kassandra Kleebutt heiße!«

Stella riss die Augen auf. »Diese Frau heißt wirklich und wahrhaftig wie eine ihrer Teesorten?«

»Nein, nein«, lachte Blue, »der Tee hieß Kleebeutel.«

Ihre Freundin stöhnte. »Ich werde irre!«

»Haben Sie zufällig auch was über Mode?«, hörten sie Melissa Gangbart fragen, als sie an dem Bücherwagen vorbei Richtung Ausgang schlenderten.

Doch leider bekamen sie Kassandras Antwort nicht mit.

Draußen lachte noch immer die Sonne vom wolkenlosen Spätsommerhimmel.

»Ich werd ja nicht mehr!«, entfuhr Stella, kaum dass sie die Stufen vor der Aula herunter waren. »Guck mal, wer da kommt!«

Blues Augen folgten ihrem ausgestreckten Zeigefinger zur Straße, wo gerade ein elegantes rotes Cabriolet um die Kurve bog. »Ist das nicht …?«

»Na, und ob«, nickte Stella und winkte Priena freudig zu. »Und … Oh Mann, sieh mal, wer am Steuer sitzt!«

Ein sonores Hupen verriet, dass Mrs Uhl die beiden Mädchen

ebenfalls entdeckt hatte. Die Puppenmacherin hatte sich für diesen besonderen Anlass in ihr allerbestes Sonntagskleid geworfen. Und auch Priena sah aus wie aus dem Ei gepellt mit ihrer neuen, kürzeren Haartracht und ihren flammend roten Wangen.

Erst als sie ausgestiegen war, bemerkte Blue, dass die junge Kellnerin kein gewöhnliches Kleid trug, sondern die Schuluniform von St. Andrews.

»Priena«, rief sie erstaunt. »Was tust du denn hier?«

»Na, was wohl?«, gab das Mädchen vergnügt zurück. »Mrs U meinte, kellnern kann ich auch noch, wenn ich zwanzig bin. Und deshalb mache ich jetzt erst mal in Ruhe meinen Schulabschluss.«

»Coole Idee«, lobte Stella.

»Ja, nicht wahr?« Priena grinste. »Vor allem, wo Walburga und Hermann so freundlich waren, das Schulgeld für mich zu übernehmen und mir obendrein auch ein kleines Zimmer ganz in der Nähe der Schule zu mieten.«

Blue zog die Stirn kraus. »Ernsthaft?«

»Ich fürchte, sie hatten keine Wahl«, bemerkte Mrs Uhl mit einem verschmitzten Augenzwinkern. »Ich habe mir nämlich erlaubt, wieder in meine alte Wohnung neben der Gaststube zu ziehen. Seither weht bei uns in der *Nase* wieder ein anderer Wind. Und in diesem Zusammenhang hatten Walburga und ich auch gleich mal ein kleines Gespräch unter Frauen.«

»Oh, oh!«, kicherte Stella.

»Oh ja«, bestätigte Mrs Uhl. »Im Nachgang zu diesem unserem Gespräch hat sich die Gute dann freundlicherweise bereit erklärt, ihre Gäste künftig wieder selbst zu bedienen, während ich die Theke übernehme.«

Blue lachte. »Ganz und gar freiwillig, nehme ich an.«

Mrs Uhl gab ein würdevolles Schnauben von sich. »Aber selbstverständlich doch. Was dachtest du?«

»Oh, gar nichts«, versicherte Blue eilig.

»Na, dann zeigen wir den beiden doch am besten erst mal, wo alles ist«, schlug Stella voller Eifer vor.

»Gute Idee«, lobte Mrs Uhl. »Ich wünsche euch viel Spaß!«

Stella stutzte. »Wollen Sie denn nicht mitkommen?«

»Ach, weißt du ...« Die Puppenmacherin griff sich an den Kopf und zog die beiden Stricknadeln heraus, die ihren Knoten zusammenhielten, woraufhin sich ihre prachtvollen Häkel- und Stickpilare in alle Himmelsrichtungen aufsträubten. »Ich glaube, ich fahre erst noch eine klitzekleine Runde um den Block. Wenn man so viele Jahre in einem düsteren Zimmer verbracht hat, kann man gar nicht genug Sonne kriegen. Ich träume schon seit Jahren davon, mir mal wieder so richtig Fahrtwind um den Kopf wehen zu lassen. Und da meine liebe Schwiegertochter ja dieses wundervolle Cabrio besitzt ...« Sie ließ den Satz offen und zwinkerte den Mädchen zu.

»Viel Spaß!«, rief Blue ihr nach, als sie mit quietschenden Reifen davonbrauste. »Aber denken Sie dran: Hier in der Stadt sind sie ziemlich streng mit der Einhaltung von Geschwindigkeitsbegrenzungen.«

»Na, das will ich doch hoffen!«, tönte Mrs Uhls vergnügte Stimme über das Surren des Motors hinweg. »Bei euch in Meleusien zahlt das Bußgeld nämlich immer der Eigentümer des Autos, ganz egal, wer am Steuer gesessen hat. Und das wiederum bedeutet, dass ich jede Menge Spaß haben werde!«

Ein Geschäft mit Tradition

Der kleine Verkaufsraum war eng und dunkel, aber daran störte sich kaum jemand, was auch daran liegen mochte, dass ohnehin nur wenige Kunden den Weg in den altehrwürdigen Laden fanden. Vor allem in den Sommermonaten.

Trotz seiner langen Tradition war das Geschäft mit der bezeichnenden Adresse »Hinter der Grotte 13« nach wie vor ein Geheimtipp. Und wer nicht gerade von einem seltsamen Zufall in die winklige Gasse mit den krummen alten Häusern gespült wurde, wäre an den schummrigen Schaufenstern vermutlich einfach vorbeigelaufen.

In den deckenhohen Regalen türmten sich Kartons und Schachteln mit unverständlichen Aufschriften. Dazu war es außergewöhnlich warm, was kein Wunder war. Immerhin brannte zusätzlich zu der voll aufgedrehten Heizung auch noch ein Feuer in dem kleinen Kamin neben dem Tresen. Aber Thaddäus Mistelzweig hasste die Kälte. Im Herbst und Winter verließ er das Haus nur, wenn es unbedingt notwendig war. Und selbst jetzt, im Spätsommer, heizte er bereits kräftig ein.

Die beiden Kunden, die ihn an diesem Morgen aufsuchten, trugen bodenlange Capes, deren Kapuzen mit dunkelblauer Seide ausgeschlagen waren. Ihre Gesichter versteckten sie hinter schwarzsamtenen Masken, doch das war Thaddäus Mistelzweig nur recht. Er legte keinen Wert darauf, allzu genau zu wissen, mit wem er Geschäfte machte. Und noch viel weniger interessierte es ihn, was seine Kunden mit dem anstellten, was er ihnen verkaufte.

Er erhielt eine Anfrage, nannte seinen Preis, und wenn der Auftrag erledigt war, versuchte er, ihn so schnell wie möglich wieder zu vergessen. Das war sein Geschäftskonzept. Und mit diesem Konzept hatte er stets Erfolg gehabt.

»Und?«, fragte der Mann, dessen Stimme einen weichen, angenehmen Klang hatte. »Ist es fertig?«

»Fix und fertig, Sir«, antwortete Thaddäus Mistelzweig. Und in Gedanken fügte er hinzu: Wofür hältst du mich, du Armleuchter? Ein Mann in meiner Position kann sich alles leisten außer Unzuverlässigkeit!

Die Begleiterin des Mannes schien zu ahnen, was er dachte. Eine Falte im Stoff ihrer Maske verriet, dass sie lächelte. »Und sind Sie mit dem Ergebnis zufrieden?«

Thaddäus Mistelzweig nickte. »Sehr zufrieden, M'am.«

»Das ist gut«, sagte sie und kehrte ihm den Rücken zu.

Ihr Begleiter stellte eine unscheinbare Aktentasche auf den alten, mit prachtvollen Schnitzereien verzierten Tresen. »Hier ist Ihr Geld.«

Thaddäus Mistelzweig nahm die Tasche und ließ sie in einer der zahlreichen Schubladen unter der Theke verschwinden.

»Wollen Sie nicht nachzählen?«

»Nein, Sir.«

»Oho«, spottete sein Kunde. »Ein Mann mit Vertrauen!«

Thaddäus Mistelzweig verzog keine Miene. Dieser affektierte Idiot ahnte ja nicht mal, wie sehr er mit seiner Einschätzung danebenlag! Der letzte Mensch, dem er, Thaddäus, vertraut hatte, war vor ziemlich genau fünfundsechzig Jahren gestorben. Aber das würde er diesem Schnösel ganz bestimmt nicht auf die Nase binden!

Er war lange genug im Geschäft, um die Dinge schnell einschätzen zu können. Und bei diesem Deal war Geld nicht das Problem. Thaddäus Mistelzweig war hundertprozentig davon überzeugt, dass der ausgehandelte Betrag auf Heller und Pfennig genau in der Tasche steckte.

Ich hätte das Doppelte verlangen sollen, dachte er mit einem Anflug von Ärger. Vermutlich hätten sie auch das, ohne mit der Wimper zu zucken, bezahlt!

Er schlenderte zum Kamin hinüber, legte ein paar Holzscheite nach und verschwand dann durch einen Vorhang aus bunten Glasperlen in seinem Arbeitszimmer. In dem winzigen, fensterlosen Raum hinter der Verkaufstheke befand sich alles, was Thaddäus Mistelzweig zur Herstellung seiner Tränke und Tinkturen brauchte: Bunsenbrenner. Kolben und Reagenzgläser jeder Art und Größe. Dazu Hunderte von Rauchglasfläschchen mit Extrakten und Kräutern.

Thaddäus Mistelzweig trat an ein niedriges Bücherregal. Vieles von dem, was hier lagerte, hatte bereits sein Großvater benutzt. Und anschließend sein Vater. Andere Rezepturen hingegen hatte er selbst entwickelt und auf die war er – das musste er zugeben – besonders stolz. Er vergewisserte sich mit einem raschen Blick durch den Perlenvorhang, dass seine Kunden ihn nicht beobachteten. Dann öffnete er den Safe, der sich hinter den alten Buchrücken verbarg.

Im obersten Fach stand eine Müslischüssel aus angeschlagenem Blümchenporzellan. Sie war bis zum Rand mit lupenreinen Diamanten gefüllt. Thaddäus Mistelzweig war noch nie ein Freund von Bargeld gewesen. Und Goldbarren vom Wert dieser blitzenden Steinchen dort waren viel zu schwer und unhandlich.

Seine Finger knirschten, als er nach dem kleinen, mit einem auffälligen Glaskorken verschlossenen Flakon griff, der im Fach unter den Diamanten stand. Es war nicht leicht gewesen, alle Wünsche seiner Auftraggeber umzusetzen. Aber Thaddäus Mistelzweig war mit dem Ergebnis durchaus zufrieden.

Er verschloss den Safe und kehrte in den Verkaufsraum zurück. »Sooooo, bitte sehr, hier ist es, Sir.«

Der Maskierte nahm den Flakon entgegen und hob ihn ans Licht. »Sind Sie sicher, dass das ausreicht?«

Thaddäus Mistelzweig richtete sich zu seiner vollen Größe von einem Meter zweiundsechzig auf. »Selbstverständlich bin ich sicher, Sir. Ein einziger Tropfen davon hat genügt, um sämtliche Fische des Alabastas glauben zu machen, sie seien Haie.« Der Alabasta war ein Binnensee unweit der Küste, der gern für ausgedehnte Segel- oder Angeltouren genutzt wurde. »Wirklich, Sir, Sie hätten die Biester sehen sollen«, fuhr Thaddäus Mistelzweig vergnügt fort. »Zehn Sekunden und sie haben angefangen, sich vor meinen Augen zu zerfleischen.«

»Sie haben die Tinktur getestet?« Die Stimme des Mannes war heiser vor Empörung. »Sind Sie wahnsinnig?«

Wohl kaum wahnsinniger als du, mein Freund, gab Thaddäus Mistelzweig in Gedanken zurück. Laut sagte er: »Keine Sorge, Sir. Mein kleines Experiment fand mitten in der Nacht statt und selbstverständlich habe ich sofort nach Eintritt der Wirkung das Gegenmittel eingesetzt. Als die Fischer frühmorgens mit ihren Netzen losgezogen sind, hatte sich die Lage schon wieder völlig normalisiert. Und schließlich«, er lachte, »werden diese armen Trottel wohl kaum hingegangen sein und die Fische gezählt haben, nicht wahr?«

Der Mann lachte nicht mit ihm. »Es gibt ein Gegenmittel?«

»Natürlich.« Thaddäus Mistelzweig sah ihn an. »Wofür halten Sie mich, Sir?«

Die Augen hinter den schwarzen Maskenschlitzen verengten sich. »Nun, bisher habe ich Sie durchaus für einen klugen Mann gehalten.«

Etwas an seiner Formulierung gab Thaddäus Mistelzweig zu denken.

Bisher …

Hastig griff er in eine der Schubladen unter sich und stellte einen zweiten Flakon neben den ersten. »Bitte sehr, Sir, hier ist das Anti-Serum. Es kostet Sie nichts extra, und wenn Sie wollen, können Sie es auf der Stelle vernichten. Ich …« Er räusperte sich.

»Ich bin nur grundsätzlich der Ansicht, dass man zu einer derart machtvollen Substanz, wie Sie sie da in den Händen halten, immer auch das passende Gegenmittel bereithalten sollte. Nur für den Fall, meine ich …«

Er ließ den Satz offen und beobachtete seinen Kunden, der das Fläschchen mit dem Anti-Serum gedankenvoll zwischen den Fingern drehte.

Das Schweigen dauerte eine halbe Ewigkeit.

Dann sagte der Mann: »Wirklich sehr bedauerlich«, und seltsamerweise begann Thaddäus Mistelzweig bei diesen Worten zu zittern. Er war kein besonders ängstlicher Mann, aber die Aura dieses Fremden hatte etwas zutiefst Furchteinflößendes.

»Wie gesagt, Sir, es liegt ganz bei Ihnen, was Sie damit anstellen«, wiederholte er mit einer hilflosen Geste. »Und wenn es Ihnen lieber ist, dann schütte ich das Mittel gleich hier, vor Ihren Augen, in den Ausguss.«

»Das Problem ist, dass es überhaupt existiert.« Die Begleiterin des Mannes hatte sich bislang so konsequent im Hintergrund gehalten, dass Thaddäus Mistelzweig ihre Anwesenheit zwischenzeitlich fast vergessen hatte. Doch jetzt brachte sie sich mit einem blitzschnellen Schritt in seine Richtung wieder in Erinnerung.

Thaddäus Mistelzweig fühlte einen brennenden Schmerz in der Brust, als sie ihm durch die Schlitze ihrer Maske hindurch direkt in die Augen sah. Eilig riss er ihrem Begleiter den Flakon aus der Hand und stolperte rückwärts zu dem kleinen Waschbecken neben dem Kamin. »Alles halb so wild, M'am, das haben wir gleich. Sehen Sie? Ich gieße es einfach fort.«

Die Unbekannte kam langsam hinter ihm her. »Und was ist mit der Formel?«

»Die Formel?« Thaddäus Mistelzweig brach in lautes Gelächter aus. Doch es klang hohl und unecht. »Es gibt keine Formel. Und ganz ehrlich? Ich weiß auch schon gar nicht mehr, was ich alles hineingetan habe. Wissen Sie, M'am, ich habe tagtäglich mit so vielen Substanzen zu tun, dass ich mir unmöglich merken kann, was ich so alles zusammenmixe.«

»Sie machen sich keine Notizen?« In den Augen des Mannes lagen Zweifel.

»Doch, Sir. Natürlich«, entschied sich Thaddäus Mistelzweig für die Wahrheit, weil er spürte, dass eine Lüge wenig Zweck haben würde. »Aber ich vernichte sämtliche Aufzeichnungen, sobald ein Auftrag erledigt ist. Das ist eine Frage der Diskretion und Diskretion ist seit jeher die wichtigste Säule unseres Geschäfts. Wirklich, Sir, da können Sie jeden fragen!« Wie um seine Rede zu bekräftigen, drehte Thaddäus Mistelzweig den Wasserhahn auf und spülte die letzten Reste der blassrosa Flüssigkeit in den Ausguss. »Sehen Sie, Sir? Und schon haben wir Ihr Problem gelöst!«

»Sie besitzen zu dieser Tinktur also keinerlei Aufzeichnungen mehr?«, wiederholte die Frau in einem Ton, der Thaddäus Mistelzweig Angst machte.

»Nein, M'am, kein einziges Wort.«

»Das bedeutet, die Formel existiert nur noch in Ihrem Kopf?«

Thaddäus Mistelzweig hob abwehrend die Hände. »Nein, M'am. Nicht einmal mehr dort. Denn wie gesagt, kann ich mir unmöglich …« Er verstummte jäh, als er den Ausdruck ihrer Augen sah.

»Leider ist diese Sache zu wichtig, als dass wir es uns leisten könnten, ein solches Risiko einzugehen«, flüsterte der Mann, der ihr gefolgt war.

»Nein, Sir, bitte nicht!« Thaddäus Mistelzweig wich Schritt für Schritt zurück, bis er mit dem Rücken gegen eines seiner Regale stieß. Die Wucht brachte die Schachteln ins Wanken und getrocknete Kräuter rieselten wie duftender Schnee zu ihm herab.

Im Kamin knackte ein Holzscheit.

Funken stoben auf und überzogen das kleine Glasfenster an der Vorderseite des Ofens mit einer Schicht feinen Rußes.

»Bitte tun Sie das nicht, Sir«, flüsterte Thaddäus Mistelzweig und seine Kehle brannte vor Angst. »BITTE!«

Stille Wasser

Kichernd und prustend stieß Blue die Tür zum Mädchenklo auf. Diese Mrs Uhl war eine echte Stimmungskanone!

Sie hatten Priena die Klassenräume, das Schul-Atelier, die Turnhalle und sogar das Musikstudio gezeigt und die ehemalige Kellnerin war aus dem Staunen nicht mehr rausgekommen.

»Und ich werde wirklich und wahrhaftig hier zur Schule gehen?«, hatte sie mit fassungslosem Blick auf die alten, prachtvollen Wandmalereien in den Klassenzimmern gefragt.

Und Blue und Stella hatten genickt und jede Menge Anekdoten zum Besten gegeben, um ihre frisch gebackene Mitschülerin mit den Eigenarten und Geheimnissen von St. Andrews vertraut zu machen.

Anschließend hatten sie Mrs Uhl wieder aufgelesen und alle zusammen waren sie in die Aula zurückgekehrt, wo Miss Sanchez – wie an jedem ersten Schultag eines neuen Schuljahres – ein gigantisches Buffet aufgefahren hatte: Es gab Bratwurst, Grillhähnchen und Gemüsespieße, dazu alle erdenklichen Salate und Platten mit Käse und bunt belegten Crackern. Zum Nachtisch hatte man die Wahl zwischen diversen Süßspeisen, Kuchen und Pudding, wobei sich die meisten die schwierige Entscheidung sparten und gleich alles auf einmal nahmen.

Die Stimmung unter den Schülern war fröhlich und ausgelassen und selbst die Lehrer schienen an diesem Abend allerbester Laune zu sein. Man erzählte einander von den Sommerferien und vor allem Stella, Blue und Spence mussten immer wieder von den aufregenden Abenteuern berichten, die sie auf dem Weg nach Scripton erlebt hatten: wie sie die Grundlose Treppe überwunden hatten. Die Luftschnapper und den Olch.

Blue erzählte von Spencers spektakulärem Sieg beim Yonghi und Stella versäumte es nicht, Giselas Rolle als Retterin in der Not herauszustellen, und berichtete in schillernden Farben, wie ihre Mücke den Herrn der Zeit kampfunfähig gestochen hatte. Und auch von den neuen Büchern machte bereits das eine oder andere die Runde – sehr zur Freude von Kassandra, die sich erstaunlicherweise ganz hervorragend mit Mrs Uhl verstand. Die beiden ungleichen Frauen steckten ununterbrochen die Köpfe zusammen und alberten herum wie zwei Teenager, was Stella »total peinlich« fand, während der alte Hince, der den beiden gegenübersaß, sein Möglichstes tat, um seiner Rolle als Hahn im Korb gerecht zu werden.

»Ha'm Sie mal einen Blick auf Ihren Aushang geworfen, Miss Blue?«, rief er mit glühenden Wangen. »Scheint ganz so, als ob Sie jede Menge Zulauf kriegen!«

Und tatsächlich hatten sich in die Liste für Blues neu gegründete Wissensscout-Initiative bereits nach einer halben Stunde mehr als zweihundert Schüler aller Altersstufen eingetragen. Zu Stellas Entsetzen stand gleich in der zweiten Zeile von oben in schnörkeligen Buchstaben der Name MELISSA GANGBART geschrieben. Doch selbst das konnte Blue an diesem Tag nicht die Laune verderben.

Wirklich jammerschade, dass Elek nicht hier sein kann, dachte sie, während sie die Tür hinter sich zuzog und zielstrebig die lange Reihe der Waschbecken ansteuerte. Dabei hatten sie wirklich alles versucht, um Bazon zu überreden, seinen Sohn zur Schule gehen zu lassen!

»Nächsten Sommer vielleicht, wenn die Tournee zu Ende ist«, hatte Bazon schließlich mit spürbarem Widerwillen zugestimmt. »Aber bis dahin brauchen wir Elek hier bei uns.«

»Unsinn!«, war Elda Blue und ihren Freunden beigesprungen. »Du hast selbst gesagt, dass das Programm viel zu voll ist.«

Doch Bazon hatte sich nicht erweichen lassen.

Blue seufzte. Ich werde Elek so bald wie möglich schreiben, beschloss sie und drehte den Wasserhahn auf. Doch ein unerwartetes Funkeln im Waschbecken nebenan ließ sie abrupt innehalten.

In dem weißen Becken stand Wasser. Vermutlich war der Abfluss verstopft.

»Na toll«, murrte Blue, »Mr Hince wird begeistert sein!«

Aber …

Was war das?

Sie starrte die unbewegte Wasserfläche an, in der sich das Licht der Neonröhren über ihrem Kopf spiegelte. Der blitzblanke Wasserhahn und … Blue stockte der Atem. Da war eine Hand!

Sie wirbelte herum, doch hinter ihr stand niemand.

Der Waschraum war leer.

Irritiert sah sie wieder das Wasser an. Und tatsächlich: Die Hand war noch da!

Die krummen Finger hielten ein Fläschchen, das mit einem tropfenförmigen Korken verschlossen war. Es waren alte Finger mit runzliger Haut, unter der sich dünne bläuliche Adern abzeichneten. Am unteren Ende des Korkens war eine kleine Pipette befestigt. Sie war aus farbigem Glas, gelb und braun wie das Fell eines Leoparden. Die Hand zog das Glasröhrchen vorsichtig heraus und wie gelähmt starrte Blue den Tropfen an, der an der Spitze der Pipette hing. Die Flüssigkeit war zartrosa und sah irgendwie giftig aus.

Blue hielt den Atem an, doch es war bereits zu spät: Der Tropfen löste sich und fiel mit einem leisen »Plopp« in die unbewegte Wasserfläche hinunter.

Dort, wo es mit der Flüssigkeit in Berührung gekommen war, färbte sich das Wasser augenblicklich lila. Doch Blue glaubte, auch ein fernes blaues Licht zu erkennen, das ihr aus der Mitte des Waschbeckens entgegenblitzte. Ein blaues Licht und das Gesicht eines alten Mannes.

Sie begann zu schreien, doch kaum, dass die ersten Laute ihre Lippen verlassen hatten, versickerte das verfärbte Wasser, ohne die geringste Spur zu hinterlassen.

»Es ist noch nicht vorbei«, flüsterte eine unheimlich körperlose Stimme, die direkt aus dem Ausguss zu kommen schien. Und noch während Blue weiß vor Schreck aus dem Raum stürzte, setzte die Stimme mit erschreckender Siegesgewissheit hinzu: »Glaub mir: Es fängt gerade erst an!«

T. Spexx

Secrets of Amarak

Spione der Unterwelt

Nach über einem Jahr erhält Alexander Mercurius endlich eine Nachricht von seinen verschollenen Eltern. Doch als er den merkwürdigen Briefumschlag erwartungsvoll öffnet, enthält der nur ein leeres Blatt Papier! Alex' Freunde Rebecca und Joe sind sich sicher, dass trotzdem mehr dahintersteckt. Vielleicht ist der Brief eine Warnung? Die Suche nach Anhaltspunkten führt die drei in ein dunkles Gängesystem unter der Stadt. Zu spät merken sie, dass ihnen jemand gefolgt ist.